백년여관

문 학 동 네
한국문학전집
0   2   3

임철우
장편소설

백년여관

문학동네

—고故 박효선 형의 영전에

차례

프롤로그 _009

제1부 · 그림자 섬 _013

제2부 · 손님들 _087

제3부 · 그해 겨울 _165

제4부 · 해후 _261

에필로그 _375

해설 | 서영채(문학평론가)
두 죽음 사이의 윤리
—임철우의 『백년여관』과 1980년대 정신의 문제성 _379

프롤로그

섬이 하나 있다.

그림자의 섬, 영도影島. 그것은 결코 환상도 허구의 이름도 아니다. 반도 서남쪽 영락없는 토끼의 엄지발톱 자리, 서해와 남해가 마주치는 그 접점에 작은 철교 하나만으로 육지와 간신히 이어져 있는 섬. 뭍이 끝나고 물이 시작되는 그 몽롱한 경계에 섬은 거품처럼 홀로 떠 있다.

육지와 섬 사이 좁은 해협엔 오늘도 억겁의 푸른 물살 하염없이 흐르고, 낡은 철교 한 가닥 이승과 저승을 잇는 밧줄처럼 희미하게 걸려 있다. 사철 해풍과 물새떼가 머물고, 호흡할 때마다 파도 소리 바다 냄새가 절로 들숨이 되고 날숨이 되는 섬. 한겨울에도 붉은 동백꽃 지천으로 피어나고, 햇살 더없이 곱고 따사로워 아이들은 영영 한 번도 눈사람을 만들어보지 못한 채 어른이 되는 섬. 하루에도 수십 번 물빛을 바꾸는 남쪽 바다에 푸른 녹두 한 알로 동동 떠 있는 섬.

그러나 밤이면 섬은 전혀 다른 모습으로 태어난다. 핏빛 노을이 수평선 너머로 가라앉으면 홀연 바다는 거대한 늪으로 변해, 푸르고 영롱한 안개를 천지간에 자욱이 피워올린다. 섬뜩하도록 차갑고 축축한 그 푸른 안개는 혼령들의 입김이다. 바다 밑 까마득한 심연에 천만근 무게로 가라앉은 수천수만 혼들이 연꽃처럼 수면에 떠올라 일제히 토해내는 가쁜 숨, 숨소리……

그렇지만 세상은 벌써 오래전, 그 유폐된 섬을 잊어버렸다. 오늘도 그곳엔 죽은 시간들만 켜켜이 퇴적해가고, 사람들은 투명한 유리병 속의 공간을 그림자처럼 오고갈 뿐이다. 현재도 과거도 아니고 낮도 밤도 아닌, 미망과 백일몽이 지배하는 허허한 중음中陰의 영토. 비도 눈도 아닌 진눈깨비와 신비롭고 황홀한 푸른 안개가 간단없이 출몰하는 땅…… 어쩌면 그 섬은 끝끝내 떠날 수 없는, 때문에 더더욱 미치도록 벗어나고 싶은 바로 당신들의 과거와 현재 그리고 미래인지도 모른다.

그 섬엔 산 자와 죽은 자가 함께 거주한다. 정확히 표현하면, 그들은 '아직 살아 있되 실은 벌써 오래전 죽은 자들' 혹은 '이미 오래전 죽었으나 차마 아직 섬을 떠나지 못하고 맴도는 자들'이다. 한사코 섬을 떠나지 않으려 하는, 혹은 끝끝내 벗어날 수 없는 사로잡힌 영혼—그것이 바로 그들의 이름이다.

그들 생자와 사자 모두가 섬의 주민이다. 그곳을 지배하는 시간은 초, 분, 시로 분절 가능한 혹은 시작과 끝을 지닌 선형적線形的 시간이 아니라, 현재와 과거가 공존하는 환원적 시간, 영원히 쳇바퀴처럼 끊임없이 반복될 뿐인 '죽은 시간'이기 때문이다.

혹시 그 유폐된 섬에 운명적인 변화를 불러올 유일한 가능성은 다리 저편 아득한 바로 당신들의 영토, 육지에 존재하고 있는지도 모른다. 그러기에 그들 생자와 사자들은 여전히 무엇인가를 간절히 기다리고 있다. 천지간에 가득찬 저 막막하고 몽롱한 푸른 안개의 늪을 가로질러 마침내 당도할 구원의 손길을, 아니 하다못해 미미한 그 전령의 발소리만이라도 흐린 바람결에 묻어오기를……

그 섬 남쪽엔 읍이 하나 있다. 항구라기엔 아직 어설프고, 포구라고 부르기엔 너무 커져버린 어중간한 규모. 그 읍내에서도 맨 남쪽 끄트머리에 박혀 있는 후미진 동네를 찾아 들어가면 뜻밖에 아주 오래된 부두와 마주친다. 그 일대의 모든 집과 골목과 풍경들 역시 하나같이 퇴색하고 해묵어서, 첫눈에 벌써 폐허의 분위기마저 풍긴다.

한때 읍내 유일한 포구로 일약 번성했던 시절이 있었으나, 이젠 그 흔적조차 찾기 어려울 만치 부두는 오래전 제 기능을 잃어버렸다. 버려진 옛 선착장은 늙은이의 짓무른 눈자위처럼 황량하고 쓸쓸한 분위기를 담고 있다. 더이상 아무것도 바다로 떠나보내지 못하고 아무것도 생성해낼 수 없는 불모의 자궁.

그 쓸모없이 버려진 옛 선착장 모퉁이 막다른 골목에 우중충하니 서 있는 여관 한 채. 그 집은 낡은 것도 새것도 아닌, 둘도 아니고 하나도 아닌 기묘하고 애매한 모습을 하고 있다. 한 울타리 안에 하나의 마당을 사이에 두고, 해묵은 왜식 목조 적산가옥 한 채와 조잡한 콘크리트 이층 여관 건물이 서로 등을 돌리고 앉아 있기 때문이다.

어느 겨울날, 그 초라한 바닷가 여관에 약속이나 한 듯 손님 몇이 차례로 찾아든다. 세상의 벼랑 끝을 헤매다가 마침내 연어처럼 원점으로 거슬러 돌아온 중년의 사내. 오랫동안 글을 쓰지 못하고 있는 소설가. 종일 유리창 너머로 잿빛 바다와 길거리를 망연히 내다보고 있는 여자. 그리고 아직도 죽은 이들과 함께 살아가고 있는 여관집 식구들. 순전히 우연처럼 따로따로 그곳을 찾아든 그들 각자에게는 실은 그래야만 할 운명적인 이유가 있다. 정작 그들 중 누구도 눈치채지 못하고 있으나, 기실 그들은 무엇인가로부터 똑같이 호출되어 왔다.

그들을 부르는 소리. 자, 소설은 바로 그 정체불명의 음성으로부터 시작한다.

제1부

·

그림자 섬

1. 쪽지, 혹은 창작메모

"섬이 하나 있다. 그림자의 섬, 영도……"

당신의 책상 앞 벽에 붙은 쪽지엔 그렇게 적혀 있다. 그건 당신이 구상중인 소설 『섬』에 관한, 이를테면 창작메모인 셈이다. 일 년 반 전, 당신은 그 쪽지를 거기에 압정으로 고정해놓았다. 그즈음 당신은 얼마나 기대와 의욕에 차 있었던가. 스토리의 실꾸리는 충분히 감겨 있고, 이젠 그 실 가닥을 술술 풀어내는 일만 남은 듯싶었다. 이번엔 확실히 뭔가 다르다는 확신이 들었다. 아이디어가 떠오르던 첫 순간의 예감도 좋았고, 무엇보다 구상하는 데 이번처럼 많은 시간과 노력을 바친 적도 드물었다.

당신으로서야 충분히 감격할 만했다. 꼬박 삼 년 만의 침묵 끝에 마침내 입을 열어 토해낼 무엇인가를 찾아낸 셈이었으니까. 사십대 중반의 작가에게 삼 년이란 기간은 치명적인 공백이다. 말하자면, 잠수부의 등에 업힌 공기통 용량의 최대 허용치 같은 것. 당신은 공기통을 메고 깊은 바닷속을 유영중이다. 공기 잔류량은 제로. 이젠 더이상 여유가 없다. 마지막 순간 아슬아슬하게 바닥을 박차고 수면으로 떠오르지 못한다면 허파는 수압에 의해 풍선처럼 펑 터지고 말 것이다.

한데, 그렇듯 작가로서의 생사가 걸린 최후의 순간 당신의 손끝에 홀연 소설 아이디어 하나가 잡힌 것이다. 설사 그것이 종내는 미미한 소설로 그치고 만다 한들 달리 어쩔 것인가. 우선 당장 뭔가 토해낼 수 있다는 사실만으로도 당신은 턱없이 감격했다.

그런데 어찌된 영문일까. 메모를 벽에 붙여놓은 그날 이후 지금껏 당신은 단 한 줄의 글도 쓰지 못했다. 사면을 하얗게 칠한 방안에 감금되어 있는 듯한 막막한 무력감. 그 백색의 벽면은 어느새 당신의 머릿속에 꽉 들어차고, 의식의 표면 위로는 아무런 생각도 느낌도 떠오르지 않는 것이다. 도대체 무엇이었을까. 죽음보다 깊은 그 끔찍스런 무력감의 정체는?

지난 일 년 반 동안 당신은 매일같이 모니터 앞에 쪼그려앉아 머리털을 쥐어뜯었다. 이럴 수가 있는가. 충분히 구상을 마친 터임에도 왜 문장 한 줄 떠오르지 않는단 말인가. 밤을 꼬박 새우고 나면 재떨이엔 꽁초만 수북하게 쌓였다. 술에 취한 날들이 이어졌다. 취기에 절어 몸도 제대로 가누지 못하면서도 한사코 책상 앞에 주저앉아 잠이 들었다. 그 지독한 집착은 차라리 발악이었다.

혹 당신이 그토록 그악스레 기다려온 대상은 소설이 아니라 무슨 정체불명의 혼령 같은 게 아니었을까. 한밤중 당신은 텅 빈 모니터 유리에 비친 제 모습에 깜짝깜짝 놀라곤 했다. 누적된 수면부족으로 벌겋게 충혈된 눈. 까닭 모를 증오와 분노 그리고 절망에 극도로 찌들고 황폐한 사내의 얼굴. 그건 영락없이 신들린 무당의 모습이었다. 가없는 중음의 암흑천공을 형체도 없이 그림자로 떠도는 무수한 원귀들을 불러내기 위해, 두 눈알을 허옇게 까뒤집고 부들부들 떨어대는 사십대의 박수무당.

케이.

그렇다. 그 무렵 그는 자주 꿈속으로 당신을 찾아왔다.

물론 지금도 당신은 케이의 장례식을 또렷이 기억한다. 눈부시게 투명한 초가을 햇살. 수십 개나 되는 형형색색의 만장이 거짓말처럼 바람 한 점 없는 푸른 허공에 미동도 없이 걸려 있었다. 사람들이 차례로 흙을 떠서 관 위에 뿌렸지만, 당신은 끝내 삽자루를 받아 쥐지 않았다. 차마 쥘 수가 없었다. 당신은 그의 죽음을 결코 인정할 수 없었으니까. 두두둑. 투둑. 그의 머리 위로 마른 흙이 부연 먼지와 함께 쏟아져 덮이는 것을 그렇게 두 눈으로 똑똑히 확인하고 돌아온 것이 꼭 일 년 반 전의 일이다. 그날부터 케이는 간단 없이 당신의 꿈속에 출몰하기 시작했다.

꿈속에선 모든 게 모호하고 불분명했다. 시간도 공간도 사물도 온통 뒤죽박죽이었다. 추수를 마친 텅 빈 들판이다가 갑자기 인파로 북적이는 거리로 바뀌기도 하고, 당신들의 모교인 대학 교정, 그 낯익은 등나무 아래 목조 벤치에 케이는 앉아 있기도 했다. 그러다가 케이는 또 금세 아무도 없는 재판정의 피고석에, 혹은 거대한 경기장 스탠드를 가득 채운 관중들 틈에 육중한 묘비처럼 박혀 있거나 했다. 한 가지, 묘하게도 케이는 언제나 정면을 향해 앉았고 당신은 매번 그와 마주하여 서 있었다. 그 동일한 구도는 한 번도 어긋나는 법이 없었다.

케이야, 여길 봐. 나야. 내가 여기 있다니까.

꿈속에서 당신은 그를 향해 두 팔을 뻗으며 간절한 목소리로 헐떡거렸다. 하지만 그는 단 한 번도 입을 열지 않았다. 생시 그대로의 깊고 침울한 시선으로 당신을 잠자코 건너다보며 빙긋이 웃기만 할 뿐. 정작 뭔가 할말이 가득해서, 가슴이 찢어질 듯 매번 숨이 막히는 쪽은 당신이었다. 그러나 목구멍까지 차오른 그 말은 끝내 소리가 되어 튀어나오지 못하고, 당신은 식은땀에 흥건히 젖은 채 외마디 신음을 내지르며 잠에서 깨어났다. 그런 꿈을 꾼 날이면 당신은 어둠 속에서 이불을 뒤집어쓰고 소리 죽여 오열했다.

2. 어둠 속, 목소리가 들리다

1999년 12월 23일.

바야흐로 역사적인 새천년의 개막을 코앞에 남겨둔 즈음이었다.

그날 내내 서울은 지독히 춥고 음울했다. 자정을 갓 넘긴 시각, 당신은 여느 때처럼 책상 앞의 그 창작메모를 혼자 우두커니 올려다보고 있었다. 그런 어느 순간 누군가 당신을 불렀고, 바로 그 정체불명의 목소리로부터 모든 것은 시작되었다. 등뒤에 바짝 붙어앉아 당신의 고막에 불어넣는 누군가의 낮고 숨가쁜 속삭임.

때마침 당신은 얼근히 취한 상태이긴 했다. 술자리에서 뛰쳐나와 방금 전 귀가한 당신은 아직 양복바지 차림이었다. 방안은 담배연기로 가득하고, 온몸에선 술냄새 섞인 악취가 풍겨나왔다.

"흥, 얼빠진 녀석들."

새삼스레 끓어오르는 울화를 당신은 낮게 뱉어냈다. 애당초 맘이 내키지 않은 모임이었다. 송년회라는 게 늘 그렇듯, 출판사 근처 한 카페에서 술을 마시는 자리였다. 대부분 이삼십대의 젊고 낯선 얼굴들이었고, 안면이 있는 쪽이라야 편집위원 몇 사람과 편집장 정도였다. 그나마 그들은 내내 열성적인 젊은 패거리에게 에워싸여 있어서, 당신으로선 좀체 끼어들 엄두가 나지 않았다.

어느 결엔가 구석진 자리로 밀려난 당신은 적당히 도망칠 기회를 엿보며 그들의 대화를 건성으로 듣고 있었다. 다양한 화제들이 취기 어린 입에서 입으로 거품처럼 떠다녔다. 인터넷 소설, 전자책, 뉴 밀레니엄, 영화, 동성애, 무라카미 하루키, 원조교제……온갖 잡다한 화제와 농담이 게거품처럼 밑도 끝도 없이 보글보글 피어올랐다. 최근 발표된 노벨문학상 얘기도 나왔다.

"까놓고 말해서, 한국소설은 역사나 정치에 대한 과도한 집착, 그 고질병이 문제야. 전쟁이니 분단 따위 민족 내부의 지엽적 소재만 가지고 지난 수십 년간 어지간히 우려먹었잖아. 외국 독자들한테 그런 시효 지난 케케묵은 소재 치켜들고 나가봤자 어디 씨알이나 먹힐 거 같아? 문학도 어차피 상품인데."

일간지 문학담당 기자가 말했다. 짧은 앞머리를 가파르게 치켜세운 삼십대 중반의 그는 젊고 자신감에 넘쳐 보였다.

"번역은 또 어떻고. 그까짓 후보 추천, 만날 해봤자 뭐해. 노벨상은 고사하고, 제대로 해외시장에 번역 소개된 변변한 작품이 지금껏 뭐 하나 있었나. 한국문학의 국제화라, 한마디로 한심한 얘기지."

"역사나 정치의식 과잉이라는 것도 벌써 한참 지난 시절 얘기죠. 요즘이야 사정이 엄청 달라진 거 아닌가?"

"소설 소재에도 시효가 있었던가? 유통기한이라면 또 몰라도, 큭."

"말 되네. 유통기한!"

"요즘 젊은 친구들 사전엔 '우리'란 어휘는 이미 존재하지 않는다고. '나'만 있지. 그것만으로도 무슨 얘기든 가능하잖아. 그게 쌩 현실이니까. '우리'니 혹은 공유해야 할 무슨 엄숙한 가치니 따위는 말짱 헛거라는 건데, 사실 당연한 얘기지 뭐. 당최 피부에 와닿아야 말이지. 우리 세대한테 현실이란 건 컴퓨터게임 배경만큼도 리얼하지가 않거든."

"어, 선배, 엄청 웃긴다. 자기 입으론 '우리'라고 말하면서."

"그랬어? 내가 언제."

"어머, 우리 세대라고, 방금 그랬잖아."

당신은 공연히 무안해져서 술잔만 들이켰다. 공교롭게도 그 테이블엔 당신 혼자만 사십대였다. 누구도 이쪽은 아예 의식조차 하지 않는다는 사실 때문에 당신은 더 곤혹스러웠다.

"들으셨지요, 선생님. 끅, 우리는 앞 세대한테 빚진 거, 없습니다. 진짜, 아무것도요."

그때 당신 맞은편에 앉은 청년이 불쑥 말을 걸어왔다. 최근 소설집 한 권을 냈다는 그는 당신과는 초면이었다. 취한 눈까풀에 잔뜩 힘을 주고 이쪽을 건너다보는 청년의 한쪽 귓불에 은색 이어링이 반짝거렸다. 비아냥거림인지 자조인지, 어투가 좀 묘했지만 취한 기색이 완연한 이어링의 말을 당신은 못 들은 척했다.

일이 꼬이려고 그랬을까. 하필 그때 건너편 테이블에서 옮겨온 평론가 김이 굳이 옆자리를 비집고 들어오며 당신의 어깨를 호들갑스레 그러안았다. 어이구, 오랜만이구먼. 하도 안 뵈기에 궁금하더니, 살아 있었네. 동갑내기인 그의 너스레를 어설프게 받아주며 당신은 우물쭈물 변명을 했는데, 다시 그의 입에서 엉뚱한 소리가 튀어나왔다.

"요즘 소설 안 쓰시나? 이형 소설, 본 지가 한참 된 거 같은데. 이젠 제발 5월이니 분단이니 하는 거 좀 벗어나서, 멋진 거 하나 써보쇼. 에?"

아무래도 좀 과민했던 성싶다. 당신은 말없이 술잔을 내려놓고 홀을 빠져나왔다. 한심한 인간들. 이를 악물고 좁은 계단을 내려와 한길로 나선 당신은 길가 포장마차로 들어갔다. 소주 한 병을 훌쩍 비우고도 분이 가라앉지 않은 당신은 길을 되밟아 카페 이층 계단을 성큼성큼 걸어올랐다.

시효? 유통기한이라고? 그따위 폐품들을 이제 와서 어디에 쓰겠느냐고? 이봐, 함부로 지껄이지들 마. 세상엔 그것이 자신의 온 생애이거나 평생의 족쇄일 수밖에 없는 사람들도 있어. 아무리 발버둥쳐도 끝내 벗겨낼 수 없는 굴레가 되어버린 사람들, 그래서 그 저주받은 시간에 사로잡혀 평생 유령처럼 살아가야만 하는 사람들 말이다……

유리문을 박차고 들어가, 당신은 실성한 놈처럼 그렇게 퍼부어대고 싶었다. 그러나 결국 당신은 힘없이 등을 돌리고 말았다.

집에 돌아와서도 당신은 화를 삭이지 못해 시근덕거렸다. 얼빠진 자식. 누가 저더러 뭐라고 그랬나. 빚진 게 없다고? 문득 소설을 쓰고 싶은 강렬한 충동에 휩싸여, 당신은 책상 앞에 앉았다. 쓰자. 써야 한다. 지옥의 시간에 결박당한 사람들의 이야기. 삶과 죽음을 한꺼번에 보듬고 저주 같은 이 지상의 시간을 견뎌내야만 하는 사람들의 이야기를. 당신은 숨을 몰아쉬었다. 그것은 성욕처럼 격렬하고 절박한 욕구였다. 환청이 들려온 것은 바로 그때였다.

"시간이 없어! 시간이!"

임종에 이른 노인의 목구멍이 토해내는 듯한 다급하고도 절박한 음성. 하마터면 당신은 의자와 함께 나뒹굴 뻔했다. 소스라쳐 일어나 두리번거렸으나 당신 말고 방안에 누가 또 있겠는가. 책상 위엔 소형 조명등 하나, 그리고 전원 꺼진 컴퓨터 모니터가 동굴 같은 검은 아가리를 벌린 채 당신을 노려보고 있었다.

당신은 급히 창문을 열고 바깥을 내다보았다. 창 아래쪽은 관악산 등산로로 이어지는 비탈진 인도였다. 산기슭이라 여름이면 길 양쪽 단풍나무들이 칙칙한 그늘을 드리우곤 했다. 하지만 지금은 한겨울 늦은 밤. 헐벗은 나무들 사이로 길은 텅 비었고 인기척은 어디에도 없었다. 안방 문을 열어보니, 아내와 딸아이는 깊은 잠에 빠져 있었다.

자동차 소리를 잘못 들은 것인가. 아니면 술 취한 사내가 고함을 질렀는지도 모르지. 헛웃음을 흘리며 당신은 책상 앞에 도로 주저앉았다. 환청이라기엔 너무나 생생한 음성이 귓전에서 지워지지 않았다. 신음하듯 낮고 음습한 그 목소리는 깊은 우물 속에서 솟아오르는 울림 같았다. 아무래도 누적된 수면부족과 알코올의 독기 때문일 거야. 당신은 담배를 피워 물며 씁쓸하게 웃었다.

그 환청을 맨 처음 경험했던 것은 약 일주일 전이었다. 술에 취해 설핏 잠이 들었는데, 느닷없는 외침이 당신의 고막을 후려쳤던 것이다. "시간이 없어. 시간이!" 두 팔을 허우적이며 벌떡 일어난 순간 당신은 숨이 막혔다. 분명 직전까지 누군가 머리맡에 웅크려 앉아 있는 듯했는데, 흐린 달빛이 새어든 방안엔 아무도 없었다. 그날도 당신은 뭔가 흉한 꿈을 꾸었거나 자신의 잠꼬대 소리에 놀랐던 것이라 여겼을 뿐이다.

"끄으으…… 우우."

아파트 뒤편 양옥집에서 개 울음소리가 들려왔다. 검은 털빛의 그 커다란 사냥개는 항상 집 뒷마당에 쇠줄로 묶인 채 갈가리 찢긴 소리로 울부짖곤 했다. 누가 고깃점에 약을 묻혀 던져놓았던가봐요. 다 죽어가는 걸 주인이 살려놓긴 했는데, 성대가 완전히 망가졌다지 뭡니까. 보나 마나 이웃 사람 누군가의 소행 아니겠어요. 엊그제 복도에서 마주친 아파트 경비원의 설명이었다.

당신은 거실로 나가 전등을 켰다. 새벽 두시. 냉장고에서 물병을 꺼내어 벌컥벌컥 들이마신 당신은 식탁 앞에 주저앉았다. 오늘도 잠들기는 틀린 듯싶었다. 당신은 점차 두려움을 느끼고 있었다. 정말 아내의 말대로 신경정신과를 찾아가봐야 하는 게 아닐까. 소금을 머금은 듯 입안이 썼다.

해괴한 일이었다. 삐걱대는 낡은 풍금처럼 바람을 머금은, 그 낮고 중성적인 음성은 다급하고 단호했다. 시간이 없다니, 무슨 뜻일까. 무의식 저편에서 보내오는 어떤 긴박한 호출신호인가. 아니면 망가진 뇌세포가 빚어낸 치매 현상일까. 온갖 불길한 상상에 당신은 사로잡혔다. 식탁 위에 신문이 놓여 있었다. 접힌 모서리의 활자가 무심코 눈에 띄었다. 영도 해안에 괴발광체 소동.

"가만, 영도라고?"

당신은 급히 신문을 집어들었다. 사회면 하단 가십난에 실린 짧은 기사였다.

제주도를 비롯한 연안 섬들과 육지를 잇는 관문인 영도읍 일대가 최근 난데없는 괴발광체 소문으로 뒤숭숭. 안개 낀 심야의 해안에 출몰한다는 이 정체불명의 초록색 발광체는 다양한 크기에 많게는 수십 개씩 무리 지어 해수면 위를 배회한 후 감쪽같이 사라진다고. 사건의 발단은 한 달 전 낚싯배에서 실족 익사한 것으로 추정되었던 11세 소년이 42시간 만에 해안에서 발견되면서부터. 수영을 전혀 못하는 소년이 몸에 상처 하나 없이 어떻게 해안까지 떠밀려올 수 있었는지, 실로 불가사의한 일. 당시 소년을 처음 발견한 박모씨(56세) 등은 현장에서 문제의 그 발광체들을 직접 목격했다고 주장……

당신은 호흡을 가다듬었다. 내용 때문이 아니었다. 영도影島라는 이름과 함께 돌연 기억의 톱니바퀴들이 요란하게 엇물려 돌아가기 시작했다. 당신은 점퍼를 걸쳐입고 현관을 나섰다. 바깥 기온이 뚝 떨어져 있었다. 독한 냉기가 전신을 휩싸안았다. 길 양쪽 단풍나무들이 노면에 설치된 조명등의 불빛을 고스란히 되받아내고 있었다. 한밤중 불빛에 젖어 물구나무 서 있는 나무들의 풍경은 기괴하고 몽환적이었다. 나무 아래 벤치에 당신은 웅크리고 앉았다. 고개를 젖히자 메마른 이파리를 듬성듬성 매단 가지들 사이로 검은 하늘이 고여 있었다.

　"여관에 보름 내내 틀어박혀 바다만 내려다보며 보냈지. 그냥, 혼자 있고 싶어서. 그뿐이야."

　그 보름 동안 어디 있었느냐는 물음에, 케이는 병상에서 무심한 표정으로 그렇게 얼버무렸다. 의사로부터 시간이 얼마 남지 않았음을 전해 들은 그는 모두에게 그 사실을 철저히 숨긴 채 혼자 종적을 감췄다가 보름 만에 나타났던 것이다. 그리고 뒤늦게 자신의 병세를 아내에게 털어놓은 그는 정확히 두 달 후 병원에서 죽음을 맞았다. 대체 그 보름 동안 케이는 혼자 어딜 갔었을까.

　"영도. 그래, 틀림없어. 녀석은 그때 거길 찾아갔던 거야."

　당신은 단언했다. 그건 어떤 직감이었다. 미풍의 갈피에 숨겨진 태풍의 눅눅한 비린내처럼 은밀하면서도 확실한 직감. 순간 그 목

26

소리가 벽력처럼 또 당신의 귀를 때렸다.

　"시간이 없어! 시간이!"

　당신은 벌떡 일어났다. 별안간 얼굴 위로 뭔가 구더기떼처럼 와르르 쏟아져내렸다. 바람 한 줌 없는데, 바로 머리 위 단풍나무에서 마른 이파리들이 한꺼번에 주르르 쏟아져내리기 시작했다. 이내 나무는 순식간에 앙상한 뼈다귀만 남은 채 눈앞에 버티고 서 있었다. 당신은 온몸이 뻣뻣이 얼어붙었다. 악몽을 꾸고 있는 기분이었다.

　당신은 집을 향해 허둥지둥 내달렸다. 집안에 들어오자마자 현관문을 걸어잠갔다. 거실과 방의 창문까지 일일이 확인하고 나서야 책상 앞에 앉았다. 어느 순간, 당신의 눈앞으로 홀연 섬 하나가 솟아올랐다. 잿빛의 음울한 바다. 폐허처럼 쓸쓸하고 오래된 선착장 풍경. 다닥다닥 붙은 해안 마을의 낮고 추레한 지붕들. 갯가 모퉁이에 혼자 불쑥 돌출해 서 있는 해묵은 왜식 목조 적산가옥 한 채. 그리고 그 집 앞 흐릿한 골목 어귀에 내걸린 간판 하나. '백년여관.'

　그 도막난 풍경들은 환등기가 찰칵찰칵 불러낸 영상처럼 차례로 떠올랐다 사라졌다. 그건 바로 당신이 구상중인 소설의 무대였다. 마지막으로 둥글고 커다란 구멍 하나가 시야를 가득 채우며 다가왔다. 우물이었다. 임종을 앞둔 늙은이의 흐린 눈알을 닮은, 깊고 캄캄한 구멍…… 이내 그 구멍을 향해 다가가고 있는 두 사내의 모습이 당신의 눈앞에 어렴풋이 떠오르기 시작했다. 짙은 감청색 제복 차림의 경찰관 둘. 그리고 그 뒤를 따라 언덕을 오르고 있는 사람들의 모습……

당신의 가슴은 희열과 흥분으로 벅차올랐다. 맞다. 그것은 당신이 그토록 오래 기다려온, 당신 소설의 첫 장면이었다.

"됐어. 구멍이었어. 대지 한가운데 뚫려 있는 지구의 눈, 혹은 숨구멍. 자, 거기서부터 시작해보는 거야."

두 주먹을 불끈 쥐며 당신은 뇌까렸다. 마침내 소설의 첫 실마리는 그렇게 풀려가기 시작했다.

3. 구멍

지구의 눈, 혹은 숨구멍들. 만일 지구라는 이 혹성에 눈동자나 숨구멍 같은 게 있다면 저 구멍이야말로 그중 하나가 아닐까.

그 구멍은 마른 잡초 더미 속에 음울하게 엎드려 있었다. 임종 직전 노인의 눈알 같은 그 우물을 처음 본 순간, 파출소장의 뇌리를 퍼뜩 스쳐간 생각이 그랬다. 볼록한 배 밑으로 연신 흘러내리는 바지춤을 한 손으로 그러쥔 채 그는 지금 막 언덕길을 걸어올라온 참이다. 도로에서 채석장 입구까지의 짧고 완만한 경사에도 파출소장은 이미 얼굴이 벌겠다.

"소장님. 저게 붉은 샘입니다."

앞에서 박순경이 걸음을 멈추며 말했다. 숨을 헐떡이며 밭둑 위로 힘겹게 올라선 소장은 실눈을 깜박였다. 밭 아래 움푹 꺼진 자리, 반쯤 잘린 우물의 검은 아가리가 내려다보였다.

12월의 해는 짧다. 하늘 한쪽 귀퉁이로 벌써 하오의 어스름이 스멀스멀 기어들고 있었다. 우물에선 보푸라기 같은 희부연 수증기가 엷게 피어올랐다. 수천 년 동안 갇혀 있던 땅 밑 감옥을 막 빠져나온 미지의 지하 생명체처럼, 그 몽롱하고 부드러운 수증기는 대기 속을 잠시 두리번거리다 느릿느릿 흩어졌다. 무심코 소장은 목을 움츠렸다.

"이쪽으로 내려오시지요."

"가만, 숨 좀 돌리자고."

소장은 둑길 마른 풀섶 위에 끙 하고 쪼그려앉으며 재차 치밀어오르는 부아를 억눌렀다. 니기미, 한심하기는. 내 이럴 줄 알았지. 이따위 버려진 우물터에 시체는 무슨 놈의 시체. 조무래기들이 제멋대로 지어낸 헛소릴 가지고, 무슨 강력사건이나 터진 양 덩달아 법석들이지 뭐야. 제기랄. 가뜩이나 바빠 죽겠는데, 확인은 무슨 얼어죽을. 그러면서도 왠지 서늘한 불안감이 그의 목덜미에 묵직하게 얹혔다. 아침에 본서에 들렀다가 우연히 알게 된, 그 우물에 얽힌 내력 탓인지도 모른다.

"이봐, 이소장. 헛것에 씌지 않게 조심하라고. 거긴 항상 불길하고 음산한 기운으로 가득차 있다니까. 전쟁 때 암매장한 시신이 부지기수라는데, 대낮에도 원귀들이 사방에 바글바글할 거야."

짐짓 이죽거리던 수사과장의 표정이 떠올랐다. 주변은 완연한 폐허였다. 전쟁 전만 해도 주민들의 유일한 식수원이었다는데, 이젠 여뀌며 강아지풀 따위만 한데 뒤엉킨 채 말라 죽어가고 있었다. 군데군데 등이 벗겨진 낮은 석축의 잔해와 가시덤불 틈에서 뼈만 앙상한 새끼 염소 하나가 고삐도 없이 마른 풀을 뜯고 있었다. 한눈에 봐도 병든 염소였다.

우물 너머로는 제법 넓은 공터가 맞은편 채석장의 깎아지른 암벽까지 이어졌다. 그 자리엔 원래 작은 봉우리 하나가 솟아 있었다. 그 봉우리 아래로 울창한 대밭이 있었고, 주변 골짜기는 몇 해 전까지만 해도 공동묘지였다. 사람들은 그곳을 가장골假葬谷이라 불렀다. 전쟁 때 대부분 인근 섬들에서 끌려와 험악한 죽음을 당한 탓에 제때 주인을 찾기 어려웠거나 연고가 불분명한 시신들을 가매장했던 자리였다. 이젠 근처에 남은 무덤은 거의 없었다. 몇 해 전 군청에서 무연고 묘지들을 외곽 멀찍한 야산으로 옮겼던 것이다.

"아이구, 수고하십니다. 낚싯배가 고장이 났지 뭡니까. 말도 마십쇼. 바다에 고기 씨가 말라버린 통에, 단골로 다니던 서울 낚시꾼들도 절반으로 줄었구먼요."

점퍼 차림의 통장 사내가 다가오며 소장에게 너스레를 떨었다. 횟집 주인인 그는 파출소로부터 협조 요청 전화를 받고 뒤늦게 나타난 참이다. 그의 뒤편으로 주민 몇과 조무래기들이 올망졸망 따라왔다.

"여긴 예전에 상엿집이 있었던 자리 같은디?"

"아녀. 그건 저쪽 언덕배기 위에 있었지 왜."

"이 골짜기에 들어설 때마다 나는 기분이 영 찜찜하더라고."

"예전엔 이 근방에서 난 작물은 뭐든 입에 대지도 않았지."

"뭘, 그래도 우리 동네서 한때 이 샘물 안 마신 사람 누가 있나?"

"실은 그것이 진짜로 기막힌 약물이라네. 송장 썩은 물 말이여. 오래 땅 밑에 고여 있다가 지열에 녹아서 솟아나면, 그거야말로 산삼 녹용보다 백배 좋은 보약이라여."

"에이, 쓸데없는 소리들하고는."

한마디씩 던지며 밭둑 위로 올라서는 그들 머리 위, 하늘빛은 금방이라도 폭풍우를 몰아올 듯 어둡고 음산하다.

"우물을 방치해둔 지가 꽤 오래된 듯싶은데?"

소장이 콧잔등을 찡그린 채 통장에게 물었다.

"오래되다마다요, 얼추 삼사십 년은 될 겁니다. 상수도가 개통되기 이전부터도 이 샘물은 식수로 쓰지 않았으니까요."

"왜, 전쟁 때 있었다던 그 일 때문에?"

어디서 역겨운 냄새가 풍겨오기라도 하듯 소장이 콧구멍을 벌름댔다.

"나야 알겠습니까만, 어른들 얘길 들어보면 그야말로 끔찍했답니다. 시체 썩는 악취 때문에 이 근처엔 얼씬도 못할 지경이었대요."

소장도 물론 그 얘길 알고 있다.

처형장은 골짜기 초입의 대나무 숲이었다. 남자들뿐만 아니라 종종 여자와 노인들도 우물을 지나 그 대밭으로 끌려들어갔다. 새끼줄에 결박된 숫자가 한둘 혹은 서넛일 때도 있었다. 올라갈 땐 얼추 삼사십 명이더니, 한참 뒤엔 열 명 남짓한 숫자만 산을 내려오기도 했다. 겁에 질려 집안에 틀어박힌 마을 사람들 귀에 총소리가 들린 적도 있고, 별다른 기척 없이 일이 끝나기도 했다. 아무 소리도 없이 상황이 끝나는 경우는 총알 대신 죽창이나 곡괭이, 쇠스랑 따위가 사용됐기 때문이었다. 제대로 무덤을 만들어줄 리가 없었다. 흙더미에 묻히거나 삽질로 대충 몸뚱이 위에 흙모래가 끼얹어진 시신은 대단히 운이 좋은 편이었고, 대부분 대밭 고랑, 풀섶, 바위틈에 아무렇게나 버려졌다.

읍내는 살 썩는 냄새로 가득찼다. 악취 때문에 아이들은 걸핏하면 코피가 터졌다. 괴이한 일이 꼬리를 물고 일어나기 시작했다. 어느 아침, 골짜기 위쪽 하늘이 새까만 구름으로 뒤덮여 있었다. 알고 보니 어마어마한 파리떼였다. 몸뚱이가 매미만한 그것들은 순식간에 읍내로 쏟아져내려와 모든 건물과 창문, 전신주와 담벼락, 가축우리와 길바닥까지를 모조리 콜타르 칠하듯 새까맣게 도배질해버렸다. 뒤이어 난데없는 쥐떼 수백만 마리가 구름처럼 몰려와 순식간에 읍내 전체를 쑥밭으로 만들었다. 덩달아 눈이 뒤집힌 수십 마리의 읍내 개들까지 떼를 지어 거리로 몰려다니며 길길이 날뛰었다. 개들은 골짜기 시체 구덩이를 오르내리며 사람 발목과 손목, 코, 귀, 심지어 남자 생식기와 여자 젖가슴을 입에 물고 집안으로 뛰어들어왔다. 인육맛을 본 개들은 급기야 눈을 허옇게 까뒤집은 채 하나둘씩 미쳐버렸다. 그것들을 때려잡기 위해 몽둥이와 곡괭이를 쥔 읍내 남자들이 총동원되어 무시무시한 혈투를 벌여야 했다. 마지막 남은 단 한 마리의 미친개가 불구덩이에 내던져질 때까지는 꼬박 두 달이 걸렸다.

설상가상으로 비 한 방울 오지 않는 끔찍스런 더위가 그해 여름 내내 이어졌다. 사람들은 한 손엔 물통을 들고 다른 손으로는 콧구멍을 싸쥔 채 쥐떼와 파리떼와 미친개떼를 피해 요리 뛰고 저리 달리면서 골짜기 아래 우물로 바글바글 모여들었다. 그들은 두레박에 담겨 올라온 시뻘건 물빛을 보자마자 일제히 목구멍이 찢어져라 비명을 지르며 달아났다. 하지만 잠시 후 그들은 다시 되돌아올 수밖에 없었다. 그것이 읍내에서 아직 마르지 않은 마지막 우물이었기 때문이다. 그들은 남녀노소 수십 명씩 번갈아가며 밤낮으로 물을 퍼내기 시작했다. 그러나 아무리 퍼내도 물빛은 내내 선연한 핏빛 그대로였다. 결국 사람들은 도리 없이 그 붉은 물로 목을 축이고, 밥을 짓고, 빨래를 하고, 머리를 감았다. 그 괴이하고도 끔찍스런 일들은 석 달 열흘간이나 계속되었다.

"얌마, 건들거리지 말고 한 줄로 서."

박순경이 사내아이 셋을 앞세우고 다가왔다.

"애들은 또 뭐야?"

"최초 목격잡니다. 사흘 전 파출소에 찾아와 신고했던 바로 그 친구들이죠."

소장은 아이들을 돌아다보았다. 하굣길인 듯, 셋 다 감청색 교복 차림이다. 하나는 껑충한 키에 머리는 온통 무스로 떡칠을 했고, 나머지 둘은 얼굴에 여드름이 한창이다.

"좋아. 니들이 시체를 목격했단 말이지? 저 우물 속에서."

빌어먹을, 요런 한심한 조무래기들과 이따위 수작이나 주고받아야 하다니. 북받치는 짜증을 억누르며 소장은 세 아이를 노려보았다. 아이들은 눈치를 살피며 머뭇거렸다.

"대답해. 시체를 맨 먼저 본 게 누구야?"

"어? 난 시체라고는 안 했는데."

무스가 피식 웃으며 소장을 빤히 올려다본다.

"시체가 아니면, 뭔데?"

"손이었어요."

녀석은 한 손을 펴서 소장의 코앞에 불쑥 디밀었다.

"손?"

"예. 손요."

무스가 손바닥을 눈앞에 불쑥 쳐들자, 나머지 둘도 덩달아 제

손을 펼쳐 보였다.

"맞아요. 형광등같이 푸르스름한 빛이 났어요."

"처음엔 두 개였다가, 세 개, 다섯 개로 늘어났어요."

"아냐, 최소한 열 개는 넘었어. 내가 맨 나중까지 봤다니깐."

"짜식, 넌 그게 외계인이랬잖아."

"가만, 가만. 한 사람씩 얘길 해보란 말야."

박순경이 제지했고, 소장은 빽 고함을 지르려다 말았다. 역시
들어보나 마나 뻔했다. 전날 박순경의 보고 내용 그대로였다. 사흘
전, 세 녀석은 학교가 파하자마자 곧장 이편 골짜기로 올라왔다.
그냥 놀러왔었다고 둘러대지만, 담배나 환각 본드를 마실 속셈이
었겠지. 그들은 우연히 우물가에 혼자 우두커니 서 있는 백년여관
집 꼬마를 발견했다. 야, 노랑머리. 너 거기서 뭐해. 그래도 아이는
홀린 듯 우물 속만 뚫어져라 주시했다. 아이들도 달려내려가 우물
속을 들여다보았다. 칠흑 같은 밑바닥에 무엇인가 있었다. 눈부시
게 빛나는 푸른색 발광체들이 캄캄한 구멍 속을 유유히 떠다녔다.
분명 사람의 손 모양이었다. 넋이 반쯤 달아난 셋은 마을로 뛰어내
려와 고함을 질러댔다. 붉은 샘에 사람이 빠졌다아. 우물 속에 손
바닥이 떠다닌다아. 시체가 떠 있다아.

신고가 들어온 즉시 소장은 박순경과 정순경을 출동시켰다. 너
무 깊어 사람이 들어갈 수는 없었으므로, 장비를 동원해 바깥에서
우물 밑바닥을 두 시간이나 샅샅이 훑었지만 결과는 뻔했다.

'푸른 손이라니. 너나없이 제정신이 아니구먼.'

소장은 풀밭을 성큼성큼 내려갔다. 박순경이 급히 뒤를 따랐다. 둑길 위에 늘어선 호기심 어린 시선들이 그들을 주시했다. 말라붙은 풀더미를 헤치고 소장은 우물터에 이르렀다. 의외로 우물 가장자리 원형 콘크리트 벽은 제법 견고했다. 이끼와 묵은 때에 칙칙하니 전 가장자리에 배를 붙이고 소장은 엉거주춤 목을 늘여 뺐다. 순간 턱밑을 치받으며 훅 솟구쳐오르는 훈기에 그는 움찔했다. 지열과 지하수 냉기가 뒤섞인 기묘한 공기층. 오래 밀폐된 지하 고분에 고인 그것처럼 시큼하고 매캐한 냄새였다.

"너무 깊어서 물은 안 보이는데……"

소장은 우물 안쪽으로 상체를 구부려 넣었다. 구멍 저 아래 갱 엿처럼 고인 어둠이 어슴푸레 비쳤다. 그뿐, 너머는 칠흑이었다. 소장은 몇 번이나 눈을 감았다 떴다. 그 둥근 구멍은 미지의 또다른 세상으로 이어지는 통로처럼 보였다. 그는 자갈 하나를 집어 우물 속에 떨어뜨린 뒤 얼른 한쪽 귀를 눕혔다. 구멍 속에선 아무 소리도 솟아오르지 않았다. 이번엔 박순경이 주먹만한 돌을 던져넣었다. 잠시 후 뭔가 유리벽에 부딪치는 듯한 파열음이 희미하게 뷰어올랐다. 아차! 소장이 짧게 외쳤다. 이마의 땀을 훔치려는 순간 손에서 손수건이 툭 빠져나간 것이다. 박쥐처럼 날개를 펄렁이며 그것은 검은 구멍 속으로 순식간에 빨려들어갔다.

"으으―아아아아……"

소장은 깜짝 놀라 황급히 우물터를 벗어났다. 우물 속에서 분명 끔찍한 비명소리가 솟아나왔던 것이다. 소장은 밭둑에 쪼그려앉아 담배를 입에 물었다. 그 기괴한 환청 속엔 뭔가 다른 소리가 섞여 있었던 듯싶었다. 흐느낌도 같고 속삭임도 같은, 그 낮은 음성과 불분명한 음절들. 이거, 나까지 이상해지겠는걸. 젠장.

소장은 고개를 저으며 밭둑으로 올라섰다. 조무래기 아이들이 양쪽으로 흩어졌다. 소장의 시선이 한 사내아이에게 멎었다. 열 살쯤 되어 보이는 아이는 유난히 왜소한 몸집에 머리카락이 옥수수수염같이 노랬다.

"가만, 저애가?"

"백년여관집 꼬마입니다. 바다에서 실종되었다가 돌아온 그 애."

"묘하군. 아까 저 녀석들 말대로라면, 이번에도 이 꼬마가 최초 목격자인 셈인데."

"참, 얘기가 또 그렇게 되네요."

노랑머리 아이가 주춤 물러났다. 소장은 허리를 굽혀 아이와 시선을 맞추었다.

"이름이 뭐지?"

아이는 입을 꼭 다문 채 소장을 빤히 올려다보았다. 아이의 커다랗게 열린 두 눈은 심연처럼 아득했다. 소장은 그것이 우물 속 어둠을 닮았다고 생각했다. 감정의 파문이나 의식의 흔적조차 전혀 없는 그 망연한 눈 앞에서 소장은 문득 두려움을 느꼈다.

"소용없을 거요. 정신이 온전치가 않은 아이입니다."

통장 사내가 고개를 저으며 말했다.

"맞습니다. 본디 자폐증세가 있는데다가, 그 사고 후엔 영영 말을 하지 않는답니다."

"참, 그렇다고 했지."

소장은 지친 표정으로 언덕길을 내려갔다. 사위가 부쩍 어두워져 있었다. 맞은편 항만의 풍경이 습자지를 한 겹 덧씌워놓은 듯 흐릿했다. 선착장 너머 하늘엔 거무칙칙한 구름장들이 음험하게 술렁거렸다. 바다는 벌써 짙은 잿빛이었다.

4. 백년여관

당신의 눈앞에 지금 풍경 하나가 실루엣처럼 천천히 떠오른다. 버려진 옛 포구의 주택가 한쪽에 검버섯같이 우중충하니 돋아난 두 채의 건물. 당신 소설의 무대가 될 바로 그 집, 백년여관.

포구 동쪽 변두리의 막다른 골목 어귀에 그 낡은 여관은 서 있다. 벽돌로 쌓아올린 이층 건물은 외벽 여기저기 벗겨져나간 칠자국과 거무죽죽 흘러내린 빗물 흔적 때문에 가뜩이나 추레하고 음울한 분위기를 풍긴다. 백년여관. 티브이&욕실 완비. 현관 전면 벽에 비뚜름히 내걸린 흰색 바탕의 작은 아크릴 간판이 없다면, 외지인들은 자칫 무심히 지나치기도 하겠다.

　그 여관 뒤쪽으로는 보기 드물게 널따란 뜰이 있고, 아름드리나무들이 우거진 그 뜰 반대편엔 해묵은 왜식 목조가옥 한 채가 유령처럼 음산한 몰골로 웅크리고 있다. 1919년에 지어졌다는 그 적산가옥의 안팎은 시간의 낡고 흉물스런 흔적들로 가득차 있다. 거무칙칙한 흙과 이끼로 뒤덮인 기와지붕. 먼지가 켜로 내려앉은 무수한 유리창. 온통 좀이 슬어 수세미처럼 구멍 숭숭 뚫린 서까래며 기둥들. 모서리가 뭉툭 깨져나간 채 뒤뜰 한쪽에 처박혀 있는 왜식 석등. 거기에 수령 삼백 년의 거대한 은행나무에 이르기까지……

　이 순간 여관 뒤뜰은 엄청난 바람의 둥지로 변해 있다. 바다를 한달음에 내질러온 거친 해풍은 돌담을 훌쩍 타넘어들자마자 한바탕 뜰 안을 마구 헤집어대기 시작한다. 빽빽이 늘어선 키 큰 나무들이 한꺼번에 산발한 머리채로 우우 휘파람 소리를 내지르고, 마른 이파리들이 허공으로 어지러이 휘날린다.

　이제 막 여관 뒤편 쪽문이 열리더니, 한 여자가 뒤뜰로 내려서고 있는 모습이 보인다. 큼지막한 플라스틱 바구니를 허리에 낀 이 여자. 약간 마른 몸집에 길고 가는 목, 작고 가무잡잡한 얼굴. 혼자 있을 땐 곧잘 아랫입술을 잘근잘근 씹어대며 골똘히 생각에 빠져들곤하는 사십대 초반의 이 여인, 허미자. 지금 그녀는 아침나절 바깥에 널어놓은 빨래를 걷어들이려고 나온 참이다.

미자는 자갈 깔린 마당으로 나섰다. 빨랫줄에 가득한 싯누런 색깔 일색인 옷가지들이 해파리처럼 둥글게 부풀어올라 금방 줄을 끊고 날아갈 듯 다급하게 펄럭인다. 며칠 후면 시할머니 설분네의 첫번째 기일. 그것들은 식구들이 그날 입게 될 상복이었다. 그녀는 어지러운 바람 속에서 새를 쫓는 시늉으로 양팔을 휘저으며 옷가지들을 걷기 시작했다.

손수 여관을 꾸려가는 미자로서는 무엇보다 세탁일이 힘들고 잔손이 많이 갔다. 빨랫감은 날마다 쌓였다. 이번처럼 먼바다에서 돌아온 뱃사람들이 한꺼번에 사나흘씩 죽치다 떠나고 나면 숫제 이부자리 홑청 전부를 내다 빨아야 했다. 달포 가까이 물위에서만 살다 온 뱃사람들은 육지에 오르기만 하면 일제히 멀미가 나는 모양이었다. 개떡이 되도록 취해 이불에다 토악질을 해놓거나 흙투성이 발로 방안을 엉망진창 짓이겨놓기 일쑤였다. 하지만 그녀로서는 그나마도 감지덕지해야 할 처지였다. 그들이야말로 이 초라한 여관을 아직까지 잊지 않고 찾아와주는 거의 유일한 단골손님이었으니까.

"내가 또 한발 늦었네?"

금주였다. 조금 전까지 거실에서 졸고 있더니 어느새 뒤따라나선 모양이다.

"여긴 내게 맡기고, 넌 옥상에 가서 담요나 걷어줘."

"으마, 간밤에 신지가 또 사골 쳤나보네."

금주가 장독대 울타리에 펼쳐진 이부자리를 보고 눈을 찌푸린다.

"며칠 뜸하다 싶더니만, 다시 시작이구나."

"그러니까 내가 개구리를 달여 먹이랬잖수. 자다 오줌 지리는 병엔 직통이라던데."

"그만 좀 해. 한겨울에 개구리가 어딨다고."

미자는 한숨과 함께 쓴웃음을 지었다. 그까짓 오줌 싸는 버릇쯤이야 뭐 대수일까. 아이가 제정신으로 돌아오기만 한다면야. 행여 이러다가 신지를 영영 잃게 되는 건 아닌가. 또다시 머리를 쳐드는 불길한 생각에 지레 힘이 빠진 미자는 평상에 엉덩이를 걸치고 담배를 꺼내 물었다. 하루 반 갑이던 담배가 그사이 부쩍 늘었다.

그을음 같은 어스름이 뜰 어디에나 스멀스멀 내려앉고 있었다. 나무에 가려 맞은편 안채는 칙칙한 기와지붕 한쪽만 보였다. 뜰은 삼백 평 남짓한 공간에 빽빽이 들어찬 나무들 때문에 작은 숲 같았다. 후박나무, 동백나무, 구실잣밤나무, 유자나무, 벚나무 등등 수종도 다양했다. 그중 주종을 이루는 희귀한 난대의 상록수들은 대부분 수령 백 년 내외의 고목이었다. 나무들이 빚어내는 울창한 그늘 때문에 뜰은 사철 어둡고 축축했다. 그 검은 베일 안쪽엔 항상 은밀하고 괴괴한 정적이 웅크리고 있었다. 뜰을 점령하고 있는 음습한 그늘, 물기 밴 땅바닥과 이끼 덮인 나무둥치 틈새로는 갖가지 덩굴식물과 양치류가 그림자처럼 자라나고, 쥐와 두꺼비 그리고 구렁이와 도마뱀 따위 파충류가 한낮에도 배를 낮게 깔고 소리없이 기어다녔다.

한때 이 집 벚나무들이 읍내에서도 손꼽히는 명물이던 시절이 있었다. 바닷가 언덕을 허물고 그 자리에 세운 열두 칸짜리 우람한 왜식 기와집의 주인 하야시 겐자부로. 그는 일본인답게 집 안팎에 유독 벚나무를 많이 심었다. 해방이 되고 여러 차례 주인이 바뀌는 사이 벚나무들은 아름드리 거목이 되었다. 집을 포위하듯 늘어선 그것들이 한꺼번에 연분홍 꽃잎을 구름처럼 뭉클뭉클 피워올리기 시작할 즈음이면 읍내 하늘 한쪽이 훤하게 밝아질 정도였다. 하지만 세월의 풍파 속에 남은 벚나무는 이제 딱 두 그루뿐이다.

이 집을 지은 일본인 남자의 이야기는 아직도 읍내에 전설처럼 남아 있다. 하야시는 당시 영도에서 첫째가는 부자였다. 식민지 시절, 영도는 수산물 주 생산지이자 교역지로 남해안에선 손꼽히는 항구였다. 풍부한 생산량에 지리적으로 일본과 가깝다는 이점도 컸다. 김, 멸치, 미역, 톳, 다시마 따위 해산물을 일본으로 내다 파는 대규모 도매상인 그는 호사가답게 천 평 가까운 집 앞뒤의 정원을 꽤나 공들여 조성했다. 그러나 해방 후, 예전 집의 모습은 거의 사라졌다. 도로와 포구 하역장에 밀려 앞뜰은 흔적조차 사라졌고, 이젠 허깨비 같은 고옥 하나와 뒤뜰만 남았다.

원래 하야시가 지었던 집은 열두 칸짜리 본채와 작은 부속건물 두 채였다. 그러나 어느 해 원인 모를 화재로 바깥채 하나만 남기고 완전히 타버리고 말았다. 그 화재 이후 잇달아 불운이 겹치면서 하야시는 그 많던 재산을 다 잃고 폐인이 되다시피 했다. 문둥병이라고도 했고, 귀신에 씌었다고도 했다. 어쨌건 하야시는 남아 있는 그 바깥채 안에서 오랫동안 시름시름 앓다가 세상을 떠났고, 결국 해방이 되자 그의 식솔들은 완전히 거지꼴이 되어 일본으로 돌아갔다. 미자가 대충 들어 알고 있는 소문은 거기까지다.

하지만 이 여관의 진짜 명물은 뜰 북쪽에 서 있는 삼백 년 묵은 은행나무다. 어른 셋이 두 팔을 늘여야 안을 수 있는 우람한 몸통에, 정확히 동서남북을 향하고 네 가닥의 가지를 허공에 펼친 채 우뚝 버티고 선 모습이 가히 장관이었다. 하지만 일 년 전, 설분네 노파가 숨을 거둔 바로 그날 밤 벼락에 맞아 사지가 절단된 뒤, 나무는 뭉툭한 몸체만 남아 시름시름 죽어가고 있었다.

"언니, 난 저 칙칙한 나무들 좀 당장 베어냈으면 좋겠어. 꼭 삼신할미 모셔놓은 당집같이 음산해."

담요 뭉텅이를 안고 내려온 금주가 곁에 주저앉으며 투덜댔다.

"무섭긴. 뒤뜰 풍경이 좋아서 다시 찾는다는 손님들도 있는데."

"흥, 좋기는. 여름 내내 모기떼 들끓지, 한 걸음만 들어가도 캄캄한 게, 금방 눈앞에 뭐가 튀어나올 것만 같아. 참, 작년에 할머니 돌아가셨을 때 나타난 그 구렁이는 또 어떻고. 난 그때 진짜 숨넘어가는 줄 알았다니까."

금주도 미자의 손에서 담배를 뽑아 문다. 금주는 올해 서른일곱 살, 안채 기와집에 이십 년 전부터 세 들어 살고 있는 함흥댁 노인의 딸이다. 제주행 여객선의 기관장으로 일하던 중년 남자와 눈이 맞아 부산으로 떠났던 그녀는 삼 년 만에 빈손으로 되돌아왔다. 남자의 습관적인 음주벽과 주먹질 덕분에 얻은 거라곤 반쯤 골병든 몸뚱이와 술 담배뿐이라고 했다.

"언니, 동네 사람들이 여길 흉가라고 수군대는 거 알아요? 고목나무에 귀신들이 떼거리로 들러붙어 있대. 한둘도 아니고 수십 명씩이나."

"누가 그따위 소릴 해?"

"누구겠수? 조천댁이지. 뒷개 마을에 사는 그 무당 여자 말이우."

"쯧쯧. 그런 얘길 옮기는 사람들이 더 한심해."

이 집에 유령이 산다는 소문은 오래전부터 있었다. 십여 년 전 남편을 따라 섬에 들어온 이후 미자는 내내 그 소문과 함께 살아왔다. 마당 안에 첫발을 들여놓는 순간 그녀는 숲속을 배회하고 있는 그들의 존재를 어렴풋이 직감했다. 얼마 후 문제의 소문을 알게 되었고, 그녀의 믿음은 더욱 구체화되었다. 아직 한 번도 직접 맞닥뜨린 적은 없지만, 그녀는 이제 숲속 미지의 존재에 대해 거의 의심하지 않았다.

정적 속에 사철 울울한 그늘을 치마폭처럼 펼치고 있는 숲을 바라보고 있노라면, 그녀는 그 암회색 음습한 그늘 저쪽에 숨어 이쪽

44

을 응시하고 있는 그들의 시선을 문득문득 감지하곤 했다. 더러 은밀한 숨소리와 입김, 낮게 읊조리는 두런거림이 느껴지기도 했다. 그것은 하나가 아니라 둘, 셋 혹은 더 여럿일 때도 있었다. 그들의 움직임은 그림자처럼 조용하고 은밀해서, 숨을 멈춘 채 신경을 한껏 곤두세워 듣지 않으면 그냥 바람결에 흔들리는 잔가지 혹은 이파리 뒤척이는 소리쯤으로 여기고 말 터였다.

언제부턴가 미자는 보이지 않는 그들의 존재를 느낄 때마다 매우 특별하고도 고통스런 감정을 체험하곤 했다. 가슴 복판에 커다란 얼음덩이나 모랫더미가 얹혀 있는 것만 같았다. 뜻 모를 슬픔과 연민과 공포가 한 덩이로 뒤엉킨 그 기이한 감정의 정체를 미자는 짐작할 수 있을 듯싶었다. 그것은 바로 숲 그늘 저쪽, 어둠의 세상을 떠돌고 있는 존재들 때문이었다. 그녀는 그들의 외로움과 고통을 가끔은 생생히 느낄 수 있었다. 그들의 은밀한 시선은 얼음장같이 차갑고 침울했다. 냉기를 머금은 숨결은 메마른 모래바람 같았고, 보이지 않는 그들의 몸은 칠흑 어둠의 체액으로 가득차 있는 듯했다. 하지만 그들이 누구인지, 왜 그 숲을 떠나지 않는 것인지 그녀는 알지 못했다.

두 여자는 함께 바구니를 안고 마당을 돌아나왔다.

"참, 신지는?"

미자가 뜰을 휘둘러보며 물었다. 아이는 혼자 곧잘 그 음습한 뜰을 돌아다니곤 했다.

"아까 밖에 나갔을걸요."

"혼자?"

"문태 삼촌이랑요. 흥, 또 술 사러 가는 눈치던데 뭐."

뭐가 우스운지, 금주는 키득거렸다.

5. 신지

미자는 현관 복도에서 문태를 불렀다. 그는 팔꿈치 아래부터 뭉툭 잘린 한쪽 팔소매를 덜렁대며 방으로 들어서려던 참이었다. 성한 오른쪽 손엔 안주 봉지가 들려 있었다. 꺼칠한 수염에 부스스한 얼굴로 돌아보는 그의 두 눈이 대낮부터 벌겠다.

이 남자, 허문태. 베트남전쟁에서 팔 하나를 잃고, 그 충격으로 성기능마저 잃어버린 중증의 알코올중독자. 그는 미자의 친정 오빠다. 전투중 당한 부상으로 불구가 된 채 돌아오기 전까지만 해도 그는 술이라곤 입에 대지도 못하는 순박한 청년이었다. 한때 문태도 어머니와 여동생에게만은 세상에서 가장 대견스럽고 믿음직한 존재이던 시절이 있었다.

그가 베트남으로 떠나던 날, 단발머리 여학생 미자는 어머니와 함께 기차를 타고 멀리 부산까지 환송을 나갔다. 귀청이 터질 듯 요란한 군악대 팡파르 소리와 오색 색종이가 눈처럼 날리는 부두에서, 말쑥한 제복 차림의 문태는 두 사람을 가슴에 꽉 그러안고 턱없이 큰 목소리로 말했다.

"걱정 마. 아무 탈 없이 돌아올 테니까. 일 년만 견디면 목돈이 생길 거야. 그걸로 네 학비쯤은 충분히 해결할 수 있어. 어머니 잘 모셔야 한다. 알았지."

한쪽 팔을 잃은 몰골로 그가 집으로 돌아오던 날, 수돗가에서 쌀을 씻던 미자의 어머니는 그 자리에서 혼절을 했다. 어머니는 곧 의식을 차렸지만, 그날 이후 그들 세 식구의 눈에 비치는 세상은 오로지 잿빛이었다. 불행의 먹구름은 유독 그들의 머리 위에만 머물러 한시도 쉬지 않고 비를 뿌려댔다.

한때 연극배우를 꿈꾸었던 문태는 취하면 아무에게나 시비를 걸고 욕을 퍼붓는 난폭한 주정뱅이로 변했다. 입대 전까지 다니던 야간대학에 복학하는 일도 물거품이 되었고, 생계를 위해 손을 댄 이런저런 장사도 번번이 실패했다. 어쩌다 만나 함께 살림을 차렸던 여자마저 보름 만에 돈을 챙겨 한밤중에 도망치고 나자 그는 완전하게 빈털터리가 되었다. 문태가 백년여관에 내려와 기거하기 시작한 건 두 해 전이었다. 유일한 버팀목이던 홀어머니가 세상을 뜨자 문태는 폐인이 되다시피 했고, 그 꼴을 보다못한 미자가 여관 일을 도와달라는 핑계로 손목을 잡아끌다시피 해서 영도로 데려왔던 것이다.

그렇다고 문태가 꼭 미자에게 일방적으로 짐이 된 건 아니다. 남편이라는 위인은 언제부턴가 귀신에 홀린 듯 집을 나가 홀로 세상을 떠돌기 일쑤였으므로, 그녀 혼자 여관을 꾸려나가느라 늘 힘에 겨웠다. 주저앉고 싶은 순간들이 많았지만, 그럴 때 오빠가 곁에서 그나마 힘이 되어주기도 했다.

문제는 고질적인 그의 주벽이었다. 이곳으로 내려온 뒤 한동안은 용케 유혹을 참아내는 듯하더니, 역시 오래가지 못했다. 예전처럼 아무나 붙잡고 시비를 걸거나 행패를 부리는 일은 없어졌으나, 대신 줄담배를 피워대며 혼자 방에 처박혀 강소주만 줄곧 마셔댔다. 그런 뒷날은 온종일 녹초가 되어 고꾸라져 있곤 했는데, 오늘도 이미 몇 잔 시작한 눈치였다.

"어, 신지를 왜 내게서 찾냐?"

"오빠가 데리고 나갔다면서요."

"무슨. 새우깡 한 봉지 사 쥐여주고는 한참 전에 집으로 돌려보냈는데, 없어?"

들척지근한 술냄새를 풍기며 그는 비틀거린다.

"제발, 술 좀……"

"야야, 걱정 마라. 보나 마나 전자오락실에 갔을 테지."

미자는 금주가 저녁을 준비하는 사이 여관을 나섰다. 바깥 기온이 뚝 떨어진 듯했다. 섬뜩한 냉기를 머금은 바람이 모래알처럼 따갑게 얼굴을 후려쳤다. 바다와 마주선 여관 건물은 남쪽으로부터 곧장 내달아오는 바람을 항상 고스란히 맞아야 했다.

안채로 가볼까 하다가 미자는 그만두었다. 골목 끝에 음산하게 돌아앉은 집채가 보였다. 금방 우두둑 내려앉을 것 같은 그 해묵은 집 방안엔 함흥댁 노인 혼자 텔레비전을 켜놓고 그림자처럼 앉아 있을 것이다. 시할머니 설분네가 세상을 뜬 뒤부터 함흥댁 노인은 늘 그렇게 혼자였다. 아이는 분명 거기 없을 터였다. 아이는 안채에 있다가도 이맘때면 혼자 여관으로 돌아와 꼭 텔레비전 만화영화를 보았다.

미자는 삼거리 쪽으로 나갔다. 골목 어귀에서 길은 셋으로 갈라진다. 가운데 길은 초등학교를 지나 가장골 기슭으로, 오른쪽 길은 읍내 구시가지로 이어진다. 남은 한 길은 낡은 선착장을 지나 방파제까지 뻗어 있다. 삼거리 어귀에서 동백식당 주인 여자가 마침 쓰레기 봉지를 들고 나왔다.

"우리 아이 못 보셨어요?"

"어, 아까 뒷산 붉은 샘까지 올라왔던데."

머리를 갈색으로 물들인 여자는 딸 셋을 둔 과부였다. 하루걸러 카바레를 드나든다는 그녀는 뚱뚱한 체구임에도 춤출 땐 몸놀림이 나비 같다는 소문이었다.

"진짜로 시체가 우물에 빠졌나, 파출소에서 조사하러 왔었대. 여편네들이 우르르 몰려가기에 나도 구경 삼아 따라가봤지. 흥, 있기는 뭐가 있어. 다 말짱 지어낸 헛소리지."

"신지가 거길 갔단 말예요?"

"그렇다니까. 파출소장이 붙잡고 뭐라 묻는데도, 애가 당최 대답을 해야 말이지."

세상에 거기가 어디라고. 미자는 가슴이 철렁했다. 부정한 곳이라고 어른들조차 꺼려하는 외진 골짜기였다. 허둥지둥 길을 건너려는데, 여자가 등뒤에서 소리쳤다.

"그애, 진즉 내려왔어. 지금쯤 운동장에서 놀고 있을걸."

학교 운동장엔 아이들이 공을 쫓아 몰려다니고 있었다. 놀이기구 부근에도 아이는 없었다. 낯익은 꼬마 하나를 붙잡고 물어보았다. "몰라요. 아까까진 저쪽에 혼자 앉아 있었는데." 화단 쪽을 가리키는 둥 마는 둥 꼬마는 부리나케 공을 쫓아갔다.

학교 앞 분식집과 문방구는 비어 있었다. 전자오락실 안으로 들어갔다. 빽빽이 들어찬 기계마다 조무래기들이 들러붙어 있었다. 그 소란 속에도 아이의 모습은 보이지 않았다. 신지는 그곳을 좋아했다. 게임에 몰두해 있는 다른 아이의 등뒤에서 입을 헤 벌린 채서 있곤 했다. 택시 한 대가 전조등을 환히 켜고 지나갔다. 그새 어둠이 내려앉고 있었다. 마음이 조급해졌다.

미자는 슈퍼, 다방, 철물점, 낚시점, 횟집 들이 늘어선 선착장 길로 나섰다. 초저녁인데도 벌써 상가 절반은 문을 닫았다. 손님의 발길이 뚝 끊긴 상가는 피난을 떠난 마을 같았다. 몇 해 전에 만 건너편 매립지에 신시가지가 조성되고 현대식 상가가 들어차면서부터 이곳 옛 포구의 상가는 급격히 몰락해가고 있었다.

"올겨울엔 웬 바람이 사흘 걸러 이 지랄을 하는지 몰라."

"내일 새벽에 주의보가 내려질 거라등만. 이번 폭풍은 엄청나게 강할 거라는데, 한겨울에 무슨 변고여."

"허 참, 환장허겠네. 내일은 서울서 낚시꾼들이 오기로 했는디……"

급히 배를 단속하러 나온 남자들이 두런거리며 지나갔다. 또 폭풍이 몰려오고 있다니…… 미자는 바다를 살펴보았다. 수면은 첫물처럼 무겁고 칙칙한 빛깔을 띤 채 수런거리고 있었다. 건너편 섬의 등성이 위로 먹장구름들이 빠르게 북상중이었다. 방파제 부근은 물결이 몰라보게 거칠었다. 이빨을 허옇게 치켜세운 파도가 밑동을 쿵쿵 두드릴 때마다 바닷물이 허공으로 솟구쳤다가 어지럽게 쏟아졌다.

마침내 아이의 모습이 보였다. 방파제 끝, 비상용 소방장비를 보관해놓은 소형 창고의 벽에 등을 기댄 채 아이는 무섭게 들끓는 바다를 마주하고 앉아 있었다. 나란히 세운 두 무릎 위에 턱을 고인 채 잔뜩 웅크린 아이의 몸이 금방 바람에 날려갈 듯 위태로웠다. 그 모습이 문득 한없이 멀고 낯설어서, 미자는 무심코 멈춰 섰다.

대체 무엇을 저리 뚫어져라 바라보고 있는 것일까……

뭔가를 집요하게 기다리는 듯한 자세. 미자는 아이의 시선이 가 닿는 지점을 좇았다. 거기엔 광포하게 끓어오르고 소용돌이치는 검은 물밖에 없었다. 아이는 하루 중 많은 시간을 그렇듯 미동도 없이 앉아 있곤 했다. 그 순간엔 아이 저 혼자 어떤 미지의 세상에

가 있는 것처럼 보였다. 다른 누구도 접근 불가능한 세상, 오직 저 혼자만 드나들고 혼자서만 볼 수 있는 세계. 그 절대고립과 절대유폐의 세상에서 아이는 다만 저 홀로일 터였다.

미자는 눈물이 훅, 솟구쳤다. 아이 혼자 견디어내고 있을 그 완벽한 외로움이 몸서리치게 무섭고 안타까웠다. 그 끔찍한 고독을 아이와 함께 나누고 싶었다. 아이 스스로 유폐시켜버린 방, 그 비밀의 정원으로 이어진 통로를 그녀 또한 찾게 되기를 간절히 소망했다. 그러나 그녀에겐 아무 힘이 없었다. 그녀는 더없이 비참하고 못난 어미였다.

미자는 남편을 떠올렸다. 이럴 때라도 곁에 있어주었으면. 그러나 남편 역시 언제부턴가 자신 혼자만의 또다른 세상으로 도피해버린 사람이었다. 이번엔 벌써 열흘 가까이 아무 소식이 없었다. 말없이 휙 집을 떠났던 남편은 버릇처럼 또 기척 없이 불쑥 나타날 것이다.

"신지야, 나야. 엄마야."

미자가 다가가서 어깨 위에 손을 얹자 아이는 비로소 고개를 돌렸다. 우물처럼 검고 깊은 아이의 눈망울이 희미하게 출렁였다. 미자는 아이를 등에 업고 집을 향해 걷기 시작했다. 파도가 더욱 거칠어지고 있었다.

6. 실종

미자는 지금도 그날의 일을 또렷이 기억하고 있다. 임박한 불행에 대한 실낱같은 예시나 예감조차 없이 그것은 실로 불시에 들이닥쳤다.

그날은 유난히 맑고 화창한 날씨였다. 늦가을인데도 기온은 푸근했다. 아침식사중 남편의 입에서 불쑥 낚시 얘기가 튀어나왔을 때 그녀는 되레 반색했다. 그즈음 가출벽이 도진 남편은 언제나처럼 혼자 떠돌아다니다가 꼬박 달포 만에 귀가한 직후였다. 돌아오자마자 허깨비처럼 사흘 내내 잠에 곯아떨어졌던 남편은 그날따라 아침 일찍 자리를 털고 일어났다. 마당과 골목까지 비질을 하고, 헐거워진 창고 문짝에 망치질을 하는 모습에선 뼛골까지 밴 우울증 따윈 흔적도 없어 보였다.

남편의 밝은 표정만으로도 반가워서 그녀는 아이를 데리고 가겠다는 그를 굳이 막지 않았다. 게다가 하늘은 쨍소리 나게 투명하고, 바다는 바람 한 점 없었다. 서둘러 도시락과 아이의 옷을 챙겨준 다음, 그녀는 전에 없이 선착장까지 배웅을 나갔다. 남편과 아이를 태운 한라슈퍼 양씨의 낚싯배는 뽀얀 물보라를 그리며 방파제를 신나게 돌아나갔다.

아이의 실종 소식을 들은 건 오후 두시. 엉뚱하게도 낚시꾼들을 태우고 돌아온 다른 선박을 통해서였다. 아이를 찾기 위해 현장 주변을 미친 듯 빙빙 돌던 남편과 양씨가 때마침 근처를 지나는 그들더러 경찰에 신고해주기를 부탁했던 것이다. 사고지점은 배로 한 시간 거리인 무인도 부근이었다.

소식을 듣자마자 미자는 맨발로 선착장까지 내달았다. 요란한 사이렌 소리와 함께 한발 앞서 경비정이 출동했다. 길바닥에 풀썩 나동그라진 미자를 주민들이 에워쌌다. 그 순간 멀쩡하던 하늘이 동굴 속처럼 캄캄해지고 엄청난 소낙비가 좍좍 퍼붓기 시작했다. 빗발은 이내 우박으로 변했다. 바둑돌만한 얼음덩어리가 머리 위로 폭포처럼 하얗게 쏟아졌다. 모두들 콩 튀듯 건물 안으로 달아났지만, 미자는 금주와 함께 방파제 끝에 주저앉아 머리를 쥐어뜯으며 미친 듯 울부짖었다.

경비정은 일몰 후에야 포구로 복귀했다. 수색작업은 실패였다. 탈진한 남편을 사람들이 배에서 업어 내렸다. 미자는 침착하게 남편을 방에 눕히고 손수 이불까지 덮어주었다. 그리고 자신도 곁에 툭 쓰러지자마자 의식을 놓아버렸다.

이튿날 재차 수색작업이 벌어졌다. 경비정과 함께 동네 낚싯배 대여섯 척까지 나섰다. 미자도 남편을 따라 배에 올랐다. 닻을 내려놓고 아이의 손에 작은 낚싯대를 쥐여주었노라고 남편은 말했다. 회친 우럭을 앞에 놓고 둘이서 고물에 앉아 소주를 딱 두 잔 비웠을 뿐인데, 그사이 아이가 감쪽같이 없어졌다는 것이다.

"분명히 있었어. 콜라를 홀짝이면서 바로 여기, 이 자리에 신지

54

가 앉아 있었다니까. 그랬는데, 어떻게 흔적도 없이 사라진단 말야."

남편은 어린애처럼 엉엉 울었다. 선체의 요동은커녕 물방울 튀는 기척조차 없이 어떻게 아이가 증발해버린단 말이냐. 도대체 말이 되느냐. 그는 엉뚱한 사람들을 붙들고 악을 썼다. 일단 경찰은 수색작업을 종료했다. 누군가 익사체를 발견해 신고해올 때까지 기다리는 수밖에 없다. 인근 해안으로 떠밀려온다면 다행이나, 사고지점으로 추정컨대 십중팔구 이미 해류를 타고 제주도 방향으로 이동중일 것이다. 경찰은 그렇게 결론을 내렸다.

그 밤, 바닷가 백년여관엔 수많은 전등이 일제히 켜졌다. 열두 개의 객실과 내실, 주방, 복도, 옥상, 창고 그리고 골목에 매달린 가로등까지 전구는 모두 서른아홉 개였다. 불빛은 먹빛 수면에 반사되어 끊임없이 뭉치고 흩어지며 밤새 현란하게 일렁였다. 그것은 비상착륙한 우주선 혹은 때아닌 크리스마스트리 같았다. 서른아홉 개의 전등 스위치를 일일이 찾아서 작동시킨 인물은 미자의 남편 강복수였다. 그는 여관 앞 모래밭에 장작더미를 키 넘게 쌓아올린 뒤 석유를 끼얹고 불을 댕겼다.

"불을 더 피워! 추자도와 제주바다에서도 훤히 볼 수 있게! 세상 끝까지, 불꽃을 활활 피워올리라고! 그래야 내 아들이 집을 찾아올 수 있어!"

복수는 완전히 넋이 나갔다. 대낮같이 밝아진 갯가 모래밭에 주저앉아, 밀물 차오르는 검은 바다를 향해 끝없는 넋두리를 풀어놓고 있었다.

"아버님. 당신이 데려가신 겁니까. 아니면 할머님이 그 아이를 불러가신 것입니까. 그도 저도 아니면, 대체 누구입니까. 아아, 대관절 이게 몇번째 죽음입니까? 우리 집안 삼대에 걸쳐, 이렇듯 비명횡사한 목숨이 대체 몇이나 되는지 아십니까? 총 맞아 죽고, 맞아 죽고, 얼어 죽고, 굶어 죽고…… 아아 그것도 부족해서, 끝내는 마지막 남은 그 아이까지 데려가시겠다고요……"

그는 울다가 웃고, 고함치다가 또 노래를 불렀다. 벌렁 누웠다가도 금방 벌떡 일어나 메뚜기처럼 장작불 주위를 경중경중 뛰어다녔다. 그 꼴을 보고 누군가 한 말들이 술통을 가져와 바닥에 털버덕 내려놓았다.

"이보게. 이러다간 자네가 죽겠네. 마시게. 이것 말고는 달리 방법이 없으니."

복수는 걸귀처럼 퍼마시기 시작했다. 방안에 엎어져 간신히 숨만 꼴딱거리던 미자도 뛰어나왔다. 그녀는 술통을 통째 차지하고 연거푸 서너 사발 벌컥벌컥 입안에 쏟아붓더니, 사발을 가득 채워 남편 앞에 불쑥 디밀었다. 둘의 시선이 잠깐 마주쳤다. 저마다의 눈 속에서 활활 타고 있는 무서운 불덩이를 그들은 똑같이 노려보았다. 이번엔 남자가 사발을 여자에게 디밀었다. 주거니 받거니 하다가 남자 쪽이 먼저 풀썩 고꾸라져 코를 골기 시작했다. 아아아아으. 그제야 여자의 목구멍이 터지면서 엄청난 울음줄기가 솟구쳐 나왔다. 반쯤 미쳐 날뛰는 남편 때문에 그녀는 그때까지 맘껏 울지도 못했던 것이다. 장작불은 새벽에도 꺼지지 않았다. 사람들은 하나둘 집으로 돌아갔고, 여관집 식구들만 남아 밤을 밝혔다.

새벽이 왔다. 밤새 갈무리해둔 태양을 토해낼 듯, 동쪽 바다 한쪽이 발갛게 달아올랐다. 돌연 다급한 비명소리에 식구들은 동시에 발딱 일어났다. 건너편 방파제 쪽, 안개 속에서 질펀한 개펄밭을 누군가 내달려오고 있었다. 새벽같이 조개를 따러 나온 동네 여자였다.

"설분네 할머니! 찾았소오. 아이가…… 저기……!"

엉뚱하게도 여자는 세상 떠난 노인을 외쳐 불렀다. 그들은 단숨에 개펄을 질러 맞은편 방파제까지 달렸다. 먼저 와 있던 동네 여자 서넛이 제각기 소리를 질러대며 방파제 아래쪽을 손으로 가리켰다. 아이의 옷을 미자는 곧 알아보았다. 가냘픈 몸뚱이가 널찍한 바위틈, 무성한 해초 위에 엎드려 있었다. 하체가 물에 잠긴 채 아이의 작은 몸이 파도를 따라 출렁거렸다. 복수가 뛰어들어 아이를 안아올렸다. 두 눈은 감겼고 낯빛은 백지였다. 미자가 아이를 으스러져라 품에 안았다. 놀랍게도 온기가 느껴졌다. 심장도 힘차게 뛰고 있었다. 그들은 똑같이 비명을 질렀다. 아이가 눈을 떴던 것이다. 살았다. 살았어. 그들은 한덩어리로 엉켜 울음을 터뜨렸다.

"없어졌어. 그것들이 사라졌다니께."

"그게 대체 뭐라냐?"

"사람 손. 틀림없이 손이었어."

등뒤에서 여자들이 들뜬 목소리로 떠들었다.

"뭐가 사라져요?"

문태가 물었다. 여자들은 겁먹은 얼굴로 주변을 두리번거렸다.

"세상에, 꿈을 꾼 것도 아니고. 희한하기도 해라."

허벅지까지 푹 파묻히는 커다란 고무장화를 신은 여자가 입을
열었다. 아이를 맨 처음 발견한 사람이 바로 나다. 오줌이 마려워
방파제 밑에서 막 쪼그려앉은 참인데, 저만치 바위틈에서 언뜻 푸
르스름한 불빛이 비치지 뭐냐. 형광등 불빛같이 희멀거면서도 초
록색 같은 기묘한 광채가 나오더라. 처음엔 낚시꾼이 새벽부터 거
기 나와 앉은 줄로만 여겼다. 그런데 불빛이 금세 수십 개로 불어
나면서 푸른색 불덩이로 변하더니, 기슭을 향해 빠른 속도로 다가
오기 시작하더라…… 숨을 삼킨 채 지켜보던 여자는 비로소 수면
에 뜬 아이의 모습을 알아보았다. 그 기이한 발광체들이 아이의 몸
뚱이를 에워싸고 있었다. 작고 희미한 초록색을 띤 그것들은 분명
사람의 손 모양 그대로였다. 그 푸른 손들에 의해 가마처럼 떠받쳐
진 아이의 몸은 수면 위를 미끄러지듯 다가왔다. 하필 그때 한껏
참았던 여자의 오줌이 콸콸 쏟아지기 시작했고, 그 소리에 놀랐는
지 불빛들은 눈 깜짝할 순간에 물속으로 사라져버렸다…… 흥분

한 여자는 양손에 쥔 호미와 바구니를 연신 흔들어대며 그렇게 열심히 증언했다.

읍내 병원에 입원한 지 사흘 만에 아이는 집으로 돌아왔다. 완전히 탈진 상태였던 아이는 놀랍도록 빠르게 회복되었다. 몸 상태를 면밀히 검사한 의사는 지극히 정상이라고 말했다. 마냥 좋아서 입을 다물지 못하는 가족들의 모습을 그 젊은 담당의사는 시종 불신에 가득찬 눈으로 지켜보고 있었다. 겉보기엔 모두 멀쩡해 보이는데, 도대체 영문을 알 수 없는 사람들이군. 의사의 얼굴엔 그렇게 쓰여 있었다. 이유는 모르지만, 일가족이 통째로 공모해서 의사인 자신을 포함, 세상 모두를 상대로 지금 형편없이 서툰 거짓말을 늘어놓고 있다고 그 젊은 의사는 확신하는 눈치였다.

경찰 역시 반신반의했다. 자, 수영을 전혀 못하는 열한 살짜리, 그것도 자폐증을 가진 아이가 바다에 빠져 행방불명되었다가 표류 끝에 섬으로 되돌아왔다. 그것도 거의 이틀 만에, 의지할 널빤지 하나 없는 맨몸뚱이로 말이다. 해수면의 수온이 급격히 떨어진 시기라 건강한 성인도 오래 버텨내기 힘든 악조건. 그럼에도 몇 군데 찰과상 및 탈수증상 외에는 오장육부와 사지가 멀쩡한 상태다. 검사 결과, 아이가 다량의 바닷물을 들이마신 흔적도 없다고 한다. 자, 이 사건을 어떻게 봐야 할 것인가. 경찰관들은 쉽게 결론을 내리지 못했다. 가족들과 양씨가 짜고 벌인 연극일 거라는 견해도 있었지만, 그 뚜렷한 동기나 이유를 찾기 어려울뿐더러 또 평소 됨됨이로 보아 그럴 사람들도 아니라는 게 중론이었다. 물론 그날 아침 배에 탄 아이를 목격한 다른 증인들도 있었고. 문제는 결정적인 열쇠를 쥔 당사자가 하필 자폐증을 앓는 어린아이라는 점이었다. 당연히 아이와는 소통이 불가능했다. 결국 실종자가 사십이 시간 만에 해변으로 표류해와 구조된 것으로 경찰은 사건을 마무리했다.

그러나 소문은 무성하게 가지를 치고 뿌리를 뻗어갔다. 등이 가마솥만한 바다거북이가 아이를 업어다가 집 앞에 부려놓았다더라. 아니다. 황소만한 물개였다더라. 모르는 소리. 물개가 아니라 바다표범이라 하더라. 그런 별의별 소문들 중 가장 그럴싸한 얘기는 밀수선에 관한 것이었다. 때마침 근처를 지나던 밀수범들이 우연히 아이를 구조했고, 경찰에게 발각될 게 두려워 아이를 방파제 부근에 내려놓고 도망쳤다는 것이다. 그날 목격자들이 주장하는 푸른 손이니 불빛이니 따위도 안개 때문에 손전등이나 담뱃불을 잘못 본 것이라고 했다. 그렇게 한동안 사람들의 입놀림을 부추겼던 소문들도 점차 잠잠해져가는 참이었다.

7. 바람 소리

'사막 한가운데 집 한 채가 서 있다. 집 주위는 온통 붉은 모래밭이다. 널빤지로 만든 그 네모난 집은 동백식당 누렁이의 개집을 닮았다. 그 집엔 뚱보 아줌마, 말라깽이에 꺽다리인 남편, 까만 털에 작고 못생긴 개 한 마리, 이렇게 딱 세 식구가 산다. 꺽다리 남편은 매부리코이고 심술쟁이지만, 뚱보 아줌마는 마음씨가 좋다. 아줌마는 동그란 안경을 쓰고 항상 뜨개질을 하거나, 음식을 만들거나, 소파에 앉아 텔레비전을 본다. 지금 뚱보 아줌마의 텔레비전에서는 무서운 외계인들이 사막에 나타났다는 뉴스가 흘러나오고 있다……'

아이는 문득 화면에서 눈길을 떼고 머리맡 유리창을 올려다본다. 창틀이 저 혼자 다다닥 이빨을 두드려대다 멎는다. 아이는 손에 쥔 비스킷을 한입 베어문다. 밖은 벌써 깜깜해졌다. 바람은 한층 사나워지고, 담을 넘어오는 파도 소리도 굉장하다. 바람은 엄청나게 두꺼운 책 같다. 헤아릴 수 없이 많은 갈피마다 서로 다른 수만 개의 소리가 숨어 있다. 아이는 귀를 기울여본다. 숨을 삼킨 채 가만히 있으면 양쪽 귓바퀴가 어느샌가 소리없이 부풀어오른다. 숟가락만하던 그것은 국자만큼 커지고, 손바닥만큼, 다시 당나귀의 귀만큼 커진다. 종내는 군악대의 나팔만하게 늘어나고, 마침내 수많은 소리들이 그 나팔 안으로 일제히 흘러들어오기 시작하는 것이다.

아이는 창밖 바람 속에 숨은 소리들을 하나씩 헤아려본다. 창틀과 유리문 떨리는 소리, 현관 간판의 딸그락거림, 뒤뜰 나무들의 저마다 다른 흔들림, 담벼락에 숭숭 뚫린 구멍들의 휘파람, 바위를 때리고 허공으로 솟구쳐오르는 파도의 고함소리…… 또 멀리 포구 앞 불섬火島의 늙은 당산나무가 내는 괴이한 신음소리, 무성한 원시림 속 새들의 지저귐과 날갯짓, 쥐, 두더지, 족제비 따위 짐승들의 울음소리, 그리고 만 건너편 신시가지 부두와 한길과 골목의 별의별 소음들……

하지만 아이는 안다. 세상엔 그런 것들과는 전혀 다른 아주 특별한 소리가 존재한다는 사실을. 물론 어른들은 아무도 그들의 존재를 알지 못한다. 그것들은 매우 특별한 시간, 특별한 장소에만 모습을 드러내기 때문이다. 그들은 하나같이 이상하고 기묘한 모습을 가졌다. 얼굴도 머리도 몸통도 없다. 다만 손 하나뿐. 손은 그들의 얼굴이고 머리고 몸뚱이다. 그들은 아주 밝고 연한 초록색을 띤다. 그래서 어둠 속에선 조그만 불덩이처럼 보이기도 한다.

그 푸른 손들의 감촉은 차갑고 축축하고 미끌미끌하다. 수수깡처럼 바삭거리거나 까칠까칠하거나 혹은 스펀지같이 푹신한 것도 있다. 그들은 바다에서 산다. 뒷산 붉은 샘에서도 그들을 보았다. 하지만 아마 그들이 모여 사는 곳은 바다 밑 아주 깊은 그늘 속일 것이라고 아이는 짐작한다.

그들은 항상 밤에만 소리를 낸다. 특히 수면 위로 안개가 치약거품처럼 뭉클뭉클 피어오르는 밤, 혹은 진눈깨비가 흩뿌리는 밤을 그들은 가장 좋아한다. 달밤이나 이슬비가 추적추적 내리는 밤, 또 눅눅하고 끈끈한 바람이 제주도 쪽에서 불어오는 밤도 좋아한다.

그런 밤엔 그들은 어김없이, 아무도 몰래, 수면 위로 떠오른다.

그들에게선 아주 기묘하고 특이한 소리가 난다. 휘잇, 휘잇, 휘이잇. 끝이 뾰족하고 높은 그 소리는 해녀들의 휘파람과 비슷하면서도 다르다. 해녀들의 휘파람은 다급하고 숨가쁘긴 하지만, 힘차다. 반면 그것들의 목소리는 한없이 지쳐 있고 쓸쓸하다. 아이는 그것들이 증조할머니 설분네의 울음을 닮았다고 생각한다.

"못 가! 못 간다! 아암, 차마 이대로는 못 가고말고!"

할머니는 하루에도 수십 번씩 혼자 소릴 질렀다. 휘잇 휘잇, 기묘한 한숨을 토해내면서 주먹으로 가슴을 쾅쾅 두드리기도 했다.

"신지야. 내 귀한 꽃손자야. 뒷산에 올라가보면 멀리 바다 가운데 신령스런 산 하나가 하늘까지 우뚝 솟았지 않던? 그 산이 한라산이고, 거기가 제주도여. 이 할미 고향이여. 네 아버지도 거기서 태어났단다. 네 아버지의 아버지, 그 아버지 위에 또 아버지, 그 또또 아버지 위에 또또또 아버지까지 모두 다 한라산 신령님 무르팍에서 생겨났더란다……"

아이를 무릎에 누이고서 할머니는 뜻 모를 이야기를 되뇌었다. 중얼거림은 흥얼흥얼 가락을 넣은 노래가 되고, 한숨과 탄식이 섞이면 끝없이 이어지는 긴긴 흐느낌이 되었다. 할머니는 연신 아이의 작고 보드라운 발가락과 종아리와 손가락과 얼굴을 사랑스레 어루만져주었다. 딱딱하고 까칠까칠했지만 아이는 늘 그 손길이 좋았다.

"휘잇 휘잇……"

아이는 두 귀를 한껏 기울인다. 아, 그들이다. 그들이 왔다. 푸른 손. 바람 속에서 아이는 그들만의 특별한 기척을 금세 가려낸다. 담 너머 갯가, 아니면 바위 기슭인지도 몰라. 잠시 후 소리는 잠잠해진다. 아이는 텔레비전 화면으로 다시 눈길을 돌린다.

미닫이문이 드르륵 열렸다. 소쿠리를 안은 금주의 뒤를 따라 미자도 들어온다. 둘은 저녁 설거지를 막 끝낸 참이다.

"우리 신지, 만화영화 보는구나. 재밌어?"

금주의 물음에 아이는 반응이 없다. 화면만 뚫어져라 바라보는 아이의 입가엔 침이 엉겨붙어 있다. 미자는 낮게 한숨을 내쉰다. 아이는 늘 그런 모습이었다. 무엇에건 일단 시선을 고정시키면 언제까지고 그대로 정지했다. 빙빙 돌아가는 선풍기 날개, 괘종시계의 추, 창틈으로 새어들어오는 햇살, 바람에 흔들리는 나뭇잎, 천장에 붙은 파리…… 아이의 넋을 빼앗는 사물은 도처에 널려 있었다. 두 여자는 나물을 다듬기 시작한다. 말린 고사리며 취나물, 호박 따위. 다가오는 제삿날에 쓰일 것들이다.

"참 묘하지. 저럴 땐 눈도 안 깜박여요. 걱정이 되어 어깨를 흔들어볼 정도라니까."

금주가 말했다.

"시간이 가면 점차 나아지겠지. 의사 말이, 충격 때문에 생긴 후유증이랬으니까."

"그래도 언니, 이렇게 무사히 돌아온 게 진짜 꿈만 같잖아?"

"그럼, 꿈같고말고……"

팔삭둥이로 태어날 때부터 아이는 모든 게 순탄치가 못했다. 체중이 정상아의 절반도 못 되는데다 젖을 제대로 빨지 못했다. 유난스럽던 잔병치레는 다섯 살이 되어서야 조금 뜸해졌다. 정작 문제는 그때부터였다. 신체 발육이 부실한 아이라서 말문도 늦게 트이는 것이라 여겼다. 애초에 말하기를 꺼려하는 게 더 문제였다. 무엇보다 유별나게 혼자 있기를 좋아했는데, 그것이 병일지도 모른다는 의심을 하게 된 것은 담임교사의 귀띔 때문이었다. 수업중 아이가 한 시간 내내 그야말로 식물처럼 가만히 앉아 있더라고 했다. 자폐증이라는 의사의 말에 부부는 큰 충격을 받았다. 그나마 아주 심한 편은 아니라는 말로 위안을 삼았다.

그때부터 늘 마음 졸이며 아이를 지켜보았다. 다행히 그런대로 더 심해지지는 않고, 드물게 띄엄띄엄 입을 열기도 했다. 그러더니 아이는 증조할머니가 세상을 뜨면서부터 급작스레 증세가 나빠졌다. 그리고 지난번 그 실종사건을 겪고 나서는 영영 말문을 닫고 말았다.

"참, 어제저녁엔 얼마나 놀랬는지 몰라. 돌아가신 할머니 방 앞문이 덜컹 열리더니만, 시커먼 게 불쑥 기어나오지 뭐요."

"뭐라구?"

"누군지 알아요? 신지였다니까, 세상에."

"아니, 걔가 그 방엔 왜?"

"그러게 말이우. 어린애가 겁도 없지. 솔직히 난 그 방 앞을 지나가려면 왠지 섬뜩해집디다. 참 이상해. 생전엔 친할머니처럼 그리 가까웠는데, 돌아가신 뒤엔 어찌 그리 무섬증이 드나 몰라. 부러 정을 뗀다고들 하더니, 그게 정말인가봐, 언니."

죽은 할머니의 방에 아이가 드나들다니, 금시초문이었다. 아이는 유난히 할머니를 따랐다. 뼈에 가죽만 남은 몸, 눈같이 흰 백발, 목에 달걀만한 혹 두 개가 튀어나온 아흔아홉 살 노인 곁에서 아이는 매일 밤 잠이 들었다.

장례를 치른 뒤 그 방은 줄곧 비워두었다. 고인이 쓰던 옷가지며 이부자리는 모두 태워버렸지만, 작은 장롱 하나와 구식 체경 그리고 케케묵은 고리짝은 방안에 그대로 두었다. 그것들만은 절대로 손대지 말라는 남편 복수의 고집 때문이었다.

"그 사연을 당신이 어찌 알겠소. 할머님의 손때 묻은 저것들만은 남겨둡시다. 정 치우려거든, 나 죽은 다음에나 그리하시오."

그 말을 할 때의 남편은 뜨거운 불덩이를 삼킨 사람 같았다. 음성이 심하게 떨리고 핏발 선 두 눈은 벌겋게 이글거렸다. 미자는 아무 말도 하지 않았다. 남편 집안의 두렵고 슬픈 내력을 그녀도 어렴풋이나마 알고 있었으므로.

8. 죽음

설분네 노파는 아흔아홉 살의 마지막날 밤 숨이 멎었다. 정확히 백 살이 되기 몇 시간 전이었다. 눈을 빤히 뜬 채 반듯하게 앉은 자세 그대로였다.

주검을 맨 먼저 발견한 사람은 손자 복수였다. 바로 직전 그는 뒤뜰의 삼백 년 묵은 은행나무가 벼락에 맞아 우지끈 나자빠지는 꿈을 꾸었다. 퍼뜩 불길한 예감이 일어 그는 아직 이른 시각인데도 안채의 할머니 방을 살피러 갔다. 노파는 어둑한 방 가운데서 등을 돌리고 앉아 있고, 그 곁에 아이가 잠들어 있었다. 조용히 문을 닫고 돌아서려는데, 언뜻 뭔가 이상했다. 당연히 방안에 고여 있어야 할 담배 연기가 느껴지지 않았던 것이다.

노파는 영락없이 살아 있는 것 같았다. 몸속 어딘가 이미 부패가 시작된 듯, 시큼하고 퀴퀴한 냄새가 가득 밴 방 한가운데에 노파는 홀로 책상다리를 하고 오도카니 앉은 자세였다. 앙상한 허리와 목뼈까지를 곧추세운 채 두 눈 부릅뜨고 정면을 똑바로 노려보고 있었다. 그것은 눈앞의 적과 혼신의 힘으로 맞서려는 늙은 독수리의 눈빛 같았다.

"못 가! 이대로는 절대 못 가!"

그것은 거미줄같이 흐물흐물 삭은 노파의 목구멍이 이 지상에 최후로 토해놓은 유언이다. 사실 노파가 숨을 거두는 최후의 순간을 직접 지켜본 사람은 없었다. 물론 그날 밤에도 아이는 노파의 곁에서 잠이 들었지만, 아이에게서는 아무것도 확인할 수가 없었다. 대신 옆방의 금주와 함흥댁 노인이 잠결에 설핏 그 소리를 들었노라고 증언했다.

그 밤은 몹시 춥고 바람이 유난스레 불었다. 두 사람은 한밤중에 난데없이 쩌렁쩌렁 내지르는 설분네 노파의 고함소리에 놀라 퍼뜩 눈을 떴으나, 이내 이불을 뒤집어쓰고 각기 잠에 곯아떨어졌다. 다음날 아침, 그들은 노파가 예전엔 단 한 번도 그렇듯 목청껏 사납게 고함을 친 예가 없었음을 뒤늦게 깨달았다.

설분네가 절박하게 토해낸 그 마지막 말의 의미가 무엇인가에 대해 한동안 의견이 분분했다. 못 가겠다니, 누구한테 한 말일까. 간다면 또 그곳은 어디를 뜻하는 것인가. 그런저런 의문들을 단번에 명쾌하게 풀어낸 사람은 함흥댁 노인이었다.

"아이구 맞다. 그게 사자들이여. 그때 저승에서 사자들이 할머니를 데리러 왔던 것이지. 양쪽에서 팔을 그러잡고 할머니를 억지로 끌고 갈라고 하니까는, 절대로 안 가겠다고 버티면서 고함을 친 거여. 아이구, 가엾은 양반. 오죽했으면 눈도 감지 못하고, 앉은 채 가셨을꼬."

함흥댁 노인은 소나무 껍질 같은 손등으로 눈물을 훔쳐냈다. 전쟁 때 피난을 내려온 함흥댁은 설분네 노파와는 각별한 사이였다. 말년에 하체를 쓰지 못해 방에서만 지내는 설분네 곁에서 함흥댁은 매일같이 말벗이 되어주었다.

시신은 끝끝내 땅에 드러눕기를 거부했다. 목과 등과 허리를 꼿꼿이 세운 채 오도카니 앉은 시신을 놓고 모두들 쩔쩔맸다. 돕겠다고 모여든 이웃 사람들은 방안에 들어서자마자 낯빛이 허옇게 질렸다. 난생처음 대하는 희한한 광경이었다. 꼿꼿이 앉은 자세부터 괴이쩍기 그지없는데다가, 필사적으로 새끼를 지키려는 맹수처럼 쏘아보는 두 눈 때문에 모두들 겁을 냈다. 사내들이 머뭇거리자 여자들이 앞으로 나섰다. 우선 앉은 자세의 시신을 바닥에 반듯하게 눕혀야 했다. 시신은 하도 자그맣고 장작개비처럼 메말라서 한 줌의 무게도 채 안 될 성싶었다.

그런데 뜻밖의 상황이 벌어졌다. 양쪽에서 그러안고 들어올리려 하던 여자들이 으악 비명을 지르며 털버덕 나동그라졌다. 시신의 엉덩이와 다리가 방바닥에 들러붙어 꿈쩍도 하지 않았다. 남자 둘이 나서서 힘을 써보았으나 마찬가지였다. 셋이 들러붙고, 넷이 나서서 용을 써도 요지부동이었다. 지켜보는 사람들까지 식은땀을 뻘뻘 흘려댔다.

상주인 복수가 합세한 끝에 간신히 시신을 방바닥에서 떼어내는 데 성공했다. 순간 와아악, 식구들의 울음소리가 폭포처럼 터져나왔다. 복수의 통곡소리가 단연 크고 높고 처절했다. 열 살도 되기 전 난리통에 부모를 다 잃고 할머니의 손에 커온 복수는 미라 같은 시신을 그러안고 울부짖었다.

"눈을 감으세요, 할머니임. 이제는 두 눈 편히 감으시고, 제발 그만 저세상으로 떠나가시라니까요. 압니다. 제가 너무나 잘 압니다. 할머님 가슴속에 평생 묻어온 그 끔찍스런 한을 제가 어찌 모르겠습니까. 할머님 혼자 견뎌온 그 억울하고 원통한 세월을, 이 무정하고 흉악한 세상이 다 몰라라 해도, 이 손자가 어찌 잊을 수 있겠습니까. 그러니, 부디 이제는 눈을 감으세요. 모두 다 훌훌 털고 이제 그만 먼길 떠나시라고요. 할머니임……"

손바닥으로 노파의 두 눈을 연신 쓸어내리면서 복수는 애원했다. 그래도 부릅뜬 두 눈은 닫히기를 한사코 거부했다. 끝끝내 지켜봐야만 할 그 무엇이 아직 남았다는 듯이, 하여 그것을 기어코 두 눈으로 똑똑히 확인하기 전엔 한 발짝도 움직일 수 없다는 듯이, 노파는 끝내 눈을 감지 않았다. 두 개의 작은 눈동자엔 기묘한 광채가 여전히 머물러 있었다. 그것은 누군가를 기다려 백 년을 버텨온 눈빛 같기도 하고, 원수를 찾아 평생을 헤매는 추적자의 독기 어린 눈빛 같기도 했다. 결국 시신은 눈이 열린 채로 관 속에 눕혀졌다.

장례는 삼일장으로 치러졌다. 원래 노파의 백번째 생일을 맞아 복수는 이웃들을 불러 축하잔치를 열 계획이었다. 그러나 하룻밤

사이 백년여관은 초상집으로 바뀌었고, 잔치를 위해 준비한 음식은 당장 장례식에 유용하게 쓰였다.

첫날의 소동을 제외하고, 장례 절차는 순조롭게 진행되었다. 마지막날 아침, 보기 드물게 호화로운 꽃상여 하나가 백년여관 골목을 천천히 빠져나왔다. 많은 사람들이 길가에 늘어서서 행렬을 지켜보았다. 아름답게 치장된 그 꽃상여는 망자를 위해 상주인 복수가 상당한 돈을 주고 준비한 마지막 선물이었다.

설분네는 바닷가 남쪽 양지바른 언덕에 묻혔다. 거기선 바다 건너 하얗게 눈 덮인 한라산 봉우리가 아스라이 눈에 잡혔다.

"저기가 고향땅입니다, 할머님. 그 많던 자식들 난리통에 죄다 생죽음을 당한 채, 죄인 아닌 죄인 꼴로 쫓겨나왔던 고향입니다. 생때같은 내 새끼들 살아 돌아오기 전엔 두 번 다시 발을 딛지 않겠노라 하시던 그 고향땅이라고요. 저 푸르디푸른 제주바다도 보이시지요? 귀한 목숨들 차마 눈 못 감고, 지금도 원통한 혼령으로 천길 심해에서 떠돌고 있을 저 고향바다가 보이시는가요? 아아 가엾은 우리 할머님. 부릅뜬 그 눈을 언제나 감겨드릴 수 있겠습니까……"

복수가 봉분을 그러안은 채 통곡하다가 혼절을 하는 통에 또 한바탕 소동이 일었다.

노파를 땅에 묻고 돌아온 그날 저녁. 종일 멀쩡하던 하늘이 캄캄해지면서 갑자기 기분 나쁘게 끈적끈적한 바람이 불기 시작했다. 이어서 뭔가 희끄무레한 것들이 하늘에서 콧물처럼 줄줄 흘러내렸다. 손바닥에 받아보니, 노인의 눈곱같이 축축하고 꿰적꿰적 짓물러터진 진눈깨비였다. 그와 함께 때아닌 남풍이 불기 시작했다. 기이하고 별난 바람이었다. 바람은 항아리 속에 갇힌 듯, 열흘 동안이나 제자리에서 뱅뱅 맴을 돌았다. 일정한 중심도 방향도 없었다. 흡사 좁은 웅덩이 속의 올챙이떼처럼 바람은 수천수만 가닥으로 흩어져, 서로 머리를 짓찧으며 하늘과 땅 사이를 미친 듯 후벼팠다.

바람이 머문 그 열흘 사이, 백년여관 뒤뜰 수풀에선 아름드리 고목들이 뿌리째 뽑혀 나자빠졌다. 그때 생겨난 커다란 구덩이 속에선 수천 마리의 개구리와 수백 마리의 뱀이 한꺼번에 새까맣게 밖으로 기어나왔다. 그것들은 한참 동안 여관 뒤뜰과 마당을 점령한 채 어슬렁거리다가, 밤사이 담벼락 틈을 통해 자취를 감추었다.

그뿐만 아니었다. 한겨울인데도 백 년 묵은 벚나무들이 일제히 가지마다 꽃잎을 피워올렸다. 하룻밤 새에 하늘을 가릴 듯 보얗게 만개한 벚나무들은 거대한 솜사탕 덩어리 같았다. 그러나 밤사이 들이닥친 바람에 꽃잎은 남김없이 허공으로 빨려올라가고, 순식간에 벚나무는 앙상한 가지만 남고 말았다. 열흘째 되던 날 바람은 거짓말처럼 그쳤다.

얼마 후 봄이 왔지만 여관 뒤뜰의 아름드리 벚나무들은 꽃잎 한 개 피워내지 못한 채 빗자루 같은 을씨년스런 몰골로 여름을 맞았다.

"에그머니, 저 엄청난 파도 좀 봐."

화면을 가리키며 금주가 소리쳤다. 긴급속보—남해안에 초강력 폭풍 접근중. 자막 글씨가 화면 아래로 빠르게 지나갔다. 산더미 같은 파도, 길가 종려나무들이 등이 휘도록 흔들리는 장면이 비쳤다. 섬을 빠져나가기 위해 서둘러 공항으로 모여든 관광객들, 긴급 대피중인 무수한 어선들의 모습도 보인다.

"저기가 어디래?"

"모슬포항이라잖수."

"저게 다 중국 배들이란 말이야? 저렇게 수백 척씩 몰려다니니까 물고기 씨가 다 마르지."

"으마마, 배가 훌러덩 뒤집혔네."

바닷가에 인접한 집이라 폭풍 소식만 들리면 마음부터 조급해질 수밖에 없다. 재작년 태풍 때는 해일로 아래층 객실까지 바닷물이 뛰어들고 골목 앞 축대가 무너져내리기도 했다. 뭔가 변고가 생긴 거야. 한겨울에 폭풍경보라니. 미자는 손놀림을 멈추고 화면을 불안스레 쳐다본다. 제주도가 영향권에 들어갔다니까, 새벽 무렵엔 여기까지 들이닥치겠지. 이럴 때라도 남편이 곁에 있어주면 걱정이 훨씬 덜할 터였다. 몹쓸 사람…… 이렇게 집은 내팽개쳐두고 어디서 떠돌아다니고 있는 것인가. 미자는 불현듯 감정이 북받쳐와 아랫입술을 악문다. 그러면서도 그녀는 지난번 그가 떠날 때, 늘 입던 두툼한 오리털 점퍼를 집에 놔두고 갔다는 사실을 떠올린다. 육지는 벌써 꽤나 추울 것이다.

"지리산 쪽으로 가볼 생각이오. 할머님 기일 전까지는 돌아올 거요."

이번에도 복수는 대답이랍시고 입안에서 그렇게 웅얼거린 게 다였다. 배낭을 짊어지자마자 그는 뒤 한 번 돌아보지 않고 바람처럼 현관을 나섰다. 스님들이 쓰는, 먹빛 천으로 어설프게 짠 그 바랑은 하도 낡아서 색이 허옇게 바래 있었다. 그날따라 남편의 등에 걸린 그 바랑이 왜 그리 서럽고 안쓰럽게 눈에 비쳤는지 모를 일이다. 둘이 처음 만났던 십구 년 전 그때도 꾀죄죄하고 후줄근한 그 것은 지금처럼 그의 등뒤에 우스꽝스럽게 매달려 있었다.

아무리 해도 남편은 이해할 수 없는 사람이었다. 그러나 한 가지만은 그녀도 어렴풋이 알 듯싶었다. 남편의 그 오랜 방랑벽은, 광기라고밖에는 달리 표현할 길 없는, 저 끔찍한 내면의 소용돌이 때문일 것임을. 까닭에 그녀는 바람처럼 끝없이 떠도는 남편의 뒷모습을 다만 지켜볼 수밖에 없었다.

괘종시계가 여덟시를 알리고 있었다. 미자는 텔레비전 전원을 끈 다음 아이의 손을 잡아 일으켰다.

"자, 오늘은 엄마랑 함께 자는 거야."

아이는 잠자코 따라나섰다. 신지, 잘 자아. 오늘은 쉬하면 안 돼. 금주가 말했다.

9. 달빛 바다

엄마가 문을 닫고 나가자 방안엔 금세 어둠이 들어찼다. 뒤뜰 쪽 작은 창문으로 새어든 불빛이 맞은편 벽에 기다란 그림자를 그려놓았다. 담장 가에 선 복숭아나무다. 아이는 새우처럼 웅크려 누워서 그것을 올려다본다. 휘잉. 바람 소리가 귓전에서 불현듯 되살아난다. 창밖 나무들이 스산한 소리를 내지르고, 벽의 그림자도 덩달아 출렁인다. 허공을 비질하듯 요동하는 그것들은 손가락을 닮았다. 물살에 반쯤 잠겨 이리저리 떠다니는 푸른 손들.

아이는 이불을 턱밑까지 끌어당긴다. 이불에서 와삭와삭 소리가 났다. 오줌에 젖지 않게 엄마가 요와 이불 속에 얇은 비닐을 펴서 넣은 때문이다. 도대체 알 수가 없다. 어째서 꿈속에서 그 푸른 손이 나타나는 날이면 어김없이 이불을 더럽히고 마는 것일까.

잠들지 마. 잠들면 안 돼, 아가야.

눈을 떠보렴. 조금만, 조금만 힘을 내……

숨가쁜 목소리. 한숨 같기도 하고 노랫가락 같기도 한 낮은 읊조림. 귓가에 부어지던 그 축축한 속삭임이 지금 저 바람 속에 섞여 있는 것만 같다.

"자, 이제부턴 네가 직접 고기를 낚아보는 거야. 녀석들은 낚싯바늘을 물자마자 물속으로 곧장 내뺀단다. 그땐 이걸 꽉 쥐고서 아빠를 불러라. 어때, 할 수 있겠지."

그날 아이는 뱃전에 앉아 있었다. 미끼 꿴 낚싯대를 쥐여준 다음 아빠는 고물 쪽으로 되돌아갔다. 아이는 두 손으로 낚싯대를 움켜쥔 채 뱃전에 엎드렸다. 그리고 낚싯줄이 흔적 없이 빨려들어간 수면의 한 점을 주시했다. 이따금 잔물결이 일면 수면이 둥글게 등을 부풀렸다가 가라앉곤 했다. 닻을 내린 배는 졸음에 취한 듯 찰박찰박 고개를 끄덕였다. 부드러운 물살이 배 몸체를 핥으며 고양이처럼 날렵하게 스쳐갔다. 기관실 뒤에서 술잔을 나누는 어른들의 목소리가 간간이 들릴 뿐 세상은 한없이 고요했다.

그때 무엇인가 수면 가까이로 소리없이 떠올랐다. 처음에 아이는 그것을 초록색 물고기나 해파리라고 생각했다. 그것이 물위로 완전히 모습을 드러냈을 때 아이는 입을 다물지 못했다. 그건 손이었다. 영락없는 사람의 손. 콩나물순이 돋아나듯 수면 위로 솟아난 그 푸른 손은 아이 바로 앞에서 멈추었다. 더 자세히 보려고 아이는 몸을 내밀었다. 순간 낚싯대가 손에서 미끄러졌고, 아이는 비명도 없이 물속으로 쑥 빨려들어갔다. 눈앞이 캄캄해지면서 목안으로 바닷물이 왈칵 쏟아져들어왔다.

어느 결엔가 희미하게 의식이 돌아왔다. 아이는 허공 위에 둥둥 떠 있는 기분이었다. 차갑고 소금기 밴 공기가 느껴졌다. 눈을 떠보니, 밤이었다. 먹빛 하늘엔 수많은 별들이 떠 있고, 크고 둥근 보름달이 바로 코앞에 둥실 걸려 있었다. 비로소 아이는 제 몸이 바다 위에 떠서 어디론가 흘러가고 있음을 깨달았다. 찰랑이는 물의 감촉이 손바닥과 몸 전체로 느껴졌다. 그것은 솜이불처럼 부드럽고 아늑했다.

아이는 누군가 제 몸을 아래서 떠받치고 있음을 깨달았다. 가만히 고개를 돌려보니 예의 그 푸른 손이었다. 하나가 아니었다. 머리에서 발끝까지, 수십 개의 손들이 아이의 몸을 에워싼 채 느릿느릿 물위를 헤엄치고 있었다. 아이는 점차 두려움이 사라졌다. 눈앞에서 달은 점점 더 부풀어오르고 목화송이 같은 희고 탐스런 별들이 보석처럼 깜박였다. 아이는 기분이 좋아져서 천천히 숨을 내쉬었다. 아아, 참 이상한 꿈이로구나……

"잠들지 마. 아가야. 잠이 들면 안 돼."

"눈을 떠. 힘을 내야 해."

휘잇 휘잇. 조금만 참아라, 조금만 더. 그들이 연신 귓속으로 불어넣는 낮은 속삭임과 숨가쁜 휘파람 소리.

얼마쯤 지났을까. 눈을 뜨자 별안간 환한 빛이 얼굴로 한꺼번에 쏟아져내렸다. 달빛이었다. 천지간에 달빛은 폭포처럼 쏟아지고, 바다는 은빛으로 고여 눈부시게 출렁였다.

그때 아이는 놀라운 광경을 보았다. 수면 위에 뜬 수많은 사람들이 이쪽으로 소리없이 다가오고 있었다. 저들은 누구일까. 어디서 갑자기 나타났을까. 아이는 두려움에 질려 숨이 멎는 것만 같았다.

머리를 풀어헤친 젊은 여자 하나가 바로 눈앞을 스쳐 둥둥 떠갔다. 벌렁 누워 두 팔을 활짝 벌린 자세였다. 산발한 머리카락이 미역처럼 흐늘거리고, 반쯤 벌어진 입술은 금방 비명을 토해낼 듯했다. 이번엔 한 청년이 두 손으로 가슴을 움켜쥔 채 엎드린 자세로 출렁출렁 다가왔다. 그의 가슴팍이 온통 피로 검게 물들어 있었다. 목에 밧줄을 건 또다른 남자가 눈앞을 흘러갔다. 눈을 허옇게 뒤집어 뜬 그 남자는 목에 걸린 밧줄을 잡아 벗겨내려는 모습 그대로 경직되어 있었다. 입에서 먹물 같은 피를 끊임없이 흘리는 남자도 보았다. 치마를 부챗살처럼 수면에 활짝 펼친 채 끄덕끄덕 떠가는 여자. 부러진 한쪽 다리를 덜렁거리며 고통스런 표정을 하고 있는 노인. 밧줄로 팔목이 묶인 채 굴비처럼 나란히 흘러가는 수십 명의 남자들, 피투성이가 된 갓난아이를 가슴에 꼭 부둥켜안은 여자. 두 눈알이 뽑혀나간 남자. 찢어진 치마를 담요처럼 등에 두른 채 꿀렁꿀렁 떠가는 알몸의 처녀. 피투성이의 남자들, 여자들, 어린아이들 그리고 백발의 할아버지와 호미처럼 등 굽은 할머니…… 그렇게 수많은 사람들은 누구 하나 소리를 내지 않았다. 신음도, 흐느낌도, 숨소리조차 없었다.

정적 속에서 행렬은 끝없이 이어지고만 있었다. 달빛 아래 언뜻언뜻 드러난 그들의 얼굴은 하나같이 공포와 고통으로 끔찍하게 일그러져 있었다. 그것은 죽임을 당하는 순간, 저마다의 얼굴에 판박이된 최후의 표정 그대로였다. 아이는 기어코 울음을 터뜨렸다.

"아가야, 이젠 더는 보지 말아라. 너무나 무섭고 끔찍하단다."

축축하고 메마른 손 하나가 다가왔다. 한없이 슬프고 쓸쓸한 음성이었다. 아이는 다시 잠에 빠져들었다.

따락, 따라락……

아이는 창문 쪽을 돌아다본다. 창밖 나뭇가지가 유리창을 두드린다. 귀를 세워 바람 소리를 헤아리고 있다가 아이는 조용히 몸을 일으킨다. 문을 열고 복도로 나오자, 현관 쪽에서 두런대는 말소리가 들려온다. 난롯불에 오징어 굽는 냄새. 문태 삼촌이 텔레비전을 켜놓고 술을 마시는 모양이다. 아이는 발끝을 세운 채 소리없이 복도를 돌아나와, 쪽문의 빗장을 살그머니 풀었다.

10. 빈방

문밖으로 나서자마자 세찬 바람이 아이의 몸을 덮쳤다. 아이는 문을 등지고 선 채 잠시 눈앞 캄캄한 숲을 응시한다. 아름드리나무들은 공룡처럼 포효하며 우우우 발작하듯 몸부림을 치고 있다. 아이는 몸을 잔뜩 웅크린 채 뜰 안으로 접어든다.

별안간 덤불 속에서 뭔가 불쑥 튀어나왔다. 온몸이 검은 털로 덮인 놈. 역시 그 돼지다. 돼지는 땅바닥에 코를 쑤셔박고 잠시 쿵쿵거리더니 맞은편 덤불 사이로 뒤뚱뒤뚱 사라졌다. 펄렁대는 넓적한 귀, 조그만 눈, 주둥이에 허옇게 눌어붙은 거품, 우스꽝스레 작은 꼬리, 뭉툭한 네 다리. 그놈이 처음 나타난 건 할머니를 산에 묻고 돌아온 바로 그날 밤이었다. 그후 아이는 비바람이 불거나 안개가 끼는 밤이면 어김없이 그놈과 마주치곤 했다.

아이는 다시 걸음을 옮긴다. 안채로 가려면 낮은 돌계단을 따라가야 한다. 머리 위에선 고목들이 미친 듯 몸부림을 치고 있다. 온몸을 버둥대며 서로 목덜미를 물어뜯을 때마다 부러진 가지와 이파리가 핏물처럼 머리 위로 후두둑 떨어져내린다. 철쭉 덤불을 지나 어른 키 높이의 석등 앞에서 아이는 멈칫 선다.

석등 뒤편에서 어린 여자 하나가 자박자박 걸어나온다. 돌아보지 않아도 아이는 누군지 빤히 알고 있다. 작달막한 키, 지푸라기같이 말라붙은 몸, 퀭한 얼굴, 밤송이같이 가위로 싹둑싹둑 뜯어낸 우스꽝스런 머리. 분홍 꽃무늬가 박힌 기모노를 입고, 앞가슴에 빈 포대기를 꼭 그러안고 있는 앳된 여자. 오늘도 여자는 금방 울음을 터뜨릴 듯 입술을 앙다문 채 온몸을 오들오들 떨고 있다.

"아가야. 귀여운 우리 아가……"

여자가 텅 빈 포대기를 들여다보며 웅얼거린다. 자박자박 제자리를 하염없이 맴돌고 있는 여자는 항상 그렇게 맨발이다. 아가야. 우리 아가야. 어디 있니……

하야시는 각시를 자그마치 넷씩이나 데리고 살았더란다. 그것도 바로 이 집에서, 모두 함께 말이다. 그랬으니까 방을 그렇게 많이 만들었던 모양이지. 본처 빼고는 셋 다 나이 어린 조선 여자들이었단다. 남양군도라든지 오키나와 같은 데로 공출해서 끌고 나가는 어린 위안부들을 하야시가 군인들한테 뒷돈을 주고 하나씩 몰래 빼돌렸던 게지. 헌데 왠지 좀체 자식이 생기질 않았던 거여. 일본인 본처한테서는 애초부터 소생이 없었는데, 몰라, 소문엔 하야시가 애초부터 씨가 없는 병신이었다고도 하고. 어쨌거나 하야시는 후손을 얻겠다고 그리 무진 애를 태웠는데, 하필 그중 가장 나이 어린 첩이 용케 아들을 낳았더란다. 이제 겨우 열다섯 살짜리가 말이다. 헌데 어쩌다 그랬는지, 어느 날 그 어린 첩이 정신이 희뜩 돌아가지고 느닷없이 헛소리를 해대기 시작하니까는, 하야시가 뒤채 골방에 일 년 넘게 가둬놨더란다. 햇볕도 안 드는 깜깜한 방에, 밥하고 물만 하루 한 번씩 넣어줬을 뿐. 그런데 그애가 어느 겨울밤, 자물쇠를 부수고 도망쳐나와 우물에 뛰어들어 덜컥 죽어버렸지 뭐냐. 잔뜩 화가 난 하야시가 하인들한테, 시신을 아예 꺼내지도 말고 그냥 그대로 우물을 메워버리라고 했단다. 그래서 그때 없어진 우물이 저기 뒤뜰 어딘가에 지금도 묻혀 있을 것이야. 그게 은행나무 앞쪽 아니면 석등 세워진 바로 그 자리라고도 하더라만, 이제 와서 그걸 누가 알겠냐. 하여간에, 예전엔 그 우물에서 솟는 물맛 하나만은 기가 막히게 좋았더란다……

　그것은 언젠가 함흥댁 노인이 엄마에게 들려준 얘기였다. 그 밤송이머리 여자가 나타난 것은 할머니의 장례식이 있던 그날 밤이다. 좀 전의 그 돼지랑 처음 마주쳤던 바로 그날 말이다. 둘 다 바로 이 숲속에서였다. 아가야. 우리 아가야. 여자는 여전히 자박자박 발소리를 내며 석등 주위를 맴돌고 있다.

안채 뒷마당으로 들어서자 아이는 어깨를 한껏 웅크리고 잰걸음을 친다. 홑겹인 얇은 잠옷만 걸치고 나온 탓에 몸이 금세 나무토막처럼 딱딱하게 얼어붙었다. 뒷마당은 조용하다. 이국풍의 물매 급한 녹슨 함석지붕이 허공 위에 망루처럼 우뚝 솟았다. 바람이 불 때마다 낡은 홈통이 삐걱삐걱 목쉰 신음을 흘린다. 아이는 토방을 밟고 올라, 흙먼지에 전 낡은 장지문을 연다. 녹슨 돌쩌귀가 삐그덕 소리를 냈다.

어둠 속으로 제법 널찍한 방안의 윤곽이 희미하게 드러났다. 옷장 하나, 앉은뱅이 재봉틀, 케케묵은 체경, 구식 트렁크 하나 그리고 선반 위의 고리짝 몇 개. 모두 할머니의 손때가 밴 유물들이다. 아이는 장지문 곁에 힘없이 쪼그려앉는다. 오래 고여 있던 익숙한 냄새들이 훅 밀려든다. 벽과 천장에 눅진하게 배어 있는 할머니의 체취와 담배 연기. 거기엔 할머니의 한숨과 탄식, 그리고 속에서 불덩이가 끓어오를 때면 주먹으로 투덕투덕 가슴을 치며 토해내던 목쉰 넋두리도 섞여 있다. 못 간다! 나는 절대로 못 가!

방안엔 할머니의 흔적들이 아직 고스란히 남아 있다. 벽에 나란

히 걸린 두 개의 액자. 하나는 아빠가 찍어드린 할머니의 독사진이
다. 머리숱 많고 주름살은 훨씬 적은 사진 속 할머니의 얼굴이 아
이에겐 매번 낯설다. 아이가 기억하는 할머니는 한 올 남김없이 하
얀 머리, 밭고랑같이 굵은 주름살투성이 얼굴, 앞니도 없이 호물호
물 음식을 씹는 모습이어야 했다. 하지만 목 한가운데 달걀 크기로
툭 불거져나온 두 개의 혹은 분명 할머니였다.

"징용 나가 죽은 남편은 시신도 없이 통지서만 달랑 돌아왔어.
그것이 시초였든가봐. 그날 이후, 난리통에 아들 다섯, 딸 둘, 며느
리 셋, 사위 둘, 거기다가 어린 손자들만 해도 열이 죽었어. 그렇
게 다 합치면 스물하나여, 스물한 명! 그 많은 내 자식들이 난리통
에 다 죽어버렸어. 총 맞아 죽고, 두들겨 맞아 죽고, 굶어 죽고, 얼
어 죽고…… 그 끔찍한 꼴을, 내가 이 두 눈 뻔히 뜨고 몇 번씩이
나 지켜봤어. 아들 넷은 시신조차 영영 못 찾았어. 꼭 살아서 돌아
올 테니 걱정 말라고들 했는데, 그 누구도 영영 안 돌아와. 내가 죽
지 못해서 십 년, 이십 년을 피눈물로 울었어. 밤낮으로 울다가 목
구멍에서 핏덩이를 한 바가지나 토해냈어. 그때 이 혹이 목안에서
튀어나온 거여. 아직도 가슴이 끓어오르면 목에서 피가 쏟아져나
와. 아아 억울해. 원통하고 억울해서, 차마 이대로는, 이대로는 죽
을 수가 없어. 백년, 천년이 지나도 내 자식들을 다시 보기 전엔 죽
을 수가 없어. 절대로……"

아이는 기억하고 있다. 언젠가 술 취한 증조할머니가 함흥댁 노인을 앞에 앉혀놓고 늘어놓던 그 긴 넋두리. 그때도 할머니의 가느다란 목엔 그 두 개의 혹이 딜룽거리고 있었다.

또다른 액자는 누렇게 바랜 가족사진이다. 사진 속에선 증조부와 증조모를 포함 스무 명 넘는 강씨 집안 사람들 그리고 진돗개 한 마리까지 항상 똑같이 눈을 똥그랗게 뜨고서 이쪽을 바라보고 있다. 할머니는 매일 아침 눈을 뜨자마자 그 액자를 끌어내렸다. 그리고 사진을 들여다보며 식구들의 이름을 차례로 하나씩 불러낸 다음에야 다시 제자리에 걸어놓았다.

문득 아이는 어둠 속을 두리번거린다. 매캐한 먼지와 퀴퀴한 곰팡이 냄새가 뒤섞인 방안 공기. 거기 은밀히 숨어 있는 또다른 익숙한 냄새. 역시 할머니다. 언제나처럼 방 한가운데 앉아 있는 할머니의 모습을 아이는 발견한다. 흰 무명 치마저고리 차림으로 어둠 속에 오도카니 앉은 할머니는 흡사 눈사람 같다. 목에 붙은 두 개의 혹이 유난히 두드러져 보인다.

할머니, 하고 부르고 싶은 유혹을 아이는 용케 참아낸다. 누구도 가르쳐주지 않았지만, 아이는 이제 더는 할머니를 예전처럼 불러선 안 된다는 걸 알고 있다. 할머니는 관 속에 눕혀질 때의 옷차림 그대로다. 그래도 그때 할머니의 입과 코를 잔뜩 틀어막고 있던 그 두툼한 솜덩이가 이젠 보이지 않아 얼마나 다행인지 모른다.

"자, 마지막 작별인사를 드리거라. 할머니는 이제 먼길을 떠나셔야 한단다."

아빠는 꽃상여가 집을 나서기 전, 아이에게 말했다. 아이는 집에 남아 있어야 했다. 애들은 그런 데 따라오는 게 아니란다. 꽃상여가 뒷산 고갯길 너머로 완전히 사라진 다음에야 아이는 혼자 안채로 돌아와, 할머니 방으로 몰래 들어갔다. 어느 틈에 먼저 되돌아왔는지, 할머니는 여느 때처럼 그 자리에 오도카니 앉아 담배를 피우고 있었다. 그날 이후 아이는 아무도 몰래 그 방으로 스며들곤 했다. 그때마다 할머니는 체경 앞에 그림자처럼 오도카니 앉아 있을 뿐이었다.

아이는 퍼뜩 놀라 어둠 속을 두리번거린다. 뭔가 낮게 중얼거리는 소리를 들은 것 같다. 그때 할머니의 입에서 낮은 중얼거림이 다시 흘러나왔다.

"못 간다. 이대로는 못 가……"

제2부

·

손님들

11. 당신

차단막을 휙 젖히듯 바다는 그렇게 불시에 눈앞으로 달려들었
다. 황토 들녘을 지나 야산 언저리를 힘겹게 달려온 버스가 고갯
마루를 막 올라섰을 때였다. 섬의 뭉툭한 몸체가 눈에 잡히는 순
간 당신은 왠지 가슴이 철렁했다. 초겨울 잿빛 하늘을 등진 채 섬
은 잔뜩 웅크려 돌아앉아 있었다. 살 속 깊은 생채기를 혼자 묵묵
히 앓고 있는 한 마리 들짐승의 모습. 그것은 당신의 기억 속에 판
박이된 섬의 이미지 그대로였다.

영도.

당신은 낮게 중얼거렸다. 그 짧은 음절이 목구멍 어딘가에 차가
운 물방울로 툭 떨어져내렸다. 탁 트인 간척지 제방 너머는 곧장

바다였다. 만 저편으로 섬의 몸체가 서서히 다가왔다. 당신은 눈을 감았다. 섬이 가까워올수록 부풀어오르는 까닭 모를 불안과 초조함. 서울에서 이곳까지 오는 아홉 시간 내내 당신은 무엇인가에 홀린 듯한 기분이었다. 미친 짓이라고, 당신의 아내는 한마디로 잘라말했다. 그럴지도 모른다. 그러나 그 정체불명의 목소리는 거부할 수 없는 흡인력으로 당신을 부르고 있었다.

간밤에도 케이는 당신을 찾아왔다. 인적 없는 바닷가였다. 둘이서 낮은 소리로 뭔가 무척 열심히 얘기를 주고받았던 것 같다. 꿈속에서 케이와 대화를 나누기는 처음이었고, 당신 역시 그 사실을 그 순간에도 인식했다. 그토록 고대해왔던 기회가 마침내 찾아왔구나. 당신은 이젠 케이에게 비밀을 고백해야 할 차례였다. 나를, 나를 용서해다오. 그 말을 토해내는 순간 케이는 홀연 사라졌다. 고함소리에 놀란 아내가 달려왔다.

"당신, 그 선배한테 무슨 잘못한 일 있어요?"

당신의 얼굴을 잠자코 살펴보던 아내가 불쑥 물었다.

"무슨 소리야. 내가 왜……"

"방금 당신 입으로 직접 말했어요. 용서해달라고. 그 얘길 너한테 꼭 하고 싶었는데 그만 늦어버렸다고. 기억나지 않아요?"

"설마…… 헛소리를 한 거겠지."

"이상해라. 진짜 무슨 일이 있었군요. 당신, 뭔가 숨기고 있어요. 맞죠?"

당신은 대답하지 않았다. 무슨 일이 있었느냐고? 그때? 당신은
마음속으로 아내의 그 질문을 스스로에게 되던졌다. 지난 십수 년
동안 혼자 가슴속에 못질해놓았던 그 아픈 비밀을 이제 와서 누구
에게 밝힐 수 있겠는가. 그 고해성사를 받아줄 대상은 오직 케이
한 사람뿐이었다. 하지만 케이는 이미 세상에 존재하지 않는다. 당
신이 그토록 오래 미뤄오기만 했던 고해의 기회가 마침내 현실로
다가온 바로 그 순간 케이는 돌연 세상을 떠났다. 그것은 분명 운
명의 희롱이었다. 최소한의 개연성마저 제거된, 너무나 서투르고
조잡한 결말이었다. 고해는 끝내 이루어지지 못했고, 이제 당신은
영원히 구원받을 수 없었다.

아내가 방을 나간 뒤에도 당신은 한동안 꿈과 현실의 경계를 서
성였다. 케이의 음성은 생시처럼 또렷한데도, 정작 그 내용은 완전
히 지워져 있었다. 무엇이었을까. 우리는 무슨 얘기에 그리 열중했
었나…… 그때 당신의 뇌리를 퍼뜩 스치는 게 있었다. 꿈속 바닷
가 풍경이 어딘가 눈에 익었다. 낡은 방파제와 하얀 원통형 무인등
대탑. 바로 거기였다, 영도. 어느 해 가을, 둘이서 우연히 찾아갔던
그 섬의 낡은 부둣가.

그것이 정확히 언제였는지는 자신이 없다. 오랜 잠행 끝에 검거
된 케이가 반년 남짓 투옥되었다가 특별사면으로 풀려난 다음이
었다. 전혀 예정하지 않았던 여행이었다. 상무대 감방에서 당한 고
문 후유증으로 정신병원에 입원중인 선배를 함께 찾아갔으나 결

국 만날 수가 없었다. 증세가 악화되어 면회는 불가능하다고 했다. 진우야, 바다가 보고 싶다. 도시로 되돌아갈 버스를 기다리고 있는데, 그렇게 불쑥 입을 연 것은 케이였다.

"그런 이야기 들어본 적 있니. 한을 품고 죽은 혼들이 물속을 떠돌고 있다는 거······"

그날 밤 당신과 케이는 그 섬의 부둣가 방파제 끝에서 소주병을 앞에 놓고 나란히 앉았다. 먹물 같은 바다를 오래오래 응시하던 케이가 문득 혼잣말처럼 물었다.

"억울한 죽음을 당한 목숨들은 차마 눈을 감지 못하지. 저승에도 영영 들지 못해서, 허깨비가 되어 끝없이 중음을 떠돌아야 하는 거야. 본디 혼에게도 어딘가 거처할 처소는 꼭 있어야 하는 법인데, 한을 품은 혼들은 지상엔 발을 딛지 못한 채 그림자처럼 헤매는 거야. 그런 혼들은 바다 밑이나 깊은 연못 밑바닥을 찾아 모여든단다. 물가에 귀신들이 자주 출몰하는 것도 그 때문이지. 해안 마을에 유독 도깨비불이 흔한 이유도 그래서고······ 진우야. 그 사람들도 지금, 모두 저 안에 모여 있을까. 저 아래, 캄캄한 바다 밑바닥 어딘가에 말이다."

"사람들이라니. 누구?"

"상운이 형. 그리고 성호 형, 민주, 주철, 기태, 또······"

등대탑에 기대어 앉은 당신은 가슴이 철렁 내려앉았다. 그것은 그해 5월, 도청에서 최후까지 버티다 죽어간 이들의 이름이었다.

그때 당신은 뭐라고 대답했던가. 기억이 없다.

　손을 쓸 수 없도록 암세포가 확산되어 있음을 의사에게서 확인한 케이는 그 사실을 아무에게도 알리지 않은 채 종적을 감추었다. 그 보름 동안 어디서 무얼 했었는지, 그는 죽기 전까지 입을 다물었다.

　"혼자 있고 싶었어. 여관 이층 방에 틀어박혀 바다만 내려다보며 지냈지. 그뿐이야."

　병상에서 언젠가 언뜻 흘린 그 한마디가 전부였다. 확실한 증거는 없었지만, 당신은 그곳이 영도라고 믿었다. 설명할 수 없는 어떤 직감 때문이었다. 고목들로 울창한 뒤뜰, 낡은 왜식 기와지붕이 내려다뵈는 그 여관의 이층 방…… 만약 그게 사실이라면, 녀석은 왜 그곳을 혼자 찾아갔을까. 거기서 무슨 일이 있었던 것일까.

　그러자 당신은 당장 섬에 가야 한다고 생각했다. 무엇인가 당신을 기다리고 있을 것만 같은 예감. 아니 어쩌면 그건 망상일지도 모른다. 거대한 폭포를 향해 점점 속도를 더해가는 물살처럼, 당신은 속수무책으로 그것에 빨려들고 있었다.

　"환청이라구요?"

　아내는 입을 다물지 못했다.

　"미쳤다고 해도 좋아. 누군가 끊임없이 날 부르고 있어. 아주 다급하게."

"누가? 죽은 케이 선배가요?"

"나도 몰라. 그럴 수도 있겠지. 하지만 그의 목소리는 아냐."

"근데 그게 왜 하필 영도라는 거죠?"

"직감이야. 지금 당장은 나도 뭐가 뭔지 알 수가 없어. 어쨌건, 가봐야 해. 이삼 일이면 돌아올 거야."

"대체 무슨 소린지. 아아, 나까지 머리가 돌아버릴 거 같아."

탁 소리와 함께 아내는 숟가락을 내려놓았다. 당신, 미쳤어. 이젠 진짜 제정신이 아냐. 어쩌면 좋아. 당신이 내의와 양말 따위만 가방에 뭉뚱그려 집을 나설 때까지도 아내는 방문을 닫은 채 끝내 나타나지 않았다.

12. 사내

버스는 왼쪽으로 바다를 낀 채 달리고 있다. 잠시 후엔 섬으로 이어지는 철교에 닿을 것이다. 추수를 마친 논들이 바둑판처럼 가지런했다. 올망졸망 들어앉은 농가의 마당에서 아이들 몇이 공을 차고 있었다. 그때 엉뚱하게도 웬 마네킹 하나가 당신의 시야에 들어왔다. 오렌지색 운동복을 걸친 그것은 황량한 밭둑 어귀에 혼자 엉거주춤 박혀 있었다. 허수아비 대신 이젠 마네킹이 참새를 쫓는구나. 필시 도시의 상가 진열장에서 평생을 보냈을 그것은 이젠 군데군데 칠이 벗겨진 흉물스런 꼬락서니로 변해 있었다.

"시간이 없어!"

또 환청이 들렸다. 흠칫 고개를 들었을 때, 통로 맞은편 자리의 사내와 시선이 딱 마주쳤다. 사내는 뭔가 감추려다 들킨 사람처럼 황황히 고개를 돌려버렸다. 당신은 그 오십대 후반 사내의 옆모습을 새삼 유심히 훔쳐보았다. 왜소한 체구의 사내는 반백의 머리와 무성한 구레나룻이 인상적이었다. 줄곧 히터를 틀어놓아 실내 공기가 후텁지근했지만, 사내는 두툼한 검정색 오버코트를 껴입었음에도 내내 몸을 잔뜩 웅크린 모습이었다.

무엇보다 눈빛이 놀랍도록 강렬한 사내였다. 음울하고 병색이 도는 얼굴에서 두 눈만이 유일하게 살아 있었다. 하지만 그 강렬함은 생기도 활기도 아닌, 어떤 절망적인 기이한 흡인력 때문이었다. 우물을 닮은 눈이다, 라고 당신은 생각했다. 깊이를 헤아릴 수 없는, 음습한 어둠이 첩첩이 고여 있는 우물. 당신은 그 기이한 눈빛 속에 담긴 지독한 슬픔과 고독의 흔적 같은 것을 읽어내는 순간 가슴이 서늘해옴을 느꼈다.

'맞아. 어쩌면 이 남자는 지금 스스로 죽음을 찾아가는 길인지도 몰라.'

갑자기 왜 그런 엉뚱한 생각이 들었는지 모른다. 그만큼 사내에게선 죽음의 분위기가 짙게 풍겼다. 죽음의 얇은 그물막 같은 것이 그의 몸 전체를 감싸고 있는 듯했다.

당신이 사내를 처음 본 것은 이날 아침 서울역 대합실에서였다. 출발시각을 기다리며 벤치에 앉아 신문을 훑고 있는데, 맞은편에 앉은 사내의 모습이 자꾸 신경에 거슬렸다. 두툼한 오버코트로 몸을 감싼 사내는 줄곧 당신 쪽을 빤히 주시했다. 처음엔 당신이 펼쳐든 신문 뒷면을 보고 있나 했는데, 알고 보니 그게 아니었다.

사내의 시선이 멎어 있는 지점은 당신의 뒤편 벽에 걸린 광고판이었다. 어린아이 둘이 시냇물 위에 빨간 연꽃등 하나를 막 띄워 보내고 있는 컬러사진 광고. 여자아이는 다섯 살, 사내아이는 예닐곱 살쯤 되어 보였다. 수면의 밝은 청색과 연꽃등의 진한 적색이 강렬한 대비를 이루고 있는 그 사진 하단엔 뜻이 모호한 문구가 박혀 있었다.

'시간은 당신을 잊어버릴지라도, 사랑은 당신을 영원히 기억합니다.'

그리 특별할 것도 없는 모 대기업의 이미지 광고였다. 저걸 왜 저렇듯 넋을 잃고 바라보는 것인가. 이번엔 거꾸로 당신이 사내를 훔쳐보기 시작했다. 사내의 모습은 어딘지 기묘했다. 딱 집어낼 수는 없지만, 체구며 차림새, 표정에서 묻어나는 분위기가 주변과 전혀 겉돌았다. 흡사 엉뚱한 시간과 공간에 잘못 불시착한 외계인처럼.

사내는 홀린 듯 시선을 광고판에 고정시킨 채 한참 동안 석상같이 굳어 있었다. 혹시 눈을 뜬 채 잠든 게 아닐까 싶을 정도였다. 그런 어느 순간, 사내의 낯빛이 창백해지면서 입 모양이 기묘하게 비틀어지기 시작했다. 이내 두 눈의 흰자위를 드러내며 사내는 상체를 앞으로 푹 꺾었다.

"어머! 이 사람 왜 이래!"

"뭐야! 무슨 일이야."

옆자리의 여자가 비명을 지르며 발딱 일어났다. 그 바람에 사내의 몸뚱이가 통나무처럼 바닥으로 굴러떨어졌다. 순식간에 주변이 소란해졌다. 당신은 벌떡 일어나 사내에게 달려갔다. 바닥에 얼굴을 처박고 엎어져 있는 사내의 상체를 안아 일으키려 했을 때였다. 누군가 당신의 팔을 잡았다.

"잠깐, 그 사람을 그대로 놔두시오."

밤색 털모자에 승려복 비슷한 먹빛 누비옷을 걸친 오십대 남자였다. 119를 불러야 한다니까. 아냐, 역 구내 사무실에 먼저 알려야 해. 사람들이 한마디씩 거들고 나섰다.

"앉아 있더니 별안간 쓰러졌어요. 병원으로 옮겨야 하지 않겠습니까?"

"가만. 병원으로 데려갈 병은 아닌 듯싶소. 잠깐 이쪽으로 좀 비켜나주시면 좋겠소만."

남자는 사내의 상체를 그러안더니, 얼굴을 옆으로 향하게 돌려 눕힌 다음 팔다리를 반듯하게 펴주었다. 다음엔 사내의 구두 한 짝을 벗겨, 그것을 베개 대신 목뒤에 괴어주었다. 한동안 사내의 발작은 계속되었고, 헐겁게 열린 입가엔 흰 거품이 소리없이 차올랐다. 먼지와 오물에 더럽혀진 그 얼굴을 당신은 차마 볼 수가 없었다. 당신은 그가 음지식물 같다고 생각했다. 지하동굴의 벽에 기생하여 어둠과 습기만으로 생명을 이어가는 이끼류 식물.

당신은 발치에 뒹굴고 있는 가방을 사내의 머리맡에 세워놓았다. 그 기내용 가방은 뜻밖에 가벼웠다. 손잡이엔 외국 항공사의 스티커와 영문 이름표가 달려 있었다. 미국 시애틀. 성명 요안 킴. 공항에 도착한 지 얼마 되지 않았다는 표식이었다.

"저대로 두어도 괜찮을까요?"

"간질을 앓는 사람이오. 발작을 일으킬 땐 몸을 옆으로 눕게 한 다음, 의식이 되돌아올 때까지 가만히 놔둬야 하는 법이라오."

털모자 남자가 침착하게 말했다. 발작은 쉬이 멈추지 않았다. 거대한 대합실 한가운데 홀로 버려진 사내의 몸은 턱없이 왜소하고 초라했다. 몹시 느리고 조용하게 이어지는 꿈틀거림. 그것은 어항 밖으로 잘못 튀어나온 한 마리 붕어처럼 보였다. 구경꾼들이 하나둘 흩어졌다. 간질환자로군. 에이그, 멀쩡한 사람이 안됐어. 사내의 존재는 금세 무관심 속으로 묻혀버렸다. 이제 인파와 소음으로 북적대는 대합실 한쪽에서, 사내는 홀로 그 기이한 의식을 묵묵히 치르고 있었다. 한없이 고독하고 쓸쓸한 광경이었다.

그건 또 왜였을까. 축 늘어진 사내의 야위고 흰 손과 벗겨진 한쪽 발에서 당신은 시선을 떼지 못했다. 한 남자의 생의 궤적에 숨겨진 고독과 누추함이 지금 눈앞에서 적나라하게 폭로되고 있었다. 왠지 당신은 목구멍이 뻑뻑하게 차오르며 눈시울이 뜨거워졌다. 문득 그 사내를 향해 애정이라고 말해도 좋을, 어떤 강렬한 친밀감이 솟아오름을 느꼈다. 당신 역시 그 무서운 고독과 쓸쓸함을 기억하고 있는 까닭이었다.

그때 당신은 또 어쩔 수 없이 케이를 떠올리고 있었다. 그의 장례식 날, 티 없이 맑은 하늘을 배경으로 바람 한 점 없는 허공에 죄수들처럼 무겁게 매달려 있던 무수한 만장과 오색의 깃발들. 그리고 그 뜨거운 5월의 마지막 새벽, 아무도 자신들을 위해 달려와 주지 않는 그 버려진 공간에서 한마디 유언도 없이 죽어간 이들의 얼굴을…… 그들이 저마다 맞이했을 그 최후의 순간들은 얼마나 고독하고 쓸쓸했을 것인가. 끝내 목안이 울컥 잠겨왔다.

이윽고 사내가 눈을 뜨고 천천히 몸을 일으켰다. 마지막 남은 구경꾼 서넛이 뒤로 슬슬 물러났다. 꿈을 꾼 사람처럼 멍한 표정으로 잠시 주위를 두리번거리던 사내는 문득 벗겨진 한쪽 발을 내려다보더니, 이내 구두를 찾아 신었다. 사내는 의자로 되돌아와 앉았다. 고개를 푹 수그린 채 옷에 묻은 먼지를 털어내고 있는 사내의 희고 마른 손이 심하게 떨리고 있는 것을 당신은 보았다.

때마침 열차 출발시각이 되었으므로 당신은 그만 자리에서 일어섰다. 그러나 잠시 후 당신은 그 사내와 또 마주쳤다. 사내는 당신 바로 뒷자리의 창 쪽 좌석에 앉았고, 네 시간 후 당신과 마찬가지로 종점인 광주역에서 내렸다. 우연은 계속되었다. 당신이 시외

버스에 올라타보니, 이번엔 사내가 한발 앞서 기다리고 있었다. 결국 서울에서부터 영도까지 당신들은 줄곧 동행인 셈이었다.

13. 그림자 섬, 영도

"와아, 저 파도 좀 봐."

"폭풍이 온다더니, 진짜 엄청나구먼!"

승객들의 탄성에 당신은 차창 밖으로 고개를 돌렸다. 버스가 막 해안도로로 접어들고 있었다. 먹빛 바다가 눈앞에서 미친 듯 끓어넘쳤다. 강풍에 물갈기가 허옇게 휘날리고, 이빨을 드러낸 파도가 허공으로 펄쩍펄쩍 솟구쳤다. 좁은 만의 물길 전체가 거대한 소용돌이에 휘감겨 마구 요동치고 있었다.

차내 스피커에서 뉴스 방송이 흘러나왔다. 제주도 일대를 통과한 바람은 현재 서남해안 일대로 접근중. 동쪽으로 방향을 약간 틀긴 했으나, 영도를 비롯한 서남해안 지역은 내일 오후쯤 영향권에서 벗어나게 될 것으로 예상됨. 한겨울에 이번 같은 강풍은 수십년 만의 일이라고 아나운서는 말했다.

저만치 다리가 보이기 시작했다. 섬과 육지 사이를 잇는 백여 미터 길이의 연륙교의 외양은 극히 단순하고 밋밋한 일자형이었다. 연륙교로는 국내 세번째로 세워졌다고 하던가. 다리가 세워지기 전엔 해협 양쪽에 마을이 있어서 나룻배가 수시로 왕래했다. 특히 육지 쪽의 포구는 전략적 중요성 때문에 조선 수군의 주요 거점이기도 했다. 또 당시 제주도를 오가는 각종 선박들이며 귀양 가는 죄인들을 태운 배들이 대부분 여기서 출발했다. 이곳이 육지와 제주도를 잇는 가장 가까운 뱃길이었기 때문이다. 6·25 때는 이 좁은 해협을 사이에 두고, 섬을 사수하려는 경찰과 남하하는 인민군 사이에 격렬한 전투가 벌어졌다.

다리를 지날 때, 그네를 타듯 버스가 위태롭게 출렁거렸다. 굉장한 강풍이 제멋대로 다리를 흔들어대고 있었다. 교각 아래로 하얗게 소용돌이를 이루며 빨려나가는 해류를 당신은 보았다. 다리를 건너자마자 버스가 정지했다. 문이 열리고 제복 차림의 경찰관 하나가 성큼 뛰어올라왔다. 다리 초입의 초소를 통과하기 전 차량은 예외 없이 검문을 거쳐야 했다. 경찰관은 당신에게 주민등록증을 돌려준 다음 이번엔 그 사내 쪽으로 돌아섰다.

"실례합니다. 잠시 신분증을 확인하겠습다."

"예에?"

사내가 낯빛이 잔뜩 질린 채 허둥대는 기색이었다.

"신분증 좀 보여주십쇼."

"시, 신문, 뭐라고요?"

허둥거리는 사내를 보다못해 당신이 얼른 한마디 거들었다.

"혹시 여권 가지고 계십니까. 패스포트를 보여주시면 됩니다."

"아, 그렇습니까."

사내가 가방을 뒤적이더니 여권을 건네주었다. 재미교포시군요. 시애틀이라. 아, 그 영화 나도 봤습니다. 멕 라이언 나오는 거, 시애틀의 잠 못 이루는 밤. 여권을 돌려주며 젊은 경관은 히죽 웃어 보였다. 문이 닫히고 버스가 출발했다. 사내가 당신을 돌아보며 고개를 끄덕해 보였다.

"고맙습니다. 한국말이 좀 서툴러서요."

"천만에요. 고향 방문길이신 모양이군요."

다소 당돌한 질문이었지만, 사내에게 묘한 친밀감을 느낀 당신은 그렇게 물었다.

"아닙니다. 뭐 그냥……"

사내는 거북한 듯 슬그머니 시선을 돌려버렸다. 당신은 금세 후회했다.

읍내 터미널에 내렸을 때, 겨울 해는 시름시름 저물어가고 있었다. 썰렁한 대합실 출구에서 당신은 잠시 서성거렸다. 사내의 모습은 보이지 않았다. 자, 이제는 어디로 가지. 그 먼길을 지금 막 허둥지둥 달려왔는데, 막상 갈 곳이 없다는 사실에 당신은 혼자 실소했다. 매점에서 담배를 산 다음 대합실을 빠져나왔다. 거리는 온통 바람 속에 갇혀 있었다.

터미널 앞은 삼거리였다. 왼쪽은 개펄을 메운 매립지 위에 새로 조성된 번화한 상가 지역이었다. 당신은 구시가지로 이어진 반대편 길을 택해 걷기 시작했다. 읍내라고 해봐야, 고작 한 시간 남짓 걸으면 대충 둘러볼 수 있을 규모였다. 구시가는 별로 달라진 구석이 없는 듯했다. 폭풍 탓인지 상가 점포들의 문이 대부분 닫혀 있었다. 오랫동안 활기를 잃은 채 몰락해가는 거리의 풍경은 음울하고 을씨년스러웠다. 상가를 벗어나 해안 쪽으로 더 들어가자 이윽고 낡은 선착장이 모습을 드러냈다. 완만하게 휘어들어온 작은 만에 들어선 선착장은 이젠 완연히 폐물처럼 방치된 채였다.

방파제 위로 올라서자마자 거센 바람이 얼굴을 후려치며 지나갔다. 거대한 파도가 잔교에 부딪칠 때마다 쿵쿵 굉음이 터져나왔다. 선착장 안쪽에는 채취선과 낚싯배가 대부분인 소형 선박 수십 척이 이미 대피 상태였다. 파도에 떠밀리지 않도록 한꺼번에 밧줄로 묶여 있었다. 낡은 콘크리트 창고 벽에 등을 기대고 서서 당신은 담배에 간신히 불을 붙였다.

바로 이 부근 어딘가에 포장마차 한 대가 서 있었을 것이다. 둘이서 소주를 마시던 그때도 지금처럼 눈앞에 불섬이 빤히 건너다보였다. 손을 뻗으면 닿을 것 같은 거리였다. 축구장 정도 면적이나 될까. 선착장 정면에 물방울처럼 동그랗게 떠 있는 그 작은 섬은 울창한 난대림 수목들 때문에 사철 녹음이 싱그러웠다.

"먼 옛날 영도엔 수없이 많은 늑대들이 무리를 지어 살고 있었다고 하지. 그런데 육지 사람들이 하나둘 옮겨오면서, 늑대들은 결국 저 섬까지 쫓겨났어. 그걸 기어코 없애버리겠다고 사람들이 저

작은 섬에다 불을 놓았어. 엄청난 불길이 석 달 열흘 동안 밤낮으로 타올랐고, 수천 마리 늑대들의 울음소리가 그치지 않았다지. 그때부터 저 작은 섬을 불섬이라고 부르게 되었다는 얘기야. 어디선가 들었음직한 전설이지?"

불섬의 유래에 대해 케이가 들려준 얘기였다. 케이는 유년기 몇 해를 영도에서 살았다. 공무원인 아버지의 근무지를 따라 가족이 함께 옮겨왔기 때문이다. 실상 영도는 케이의 할아버지와 아버지의 고향이기도 했다. 일제 때 등대지기였던 할아버지가 사고로 바다에서 실종되자 그의 아버지는 일찍 고향을 등졌던 것이다.

"하지만, 난 왠지 여기가 내 진짜 고향처럼 느껴지지 뭐냐. 친척 어른들은 내가 영락없는 할아버지 얼굴 그대로라고들 하서. 어렸을 땐 할아버지를 만날 수 있을지 모른다는 생각에, 여기 부둣가에 혼자 앉아서 오래도록 물속을 들여다보곤 했었지. 할머니가 늘 그러셨거든. 할아버지 영혼이 물고기처럼 파랗게 빛나는 비늘을 달고서 바닷속을 돌아다니신다고……"

후두둑 빗방울이 떨어지기 시작했다. 당신은 서둘러 한길을 건넜다. 일단 숙소부터 정해야 했다. 역시 기억했던 대로, 저만치 골목 어귀에 '백년여관'이라는 간판이 보였다. 그날 케이와 함께 묵었던 바로 그 여관이었다.

현관을 들어서니, 응접실은 마침 비어 있었다. 난로 곁에서 잠시 기다리고 있는데, 현관문이 열렸다. 무심코 돌아보던 당신은 놀랐다.

"아, 여기서 또 뵙게 되는군요."

밤색 털모자에 먹빛 누비저고리 차림의 오십대 사내. 역 대합실에서 발작으로 쓰러진 사내를 침착하게 돌봐주던 그 사람이었다.

"옳아, 아까 역에서 봤던 그분이시구먼."

그때 복도 안쪽에서 젊은 여자가 반색을 했다. 어마, 언제 오셨어요? 언니! 아저씨 오셨어요. 여자가 호들갑스레 안으로 뛰어들어가자 남자도 곧 뒤따라 들어갔다. 그가 이 여관의 주인이었다니, 뜻밖이었다. 잠시 후 안쪽에서 또다른 남자가 나타났다. 한쪽 팔을 잃은 그 사십대 남자는 음울하고 날카로운 인상이었다.

"이쪽으로 따라오세요. 이층 3호실요."

짧게 툭 던지며 사내는 앞장을 섰다. 사내가 방문을 따는 사이, 바로 옆 방문이 열리며 누군가 얼굴을 조심스레 내밀었다. 뜻밖에도 아까 그 재미교포 사내였다. 사내 역시 적이 놀란 듯 이내 황급히 문을 닫아버렸다. 우연치고는 기이했다. 결국 당신과 교포 사내 그리고 밤색 털모자 남자까지, 모두가 한곳에 다시 모인 셈이었다.

방안으로 들어서자마자 당신은 창 커튼을 활짝 열어젖혔다. 기억 속에 남아 있던 뒤뜰의 풍경이 한눈에 펼쳐졌다. 빽빽이 늘어선 거대한 고목들이 폭풍우 속에서 몸을 뒤틀고 있었다.

14. 요안

"그쪽은 바람 소리 때문에 많이 시끄러울 텐데요."

바다가 내다보이는 방으로 바꾸고 싶다는 말에 사내는 의아한 표정이었다.

"괜찮습니다. 며칠 조용히 있고 싶은데, 구석진 방이면 더 좋겠군요."

"흠, 구석진 방이라…… 그럼 12호실을 쓰세요."

외팔이 사내는 방 열쇠를 건네주며 새삼 요안의 얼굴을 힐끔 쳐다보았다. 혹시 자살이라도 하려는 게 아닌가 하는 눈치였다. 요안은 쏠쏠하게 웃었다. 사내의 그런 의심이 터무니없지는 않을 터였다. 하지만 요안은 최소한 여관방 안에서 약을 입안에 뭉텅이째 털어넣거나 면도날로 손목을 그어 타인을 곤혹스레 만들 생각은 전혀 없었다.

12호실은 낡긴 했지만 그런대로 아늑했다. 아담한 만의 풍경이 한눈에 들어왔다. 굵어진 빗발과 함께 바람이 몰려올 때마다 낡은 문짝이 심하게 덜그럭거렸다. 바다는 섬을 집어삼킬 듯 요동하고 있었다. 갈기를 수직으로 세운 거대한 파도의 떼가 방파제를 끊임없이 두들기며 쿵쿵 굉음을 내질렀다.

'마침내 여기까지 오고 말았군. 사십여 년 만에 결국 애초의 출발점으로 회귀해온 셈인가. 자, 김요안. 이제부터는 어쩔 셈이지?

고향을 찾은 연어처럼 모래펄에 들어앉아 알을 낳아야 할 차렌가. 그리고 알집을 마저 비워낸 다음엔 수면 위에 뱃가죽 허옇게 드러낸 채 아가미를 뻐끔대다가 최후의 순간을 맞이해?'

창밖을 내다보며 요안은 쓴웃음을 흘렸다. 자조와 체념이 섞인 한없이 허한 웃음. 어제 오후, 요안은 서울에 도착했다. 허공에 떠 있는 열세 시간 내내 단 한숨도 눈을 붙여보지 못했다. 마침내 한국 땅을 밟는다는 감격이나 기대 따위는 거의 없었다. 다만 왠지 모르게 초조하고 허탈할 뿐이었다.

자, 이젠 이 나라하고도 마지막이다. 요안은 비행기가 시애틀 공항을 이륙하는 순간 그렇게 혼자 뇌까렸다. 이제 다시는 이 길을 되밟아 오지 못하리라. 유리창 아래로 만년설을 뒤집어쓴 레이니어산의 우람한 몸체가 내려다보였다. 그 산 북쪽에 자리한 도시 시애틀에서만 요안은 사십 년 넘게 살았다. 미국에서 가장 아름답다는 도시. 그러나 사계절 내내 꽃과 녹음 무성한 그 도시를 요안은 그다지 좋아하지 않았다. 그곳엔 단 한 명의 사랑하는 사람도, 아니 잠시나마 사랑을 나눈 사람조차 존재하지 않았다.

언제나 그는 혼자였고 이방인일 뿐이었다. 어디에고 뿌리를 내리지 못한 채 수면을 떠도는 하찮은 개구리밥. 비행기의 원형 창 아래로 멀어지는 도시의 희미한 실루엣을 내려다보면서 그는 자신의 삶을 그렇게 간단히 요약했다. 애당초 그는 운명적으로 한 개의 섬일 수밖에 없는 존재였다.

"오, 처음으로 어머니 나라를 방문한다니, 정말 멋진 일이야. 이렇게 헤어지게 되어 무척 섭섭한걸. 돌아오면 연락해줘요. 한국에서 있었던 일, 꼭 듣고 싶으니까."

지배인 마이클은 털북숭이 손으로 덥석 악수를 청하며 노래라도 부르듯 큰 소리로 말했다. 말로는 섭섭하다고 하면서도, 고향 방문 얘기를 핑계로 만면에 웃음을 짓는 그가 실은 심한 유색인종 혐오자라는 사실을 요안은 알고 있었다. 회사는 내리 삼 년째 불황이었고, 곧 또 한번 대규모 감원이 있을 거라는 소문이 나돌았다. 요안은 자신이 바로 그 유력한 대상자 중 한 명임을 잘 알고 있었다. 요안의 경우, 오십대라는 나이보다 건강 문제가 치명적 약점이었다. 최근 몇 달 사이, 그 원인불명의 발작은 근무시간중 세 차례나 찾아왔던 것이다. 그는 미련 없이 사표를 제출했다.

잘 가요. 많이 보고 싶을 거야. 행운을 빌어요. 매장을 나서기 전 동료 직원들과 짧게 악수를 하고 어깨를 두드리고 혹은 포옹을 나누었다. 그들은 재빨리 등을 돌리고 곧 제자리로 돌아갔다. 작별의 형식적 절차는 그게 전부였다. 그들은 만남과 이별의 인사법에 항상 능숙했다. 아무리 오랜 동료일지라도 결코 서로의 울타리를 넘지 않고, 또 넘어오는 것도 허용치 않는 철저히 조절된 인간관계. 그것이 그들 사회의 합리성이었다.

하찮은 개인용품이 담긴 작은 종이상자 하나만을 옆구리에 낀 채 요안은 십오 년간 근무했던 대형 쇼핑몰의 출입구를 뚜벅뚜벅 걸어나왔다. 검안사 일을 시작한 이래, 그가 가장 오랜 기간 근무했던 직장이었다. 그리고 이제 그곳은 아마도 그의 생애 최후의 직장이 될 터였다. 아파트로 돌아오자마자 요안은 전화로 서울행 티켓을 한 장 예약했다. 왕복 티켓이시죠? 한국인 소유의 그 여행사 여직원은 당연하다는 듯 물었다. 아니, 편도요. 그는 짧게 대답했다.

짐 정리는 간단히 끝났다. 여행중 입을 옷과 양말, 세면도구 정도만 가방 하나에 챙겼다. 나머지는 이제 모두 불필요한 것들이었다. 옷가지와 주방용 집기 따위는 자선단체에 넘겼고, 일부는 쓰레기함에 버렸다. 꽤 많은 책들을 승용차에 실어 헌책방에 헐값으로 팔고 나자 더는 할 일이 없었다. 사십 년을 살아온 흔적이 고작 이 정도였나 싶어 헛웃음이 나왔다. 하긴 당연한 일이었다. 그는 항상 자신을 축복받지 못한 생명이라고 믿었다. 애초에 지상에 잘못 떨어진 씨앗이었다. 싹을 틔울 수도, 틔워서도 안 되는 실패한 씨앗. 때문에 그는 최소한 이 지상에 존재했다는 흔적 따윈 남기지 않고 떠날 작정이었다. 지금껏 철저하게 고립된 생활을 고집해온 것도 그래서였다.

떠나기 전날, 요안은 에밀리 강과 함께 저녁식사를 했다. 그녀는 요안과 친숙하게 인사를 나누는 거의 유일한 한국 교민이었다. 같은 단지 내의 또다른 아파트에서 여덟 살 난 딸과 단둘이 살고 있는 그녀에게 아무래도 떠난다는 인사는 해야 할 것 같았다.

"곧 돌아오신다는 말, 믿어도 되죠? 김선생님."

에밀리는 간절한 표정으로 말했다. 관광을 마친 다음엔 아무 일 없이 곧장 돌아오시겠다고 약속해주세요. 절대로 지난번 같은 어리석은 생각은 두 번 다시 않겠다구요. 아홉 살 때 입양되어 백인 양부모 아래서 자란 에밀리는 몇 번이나 되묻고 확인했다.

몇 달 전, 요안은 한밤중 위스키 한 병을 다 비운 뒤 욕조 안에 몸을 담근 채 면도날로 손목을 그었다. 매장에서 근무중 두번째로 발작을 일으킨 날이었다. 투명한 물속으로 선홍색 물감이 서서히 퍼져나가는 모양을 들여다보며 마침내 몽롱한 잠에 빠져드는 순간이었다. 문을 박차고 관리인과 에밀리가 뛰어들어왔다. 초저녁에 수화기를 통해 전해진 음성이 마음에 걸리더라고 했다.

"김선생님의 심정을 조금은 이해할 수 있을 것 같아요. 저 역시 살아가기가 너무 힘들어 몇 번이나 죽겠다고 맘을 먹었는지 몰라요. 그렇지만 차마 그럴 수가 없더군요. 엄마 때문이지요. 전 지금도 엄마의 얼굴을 또렷이 기억해요. 동두천 판잣집 단칸방에서, 병들어 해골같이 말라붙은 얼굴로 엄마는 내 손을 잡고 말했어요. 기어코 살아라. 어떻게든 살아남아야 한다. 엄마처럼 한을 남기고 죽어서는 안 돼…… 그것이 엄마의 마지막 말이었어요."

몇 잔 마신 와인 탓이었을까. 그녀는 눈물을 글썽였다. 그녀가 은연중 자신을 마음에 두고 있다는 사실을 요안은 짐작하고 있었다. 그녀는 아직 젊었으나 오랜 외로움에 지쳐 있었다. 그러나 요안에겐 다른 누군가를 받아들일 만한 빈자리가 존재하지 않았다.

"김선생님은 어릴 적 기억을 상실하셨다지요. 하지만 여동생이 한 명 있었던 것 같다고 했잖아요. 그게 사실이라면, 이 세상에서 아직 할 일이 최소한 한 가지는 남아 있는 셈이군요. 여동생을 반드시 찾으셔야 해요. 그분도 지금 선생님을 애타게 찾고 있을지 모르잖아요. 한국에 가시면, 그 영도라는 섬을 꼭 찾아가보세요."

요안은 잠자코 듣기만 했다. 여동생을 찾겠다니, 새삼 터무니없는 짓 같았다. 자그마치 수십 년 전의 일이다. 실낱같은 기억조차 남아 있지 않은데, 이름도 얼굴도 모르는 사람을 어떻게 찾아낸단 말인가.

물론 요안은 한국에 가면 다시 돌아오지 못할 터였다. 잘못 떨어진 씨앗은 늦게나마 출발점으로 되돌려져야 했다. 요안에겐 죽음을 맞이할 자리가 필요했다. 끊어진 기억의 실마리가 놓여진 최초의 지점. 그 섬이야말로 더없이 어울리는 자리라고 요안은 생각했다.

발작이 재발한 것은 지난여름이었다. 오래전 치유되었다고 믿었던 그 원인불명의 발작증세가 몇십 년 만에 재발했던 것이다. 게다가 이번엔 정체를 알 수 없는 기이한 환청과 함께였다.

주말 오후, 요안은 가까운 리치먼드 비치로 산책을 나갔다. 해안가 철길로 드물게 기차가 지나가고, 내륙 깊숙한 만에 안긴 바다는 늘 호수처럼 잔잔했다. 그는 인적이 뜸한 공원 뒤쪽의 높고 가파른 언덕을 즐겨 올랐다. 언덕 위엔 넓은 잔디밭과 마로니에 한 그루, 그리고 벤치 두 개가 있었다. 벤치에 앉으니, 마침 저녁노을이 지고 있었다. 만 건너 높은 산봉우리들이 남빛으로 젖어가고, 노을은 붉은 잉크를 풀어놓은 듯 하늘과 바다를 물들이며 서서히 번져갔다.

유난히도 선연한 그 주홍색으로부터 요안은 시선을 떼지 못했다. 한순간 핏빛 노을이 망막 안으로 가득히 밀려들어왔고, 심한 현기증과 함께 눈앞이 캄캄해졌다. 전신이 모랫더미에 묻힌 듯 아득해지는 의식 속에서, 요안은 처음으로 그 정체불명의 목소리를 들었다.

"돌아와! 이젠 때가 되었다!"

얼마나 지났을까. 그는 흙투성이가 되어 땅바닥에 코를 박고 엎어져 있는 자신을 발견했다. 그새 사위는 밤이었다. 간신히 몸을 일으켜 벤치 위로 기어올랐다. 뜨거운 증기처럼 전신을 휘감아오던 그 낯익은 현기증과 불쾌함. 깨어나는 순간의 아득한 공허감과 피로감. 요안은 절망했다. 그것은 오래 잊고 있었던, 발작이 동반하는 특유의 증세였다. 어찌된 영문인가. 대학 신입생 때 강의실에서의 일을 마지막으로, 그뒤로는 뚝 그쳤던 증세가 왜 지금 다시 되풀이되는 것인가. 또 그 기이한 목소리는 무엇이었을까.

두번째 발작은 근무중에 찾아왔다. 모처럼 화창한 오후였다. 손님이 잠시 뜸한 사이, 요안은 창밖으로 시선을 던졌다. 화단가에 빨간 스웨터를 입은 흑인 여자아이 하나가 쪼그려앉아 있었다. 예닐곱 살쯤 될까. 머리털이 밤송이같이 부풀어오른 아이의 스웨터가 등뒤 잔디밭의 진초록빛을 배경으로 또렷하게 드러났다. 눈부시게 선연한 그 붉은 색깔이 홀연 망막 가득히 흘러들어옴을 느끼는 순간, 요안은 의식을 잃고 의자에서 굴러떨어졌다.

"돌아와! 어서 돌아와!"

의식이 아슴푸레 돌아오기 직전, 이번에도 그 정체불명의 환청이 요안을 깨웠다. 병원 응급실이었다. 온갖 복잡한 검사들이 이어졌다. 심장과 뇌파를 측정하고, 뇌 단층촬영까지 마쳤다. 의사는 약간 곤혹스런 표정을 지으며 말했다. 뇌 자체의 조직상으로는 아무런 이상이 발견되지 않는다. 좀더 자세한 검사를 해봐야겠지만, 예전에도 유사한 경험이 수차 있었다면 일종의 의사간질증상으로 추정된다. 현재로서는 정확한 원인은 알 수 없으나, 십중팔구 정신신경증적인 질환일 가능성이 높다. 예를 들면, 과거에 어떤 심한 충격으로 인해 입은 정신적 외상 때문에 일어나는 일종의 히스테리 증상인지도 모른다는 얘기다. 원한다면 당장 정신과 의사에게 검사를 받을 수 있게 조처해주겠다…… 그러나 요안은 의사의 제의를 거절하고 집으로 돌아왔다. 그로서는 이미 빤히 알고 있는 결과였다. 과거에도 몇 차례 검사를 받았지만 매번 같은 대답이었기 때문이다.

발작은 몇 차례 더 찾아왔다. 아파트, 공원 그리고 직장에서까지. 별안간 주위의 모든 것들이 달라져버렸다. 직장 동료들의 무심한 듯한 시선 속에서 요안은 호기심과 연민 혹은 위장된 혐오감의 흔적을 읽었다. 사람들과 대면하는 일이 점점 고통스러워졌다. 내면의 우울증은 한층 깊어졌고, 아파트에서 자주 혼자 술을 마셨다.

자살을 결심하고 나자, 그것이 실은 오래전부터 예정되어 있었던 당연한 절차인 것처럼 느껴졌다. 요안은 지금껏 내내 죽음을 그림자처럼 곁에 두고 살아왔다. 그는 뿌리 없이 지상을 떠도는 식물이었다. 그에겐 더듬어볼 연원도, 추억할 과거도 없었다. 과거부재의 인간에겐 현재도 미래도 존재하지 않는 법이다. 자신이 누구인지, 어디서 왔는지조차 증명하지 못하는 기억상실자. 그는 시간의 궤도에서 이탈한 한 조각 무의미한 잔해였다.

1950년 8월 어느 날. 영도 읍내 남쪽 언덕 위 교회당 마당에 반쯤 실성한 아이 하나가 나타났다. 여덟 혹은 아홉 살쯤의 그 아이는 아무것도 기억해내지 못했다. 이름과 나이, 자신이 누구인지, 어디서 어떻게 거기까지 왔는지, 제가 통과해온 시간의 목록이 완벽하게 삭제된 상태였다. 결국 그때 아이가 상실한 것은 그 이전의 시간뿐만이 아니었다. 그날 이후 그에게 새로운 시간은 영영 찾아오지 않았다. 그날부터 지금까지 그가 통과해온 모든 시간들은 다만 죽어버린 시간, 박제된 기억의 퇴적물일 뿐이었다.

첫번째 자살시도가 실패로 끝나자, 요안은 보다 치밀한 실행계획을 세웠다. 약물은 차이나타운에서 얼마든지 구할 수 있었다. 이번엔 장소를 숲속으로 선택할 생각이었다. 최소한 십 년 정도는 타인들의 눈에 띄는 일 없이, 한 사람의 육신이 풀덤불에 파묻혀 썩어갈 수 있는 한적한 숲과 골짜기는 얼마든지 널려 있었다.

15. 눈

어느 날이었다. 자정 무렵 요안 혼자 판매 코너를 지키고 앉았는데, 색다른 고객 한 쌍이 찾아들었다. 연중무휴 24시간 개방된 쇼핑몰이긴 해도, 심야에 안경을 맞추러 오는 고객은 드물었다. 오십대의 흑인 부부였다. 굉장한 거구에 비만인 여자. 남편은 그 절반도 안 되는 왜소한 몸집에 한쪽 눈은 백내장 증세를 보이고 있었다.

"이 얼간이 같은 작자가 낚시를 나갔다가 넘어져서 안경을 깨뜨렸지 뭐야. 그게 얼마나 비싸게 주고 산 것인지 알아? 안경 없으면 꼼짝도 못하는 주제에."

큰 소리로 떠들어대는 여자 곁에서 사내는 자다 끌려나온 것처럼 멀뚱히 서 있었다. 그러고 보니, 남자의 얼굴이 눈에 익었다. 리치먼드 비치 잔교 한쪽에서 매일 낚싯대를 드리우고 있던 흑인 사내였다. 베트남전에서 부상을 입고 퇴역한 예비역 중사. 한때 비행장 경비원 일을 했으나 시력장애가 심해져 퇴직했고, 몇 년째 온종일 바닷가에서 시간을 보내는 낚시미치광이. 둘씩이나 되는 딸년들은 공부 따윈 제쳐놓은 채 연애질에 정신이 없고, 남편 앞으로 매달 떨어지는 연금만으로는 생활비가 형편없이 부족해서, 이래 저래 가뜩이나 건강도 나쁜 자기 혼자만 죽을 맛이라고, 여자는 쉬지 않고 주절거렸다.

안과 처방전엔 우측 눈이 외상성 백내장으로 인한 중증의 폐용성 약시라고 적혀 있었다. 베트남에서 얻은 부상이었다. 검안기 앞에 사내를 마주앉혔다. 뜻밖에 사내는 어린아이처럼 천진하고 해맑은 얼굴을 가지고 있었다. 렌즈를 통해 확인해보니, 역시 우측 눈은 실명에 근접한 상태였다.

요안은 사내의 성한 왼쪽 눈에 렌즈를 고정시켰다. 이십 년 동안 그는 렌즈를 통해 무수한 사람들의 안구를 들여다보며 살아왔다. 눈은 표면을 감싼 각막과 그 안쪽의 홍채, 그리고 빛의 양을 조절하는 조리개인 동공이 있고, 미세한 렌즈인 수정체가 그 동공 뒤에 있다. 그것들을 통과한 빛은 안구 맨 안쪽의 망막 황반부에서 초점을 맺게 된다. 그중 홍채는 색깔을 띠는데, 인종과 개인별로 다양한 차이를 드러낸다. 동양인은 주로 흑갈색이지만, 서구인의 경우 홍채의 멜라닌색소 함량이 적고 많음에 따라 청색이나 갈색으로도 보인다.

사내의 홍채는 유난히 검고 깊은 빛깔이었다. 그 홍채 안에 작은 구멍으로 뚫린 동공에 초점을 맞추었을 때, 요안은 무심코 숨을 멈추었다. 확대된 동공은 언제나 신비로운 동굴 같았다. 인간 영혼의 심부로 이어지는, 육신에 유일하게 감추어져 있는 비밀통로의 입구. 혹은 빛의 세계 저편 또다른 세상으로 이어지는 칠흑 어둠의 입구 같기도 했다. 그 둥근 심연을 응시하고 있다보면, 문득 동굴 안쪽에서 어떤 미지의 존재가 이쪽을 뚫어져라 쏘아보고 있는 듯한 착각에 요안은 섬뜩해지곤 했다. 그 미지의 존재란 어쩌면 우리가 영혼이라 부르는 바로 그것이 아닐까.

'저 검은 구멍은 이 사내가 통과해온 일생의 모든 시간들을 낱낱이 지켜보고 또 기록해왔으리라. 그와 마주친 모든 빛과 물체, 소리, 움직임, 냄새, 느낌 들까지 저기 온전히 담겨 있을지도 몰라. 그렇다면 나는? 내 눈 또한, 내가 상실해버린 그 십 년 동안의 모든 시간들을 낱낱이 지켜보았고 또 틀림없이 기록했을 것이다. 그런데 지금 그것들은 도대체 모두 어디로 증발해버린 것인가. 무엇이 그것들을 내 뇌리에서 완벽하게 삭제해버렸을까.'

흑인 사내의 깊은 동공을 들여다보던 요안은 문득 그런 의문에 사로잡혔다.

"요안. 그건 다른 누구도 아닌, 바로 네 자신이야. 망각된 게 아니라, 네 의식이 그것을 기억해내기를 거부하고 있는 것이지. 열 살 때쯤이라고 했었지? 아마 그때, 네가 그 교회를 찾아가기 직전에 넌 무엇인가 무서운 일을 당했거나 목격했었을 거야. 가령 뭔가 엄청나게 파괴적이고 폭력적인 어떤 일…… 그것이 너무나 파괴적이고 압도적이기 때문에, 단지 기억한다는 체험 자체만으로도 치명적인 것이 될 정도로 말이지. 때문에 네 의식이 그 기억을 재생해내는 내부의 특정한 회로 자체를 스스로 아예 차단시켜버리고 만 거야. 말하자면, 인간 정신에 내재한 놀라운 자기보호장치랄까 방어기제인 셈이지……"

그것은 고등학교 때 상담교사였던 메이의 말이었다. 심리학을 전공한 중국인 이민 2세인 그 젊은 여교사는 요안에게 각별한 관심을 보였다. 전쟁고아로 입양되어 온 같은 피부색의 소년, 게다가 기억상실증을 앓고 있다는 점 때문이었으리라. 요안은 그 여교사와 꽤 많은 이야기를 나누었다. 그녀는 지금까지 요안이 속마음을 털어놓았던 유일한 대상이었다.

"요안, 너 자신이 누군지 알고 싶니? 네 가족, 고향, 그리고 진짜 네 이름이 무엇이었는지 정말 알고 싶어? 좋아. 그럼 무엇보다 먼저 너의 내면에 도사리고 있는 그 완강한 두려움부터 이겨내야 해. 이제부터는 용기를 내서 마주서봐. 네 무의식 속의 그 무서운 기억과 당당히 맞서보란 말야. 그래야만 네 과거를 되찾을 수 있어."

그럴까. 내가 아무것도 기억하지 못하는 게 아니라, 실은 한사코 기억해내기를 거부하고 있는 것일까? 요안은 메이의 말을 떠올리며, 그 흑인 사내의 오른쪽 안구를 다시 들여다보았다. 검은 동공 너머에 자리한 정상인의 수정체는 무색투명하다. 그러나 사내의 수정체는 묽은 우유 한 방울이 톡 떨어져 엉겨붙은 듯 전체가 희부연 막으로 덮여 있었다.

그런 어느 순간, 텅 빈 스크린처럼 확대렌즈를 가득 채운 그 백색의 엷은 막 위로 무엇인가 불분명한 영상이 홀연 떠올라왔다. 저게 뭘까. 깜짝 놀라 시선을 떼지 못하는 사이 그것은 또다른 영상에 의해 재빠르게 겹쳐졌다. 그리고 이내 또다른 영상이 나타났다. 한동안 그것들은 무성영화의 장면들처럼 번갈아 빠르게 떠올랐다가 사라졌다. 형태가 불분명한 그 영상들은 혼란스레 뒤엉킨 색과 선 혹은 그림자의 어지러운 파편들 같았다. 그 순간 그 정체불명의 목소리가 다시금 또렷하게 들려왔다. "돌아와! 때가 되었다!" 요안은 짧게 비명을 토해내며 의자 밑으로 굴러떨어졌다. 흑인 여자의 비명소리에 동료들이 달려왔다.

요안은 발작에 빠질 때마다 몽롱한 의식 속에서 매번 그 동일한 영상들과 마주치곤 했다. 그것들은 잡다하게 겹쳐진 몽타주 같았다. 흰 페인트칠을 한 원통형 등대. 흉하게 단면을 드러낸 깎아지른 절벽. 교회당의 함석지붕. 높다란 종루 위에 매달린 크고 녹슨 종…… 그것은 놀랍게도 요안의 뇌리 속에 어렴풋이 남아 있는 유년기의 조각들, 바로 영도에 관한 기억들이었다. 포구 앞 방파제 끝에 서 있던 무인등대, 채석장 절벽, 그리고 조목사에게 반년 동안 보살핌을 받았던 교회당 건물이 분명했다.

그러나 나머지는 전혀 종잡을 수 없었다. 첫번째는 커다란 구멍이었다. 깊이를 알 수 없는 검고 음습한 느낌의 둥근 구멍. 두번째 것은 선명한 컬러였는데, 이질적인 두 개의 사물이 한데 모여 있다. 청록색 수면 위에 떠 있는 크고 새빨간 꽃송이 하나, 그리고 검정 고무신 한 짝. 그 커다란 꽃송이는 칸나꽃 같은 모양을 하고 있으나 확실치 않고, 검정 고무신 한 짝은 거꾸로 벌렁 뒤집혀 있다. 세번째 영상은 극히 모호했다. 연초록빛으로 환히 빛나는 점 같은 것들이 나란히 다가오고 있는 광경. 수많은 물고기 아니면 산호초의 군락 같기도 한 그것들의 정체는 전혀 짐작이 가지 않았다.

요안은 오랫동안 그 수수께끼의 영상들에 사로잡혔다. 그것들은 잃어버린 과거의 기억과 연관되어 있음이 분명했다. 그것들은 왜 하필 발작이 찾아올 때마다 나타나는 것일까. 어쩌면 자신의 내면 어딘가에서 모종의 변화가 일어나기 시작한 때문인지도 모른다. 만일 그렇다면, 그것들은 잃어버린 기억을 찾아낼 실마리일 수도 있었다.

무엇보다 요안은 그 정체불명의 목소리가 궁금했다. 그게 누구일까. 돌아오라니, 어디로? 무엇 때문에? 시간이 없다는 말은 또 무슨 뜻일까. 어쩌면 그 해답 역시 그 수수께끼의 영상들 뒤에 숨어 있을 것만 같았다.

그 며칠 후, 요안은 거실에서 무심코 텔레비전을 켰다. 때마침 '히스토리 채널'에서 한국전쟁에 관한 특집 다큐멘터리가 방영중이었다. 참전했던 미군 퇴역장군들의 인터뷰를 중심으로 당시의 실황 장면들이 간간이 삽입되었다.

화면 가득 검은 포연이 뒤덮이고, 엄청난 공중폭격과 지상전, 폐허로 변한 도시와 파괴된 교량, 학살된 무수한 시체들이 빠르게 스쳐지나갔다. 그것은 지옥의 풍경이었다. 피난민, 피난민들. 셀 수 없이 많은 피난민들의 행렬이 화면을 허옇게 뒤덮었다. 한여름 땡볕 속을 필사적으로 절뚝이며 한데 뒤엉켜 끝도 없이 떠밀려가는 흰옷 입은 사람들. 끊어진 한강철교의 철골 위를 곡예하듯 네발로 기어가거나, 열차 지붕 위로 바글바글 기어오르는 인간 흰개미떼. 길바닥에 죽어 나자빠진 어미의 젖퉁이를 움켜쥔 채 울고 있는 어린아이. 그 옆에서 머리통에 붕대를 감은 채 초콜릿을 빨고 있는 계집아이……

그 지옥의 풍경화 속에 섞인 사오 초짜리 흑백 컷 하나가 요안의 시선을 확 잡아챘다. 어느 피난민 가족의 모습이었다. 등 지게를 진 짧은 머리의 젊은 아비. 지게 위엔 큼지막한 보퉁이. 다시 그 보퉁이 위에 위태롭게 올라앉은 두 어린아이. 그 뒤로 커다란 이불 보퉁이를 머리에 인 치마저고리 차림의 어미. 전투기의 폭격이 개시된 모양이었다. 까맣게 탄 얼굴과 후줄근한 입성의 그 농부 일가는 한덩어리가 된 채 미친 듯 논둑길을 달음박질치고 있었다. 농부의 필사적인 얼굴이 클로즈업으로 잡히고, 보퉁이를 인 아낙은 공포에 질린 눈으로 카메라 쪽을 훔쳐보며 내달린다. 카메라 앵글은 지게 위의 어린 남매를 포착했다. 예닐곱 살짜리 사내아이와 동생인 듯한 계집아이. 둘 다 흰 무명저고리 차림…… 어느 사이 요안의 손가락에서 힘이 쭉 빠져나갔다. 기울어진 컵에서 커피가 쏟아지는 줄도 요안은 모르고 있었다.

종군기자가 그들을 따라 달리는지, 화면이 거칠게 흔들렸다. 잠든 계집아이를 한 팔로 감싸안은 사내아이의 얼굴이 클로즈업되었다. 입을 벌린 채 잔뜩 찡그린 표정. 공포와 굶주림에 지친, 늙은이 같은 얼굴. 그리고 휑하니 열린 아이의 투명한 두 눈이 잠깐 스쳐갔다. 그 순간이었다. 굵은 눈물 한 방울이 요안의 눈에서 툭 솟았다. 그것이 신호였다. 이내 눈물은 주체할 수 없이 폭포처럼 쏟아져내리기 시작했다. 요안은 미친듯이 울고 또 울었다. 울음은 점차 통곡으로 바뀌었다. 그것은 울음이 아니라 목구멍에서 솟구치는 핏덩이였다.

화면 속 풍경은 분명 어딘가 눈에 익었다. 어디였을까. 언제였을까. 잡힐 듯 말 듯, 기억은 떠오르지 않았다. 혹시 그 일가족이 내 부모와 여동생은 아닐까. 그러나 화면에 비친 소년은 전혀 다른 얼굴이었다. 요안. 넌 알고 있어. 다만 너 자신이 한사코 기억해내기를 거부하고 있을 뿐이야. 그때 틀림없이 무슨 일이 있었을 거야. 용기를 내어 당당히 그 기억과 맞서봐. 메이의 말이 떠올랐다. 정말 그랬을까. 무엇인가 엄청난 일이 내 눈앞에서 일어났던 것일까. 어머니, 아버지, 그리고 내 동생은 어떻게 되었을까. 그들은 어디로 간 것일까. 왜 나 혼자만 거기 남겨지게 되었던 것일까. 그리고 그 이상한 영상들은……

이윽고 울음이 멎었을 때, 요안은 이미 탈진 상태였다. "돌아와! 시간이 없어. 어서 돌아와!" 그때 또 한번 환청이 들렸다. 바로 귓전에서처럼 또렷했다. 순간 뇌리를 퍼뜩 스치는 것이 있었다.

'맞아. 그 섬이야. 거기서 지금 뭔가 특별한 일이 벌어지고 있어. 그곳에서 누군가 나를 부르고 있는지도 몰라. 그래. 돌아가자. 영도로…… 거기서 처음부터 다시 찾아보기로 하자. 내 잃어버린 시간의 흔적을. 이것이 허무맹랑한 망상이라고 한들 어찌겠는가. 어차피 더는 아무 미련도 없어. 그 섬에서 이 비루한 생을 마무리하는 것도 나쁘지는 않겠지.'

마침내 모든 것이 명료해졌다. 요안은 사표를 냈고, 아파트를 내놓았다. 예금까지 모두 찾았다. 적지 않은 액수였다. 그걸 어떻게 처리해야 할지를 궁리할 시간은 아직 남아 있었다. 물론 차이나타운에서 입수한 알약도 가방 안에 꼼꼼히 챙겨넣었다. 안락사를 원하는 이들을 위해 그것은 큰 고통 없이, 수면중 감쪽같이 문제를 해결해준다고 했다. 그렇게 요안은 미국을 떠나왔다.

16. 칸나

오래된 형광등 불빛에 드러난 방안 풍경은 좁고 누추하다. 싸구려 앉은뱅이 화장대와 간이 이불장, 낡은 텔레비전과 터무니없이 큰 거울 하나, 소형 냉장고. 그리고 한쪽 벽엔 숙박업소 가격표와 범죄자 수배 포스터가 나란히 붙었다.

요안은 바닥에 드러누운 채 담배를 피워 문다. 마침내 섬에 도착했다는 사실이 좀체 실감이 나지 않는다. 오랜 세월 동안 섬은 그의 무의식의 깊은 수렁 속에 폐선처럼 침몰해 있었다. 희미하고 불분명한 기억의 부스러기가 간혹 수면 위로 떠오를 때가 없지는 않았다. 쇼핑객의 발길이 그친 심야의 텅 빈 대형 쇼핑몰 매장 한쪽에 홀로 우두커니 앉아 있을 때, 혹은 추적추적 내리는 시애틀의 겨울비를 창 너머로 무심히 바라볼 때, 혹은 휴일 아침 혼자 마른 빵조각을 뜯으며 거실에 우두커니 앉았을 때 그러했다.

그 기억의 부스러기들은 짧고 혼란스러운 꿈속에서 훨씬 더 자주, 간단없이 출몰했다. 하나같이 허망하고 모호한 그것들은 오로지 스토리 부재의, 모래알 같은 부스러기들로만 존재했다. 윤곽이 해체된 색채와 음영, 그림자처럼 언뜻 망막에 비쳤다가 사라져버리는 짧은 이미지, 정체불명의 소리 혹은 아예 의미 해독이 불가능한 음성……

그러나 이젠 그것들이야말로 요안에게 남겨진 유일한 단서인 셈이다. 그 모호하고 수수께끼 같은 부스러기를 움켜쥔 채, 퍼즐판을 맞추어가듯 잃어버린 시간들과 기억들을 찾아나서야 하는 것이다. 하지만 섬에 첫발을 내딛는 순간, 요안은 그게 얼마나 무모하고 턱없는 일인가를 뼈저리게 확인했다. 기억 속의 섬은 없었다. 미지의 행성에 불시착한 외계인. 그것이 지금 자신의 모습이었다.

요안은 여동생의 얼굴도 이름도 모른다. 정말로 자신에게 여동생이 있었는지조차 확실치 않다. 다만 당시 마을 사람들에게서 흘러나온 얘기를 전해 들었을 뿐이다.

그해 여름. 전쟁의 광기가 육지를 휩쓸며 빠르게 남하하고 있을 즈음, 영도에도 육지의 피난민들이 무리를 지어 갑자기 밀려들기 시작했다. 피난민 무리 속에는 어린 남매를 데리고 온 낯선 젊은 부부도 섞여 있었다. 거처할 곳을 찾아 헤매고 다니는 그들의 모습을 기억하고 있던 사람들은 교회당에서 요안을 발견하자 바로 그 부부의 아들임을 확인했다. 그들의 말대로라면, 요안에겐 부모와 여동생 하나가 있었음이 분명했다.

1950년 8월 초순 어느 날. 교회당 첨탑 지붕 위에서 하오의 햇살이 하얗게 미끄러져내리고 있다. 여덟 혹은 아홉 살쯤의 사내아이 하나. 그 눈부신 첨탑에 눈길을 고정한 채 혼자 언덕길을 걸어오르고 있다. 좁고 가파른 길 양쪽엔 맨드라미가 피었다. 닭 볏을 닮은 주홍색 꽃 대강이들. 그 선연한 핏빛을 따라 아이는 꿈속인 양 터벅터벅 걸음을 옮긴다. 이윽고 드러나는 널찍한 앞마당. 사위는 무덤 속처럼 고요하다.

아이는 햇살 그득한 마당 입구에 한참을 그림자처럼 서 있다. 함석지붕으로 단장한 교회당의 사면 벽은 온통 하얗게 회칠을 했다. 건물 중앙의 현관문은 폐쇄되어 있다. 문짝 위에 덧댄 널빤지에 누군가 단단히 못질을 해놓았다. 텅 빈 마당 한쪽엔 작은 화단, 그리고 녹슨 철기둥에 묶인 그네 하나. 주위는 완전한 정적 속에 묻혀 있다.

화단가에 껑충하니 선 붉은 꽃무리에서 아이는 눈을 떼지 못한다. 칸나, 칸나, 또 칸나꽃…… 아이는 그 붉은 꽃이 무서워 한 걸음도 움직이지 못한다. 커다란 꽃잎에서 빨간 핏물이 이파리 위로 뚝뚝 떨어져내렸다. 갑자기 그네가 삐걱삐걱 소리를 지르기 시작했다.

아이는 달음박질로 화단을 지나쳐 교회당 뒷마당으로 돌아간다. 돌부리에 채어 고무신이 발에서 훌렁 벗겨졌다. 그것을 집어들고 발에 꿰려던 아이는 그제야 한쪽 발이 맨발임을 깨닫는다. 나머지 한 짝은 어디로 갔을까. 아이는 끝내 기억해내지 못한다.

교회에 딸린 사택인 듯, 작은 벽돌집 한 채가 마당 끝에 서 있다. 문 앞 말뚝에 흰 강아지 하나가 줄에 묶인 채 찬찬히 아이를 지켜보고 있다. 교회 뒤편으로 돌아가니, 유리 깨진 창문 하나가 보인다. 아이는 창틀을 넘어 건물 안으로 들어갔다. 바닥에 마루가 깔린 실내는 어둡고 눅눅하다. 코끝으로 매캐한 먼지 냄새가 스며든다. 아이는 한쪽 구석에 놓인 책상 밑으로 기어들어간다. 몸을 잔뜩 웅크린 채 숨을 몰아쉬던 아이는 이내 눈을 감는다. 잠이 폭포처럼 쏟아지기 시작했다.

얼마나 지났을까. 아이는 사람들의 놀란 목소리에 눈을 떴다. 남자와 여자 예닐곱이 책상을 에워싼 채 떠들어대고 있다. 한 남자가 등에 진 보따리를 쿵 하고 바닥에 내려놓고는, 책상 밑에 웅크려 누운 아이를 들여다본다.

"넌 누구냐."

아이는 번데기처럼 몸을 웅크린다. 턱이 와들와들 떨린다.

"누구냐니까. 대답 안 할래?"

"누구야. 여긴 어떻게 들어왔어?"

또다른 사내의 얼굴이 나타났다. 갑자기 한 여자가 다급한 비명을 지른다.

"피! 저 피 좀 봐라이!"

"으마마, 손이랑 옷이 온통 피범벅이네그랴!"

사내들의 얼굴이 단박에 험상궂게 일그러진다. 위험한 짐승이라도 찾아낸 것 같다. 아이는 비로소 제 두 손을 펴본다. 손바닥에서 손등까지 검은 핏물이 잔뜩 엉겨붙었다. 무명저고리와 바지 역시 온통 핏물로 범벅이다.

"많이 다친 거 아녀? 피를 무진장 쏟은 모양인디."

"이봐. 이쪽으로 끌어내. 어서."

남자 하나가 한쪽 무릎을 꿇더니, 팔을 쑥 뻗어 아이의 발목을 움켜잡았다. 작은 몸뚱이는 간단히 끌려나온다. 두 남자가 아이의 팔다리를 억센 힘으로 내리눌렀다.

"이 자식. 가만있지 못해!"

"이쪽으로 몸을 돌려 눕히게. 윗옷부터 벗겨봐."

"몸뚱이가 왼통 까지고 찢긴 상처투성이구먼. 쯔쯧. 자갈밭을 맨몸으로 기어댕겼나 어쨌나."

"특별히 크게 다친 덴 없는 것 같은데."

"이상하군. 그러믄 이 엄청난 피를 어디서 묻혀왔을꼬?"

"쟤가 뉘 집 아이인지 아는 사람 있소?"

"몰라요. 전혀 처음 보는 얼굴인디?"

아이는 완전히 탈진 상태다. 손가락 하나 까딱할 힘도 없다. 이상스럽게도 이젠 울음조차 나오지 않는다. 상체가 벌거벗겨진 채 드러누워 천장만 멀거니 올려다볼 뿐이다. 교회당 천장이 금방 무너져내릴 듯 눈앞에서 맴을 돈다. 아낙들 중 하나가 손바닥을 탁 쳤다.

"맞다! 그 아이로구먼."

"누구라고?"

"황해돈가 어딘가, 육지에서 피난 온 사람들 말이여. 우리집에 와서 빈 헛간이라도 내달라고 한사코 조르던 젊은 사람들 있었지 왜."

128

"그래, 맞았어! 그 집 아이가 틀림없네."

"그 젊은 내외가 아이 둘을 데리고 오는 걸 나도 봤지. 남자는 한쪽 다리를 약간 절룩거리고, 여자는 얼굴이 곱상하게 생겼등만."

"가만, 이애 말고 계집애가 하나 더 있었는데?"

"참, 그 젊은 남자를 내가 거기서 봤소. 그날 아침, 읍내 중학교 운동장에서 말이요. 그 사람이 완장패들 틈에 분명히 서 있었는디, 경찰들이 나타나서 확 뒤집어진 뒤엔 어찌되었는지 모르겠네요."

사람들의 기색이 돌연 얼어붙었다. 목소리도 한껏 낮아졌다.

"맞아. 나도 그 젊은 사람을 거기서 보았네."

"그러니까 그치도 보도연맹원 쪽에 가담한 거로구면."

"허, 뺄갱이었네그랴."

"이 사람, 뺄갱이면 애초부터 이북에서 왜 피난을 내려와? 십중 팔구, 한밤중에 놀라서 앞뒤 분간 못한 채 사지 구덩이로 뛰어든 게지."

"그쪽 편에 가담한 게 분명하다면, 필시……"

"보나 마나 벌써 황천에 간 사람이네. 그날 배에 태워져 바다로 끌려간 사람이 수백 명인데."

"남은 식구들은 다 어디 갔을꼬."

"애야, 고개 좀 들어봐라. 네 어무니는 어디 갔냐? 응?"

사람들이 자꾸만 묻는다. 어디 갔지. 어무니랑 동생은 어디 있냐고. 순간 아이의 목구멍이 엄청난 비명을 터뜨리기 시작했다. 으으아아아아…… 아이는 마룻바닥에서 데굴데굴 구르며 미친 듯 비명을 질러댄다. 그것은 비명이 아니라 피울음이다. 분수처럼 솟구쳐나오는 검붉은 핏덩어리다. 아이는 그 피울음이 무엇 때문인지 알지 못한다. 다만 감당할 수 없는 공포와 분노와 슬픔에 짓눌린 채 몸부림칠 뿐이다. 마침내 엄청난 경련이 아이의 온몸을 덮쳐누르기 시작한다. 그것이 아이의 최초의 발작이었다.

17. 인연

백년여관 건물 안팎에 모처럼 전등불이 환히 켜졌다. 한동안 뜸하던 손님이 오후부터 부쩍 늘어나, 객실 열두 개 중 아홉이 들어찼다. 게다가 오늘은 이 집 주인 강복수가 집을 떠난 지 열흘 만에 홀연 집으로 돌아온 날이다.

저녁식사 시간. 아래층 주방의 커다란 전등도 오랜만에 밝게 켜졌다. 식탁에 모여 앉은 여관집 식구들의 표정도 조금은 밝아 보인다. 복수, 미자, 아이, 문태 그리고 금주와 함흥댁 노인까지 모두 한자리에 모였다. 지금처럼 허문태가 끼니때 식구들과 섞이는 일은 거의 없다. 응접실을 지킨다는 핑계로, 그는 항상 맨 나중에 혼자 반주 삼아 소주를 홀짝이며 밥을 먹는다. 돌아온 남편을 위해 오늘 저녁은 특별히 미자가 정육점에서 소고기 두 근을 끊어와 국을 끓였다.

"웬일이야. 남은 방이 세 개밖에 없어요, 언니."

금주가 제 몫의 국그릇을 챙겨들고 식탁 앞에 앉으며 말했다.

"폭풍 때문에 발이 묶여서 그래. 사나흘 뒤에나 풀릴 거라고들 하던데, 걱정이구나."

"언니는 걱정도 팔자유. 이런 날이 있어야 여관도 먹고살지."

"벌받을 소리 마라. 객지에서 오도 가도 못해 애태우는 섬 주민들은 어쩌라고."

그러면서도 미자 역시 싫은 표정은 아니다. 사실 이게 얼마 만인가. 내내 손님이 뜸하던 차였다.

"그나저나 뱃사람들 때문에 꽤나 시끄럽겠어. 초저녁부터 벌겋게 취해서 방으로 올라갑디다. 하필 왜 그런 사람들한테 새 이부자리 넣어둔 방을 정해줬나 몰라. 이부자릴 엉망진창으로 만들어놓을 텐데."

금주가 짐짓 들으라고 좋알댔지만, 방을 내준 문태는 별 대꾸가 없다. 복수 역시 아까부터 줄곧 말이 없다. 입맛이 썩 당기지 않는 눈치다. 묵묵히 젓가락질만 하고 있는 남편의 표정을 미자는 훔쳐본다. 아들 신지와 나란히 앉혀놓고 보니, 부자가 판에 찍어놓은 듯 닮았다.

아까 남편이 옷을 갈아입고 욕실에서 나왔을 때, 그동안 어딜 갔었느냐고 그녀는 물었다. 반백이 다 된 남편의 머리를 보고 새삼 애잔한 마음이 들었다. 수숫대처럼 껑충한 키에 살점 하나 없이 깡마른 몸집이 전에 없이 헐겁고 가벼워 보였다. 그는 시선을 허공에 둔 채 대답했다.

"그냥 여기저기 돌아다녔소. 소백산과 오대산에서 사나흘씩 지냈지. 도반이 한사코 눌러앉히려는 걸, 조모님 제사 때문에 내려가야 한다고 했소."

남편은 겨우 그 한마디뿐 지금껏 내내 입을 닫고 있다. 그는 본디 그렇게 말수가 없다. 싹싹하고 자상한 맛이라곤 눈 씻고 찾아봐도 없는 저런 장작개비 같은 위인한테 어째서 그때는 그리 마음을 쏙 빼앗겼는지 그녀는 아무리 생각해도 알 수가 없다.

십구 년 전, 그녀는 복수를 처음 만났다. 온 도시가 느닷없이 전쟁터로 변해 지글지글 끓어오르던 그해 5월, 광주시 금동 술집 골목의 '블론디 집'에서였다. 당시 그녀의 이름은 미자 아닌 은하였다. 한동안 다방을 전전한 뒤 홀 여급으로 첫발을 내디딘 지 반년쯤 되어갈 즈음이었다.

오후였다. 시내에선 난리가 터졌다고 온통 뒤숭숭했다. 몽둥이와 총칼을 꼬나쥔 공수부대 군인들이 짐승사냥 하듯 무차별로 거리를 휩쓸고 있다고들 했다. 블론디 집 아가씨들도 구경하러 큰길까지 나갔다가 하마터면 개돼지 꼴이 되어 끌려갈 뻔했다. 반쯤 혼

이 빠져서 허둥지둥 가게로 도망쳐온 아가씨들은 배도 고프고 갈
증이 났다. 냉장고엔 마침 수박 한 통이 들어 있었다. 제철이 아니
라서 꽤나 값비싼 그 수박을 마담 언니는 막내인 그녀에게 잘라오
라고 말했다.

그녀가 주방으로 나와 한 손에 식칼을 쥐고 수박을 막 썰려고
하는 순간이었다. 느닷없이 남자 하나가 후다닥 홀 안으로 뛰어들
었다. 피투성이 얼굴은 시뻘건 수박 속 그대로였다. 얼결에 그녀는
남자를 빈방 안으로 밀어넣고 재빨리 담요를 뒤집어씌웠다. 유리
창 밖을 내다보니, 시커먼 몽둥이를 치켜든 군인 하나가 이쪽으로
다가오고 있었다. 눈앞이 노래졌다.

그 순간 왜 그랬는지 모른다. 그녀는 주방으로 뛰어가 커다란
수박 통을 덥석 안고서 무턱대고 출입문 쪽으로 달려갔다. 그녀보
다 한 발짝 먼저 문이 와장창 열렸고, 시커먼 몽둥이부터 안으로
불쑥 들어왔다. 총을 멘 군인과 그녀의 얼굴이 문 앞에서 부딪칠
듯 딱 마주치는 순간이었다. 그녀는 안고 있던 수박 통을 군인 앞
으로 불쑥 내밀었다.

"어라? 이건 뭐야!"

"오빠. 수박 먹고 가요. 응?"

"이런 쌍! 이거 완전히 미친년이네!"

한순간 어리둥절 그녀와 수박을 번갈아 바라보던 군인은 픽 웃
음을 터뜨리더니 몽둥이를 머리 위로 번쩍 치켜올렸다. 퍽! 순식

간에 수박이 두 쪽으로 쪼개졌다. 창자 같은 시뻘건 속살이 그녀의 발등으로 와르르 쏟아졌다. 군인이 사라지고 나서도 그녀는 한동안 넋이 나간 채 멀거니 서 있었다.

담요를 벗겨보니, 키 크고 깡마른 남자였다. 승복에 바랑을 졌으나 치렁한 머리를 보니 스님은 아니었다. 몽둥이가 요행으로 빗맞아 한쪽 눈두덩이 심하게 찢겨나가 있었다. 무심히 거리를 지나가는 사람을 다짜고짜 두들겨 패더라고 했다. 엄청난 출혈이었다. 물로 피를 꼼꼼히 씻어내고 타월로 상처를 동여맸다. 아가씨들과 함께 남자를 부축해 가까운 산부인과 병원에 데려다주었다. 다음 날 병원을 찾아가보니, 남자는 사라지고 없었다. 첫 만남은 그게 전부였다.

몇 년 후, 그녀는 길을 지나다 우연히 그 남자를 발견했다. 그녀가 일하는 변두리 다방의 변기가 완전히 망가져버린 덕분에 뜬금없이 하루 임시 휴업한 날이었다. 그녀는 무등산 증심사 입구로 바람을 쐬러 나갔다. 허름한 노천 식당에서 혼자 빈대떡에 막걸리 사발을 기울이고 있는 중년 남자가 보였다. 그의 곁에 놓인 낡은 회색 바랑이 어딘가 눈에 익었다. 그의 눈두덩에 남은 흉터를 발견한 그녀는 대뜸 남자의 손목을 덥석 껴안고 비명을 질렀다.

"아아, 살아 있었네요! 살아 있었어!"

그녀는 팔딱팔딱 뛰었다. 남자도 덩달아 소리를 질렀다.

"어어, 반갑소! 반갑고말고요!"

그날 두 사람은 너나없이 완전히 떡이 되도록 마시고 취했다. 이튿날 아침 그들은 허름한 여관방, 한 이불 속에서 사이좋게 눈을 떴다. 그리고 몇 시간 후, 그녀는 숙소에서 간단한 가방 하나만 꾸려 들고 도망치듯 남자를 따라 영도행 시외버스에 몸을 실었다.

참, 알다가도 모를 일이지. 그땐 어쩌다가 눈에 콩깍지가 씌었던 것일까. 열여섯 살이나 많은 나이 차이도 대수롭지 않게 여겼다. 사십대에 들어선 복수는 그때 이미 허깨비 같은 체구에 물 빠진 중늙은이 인상이었는데도 말이다. 필시 그 눈망울 때문이었을 것이다. 망가진 창문처럼 휑하니 열린 그 두 눈 속에서, 그녀가 우연히 훔쳐본 것은 한없이 슬프고 허허한 바람이었다.

그 허름한 여관방에서 서로의 맨살을 처음 비비던 날, 복수는 미자의 풍성한 가슴에 얼굴을 묻은 채 오랫동안 그저 울기만 했다. 어머니, 어머니이. 엉뚱하게도 중년의 사내는 어머니를 찾으며 흐느꼈다. 젖가슴이 척척해질 때까지 눈물을 철철 흘리는 그의 앙상한 알몸을 껴안고 그녀는 제 몸의 따뜻한 체온을 한껏 부어주었다. 껴안고 있는 남자의 가슴속에선 끝도 가도 없는 황량한 바람 소리가 들려왔다.

'아, 이 사람의 한이 너무 크고 깊구나, 하늘만큼 땅만큼 크고 깊구나, 그래서 이 사람의 몸안은 이렇듯 온통 허허한 바람 소리로 가득차 있는 거로구나……'

그녀는 남자의 쓸쓸한 알몸을 힘껏 껴안아주며 혼자 되뇌었다.

이제 미자는 남편의 그 가없는 슬픔의 물줄기가 어디서부터 시작되었는가를 어렴풋이 알고 있다. 차마 기억하기조차 두려운, 너무나 불행한 강씨 집안의 가족사. 아직 철모르는 유년기에 그 끔찍스런 참상을 겪어야 했을 터이니, 어린 영혼에 찍힌 생채기들이 오죽했을까. 때문에 아직도 그녀는 남편을 볼 때마다 연민과 애잔함으로 늘 옆구리가 결려오곤 한다.

그러나 꼭 그것만으로는 다 설명할 수 없는 무엇인가가 여전히 남편에겐 남아 있는 것 같다. 무엇인가. 저 텅 빈 눈망울에 가득 들어차 있는 바람은? 그의 몸안에 들어차서, 단 한시도 머물지 않고 끝도 없이 떠돌고 있는 저 바람은 대체 무엇인가.

'그래, 바람이었어. 내가 지금껏 함께 살아온 것은, 이 남자가 아니라 바람이었어. 업보일 거야. 모든 게, 내가 지은 죄 때문이야.'

미자의 눈앞이 문득 흐려진다. 그녀는 아무도 모르게 한숨을 삼키고 만다. 쨍그렁. 함흥댁 노인의 숟가락이 식탁 아래로 굴러떨어졌다. 금주가 그것을 집어 손에 쥐여주자, 노인은 다시금 표정 없는 얼굴로 국물을 뜬다. 근력이 없는 노인은 늘 그렇게 무엇인가를 떨어뜨리곤 했다. 숟가락을 놓고 일어서는 미자를 금주가 쳐다본다.

"언니, 왜 벌써?"

"많이 먹었어. 식사 전에 괜히 이거저거 집어먹었나봐."

설거지통에 그릇을 집어넣고 나서, 미자는 주방으로 나가 아까 손대다 만 푸성귀를 다듬기 시작한다. 창밖엔 바람 소리가 요란하다. 쿵쿵, 해안 방파제를 두드리는 파도가 대포 소리를 내고 있다. 세찬 바람이 지날 때마다 건물이 한꺼번에 진저리를 치듯 흔들린다.

'아아, 지겹기도 해라. 이 비바람은 대체 언제 멎으려는 것인가.'

푸성귀를 다듬는 미자의 손끝이 바르르 떨린다. 오늘은 왠지 온종일 스산한 마음을 추스르지 못해 허둥대는 그녀다. 이렇듯 비바람이 어지러이 몰아치는 날을 그녀는 특히 견뎌내지 못한다. 그런 날은 누구에겐가 쫓기듯 마음이 불안하고 어수선해서 뭔가를 자꾸 깨뜨리거나 엎지르기 일쑤다. 담배를 유독 많이 찾게 되는 것도 그래서일 것이다.

딸그락딸그락. 창문을 조심스레 두드리는 소리. 미자는 흠칫 놀라 고개를 들고 창 쪽을 돌아다본다. 흐린 창 너머로 누군가의 모습이 언뜻 비쳤다가 사라졌다. 귓전에 또렷이 느껴지는 누군가의 따스한 숨결. 그녀의 이마와 콧잔등, 머리카락을 마치 빗질하듯 부드럽게 쓰다듬는 누군가의 익숙한 손가락…… 그녀는 고개를 내젓는다.

'오늘은 자꾸 왜 이러지. 아무래도 내가 미쳤나봐.'

그녀에겐 비밀이 하나 있다. 가슴에 꼭꼭 눌러 묻어버린 그 이야기를 그녀는 아주 오래전 잊어버렸다. 하지만 그것은 낡은 마루 귀퉁이에 박힌 못처럼 간간이 예고도 없이 불거져나와 그녀의 마음을 아프게 찔러대곤 한다.

18. 미자

오래전 일이다.

미자는 한 남자를 사랑했다. 평생에 단 한 번 마주친, 목숨 같은 사랑이었다. 그를 사랑하는 동안엔 매일 매 순간 꽃밭 가득한 꿈속을 노란 풍선처럼 둥둥 떠다니는 기분이었다. 혼자 있을 때에도, 언제 어디서나, 그녀는 그 사람과 함께 보고 생각하고 대화하는 법을 터득했다. 숨을 내쉬고 들이마실 때마다 그의 입김과 숨소리와 체취가 공기를 통해 그녀의 몸속을 마음대로 드나들었다. 그는 그녀의 몸안에 있었고, 그녀 또한 그의 몸안에 함께 존재했다. 그러나 그 사랑의 수명은 너무도 짧았다. 정확히 일 년 반, 그 짧은 동안에 모든 것은 시작되었고 또 끝이 났다.

그를 처음 만났을 때 미자는 열여덟 살이었다. 바로 그 전해에 그녀는 집을 뛰쳐나왔다. 야간 여고 이학년을 다 마치지 못한 채였다. 집은 그녀에겐 악몽 같았다. 문태 오빠가 월남에서 불구가 되어 돌아온 순간부터 그 악몽의 연극은 막이 올랐다. 그 연극에서 오빠가 맡은 역할은 술과 담배와 끔찍한 자학증으로 속절없이 망가져가는 알코올중독자였고, 어머니에겐 밤낮을 한숨과 눈물과 넋두리로 채워야 하는 배역이 주어졌다. 가난과 절망의 무게는 눈덩이처럼 불어났고, 오빠로 상징되어온 그녀 집안의 미래는 하루 아침에 무너져버리고 말았다.

어느 날 아침 눈을 떴을 때, 그녀는 갑자기 숨을 쉴 수가 없었다. 목구멍이 뭔가에 콱 틀어막힌 듯했다. 그녀는 질식해서 죽기 전에 당장 집을 떠나야 한다는 사실을 깨달았다. 안방 책상 위에 쪽지 한 장만 달랑 남긴 채 그녀는 무작정 서울로 올라왔다. 서울엔 그녀를 구해줄 친구가 있었다. 몇 달 전 먼저 학교를 그만둔 그 친구는 시내버스 안내양이었다.

미자 역시 시내버스 안내양이 되었다. 회사에서 내준 유니폼을 입고 처음 출근하던 날, 미자는 제법 행복했다. 하지만 환상은 딱 그 순간으로 끝이었다. 끔찍스런 나날들이 이어졌다. 매일 새벽 다섯시에 깨어나 자정이 가까워서야 기숙사로 돌아왔다. 닷새 만에 한 번씩이라던 비번 날은 잘해야 일주일 혹은 열흘 만에야 찾아왔다.

아침저녁 출퇴근시간만 되면 온 도시가 전쟁터였다. 문이 열린 채 달리는 만원 버스에서 추락해 죽거나 불구가 되는 안내양들이 흔해빠진 무렵이었다. 그들처럼 아스팔트 바닥에 엎어져 개구리 꼬락서니로 죽지 않으려면 그녀는 버스 문짝을 지키는 씨름꾼이 되고, 마녀가 되고, 사납고 표독스런 싸움꾼이 되어야 했다. 단무지빛 얼굴의 미자는 틈만 나면 병든 닭처럼 버스 문짝에 이마를 기댄 채 졸았다. 그렇게 한 바퀴를 돌아 종점에 도착하면 부리나케 사무실로 달려들어가, 남자 직원의 거칠고 음흉한 손길에 몸을 맡긴 채 치욕스런 뺑땅검사를 당했다.

가을 어느 날이었다. 밤 막차가 종점인 행주산성을 향했을 때였다. 승객들 대부분이 능곡에서 내리고, 버스 안엔 딱 한 사람만 남았다. 주머니에서 동전을 한 움큼 꺼내어 부지런히 세다 말고 그녀는 문득 손길을 멈추었다. 바로 맞은편 자리에 혼자 남은 청년의 옆모습 때문이었다.

마침 차창 밖으로 달이 떠오르고 있었다. 갓 구워낸 찐빵같이 하얗고 둥글고 통통히 살이 오른 보름달이었다. 거기서부터는 툭 트인 시골 들판길이었다. 추수를 갓 끝낸 논에는 군데군데 볏단들이 쌓여 있었다. 소슬한 바람 한 점 없이 고요하고 청량한 가을밤. 중천에 두둥실 걸린 보름달이 더없이 곱고 정겹게 비췄다.

청년은 목을 한껏 뒤로 젖힌 채 차창 너머 달을 뚫어져라 올려다보고 있었다. 그의 서늘한 이마 위로 달빛이 말갛게 내려앉았다. 보일 듯 말 듯 미소가 묻어 있는 입술, 흘러든 달빛에 젖어 투명하게 빛나는 그의 눈동자를 훔쳐보며 미자는 무릎을 후들후들 떨었다. 종점인 행주산성 입구에서 청년은 어둠 속으로 총총히 사라졌다. 청년의 구부정한 뒷모습이 한없이 애잔하고 쓸쓸해 보였다.

다음날부터 미자는 막차 순번을 맡게 되길 은근히 기다렸다. 청년은 늘 마지막 버스를 타고 집으로 돌아갔다. 자연스레 수줍은 눈인사를 서로 나누기 시작했지만, 청년은 단 한 번도 입을 여는 법이 없었다. 크리스마스 전날 밤이었다. 미자는 막차 한 시간 전에 마지막 순번을 마쳤다. 사무실을 나서려는데, 뜻밖에 처마밑에서 청년이 기다리고 있었다. 그는 몹시 어색한 기색으로 쭈뼛대며 다가왔다. 그리고 미자의 가슴에 작은 꾸러미를 불쑥 안겨주고는 달아나듯 버스에 올라 떠나버렸다. 꾸러미를 풀어보니, 조그만 사슴 목각인형이었다.

그가 귀머거리에다가 벙어리라는 사실을 미자는 그러고도 한참 지난 다음에야 알았다. 하지만 사랑을 포기하기엔 미자에겐 이미 많은 시간이 흘러버렸다. 청년은 고아원에서 자란 목공예 기술자였고, 그녀보다 두 살 아래였다.

마침내 미자는 청년이 혼자 살고 있는 산성 아래 마을 농가의 허름한 문간방으로 자신의 짐을 옮겼다. 두 사람에겐 평생 처음이자 마지막이 될 꿈같은 시간들이 시작되었다. 아침엔 출근시간이 서로 달랐지만, 저녁엔 꼭 막차를 함께 타고 돌아왔다. 휴일엔 신촌까지 나가 동시상영 영화를 보고 시장에서 군것질도 했다. 적은 월급이었지만 꼬박꼬박 저축도 시작했다.

처음엔 피차 소통이 잘 이루어지지 않아 꽤나 곤혹스러웠다. 그는 그녀의 입 모양을 보고 뜻을 이해할 수 있었지만, 정작 그녀는 그의 의사를 읽어내는 데 무척 애를 먹었다. 그녀는 수화를 배우고 싶었으나 어디서 그런 걸 가르쳐주는지 알지 못했고 또 그럴 만한 시간도 없었다. 대신 그에게서 간단한 몇 가지 수화를 배웠다. 하지만 두 사람 사이엔 굳이 말이 필요 없었다. 눈빛만 보아도 서로의 마음을 읽고 이해했다. 작은 몸짓 하나, 뒤척임 하나만으로도 둘은 말보다 더 많은 의미와 감정을 소통할 수 있었다.

그에겐 특별한 버릇이 하나 있었다. 언제 어디서나 그녀의 손을 한사코 놓지 않으려 했다. 길을 걸을 때, 영화관에서, 버스 안에서 도 그의 손은 결코 그녀의 손을 놓지 않았다. 잠시 깜박 잊고 있다 가도, 깜짝 놀라 황급히 그녀의 손을 그러잡곤 했다. 잠자리에서 조차 그 버릇은 마찬가지였다. 잠시라도 놓지 않으려 조바심을 내 며, 그녀의 손을 꼭 그러쥔 채로 그는 매일 밤 잠들었다. 언젠가 그 이유를 물었을 때, 그는 수화로 대답했다.

"당신을 잃어버리게 될까봐서 그래…… 난 세상에 태어나 지금 껏 한 번도 내가 꿈꾸고 바랐던 것을 가져본 적이 없었어. 이젠 내 곁에 당신이 있어. 그런데, 이상하지. 시간이 갈수록 난 불안해져. 당신을 잃어버릴까봐 너무나 두려워. 당신을 절대로 놓지 않을 거 야……"

어린애 같은 투명한 눈빛을 하고 그는 그녀의 두 손을 힘껏 끌 어안았다.

"바보 같은 소리. 난 절대로 당신을 떠나지 않아요. 우린 곧 예 쁜 아이를 가질 거야. 그 아이 안에는 당신하고 내가 함께 들어 있 어요. 그럼 우린 더이상 둘로 나누어지지 않게 되는 거예요. 알아 요?"

미자는 영화 속 여주인공같이 환하게 웃으며 말했다. 장난기 많

142

은 그는 잠자리에서도 늘 그녀의 얼굴을 만지작거리며 놀았다. 모처럼 비번이어서 곤하게 늦잠을 자고 있을 때면 그는 곁에 누워서 오래 그녀의 얼굴을 들여다보곤 했다.

잠든 미자의 이마에서부터 콧잔등까지, 양볼과 입술과 인중과 양쪽 귓바퀴까지를, 마치 수면 위에 꽃무늬를 새겨넣듯이 그는 손가락 끝으로 가만가만 쓸어내리기도 했다. 노곤한 잠결 속에서 그녀는 눈을 감은 채로, 모르는 척 숨을 죽이며, 그의 장난에 몸을 맡겨두었다. 귓전에 와닿는 따스한 숨결, 천진한 아이 같은 미소가 묻어 있는 입술, 유난히 길고 가느다란 손가락…… 그것은 미자에겐 죽는 날까지 잊지 못할, 생애 가장 아름답고 행복한 순간들이었다.

그러나 꿈같은 시간은 너무나 짧게 끝났다. 어느 날 그녀는 자신의 몸에 내심 기다리던 특별한 변화가 찾아왔음을 알았다. 근무 중 간신히 짬을 내서 병원을 찾은 그녀에게 의사는 임신중이라고 진단을 내렸다.

"이젠 어떻게 할 생각이죠?"

기름때 묻은 안내양 유니폼의 미자에게, 눈같이 흰 가운을 걸친 젊은 여의사는 냉랭한 음성으로 물었다. 네 사정쯤 말 안 해도 뻔히 알고 있어. 원한다면 내가 해결해줄게. 여의사의 경멸 섞인, 한심스럽다는 눈빛이 그렇게 말했다.

그 순간 미자는 병원 이층 창 너머로 불화살같이 쏟아져내리는 8월의 햇살을 바라보고 있었다. 가슴속에서 쏴아아 파도 소리가 들려왔다. 햇살 눈부시게 환한 봄날의 바닷가. 하얀 포말을 허공으로 가득히 불어올리며, 파도는 우윳빛 모래밭을 단숨에 거슬러올라 그녀의 가슴속으로 와아아 밀려들고 있었다.

"어떻게 하다니요? 낳을 거예요. 우리 아기인걸요!"

그녀는 노래하듯 큰 소리로 외쳤다. 두 손으로 진료실 문을 활짝 열어젖히고 행진곡풍으로 힘차게 걸어나왔다. 당장 병원 앞 공중전화 박스로 달려들어가 그의 회사로 전화를 걸었다.

"이봐요, 영표씨. 축하해요! 당신 여자, 임신했대요. 당신한테, 우리한테, 아기가 생겼단 말예요."

터질 듯 흥분한 미자는 수화기에 대고 마구 소리쳐주고 싶었다. 그러나 전화를 받은 것은 그의 동료였다. 영표씨 좀 바꿔주세요, 라고 말해놓고, 순간 그녀는 아차 했다. 그는 전화를 받을 수도 걸수도 없는 사람이었다. 그녀는 수화기를 내려놓자마자 엉엉 울음을 터뜨렸다.

하필 그날은 오후부터 비가 쏟아지기 시작했다. 오랜 가뭄 끝에 찾아온 비는 길조처럼 보였다. 장맛비치고는 기세가 굉장했다. 불과 몇 시간 만에 곳곳에서 물난리가 나고 길이 끊겼다는 뉴스가 흘러나왔다. 시내버스 운행시간도 평소보다 훨씬 길어졌다.

미자는 원래 저녁 여덟시에 교대할 차례였다. 비 때문에 무려

한 시간이나 초과한 끝에 버스는 능곡 차고지로 돌아왔다. 아마도 그는 먼저 도착해서 사무실 부근에서 그녀를 기다리고 있을 터였다. 때마침 차고지 마당엔 물이 발목까지 찬데다가 한꺼번에 몰려든 차량들로 몹시 어수선했다. 운전수가 주차할 공간을 찾고 있는 동안 그녀는 차 안에서 버스 후미 쪽 진로를 살펴주고 있었다. 억수로 퍼붓는 빗물 때문에 잘 보이질 않아서, 다른 버스들도 똑같이 우왕좌왕 애를 먹고 있었다.

그때 그녀가 얼굴을 대고 있는 후미의 창유리를 누군가 손으로 탁탁탁 두드렸다. 유리창에 얼굴을 바싹 붙여보니, 그였다. 그는 아이처럼 펄쩍펄쩍 뛰어오르며 그녀를 향해 손을 흔들었다. 우산도 없이 온몸이 흠뻑 젖은 채였다. 한 손에 들린 비닐봉지 속엔, 아침에 그녀가 부탁한 대로, 콩나물과 고등어가 들었을 것이다. 물론 임신한 사실을 그는 아직 모르고 있었다.

"우산도 없이 그게 뭐야. 안으로 들어가요. 나 금방 내려갈게."

어서 들어가라니까. 빨리이. 그녀는 빗물로 어르룽이가 진 차창 안쪽에서 팔을 저으며 안타까이 소리쳤다. 그래도 그는 바로 차창 아래 붙어서 손을 흔들었다. 그녀와 눈을 맞춘 채 벙글벙글 웃어대는 그의 얼굴 위로 연신 빗물이 줄줄 흘러내렸다. 순간 그녀는 다급하게 비명을 질렀다. 바로 맞은편에서 버스가 빠르게 후진하기 시작했다.

"안 돼! 비켜요. 빨리."

그녀는 미친 듯 두 팔을 내저었다. 그는 덩달아 반찬봉지를 머리 위로 흔들며 더욱 장난스레 펄쩍펄쩍 뛰어올랐다.

"아냐! 그게 아냐! 비켜요!"

목구멍에서 비명과 울음이 함께 터졌다. 거대한 차체가 그의 몸뚱이를 뒤에서 확 덮쳤다. 눈 깜짝할 사이 그의 모습이 차창에서 지워졌다. 미자는 처음부터 끝까지 지켜보았다. 그녀의 바로 눈앞에서, 겨우 유리창 한 장 두께를 사이에 둔 채, 그는 사라져버린 것이다. 마지막 순간까지 그는 환하게 웃고 있었다.

미자는 그렇게 그를 떠나보냈다. 바퀴에 짓눌리는 순간까지도 외마디 비명조차 질러볼 수 없었던 사람. 지상에 피붙이 하나 없는 그의 장례식은 초라했다. 미자는 벽제 화장터 높다란 굴뚝에서 연기로 변해 사라지는 그의 모습을 꿈인 양 지켜보았다. 대부분의 짐을 그대로 남겨둔 채로 그녀는 그날로 서울을 떠났다.

뱃속의 아이는 수술로 지웠다. 전날 밤, 미자는 꿈속에서 그를 만났다. 처음 만났을 때처럼, 이마에 맑은 달빛을 가득 담은 청년은 차창 너머 흰 보름달을 올려다보고 있었다.

"잊어야 해. 잊어버려야 해. 그래야만 살 수 있어."

수술대에 누워 하얀 천장을 응시하고 있을 때, 그가 속삭였다. 그래. 당신 말대로, 잊을 거야. 그리고 다시는 뒤돌아보지 않을 거야. 절대로. 미자는 그렇게 대답했다. 그리고 입술을 피가 나도록 악물었다. 그날 그녀는 몸에서 아이를 지우고, 그를 기억 속에서 깨끗이 지웠다.

미자의 떠돌이 삶이 시작되었다. 식당과 다방 종업원을 전전하며 전국을 흘러다녔다. 술과 담배와 자학이 몸에 배었다. 그사이 꼭 한 차례, 고향집 근처까지 찾아간 적이 있었다. 추석 무렵이었다. 하지만 골목 어귀 낯익은 양철대문이 저만치 눈에 들어왔을 때, 그녀는 말없이 발길을 돌렸다. 가족들에게 또다른 악몽을 덧붙여줄 수는 없었다.

어둡고 악취 풍기는 지상의 뒷골목을 미자는 오랫동안 혼자 가랑잎처럼 헤매어다녔다. 그녀는 꿈꾸고 기다릴 만한 내일 따윈 자신에게 더이상 존재하지 않는다고 믿었다. 그런데 모를 일이었다. 그렇듯 이리저리 떠돌다가 우연히 복수를 만났고, 이젠 아들 신지까지 곁에 있었다.

그녀는 가족을 사랑하고, 눈앞에 놓인 현실을 힘닿는 데까지 부둥켜안고 버텨나갈 자신이 있다. 이제 와서 달리 또 어쩌겠는가. 돌이켜보면, 지난 일들 모두가 꿈처럼 종잡을 수 없는 인연들이 빚어낸 조화일 터라고 그녀는 애써 믿기로 했다.

그런데도 이상한 일이다. 그녀는 언제부터인가 또다른 누군가가 자신의 곁을 항상 맴돌고 있다는 생각을 떨쳐낼 수 없었다. 그녀는 언제고 정체 모를 그것의 존재를 어렴풋이 감지할 수 있었다. 공기나 그림자처럼, 풀과 나무와 물의 냄새처럼, 그것은 눈에 보이지 않아도 분명히 존재했다.

그 알 수 없는 존재는 이따금씩 불시에 그녀를 찾아왔다. 귓전을 스치는 미미하면서도 따스한 숨결. 이마와 눈썹, 코와 머리카락을 쓰다듬는 섬세하고 부드러운 손가락…… 그때마다 미자는 익숙한 체취를 들이마시려 코를 벌름거렸다. 그녀는 그것이 누구인지 이미 알고 있었다.

그런데 그것과는 다른, 전혀 특별하고 기묘한 어떤 느낌이 그녀 곁을 그림자처럼 찾아올 때가 있었다. 엷은 복숭아 향기와 함께 아주 작고 미세한 숨결을 지닌 그 미지의 존재. 그것의 돌연한 방문은 늘 그녀의 자궁 한쪽을 툭툭 건드리는 엷은 통증으로부터 감지되었다. 그때마다 미자는 허리를 움켜쥔 채 주저앉았다. 그 아이였다. 태어나기도 전, 가윗날에 조각조각 해체되어버린 작은 생명이 그녀를 찾아온 것이었다.

바로 지금이 그런 순간이다. 아까부터 미자는 자궁 한쪽에 그 특유의 기미를 느끼고 있다. 그녀의 몸속을 바람이 맴돌고 있다. 바람을 닮은, 희미한 울음소리. 겨울밤 창유리의 떨림처럼 가냘프고 여린 울음소리가 그녀의 몸속 구석구석을 뒤지고 있다.

'아아, 용서해다오. 아가야, 날 용서해줘. 그리고 이젠 그만 돌아가렴. 돌아가서, 이제는 편안히 잠들거라. 아가야……'

미자는 입술을 악물고 목안에서 흘러나오는 울음덩어리를 애써 되삼킨다. 칼을 쥔 손이 제멋대로 떨리기 시작한다.

19. 손님들

"거참, 되게 신경쓰이네."

누군가 찾는 기척에 응접실로 나갔던 허문태가 팔 하나를 덜렁거리며 들어온다.

"뭐가요?"

"12호실 재미교포라는 남자 말야. 일주일 정도 묵을 거라면서 숙박비를 한꺼번에 내더라. 그냥 잠시 쉬러 왔다고 얼버무리고 마는데, 암만해도 좀 찜찜해."

미자도 그 중년 사내를 보긴 했다. 음울하고 쓸쓸한 눈빛. 쉴 자리를 찾지 못해 평생 동안 온 세상을 헤매는 사람 같았다.

"나쁜 사람 같아 뵈지는 않던데."

"그게 아니라, 육감이 팍 그쪽으로 쏠린다는 얘기야. 아까 여관 들어설 때 관상을 보니까, 첫눈에 죽을 사 자가 이마에 척 붙었어. 교포라는 사람이 혼자 이런 섬 구석에서 왜 며칠씩이나 죽치고 있냐? 젠장, 이러다가 또 송장 치는 거 아닌지 몰라."

"오빠도 참, 그게 무슨 소리예요. 말이 씨 된다는데."

"왜, 작년 이맘때도 한밤중에 그 미친 계집애들 들쳐업고 병원으로 달리느라 생난리를 쳤잖어. 그뒤로 내내 잠잠했으니까 이젠 또 하나쯤 불거질 때도 됐지. 두고봐. 내 육감이 틀림없어."

그러자 미자도 공연히 찜찜한 기분이 된다. 여관업을 하다보면

별의별 희한하고 황당한 사건들을 다 겪는다. 심야에 형사들이 들이닥쳐 수배자나 밀수범을 포박해가고, 카메라를 켠 채 간통 현장을 덮치러 입에 거품 물고 쫓아오는 남녀, 혹은 나란히 잠자리에 든 연인끼리 끔찍스런 칼부림이 벌어지기도 한다. 그중 가장 곤혹스러운 건 자살사건이다. 번듯한 호텔 모텔 다 제쳐놓고, 그들은 대개 이런 호젓한 시골이나 도시 변두리 여관을 찾아와 일을 저지르는 것이다.

물론 미자가 그들의 심정을 모르는 바 아니다. 세상에게, 인간에게 혹은 운명에게 버림받은 이들이 지상에서의 마지막 시간을 홀로 보내고 싶어하는 장소는 대개 그런 곳임을 미자는 잘 안다. 그녀 역시 핸드백에 약봉지를 담고 한때 그런 장소를 찾아다닌 적이 있는 까닭이다. 그것은 뱃속의 아이를 그녀 스스로 병원에서 지워버린 직후의 일이었다.

백년여관에서도 심심찮게 자살 소동이 벌어지곤 했다. 작년엔 무려 세 차례나 소동을 치렀다. 모두 육지 손님들이었다. 성형수술 부작용으로 외출할 땐 마스크를 써야 한다는 삼십대 독신녀는 한밤중에 전화통을 붙잡고 미자를 향해 울부짖었다. 아아, 어쩌면 좋아요. 방금 전에 약을 다 삼켜버렸는데, 갑자기 죽고 싶은 생각이 없어졌어요. 제발 살려주세요…… 택시로 읍내 병원에 옮겨진 여자는 응급처치를 받고 나서 도시로 돌아갔다. 마스크를 벗은 얼굴은 의외로 그리 흉해 뵈지 않았다.

또다른 남자는 뇌물을 받아 수배중인 사십대 공무원이었다. 한낮이 다 되도록 기척이 없어 문을 따고 들어가보니, 피를 한 대접이나 쏟은 채 엎어져 있었다. 그는 결국 병원에서 죽었다. 뒤늦게 달려온 아내는 남편이 뜻밖에 완전히 빈털터리로 죽었다는 사실 때문에 더 분개하는 눈치였다. 유서와 함께 머리맡에 놓아둔 은행 계좌 통장이나 수표 다발을 혹 여관에서 빼돌리지나 않았을까, 여자는 벌게진 두 눈에 노골적으로 의심을 드러냈다.

늦가을엔 육지에서 여고생 둘이 배낭을 메고 찾아와, 방안에서 차분히 라면 두 봉지를 끓여먹은 뒤 다량의 수면제를 입안에 털어넣었다. 대입 수능고사 점수가 낮게 나온 탓이었다. 신음소리에 놀란 옆방 손님의 제보 덕분에 그들은 목숨을 건졌다.

"그러고 보니, 똑같은 12호실이네."

금주가 푸성귀를 다듬다 말고 눈을 크게 떴다.

"뭐가 똑같아?"

"그 아저씨가 든 방 말예요. 약 마시고 죽은 공무원 남자도 그 방에서 그랬는데."

"쓸데없는 소리 좀 그만해. 누가 들으면 어쩌려고."

"여하튼, 그 사람 신경써서 잘 살펴들 봐. 뭐, 별일 없으면 그만이고."

허문태가 말했다. 마침 텔레비전 화면에 '금세기 최후의 장대한 개기월식'이라는 자막이 찍혀나오고, 개기월식 현상을 설명하는 자료화면이 이어지고 있다.

　백사십일 년 만에 가장 긴 개기월식의 장관이 사흘 후인 30일, 보름날 밤하늘에 펼쳐집니다. 20세기 들어 마지막이자, 앞으로 무려 천칠백팔십칠 년 동안에는 이보다 더 긴 개기월식은 다시 볼 수 없다고 합니다…… 개기월식은 태양-지구-달이 일직선 상에 놓여 달이 검붉게 변하는 현상입니다. 지구의 그림자는 달 크기의 세 배 정도 되는데, 달이 지구 그림자의 한복판을 가로질러 가면서 월식이 일어나는 것입니다. 달이 검붉게 보이는 것은 태양 빛 중에서 붉은색 계통의 빛이 지구 대기를 통과하면서 굴절돼 적게나마 달에 도달하기 때문입니다. 이번 개기월식은 밤 10시 2분부터 11시 50분까지 약 1시간 48분 동안 계속됩니다. 개기월식 전후의 부분월식 시간까지 합하면, 한반도 밤하늘에서 해와 지구, 달이 연출하는 웅대한 우주쇼는 장장 6시간 18분간이나 이어지는 것입니다……

　이어 삼 년 전에 촬영했다는 개기월식의 실제화면이 펼쳐진다. 거대한 만월이 조금씩 베어먹혀들어갔다가, 이윽고 왼쪽 하단부터 되살아나는 신비스럽고 경이로운 광경.
　"달이 없어지다니! 그럼 세상이 완전히 먹통 같겠네."
　"이런, 없어지긴 왜 없어져. 지구 그림자가 달 표면에 드리워져서, 두 시간 정도 달이 빨갛게 변해 보이는 거라니까."

문태가 한심스럽다는 양 말했다.

"참, 언니. 사흘 후라면 바로 이번 보름날이잖아요. 옳아, 이제
야 알았다. 바로 저것 때문에 조천댁이 그날 밤 갯가에서 큰굿을
벌이겠다는 거구나."

"큰굿을 해? 조천댁이?"

내내 말이 없던 복수가 불쑥 입을 연다. 언뜻 남편의 표정이 굳
어지는 것을 미자는 보았다.

"이번 보름날은 백 년 만에 딱 한 번 돌아오는 특별한 날이래요.
집안에 우환이 끓거나 억울하게 죽은 귀신이 있으면, 이번에 반드
시 액을 끊어버려야 한다나. 조천댁은 애가 타서 집집마다 돌아다
니며 얘길 하는데, 요즘 세상에 누가 그런 무당 말을 쉬 곧이듣나
요, 뭐?"

조천댁은 여관에도 찾아왔었다. 말갈기처럼 누렇고 부수수한
머리털, 한쪽 눈만으로 이승과 저승을 다 들여다본다는 애꾸눈의
무당. 그녀의 기이한 모습을 보기만 해도 미자는 왠지 두려움이 일
었다.

오늘 오후였다. 객실 청소를 마친 미자와 금주가 응접실 소파에
서 한숨 돌릴 때였다. 현관문이 벌컥 열리며 누군가 불쑥 들어섰
다. 두 여자는 가슴이 철렁했다. 바깥바람을 등진 채 문짝을 잡고

서 있는 여자는 무녀 조천댁이었다. 검은색 치마저고리 차림의 그녀는 흡사 불에 까맣게 탄 승냥이 같았다. 작고 앙상한 몸집인데도 꼿꼿하게 선 허리. 창백하고 깡마른 얼굴. 칼날같이 각진 턱선과 상대의 마음속까지 꿰뚫어볼 듯한 날카로운 눈초리. 말갈기같이 노란 머리털을 귀밑에서 직각으로 싹둑 잘라낸 단발머리.

무녀는 문 앞에 오뚝하니 서서 미자를 뚫어져라 쏘아보았다. 기이한 광채로 번득이는 눈빛이 왠지 섬뜩했다. 크고 진한 먹빛의 동공. 그러나 실상 무녀는 애꾸눈이었다. 멀쩡해 뵈지만 한쪽 눈은 완전한 실명 상태였다.

"아니, 웬일이세요? 저희 집엘 다 오시고……"

당황한 미자가 더듬거렸다. 사실 그 무녀와는 별로 왕래가 없었다. 지나치며 눈인사 정도나 건넬 뿐, 길게 얘기를 나누어본 적도 없었다. 유별나리만큼 조천댁은 사람들 앞에 모습을 드러내지 않았다.

올해 나이가 예순일곱이라던가. 방파제로 접어드는 남쪽 선착장 끄트머리에서 곧장 산비탈을 따라 돌아나가면 바닷가 작은 모래밭이 나온다. 여름철이나 되어야 드문드문 피서객이 찾아드는 그 해변 언덕 끄트머리에 버섯처럼 달랑 돋아 있는 외딴집 한 채. 벌겋게 녹슨 함석지붕에 유난히 처마가 낮은 그 낡고 작은 벽돌집이 바로 조천댁의 거처였다.

무녀는 한동안 문 앞에 딱 굳어 선 채 미자에게서 눈을 떼지 않았다. 아주머니, 이쪽으로 아, 앉으세요. 무슨 일로 그러시는 지…… 미자는 어쩔 줄 몰라 허둥지둥했다.

"서둘러야 해. 시간이 없어!"

조천댁의 입에서 다짜고짜 그 말이 튀어나왔다. 잔뜩 쉬어 서걱 거리는 음성. 먼길을 내달려 온 사람처럼 거친 숨을 내뿜고 있는 그 늙은 무녀를 미자는 놀라서 쳐다보았다. 핏기 없는 얼굴에 파르 스름한 입술. 첫눈에도 여자는 병색이 완연했다.

"그게 무, 무슨?"

"시간이 없다니, 뭐가 말예요?"

금주가 물었으나, 조천댁은 날카로운 시선으로 미자만 잠자코 쏘아보았다. 말로 옮길 수 없는, 뭔가 특별한 의미를 내면에 가득 담고 있는 듯한 절박하고도 간곡한 눈빛.

"서둘러야 해. 그들이 곧 찾아올 거야. 시간이 얼마 남지 않았 어. 맞을 채비를 서둘러야 해. 모레, 아니 내일 밤에 당장 들이닥칠 지도 몰라. 어쩌면 벌써 이 섬에 도착했을 것이야. 그러니, 서둘러 야 해."

시간이 없어. 시간이 없다니까. 숨을 헐떡이며 조천댁은 다급하 게 뇌까리고 있었다. 주문을 외는 듯한 무녀의 목소리가 음산하고 몽롱하게 미자의 귓전을 맴돌았다. 여자의 두 눈은 기이한 광채로 번뜩였다. 어느 쪽이 실명한 눈일까. 미자는 내쏘는 듯한 여자의 시선에 붙잡힌 채 그런 생각을 했다.

"그들이라니, 누가 말예요. 어떤 사람들이 찾아온다고요?"

"손님들이야. 귀하신 손님들…… 수백수천 명도 넘는 손님들이 모여들기 시작할 것이야. 시간이 얼마 남지 않았어. 그들이 이곳으로 찾아와. 이 섬을 향해서, 천지 사방에서 모여들고 있어."

"어디서요? 대체 그 많은 손님들이, 어디서 온다는 얘기죠?"

미자도 덩달아 숨을 헐떡였다.

"천지 사방에서."

"천지 사방?"

"온 세상의 바닷속, 물속을 떠돌아다니는 손님들이지. 이름도 얼굴도 형체조차도 없이 천길 물길을 따라서 끝도 없이 그림자로 떠돌아다녀야 하는 가엾고 서러운 영혼들이지. 망망대해, 영원히 햇볕 한 줌 새어들지 않는 심해의 칠흑 어둠 속을 허위허위 울부짖으며 헤매고 있는 억울한 혼령들 말이여."

"호, 혼령들?"

"내 참, 그러니까 우리 여관에 숙박하러 오는 손님들이 아니고요?"

금주가 콧방귀를 뀌며 이죽거렸다. 그래도 조천댁은 끝까지 엄숙했다.

"그들은 아주 잠시만 머무를 것이야. 백 년 만에 찾아온 그 먼 길을, 그렇게 한번 떠나고 나면 다시는 돌아오지 않아. 이 기회를 놓치면 영영 그만이야. 자, 그러니 손님맞이할 채비를 서둘러야 하네. 내 말을 명심하게."

그 말을 마지막으로 남기고 조천댁은 휙 등을 돌려 나가버렸다. 금주가 키득키득 웃었다. 세상에, 진짜로 실성했나봐. 하지만 미자는 유리문 너머로 사라지는 조천댁의 뒷모습에서 눈을 떼지 못했다.

"다른 얘긴 없었단 말이오? 큰굿을 벌일 생각이라면, 추렴을 해달라는 얘기가 나왔을 터인데."

"그러게 말예요. 하지만 그런 얘긴 전혀 없었어요. 동네 사람들이야 그저 정신 나간 소리쯤으로 대충 여기고 마는 눈치예요. 요즘 세상에 무슨 굿이냐는 식이죠."

"정신이 나가도 한참 나갔어요. 그 여자가 했다는 얘기, 몰라요? 우리 여관 뒤뜰에 무슨 돼지 귀신이 돌아다닌대요, 글쎄."

"돼지라니? 그건 또 무슨 소리야."

미자가 물었다. 엊그저께 동백식당 아줌마한테 찾아와서, 뜬금없이 조천댁이 그러더래요. 백년여관 뒤뜰에 혼령들이 살고 있다고. 모두 오갈 데 없이 떠도는 혼령들인데, 그중에는 웬 시커먼 도야지 새끼도 한 마리 끼어 있다고…… 순간 복수가 버럭 고함을 질렀다.

"그만뒤! 쓸데없는 소릴."

복수가 벌떡 일어나 복도로 나가버렸다. 낯빛이 하얗게 질려 있었다. 모두들 어안이 벙벙해서 그의 뒷모습만 바라보았다. 그때 한

쪽에서 혼자 잠자코 파뿌리를 뜯고 있던 있던 함흥댁 노인이 혼잣
말처럼 뇌까렸다.

"그놈을…… 나도 엊그제 봤더니라."

일제히 뜨악한 표정으로 노인을 돌아다보았다.

"으마마, 어머니가 뭘 보셨다고요?"

"도야지, 그 시커먼 도야지 말이다. 밤중에 무슨 기척이 들려 나
가봤더니만, 그놈이 은행나무 뒤에서 슬금슬금 기어나오더란 말
이다."

금주가 입을 딱 벌렸다. 모두들 멀뚱한 표정으로 앉아 있었다.
창밖에서 사나운 바람 소리가 되살아났다.

20. 조천댁

조천댁이라는 이름이 붙은 것은 여자의 고향이 제주도 조천읍
인 까닭이다. 여자는 6·25가 나기 바로 몇 달 전, 어미와 함께 단
둘이 제주에서 배를 타고 영도로 들어왔다. 소문에 따르면, 여자의
어미인 귀덕녀는 본래부터 무당은 아니었다. 4·3 난리통에 남편
과 두 아들이 참혹한 죽임을 당하자 그녀는 실성해버리고 말았다.

실성한 여자 귀덕녀는 밤낮없이 온 제주섬을 헤매고 다녔다. 해
안에서 중산간으로, 한라산을 넘어 다시 크고 작은 오름들에 이르
기까지, 너울너울 춤추고 노래하며 고사리 홀씨처럼 흘러다녔다.

조천에서 안덕, 성산포에서 모슬포, 애월에서 한림, 중문, 법환, 남원까지, 봄 여름 가을 겨울, 혼자 걷고 달리고 혹은 무릎으로 북북 기어다녔다. 그렇듯 일 년을 검불처럼 떠돌던 귀덕녀는 어느 날 홀연 제정신이 돌아왔다. 사실은 그때 귀신이 이미 몸에 들어온 상태였다. 여섯 살짜리 중산간 마을 계집아이의 혼령. 그 귀신은 피난을 다니던 중 한라산에서 토벌대가 놓은 불에 타 죽었다고 했다.

그 아이귀신의 힘을 빌려서 귀덕녀는 강신무로 변신했다. 그녀는 제주도 마을 어디를 가건, 살아 있는 사람들 틈에 그림자처럼 섞여 있는 무수한 혼령들을 단박에 알아보았다. 너나없이 난리통에 험악한 죽임을 당한 억울한 혼령들이었다. 원통하게 숨진 혼령은 지상에서의 가장 마지막 순간의 제 모습을 죽어서도 꼭 그대로 지닌다 했다. 귀덕녀가 나타나기만 하면 하나같이 흉측하고 끔찍스런 몰골의 그들은 반가워 어쩔 줄 몰라했다.

쳐다보기만 해도 무섭고 가슴 아픈 그 혼령들을 하나하나 불러내어, 귀덕녀는 길을 닦고 치성을 드려 저승으로 떠나보내주었다. 너무 바빠서 두 다리 뻗고 잠 한숨 편히 잘 여유도 없었다. 일 년 열두 달 거의 쉬지 않고 이 마을 저 마을 불려다니며 굿을 했지만, 천도해야 할 혼령들은 한도 끝도 없었다. 4·3 난리통에 이래 죽고 저래 죽임을 당한 원통한 인명이 무려 수만 명이라 했다. 사망자 숫자가 제주도 전체 주민 예닐곱 명 가운데 하나꼴이라고도 했다.

온 동리가 잿더미로 변하고, 주민 태반이 떼죽음을 당한 동네가 곳곳에 널려 있었다. 한 집안에서 서넛 혹은 대여섯씩 죽은 경우는 보통이었다. 한 집안에서 무려 열다섯 명이 죽어나가고, 아예 하나 남김없이 고스란히 씨가 말라버린 집안도 있었다. 살아남은 사람들 역시 그나마도 남의 눈이 두려워, 망자를 위한 굿판조차 마음대로 열지 못했다.

귀덕녀의 눈에 비친 세상은 지옥 그대로였다. 온 섬이 지옥이었고, 지옥이 바로 그 섬이었다. 섬 전체가 참혹한 원귀들의 그림자들로 자욱하게 뒤덮여 있었다. 길에서도 들판에서도, 수십 수백 명씩 안개처럼 무리를 지어 떠도는 혼령들과 그녀는 시도 때도 없이 맞닥뜨렸다.

용케 가족의 시신을 찾을 수 있었던 쪽은 그나마 운이 좋았다. 끌려가 흔적도 없이 영영 사라져버린 사람들이 부지기수였다. 필시 그들은 인적 그친 한라산 골짜기 어딘가에 흙을 덮고 누웠거나, 푸르디푸른 제주바다 밑바닥에 허연 뼛조각으로 가라앉은 채 해류를 따라 하염없이 뒤척이고 있거나, 그도 아니면 아직껏 몸을 가릴 흙모래 한 줌 없이 어느 헐벗은 바위틈에 처박혀서 눈비를 맞으며 바람결에 흐늘흐늘 삭아가고 있거나, 지천으로 우거진 풀더미 속에 엎딘 채 고스란히 들짐승 날짐승의 먹이가 되었을 터였다.

귀덕녀는 본시 돈에는 욕심이 없었다. 난리통에 죽은 자와 아직 살아남은 자, 또 그들과 똑같이 가난하고 불쌍한 이들을 위해 귀덕녀는 좁쌀 한 되, 감자 한 광주리에도 선뜻 굿판을 열어주곤 했다. 당연히, 산 자도 죽은 자도 똑같이 귀덕녀를 좋아했다. 마을 하나를 다 돌고 나서 그다음 마을에 도착해보면, 이미 동구 밖에는 살아 있는 사람보다도 죽은 혼령들이 한발 먼저 떼거리로 나와 앉아, 그녀가 나타나기를 웅성웅성 기다리고 있었다.

귀덕녀는 그 무수한 혼령들과 자유자재로 대화를 나누고 하소연을 들어주었다. 그 특별한 능력이 그녀를 금세 이름난 무당으로 만들어주었지만, 결국 그 때문에 그녀는 하나 남은 딸을 데리고 도망치듯 남몰래 고향을 등져야만 했다. 귀신들이 너무나 많아서 더는 그 섬에서 도저히 살아갈 수가 없었기 때문이다. 곤히 잠든 한밤중이면 배와 가슴 위에 올라타서 아예 펄쩍펄쩍 널뛰기를 하거나, 엄청난 힘으로 목을 짓누르고 졸라대는 별의별 수많은 혼령들의 등쌀에 귀덕녀는 더는 버틸 수가 없었다. 자다가 숨이 컥 막히고 염통이 터질 듯 부풀어오르는 통에, 그대로 죽을 뻔한 적이 한두 번이 아니었다.

그해 겨울, 칼바람 씽씽 불어대는 어느 첫새벽, 마침내 귀덕녀는 보퉁이 하나 달랑 머리에 이고 제주항 부두로 빠져나갔다. 어린 딸년의 손목을 이끌고 목포로 가는 첫 배에 막 오르려는 순간이었다. 귀덕녀는 등뒤 캄캄한 어둠 속에서 돌연 폭포처럼 터져나오는 성난 아우성과 울음소리를 들었다. 어떻게 알고 쫓아나왔는지, 부두 뒤쪽의 사라봉 동편 절벽 끝에 한 무리의 귀신들이 한데 뒤엉켜

펄렁거리고 있었다. 악머구리 끓듯 그녀를 향해 팔다리를 펄렁펄렁 흔들어대며 그들은 구슬프게 울부짖었다.

"가지 맙서. 가지 맙서게…… 우리는 어떵허랜!"

생전에 귀덕녀는 고향 떠나올 적의 얘기를 꺼낼 때마다, 치맛자락으로 눈물 콧물 훔쳐내면서 늘 이렇게 말했다.

"그 섬에는 산 사람이 딱 절반, 원통한 귀신들이 딱 절반이여. 이승과 저승이 한 마을에 나란히 놓였고, 죽은 자와 산 이가 한집에서 오글오글 함께 섞여서들 살아. 육신은 살아 있으되, 사실은 한이 맺혀 벌써 죽은 지 오랜 사람들이고, 살점이랑 창자는 오래전 썩어 문드러졌으되 원통해서 차마 고향을 떠나지 못하니 아직 살아 있는 사람들이여."

물론 미자는 조천댁의 어미 귀덕녀를 전혀 본 적이 없다. 미자가 영도에 발을 딛기 얼마 전, 귀덕녀는 세상을 떴기 때문이다. 미자의 시할머니 설분네와 귀덕녀는 오랫동안 각별히 지낸 사이였다고 했다. 같은 고향을 가진데다가, 참혹한 4·3 난리를 겪어낸 사람들끼리의 일체감 덕분이었을 것이다.

그 인연으로 귀덕녀의 딸 조천댁 역시 설분네 노파 생전에는 가끔씩 안채를 다녀가곤 하는 눈치였다. 하지만 조천댁이 백년여관까지 직접 찾아온 것은 이번이 처음이었다. 시할머니의 장례식 때도 그 무녀는 맨 먼저 달려와, 유난히도 곡소리 높여 오래도록 구슬프게 울어댔다. 그 여자 역시 난리통에 가족을 잃고서 어미를 따라 고향을 떠나온 처지이니, 필시 제 설움에 겨워 그러리라 미자는 여겼다.

따지고 보면, 조천댁은 제대로 된 무당은 아니었다. 물론 여자의 어미 귀덕녀는 영도 일대는 물론 해남, 강진, 장흥 일대에까지 영험 있기로 소문이 자자해서 사방으로 뻗질나게 불려다녔지만, 정작 여자는 오랫동안 도시로 나가 제 어미의 무업하고는 무관하게 혼자 살았다. 공장에 다닌다고도 했고, 작은 회사에서 경리로 있다는 말도 있었다. 그런데 어찌된 영문인지, 귀덕녀가 세상을 떠나고도 몇 해가 지났을 무렵 여자는 소리소문 없이 그 흉가로 변한 빈집으로 홀로 돌아와 스스로 무구를 챙기고 방안을 조화로 단장하기 시작했다.

한동안은 여자가 제 어미의 신을 내리받아 제법 영험하다는 얘기가 설핏 나돌기도 했으나, 여자가 심장병으로 아예 십여 년간 자리에 드러누워 지내는 사이 그 바닷가 외딴집엔 사람의 발길이 거의 끊어지다시피 했다. 이젠 여자의 신통력을 믿고 굿을 맡기려는 사람은 아무도 없었다. 이제 조천댁은 잊혀진 무녀일 뿐이었다.

제3부

그해 겨울

21. 강복수

잠들어 있는 이 남자. 1942년 제주도 안덕면 출생, 나이 58세. 심약하고 과묵한 성품, 오랜 우울증 병력의 소유자. 한때 승려가 되려고도 했으나 가슴속에 박힌 무서운 불덩이 때문에 온 세상을 미친 바람처럼 끝없이 떠돌며 살아온 이 남자, 강복수. 그는 지금 악몽을 꾸고 있는 참이다.

"가! 저리 가!"

두 팔로 허공을 긁어대며 복수는 벌떡 일어나 앉는다. 두 손은 아직 어둠 속을 혼란스레 더듬고 있다. 안 돼. 저놈들을 쫓아내야 해. 이불자락을 그러쥔 손에서 스르르 힘이 풀려나갔다. 눈앞으로 몰려오던 한 무리의 돼지들이 홀연 사라졌다. 비로소 그는 흐릿한 어둠이 고인 방안을 휘둘러본다. 옆자리에 아내와 아이가 곤히 잠에 빠져 있다. 또, 꿈이었구나. 그는 이마와 얼굴을 쓸어본다. 손바닥에 진득한 땀이 묻어나온다. 새벽 두시.

바닷가 모래밭에 한 줄로 늘어선 수십 명의 남자들. 밭에서 일을 하다가 혹은 집안에 있다가 불시에 끌려나온 차림새들이다. 작은 키에 구레나룻 무성한 외조부는 홑겹 갈옷만 걸치고 있다. 타타타타. 뒤쪽에서 군인들의 총구가 일제히 불을 뿜었다. 사람들이 물위로 툭툭 고꾸라졌다. 몇은 도망치려다가 금방 맥없이 쓰러졌다. 풀썩 무릎을 꿇고 엎어지는 외조부의 몸뚱이 위로 바닷물이 왈칵 밀려들었다. 핏물이 확 번지며 붉은 파도가 위로 솟구쳤다. 쏴아아…… 차르르르. 물살을 따라 시신들이 모래 기슭을 출렁출렁 오르내렸다. 마을 쪽에서 여자들의 날카로운 울음소리가 한꺼번에 터져나왔다. 그때 바닷속에서 한 무리의 검은 돼지들이 구물구물 몰려나왔다. 윤기 흐르는 검은 등판을 번들거리며 그것들은 시신들을 우르르 덮치자마자 팔다리와 목덜미 살점을 와작와작 뜯어먹기 시작했다. 그중 한 놈이 외조부의 사타구니에 주둥이를 쿡 쑤셔박는 순간, 복수는 비명을 지르며 깨어났던 것이다.

복수는 벽에 기대앉아 눈을 껌벅인다.

어찌된 영문일까. 한동안 뜸하던 악몽이 이즈음 갈수록 심해지고 있다. 전신이 피범벅이 된 군상들, 단말마의 고통과 공포로 일그러진 얼굴들…… 하나같이 흉측하고 소름끼치는 악몽의 잔상은 깨어난 뒤에도 지워지지 않았다.

악몽이라고? 복수는 실성한 사람처럼 어둠 속에서 혼자 클클클 웃는다. 그랬으면 오죽이나 좋으랴. 쇠약해진 정신이 만들어낸 허황한 그림자, 잡귀가 꾸며낸 해괴한 망상에 지나지 않는다면…… 하지만 그것들은 실제였다. 악몽이 아닌, 저주받은 기억들이었다. 천길 우물 속의 어둠, 캄캄한 망각의 흙무덤을 들추고 한사코 기어 나오는 저 끔찍한 지옥의 기억들.

복수는 이미 지옥을 알고 있다. 그것이 어떤 세상인지, 어떤 모습과 빛깔인지, 그것의 소리와 감촉과 느낌이 어떤 것인지를 너무도 생생히 기억한다. 그는 지옥으로부터 직접 걸어나왔기 때문이다. 지옥 속에서 보낸 석 달 열흘 동안, 복수는 그 모든 것을 직접 보고 듣고 만지고 느끼며 겪었다.

1948년 겨울, 강씨 집안의 사람들은 한꺼번에 지옥으로 굴러떨어졌다. 그 지옥문을 처음 들어설 때만 해도 그들은 모두 스물다섯 명이었다. 그러나 불과 몇 달 후, 살아서 그 문을 빠져나온 사람은 단 일곱 명이었다. 할머니 설분네, 어머니 화북댁, 큰고모와 고종사촌 셋 그리고 강복수. 그것이 전부였다. 나머지는 그 지옥에 영원히 남겨졌다. 그때 강복수의 나이 일곱 살이었다.

운명의 날 1948년 11월 17일.

그날 제주도 전역엔 계엄령이 선포되었다. 해안선으로부터 오 킬로미터 바깥 중산간 지대 전체를 적성敵性 지역으로 간주하여 통행금지를 선포하고, 이를 위반하는 자는 무조건 폭도로 인정하여 사살하겠다는 내용. 그것은 곧 즉결심판권의 발동이었다. 중산간 지역 전 주민은 당장 마을을 떠나라. 이후 마을에서 누구이건 눈에 띄면 이유 여하 불문, 현장에서 총살하겠다. 한마디로 그 얘기였다.

이날부터 이듬해 3월까지, 제주도 전역엔 군과 경찰의, 이른바 중산간 마을들에 대한 초토화작전이 일제히 전개되었다. 학살과 방화가 연일 밤낮으로 이어졌다. 한라산과 해안 사이 중간 지대에 위치한 수많은 중산간 마을들이 화염에 휩싸이고, 섬 전역에 걸쳐 벌어진 토벌대의 무차별 학살로 민간인 수만 명이 떼죽음을 당했다. 4·3사건 전체 사망자 삼만여 명 중 절대다수가 불과 이 서너 달간의 초토화작전에서 희생되었다.

그 몇 달 동안, 제주도는 지옥이었고 지옥이 바로 그 섬이었다. 이십육만여 명의 섬 주민들은 한날 한시, 그 지옥 속으로 모조리 초대되었다. 복수네 가족 역시 마찬가지였다. 어느 날 아침 그들은 자신들의 눈앞에 활짝 열려 있는 지옥의 거대한 아가리를 목격했다. 도망칠 수도 피할 수도 없었다. 퇴로가 전무한 막다른 길. 그들은 결국 지옥문 안으로 한꺼번에 허둥지둥 쫓겨들어갔다.

바야흐로 지옥의 시간이 시작되었다. 무시로 군인들이 들이닥쳤고, 그때마다 온 마을이 불에 타 잿더미가 되었다. 영문도 모른채 주민들은 토벌대의 총에 맞아 고꾸라졌다. 총을 쥔 자들의 손끝에 주민의 목숨이 달려 있었다. 산과 들, 해안과 길바닥에 나뒹구는 시체들이 개구리나 메뚜기처럼 흔했다.

섬 전체가 아비규환이었다. 단 한 발짝도 벗어날 수 없는 피의 지옥, 아귀의 지옥, 저주의 지옥, 불의 지옥이었다. 눈을 뜰 수도 없었고, 숨쉬기조차 고통스러웠다. 대기는 피비린내와 시체들의 악취로 가득찼다. 불붙은 초가지붕들이 한꺼번에 토해내는 검은 연기 때문에 태양은 하루에도 몇 번씩 뜨고 졌다.

해와 달과 하늘을 뒤덮는 것은 또 있었다. 시체들을 찾아 이동하는 어마어마한 파리떼였다. 거대한 먹장구름을 닮은 그 무리는 새보다 더 빠르게 섬 전역을 휩쓸었다. 넘쳐나는 풍족한 먹잇감 때문에 정신없이 분주해진 까마귀떼조차 그놈들이 나타나면 혼비백산 쫓겨 달아났다. 홀로 돌아다니는 솔개와 매, 독수리 따위는 눈 깜짝할 순간 파리떼에 잡아먹혔다. 쉴새없이 인육을 먹어치운 덕분에 파리들은 몸집이 금방금방 불어났다. 구더기로부터 갓 생겨났을 때는 매미만하던 몸집이 사나흘만 지나면 까마귀만큼 커졌다. 그것들은 산과 들과 길바닥에 허옇게 널린 시체들의 살점과 체액으로 빵빵하게 배를 채운 다음, 시신들의 벌어진 입속, 상처의 틈새, 부패해가는 내장 위에 시커멓게 들러붙어 끊임없이 교미를 하고 또 알을 슬었다.

　바다에도 주인 잃은 시체들이 들끓었다. 배에 태워져 깊은 바다로 끌려나가 흔적도 없이 수장된 사람들의 숫자는 셀 수도 없었다. 까마득한 해안 절벽에서 삼삼오오 팔목이 묶인 채 아래로 곤두박질쳐 산산조각이 난 사람들, 한밤중 사살되어 바닷가 모래밭에 버려졌다가 썰물에 떠밀려나간 사람들은 영영 다시는 고향으로 돌아오지 못했다. 그들은 거친 해류를 따라 아득한 이역의 바다로 흘러나가거나, 혹은 물빛 아름다운 제주바다 밑에 납덩이처럼 가라앉은 채 몰려든 물고기떼의 먹이가 되어주었다.

　수장된 이들 중 더러는 용케 흔적을 남겨놓기도 했다. 그들의 흔적은 어부들이 잡아올린 물고기의 내장 속에서 발견되곤 했다. 집게발에 여자의 머리카락 뭉텅이가 친친 감긴 꽃게, 저고리 단추가 목구멍에 걸린 자리돔, 엄지손가락 마디를 덥석 문 고등어, 발가락 다섯을 한꺼번에 삼킨 우럭, 금니를 악착같이 움켜쥔 문어…… 심지어 눈알, 귀, 코, 손톱, 발톱, 은반지, 옷핀, 머리핀 등등 자그마치 수십 명의 흔적들을 고스란히 한 뱃속에 담고 있는 거대한 상어들도 있었다. 덕분에 그해 내내 제주바다는 각양각색 물고기들이 엄청나게 몰려들어 너나없이 배가 터지도록 포식을 만끽했다. 덩달아 성게, 해삼, 멍게, 소라, 문어, 게, 전복, 말미잘 따위들까지 날마다 흥청망청 그야말로 야단법석들이었다.

섬 전체가 온통 거대한 소리의 소용돌이에 휩싸여 있었다. 흡사 엄청난 소음으로 가득차 웅웅거리는 거대한 항아리 속 같았다. 그 것은 섬 주민들의 목에서 일제히 터져나오는 울음소리였다. 피붙 이를 잃은 이의 통곡과 절규, 공포와 절망에 질린 비명, 구원을 외 치는 기도와 분노와 탄식이 땅과 바다와 하늘 끝까지 가득차 부글 부글 끓어올랐다.

그 몇 달 동안, 중산간 마을 피난민들은 개죽음을 당하지 않으 려고 허둥지둥 몰려다녔다. 강씨 집안 식구들도 마찬가지였다. 이 산에서 저 골짜기로, 저 굴에서 이 오름으로, 이리 뛰고 저리 달리 느라 완전히 넋이 빠져버렸다. 가을이 가고, 눈이 내리고, 비가 쏟 아지고, 미친 갯바람이 불었다. 그래도 토벌대의 추적은 끝끝내 계 속되고, 피에 굶주린 총성은 그치지 않았다. 날마다 눈앞에서 사람 들이 쉬지 않고 죽어갔다.

이듬해 2월 중순, 강복수 일가는 마침내 한라산 영실 바위절벽 부근에서 군인들에게 사로잡혔다. 그들은 모두 서귀포로 끌려내 려왔다. 그곳에서 또 연일 사람들이 죽어나갔다. 복수의 아버지 두 룡과 고모 춘단은 정방폭포 위에서 죽임을 당했다. 며칠 후 서귀포 임시수용소에서 풀려나온 사람은 할머니와 복수 단 둘뿐이었다. 어머니 화북댁은 아직 수용소에 갇혀 있었다.

22. 돼지

할머니의 손을 잡고 복수가 수용소 건물을 나설 때, 햇살은 더 없이 환하고 따사로웠다. 돌담 너머 노란 감귤이 아직 달려 있고, 철 이른 배추흰나비 하나가 눈앞을 팔랑팔랑 지나갔다. 감귤밭 저 편 한라산엔 흰 눈이 쌓여 있었다. 눈 덮인 산봉우리는 고봉으로 수북이 담긴 쌀밥 같았다. 그 하얀빛이 너무 고와서 복수는 저도 모르게 눈물이 쏟아졌다.

서귀포 수용소에서 제주 읍내로 끌려간 어머니는 얼마 후 육지 형무소로 이송되었다. 피난을 다니다 산에서 붙잡힌 다른 중산간 주민들도 마찬가지였다. 정식 재판의 절차도 없이 그녀에게 붙여진 죄목은 어마어마하게도 내란죄였다. 복수와 할머니는 처음엔 그런 사실조차 전혀 알지 못했다. 한 달쯤 지나서야 그녀가 일 년 징역형 을 선고받고 목포형무소에 복역중임을 전해 들었던 것이다.

그런데 뜻밖에 어머니는 반년 만에 집으로 돌아왔다. 반가워할 일만도 아니었다. 감옥에서부터 이미 어머니는 정신이상 증세를 보였던 것이다.

"복수야. 이 섬에 남아 있다가는 이번에야말로 너도 나도 모두 죽고 말 것이다. 난리가 다시 일어난다고 해도 죽을 터이고, 안 일 어나도 어차피 화병으로 심장이 터져 죽고 말 것이여. 남편도 죽 고, 귀한 자식들까지 한꺼번에 빼앗아간 이 지옥 같은 땅에서 내가 어찌 눈 뻔히 뜨고 살아간단 말이냐. 가자! 어서 가자! 네 어미만 돌아오면, 그날로 당장 뒤도 돌아보지 말고 떠나자. 세상천지 그 어디를 떠돈다 한들, 이 끔찍스런 땅보다 더 고통스럽겠느냐. 가자, 복수야. 이제 우리 강씨 집안에 남자라곤 오직 너 하나 남았구나. 아이고오."

안 그래도 할머니는 눈만 뜨면 복수를 껴안고 눈물을 흘려대던 참이었다.

형무소에서 돌아온 어머니의 몰골은 허깨비 같았다. 할머니는 당장 짐을 꾸리기 시작했다. 짐이라고 해봐야 맨살을 가릴 만한 옷가지와 이부자리, 솥단지 그리고 좁쌀 몇 줌을 낡은 양곡 부대 속에 뭉뚱그려 싼 게 전부였다. 어머니는 병든 닭처럼 내내 한쪽에 웅크리고 앉아 퀭한 눈동자만 스산하게 굴리고 있었다.

이른 새벽녘, 할머니는 어머니와 어린 복수를 이끌고 제주항으로 나갔다.

"오냐, 이것이 마지막이다. 이젠 영영 돌아오지 않는다. 내 귀한 자식들 모두 살아서 다시 돌아오기 전에는 내, 절대로 이 땅에 발을 딛지 않을 것이여."

사립문을 나설 때, 할머니는 어둠에 묻힌 초가집을 뒤돌아보며 뇌까렸다. 그 집은 제주읍의 외곽, 화북에 있는 복수의 외가댁이었다. 외조부가 토벌대의 총에 맞아 죽은 뒤 외할머니는 시내 큰아들 집으로 옮겨갔다. 폐가처럼 비어 있던 그 집에서 복수는 어머니가 풀려날 때까지 할머니와 함께 기거해왔었다.

갑판 너머 희부연 새벽하늘을 등지고 선 한라산의 검은 몸체가 조금씩 멀어져갔다. 배가 움직이기 시작하자 할머니와 어머니는 서로 부둥켜안고 소리도 없이 오래도록 꺽꺽 흐느꼈다. 핏덩이같이 무겁고 끈적끈적한 목울음이었다.

"저길 좀 보게. 어딜 가봐도, 남은 것은 죄다 여자랑 아이들뿐이구먼. 이제는 제주섬에서 젊은 남자라고는 아예 씨가 말라버린 모양이네그려."

"그러게 말이여. 거참."

복수의 곁에서 낯선 중년 남자 둘이 말했다. 육지에서 온 장사꾼들 같았다. 과연 주위엔 온통 여자와 아이, 노인들만 눈에 띄었다. 어두컴컴한 선실 안에서 소리 죽여 울고 있는 건 할머니와 어머니뿐만 아니었다. 어린아이들과 노인이 낀 맞은편의 일가족, 그리고 창가에 앉은 또다른 가족 역시 서로 어깨를 기댄 채 내내 서럽게 흐느끼고 있었다. 평생을 검은흙과 갯바람 속에서 살아온 섬 토박이들. 그들 역시 고향을 떠나는 길인 듯, 저마다 짐 보퉁이를 올망졸망 그러안고 있었다.

긴 항해 끝에 배는 목포항에 닿았다. 난생처음 발을 내디뎌보는 육지였다. 때마침 눈이 펑펑 쏟아지고 있었다. 고향땅에서는 보기 힘든 굉장한 눈이었고, 추위 또한 매섭기 그지없었다. 목포에서 다시 버스를 타고 해남을 찾아갔다. 하지만 조부 강만득의 고향 마을엔 그를 기억하는 이가 아무도 없었다. 할머니는 땅이 꺼져라 한숨을 쉬었다.

며칠 후, 그들은 나룻배를 타고 영도로 건너갔다. 읍내에 도착한 그들은 요행으로 부둣가 창고 뒷마당에 붙은 헛간 한 칸을 얻어 들었다. 이전까지 땔감을 보관하던 장소였다. 부엌도 창문도 달려 있지 않은 그 무덤 속 같은 컴컴한 방에서, 그들은 비로소 남루하기 그지없는 짐보따리를 풀었다. 1949년 12월 하순의 일이었다.

영도에서의 새로운 생활이 시작되었다. 아는 사람 하나 없이 맨손으로 흘러든 객지에서 처음 몇 달은 끼니를 때우기조차 힘들었다. 다행히 영도에는 제주도 사람이 드물지 않았다. 대부분 4·3 난리를 전후해서 건너온 경우였는데, 지리적으로 제주도와 가장 가까운데다가 섬이라는 동일한 환경조건 때문에 영도로 모여든 모양이었다. 여자들은 영도에 와서도 물질을 했다. 채취업자에게 고용되어 일하는 해녀들만 해도 백여 명이었다.

할머니와 어머니도 해녀들의 대열에 합류했다. 어머니 화북댁의 물질 솜씨는 단연 뛰어났다. 처녀 적부터 이름난 잠녀였던 그녀는 같은 작업시간에도 남보다 수확량이 갑절은 많았다. 차츰 살림살이가 나아지게 되자, 그들은 가파른 언덕배기 위 낡은 함석지붕 집으로 이사를 했다. 달랑 방 하나에 부엌이 딸린 셋집이었다. 복수도 초등학생이 되었다. 이제는 그런대로 모든 게 조금씩 자리를 잡아가는가 싶을 때였다.

이번엔 6·25가 터졌다.

반도 최남단에 위치한 영도의 주민들이 전쟁 분위기를 실감하기 시작한 것은 전쟁 발발 후 한 달쯤 지나서였다. 맨 처음 섬에 밀어닥친 것은 대규모 경찰병력이었다. 전라남도 지역 각 시 군의 경찰부대 중 절반에 해당하는 병력이 한꺼번에 영도로 후퇴해 온 것이었다. 곧이어 뒤를 바짝 추격해온 인민군 병력은 영도 맞은편 육지의 작은 포구에 포진했다. 폭이 몇백 미터에 불과한 좁은 해협을 사이에 두고 한동안 전투를 벌이며 대치하던 경찰부대는 남쪽에 위치한 또다른 섬으로 재차 후퇴하기로 전격 결정했다.

다급해진 경찰부대는 철수하기 직전, 수백 명의 보도연맹원을 집단처형했다. 그들 보도연맹원은 당시 군내의 각 면과 섬으로부터 경찰에 의해 소집되어 읍내 중학교에 임시 수용되어 있던 중이었다. 그들 대부분은 배에 태워져 흔적도 없이 바다에 수장되었다.

곧이어 들이닥친 인민군이 섬을 점령하면서부터 이번엔 좌익쪽의 끔찍한 보복이 시작되었다. 전쟁의 미친바람은 걷잡을 수 없이 광포해졌다. 몇 달 후 인민군이 황급히 육지로 쫓겨 빠져나가자 경찰병력이 다시 섬을 장악했다. 이번에도 역시 또 한바탕 무서운 역보복이 이어졌다. 그렇듯 엎치락뒤치락하는 사이, 미친바람은 차츰 잠잠해졌다.

겉보기엔 전쟁이 마침내 멀리 물러난 것처럼 보였다. 총성은 그

쳤으나 사람들의 귓전엔 여전히 그 소리가 쟁쟁하게 남아 있었다. 그들은 다시 조심스레 일상의 삶을 이어가기 시작했다. 여러 달이 지난 후에도 이따금 시체들이 밀물을 타고 해안으로 떠밀려왔다. 그때마다 소문은 빠르게 인근 섬 지방으로 퍼져나갔고, 가족을 잃은 사람들이 혹시나 하고 사방에서 무리를 지어 몰려들었다.

그 미친바람이 영도를 휩쓸던 몇 달 동안, 복수네 세 식구는 숨조차 쉬지 못했다. 눈앞에서는 또하나의 낯익은 지옥의 시간들이 펼쳐지고 있었다. 참으로 고약스런 운명이었다. 지옥을 피해 바다를 건너온 그들은 이제 또다른 지옥 속에 내던져진 셈이었다.

할머니는 주문을 외우듯 어머니와 복수에게 다짐을 받았다. 미친바람이 휩쓸고 다닐 때는 집밖으로 나서면 죽는다. 어느 쪽 줄이건 섣불리 따라나서도 죽는다. 절대로 알려 하지 말고, 보려 하지 말고, 말하지 말고, 들으려 하지 말아라. 그 주문 덕분이었을까. 폭풍이 잠잠해질 때까지 그들은 용케 살아남았다.

화북댁의 실성기가 심해진 것은 바로 그즈음이었다.

영도로 옮겨온 이후 화북댁의 증세는 훨씬 좋아진 듯싶었다. 물론 좀처럼 입을 열지 않고, 걸핏하면 넋을 완전히 놓은 채 구석에 혼자 쪼그려앉아 있는 버릇은 여전했다. 이웃과도 어울릴 줄 모르고, 장터나 부둣가같이 북적이는 장소엔 얼씬도 하지 않았다. 낯선 사람들을 보면 낯빛이 금세 하얗게 질려 뒷걸음질부터 쳤다.

그러다가도 그녀는 바다에 나가 물질을 할 때만은 표정이 환해지고 생기가 넘쳤다. 두 발을 허공으로 쭉 뻗으며 물속 깊이 자맥질해 들어가는 모습은 물고기처럼 힘차고 날렵했다. 영도의 해녀들 가운데 그녀는 물속 가장 깊은 곳까지 내려가서, 가장 오래 머무를 수 있었다. 그녀는 누구보다도 열심히 일했고, 그만큼 남보다 많은 수입을 올렸다.

"복수야. 부지런히 벌어서 우리도 집을 사자꾸나. 너는 그저 공부만 열심히 해라. 어미가 고등학교, 대학교까지도 보내줄 테니까."

아주 드물게, 기분이 좋은 날이면 그녀는 허리에 찬 전대를 풀어 돈을 세다 말고 복수를 돌아보며 활짝 웃음을 보이기도 했다.

어느 일요일이었다. 복수는 안집 아이와 마당에서 놀고 있었다. 아침 일찍 물질을 나갔던 화북댁이 한 시간도 지나지 않아서 허둥지둥 집으로 돌아왔다. 맨발에 흥건히 젖은 잠수복을 아직 몸에 걸친 채였다. 종잇장처럼 하얘진 얼굴로 뛰어든 그녀는 이불을 머리 끝까지 뒤집어쓴 채 방 한구석에 웅크려앉아 온몸을 와들와들 떨었다. 이내 할머니가 뒤쫓아 들어왔다. 역시 물질 옷을 입은 그대로였다. 살려줘서. 제, 제발 살려줘서. 화북댁은 쉴새없이 손바닥을 비벼대며 울음을 터뜨렸다. 주인집 여자가 방안을 들여다보더니 눈이 휘둥그레져서 물었다.

"할머니, 어쩐 일이래요? 무슨 사고가 났어요?"

"쯔쯧, 놀라기도 했을 터이지. 물속에서 난데없는 송장을 만났으니 말이여. 그것도 둘씩이나."

"소, 송장이라고요?"

초겨울 바닷물은 얼음장처럼 찼다. 다들 몸을 녹이려고 화톳불 쪽으로 모여들었지만, 화북댁은 그때까지 물질을 계속하고 있었다. 깎아지른 절벽 바로 아래쪽이었다. 수심이 깊은데다가 물살이 워낙 험해서 누구도 가까이 가지 않는 곳이었다. 할머니가 그만 나오라고 불렀지만, 며느리는 다시 풍덩 물속으로 사라졌다.

잠시 후 돌연 목구멍을 째는 듯한 비명이 터져나왔다. 화북댁이 미친 듯 밖으로 헤엄쳐나오고 있었다. 한순간 어안이 벙벙해서 바라보던 여자들도 일제히 악, 소리를 질렀다. 허둥지둥 헤엄쳐나오는 화북댁의 바로 등 뒤쪽에서 갑자기 허옇고 길쭉한 물체들이 수면 위로 불쑥 떠올랐던 것이다. 전신이 퉁퉁 물에 붓고 물크러진 두 남자였다. 얼굴은 물고기에게 완전히 뜯어먹혀 윤곽조차 알아볼 수 없었다. 밧줄이 두 남자의 팔목과 허리에 묶여 있었다. 물속 바위틈에 박혀 있다가, 우연히 그녀의 발목에 줄이 걸리는 바람에 물위로 끌려나온 거였다.

그 일 이후 화북댁의 심신은 급격히 허물어지기 시작했다. 몇 날이고 아예 입을 닫아건 채 방바닥에 시체처럼 드러눕기도 했다. 어두운 헛간 구석에 몸을 숨기거나, 한밤중에 벌떡 일어나 방문을 열고는 누군가를 안으로 맞아들이는 시늉을 하기도 했다. 화북댁은 언제 어디서건 혼자가 아니었다. 자신의 눈에만 보이는 누군가와 만나서 끊임없이 이야기를 주고받았다. 대부분 이미 세상을 떠난 가족들인 듯했다. 그게 누구냐고 물어봐도 그녀는 입을 다물었다.

"불이다아. 불이 났다아. 토벌대가 온다아."

어느 날. 유난히도 선연한 노을이 서편 하늘을 벌겋게 물들이기 시작할 무렵이었다. 방안에 누워 있던 화북댁이 마당으로 우르르 달려나가더니 하늘을 가리키며 고함을 질러댔다. 동네 아이들이 대문 앞에서 킥킥거렸다. 공포에 허옇게 질린 얼굴로 좁은 마당을 서성대던 그녀가 갑자기 땅바닥에 풀썩 주저앉았다. 그러고는 두 다리를 죽 뻗고 주먹으로 가슴을 쿵쿵 두드리며 큰 소리로 울기 시작했다.

"아아, 나는 살았수다. 돼지집에 숨어 있다가 살아났수다아. 살려줍서 살려줍서 울부짖는 우리 애기를 놔두고, 나만 혼자 살았수다……"

어린 복수는 숨이 딱 멎는 것 같았다. 돼지. 돼지집. 그 두렵고 끔찍스런 얘기가 튀어나오다니. 상상도 못한 일이었다. 우당탕. 수챗가에서 보리쌀을 씻고 있던 할머니의 손에서 바가지가 굴러떨어졌다. 쌀알이 땅바닥으로 허옇게 흩어졌다. 할머니는 그 자리에 비석처럼 굳어 있었다. 두 눈을 부릅뜨고 입술을 앙다문 채로.

고향을 떠나온 후 할머니는 좀처럼 눈물을 보이지 않았다. 울음이 북받칠 때면 입술을 악문 채 핏발 선 눈으로 조용히, 마치 무엇

인가를 집어삼킬 듯이, 허공을 뚫어져라 노려볼 뿐이었다. 복수는
저도 모르게 연신 눈을 깜박거렸다. 온몸으로 노을빛을 받으며 눈
앞에 허리를 곧추세우고 선 할머니의 모습은 거인 같았다.

"아아, 나는 돼지집에서 살아났수다. 돼지집에 숨어 있었수
다……"

어머니는 날마다 더 자주 흐느껴 울었다. 비통한 울음과 함께
똑같은 대사가 반복해서 흘러나왔다. 그때마다 복수는 슬그머니
밖으로 나와버렸다. 돼지, 돼지집. 그 소리만 들으면 눈앞이 캄캄
해지고 가슴이 짓눌려 견딜 수가 없었다.

그래, 역시 어머니도 잊지 않고 있었던 거야. 그날 밤, 동네 어
귀에서 벌어졌던 그 끔찍스런 일을 말이다. 복수는 담벼락 아래 쪼
그려앉아 두려움에 사로잡혀 혼자 되뇌었다. 복수는 알고 있었다.
어머니가 무엇 때문에 저리 고통스러워하는지를…… 그날 밤, 어
머니와 복수는 함께 그 자리에 있었다. 동생 길생이 죽어가는 그
순간, 바로 그 현장에서 말이다. 살려줘서. 살려줘게. 애타게 울
부짖는 그 아이의 목소리를 생생하게 들으면서……

할머니는 가끔 한밤중 소리없이 일어나 방문을 열고 나갔다. 그
리고 한참 만에야 다시 조용히 들어오곤 했다. 복수는 할머니가 마
당에서 몰래 울고 온다는 것을 알고 있었다. 할머니는 눈이 아니라
심장으로 울었다. 할머니의 눈에선 눈물 아닌 검은 핏물이 흘러내
렸다. 하루에도 몇 번씩 할머니는 가슴을 치받고 올라오는 무엇인

가를 고통스레 꿀꺽꿀꺽 되삼키곤 했다. 그것이 핏덩이였음을 복수는 한참 뒤에야 알게 되었다.

23. 화북댁

화북댁은 가끔씩 맑은 정신으로 돌아오기도 했다. 물질을 나다니긴 했지만 망태기는 예전의 절반도 차지 않았다. 그녀는 바다에서 돌아온 날이면 복수를 붙잡고 환한 얼굴로 놀라운 얘기들을 전해주곤 했다.

물속에서 처음으로 복수의 할아버지를 보았다고 했다. 무성한 해초 숲을 헤치고 점점 아래로 내려가는데, 할아버지가 다시마 덤불 너머에서 푸르게 빛나는 손을 천천히 흔들더라고 했다. 그때부터 화북댁은 매번 물질을 하러 갈 때마다 죽은 식구들을 물속에서 만나기 시작했다. 친정아버지는 냄비 뚜껑만한 전복을 따서 그녀의 가슴에 덥석 안겨주었고, 시아버지는 커다란 소라를 한아름 따주었다. 해삼이 무더기로 숨어 있는 바위 밑으로 데려간 것은 삼룡숙부였고, 일룡 백부와 백모는 아무도 모르는 굉장한 성게밭을 알려주었다.

어머니의 망사리 안에 담겨 있는 많은 수확물은 죽은 이들이 그녀에게 준 선물이었다. 전복, 해삼, 멍게 따위는 물론 청각, 미역, 우뭇가사리, 다시마, 고둥, 톳 같은 하찮은 것들까지 다 그러했다. 그녀는 그 물속 세상에서 전혀 낯모르는 이들하고도 만나고 있었다.

"얼굴은 희미하지만 손은 아주 또렷하게 보여. 푸른 색깔의 손. 깊은 물속이어도 자세히 들여다보면 알아볼 수가 있지. 푸르스름하고 희부연 빛이 흘러나오니까. 생각해보니, 내가 예전에도 그것들을 더러 본 적이 있더구나. 그래, 처녀 적에 우리 친정 마을에서 말이다. 나 혼자 사라봉 절벽 아래까지 멀리 나가서 물질을 하다가 보면, 저만치 발 아래 아득한 곳에 칠흑같이 캄캄한 굴형이 보이는 때가 있어. 어떤 잠녀도 내려갈 수 없는, 한없이 깊고 커다란 굴형 말이다. 거기에서 그런 푸르스름한 빛이 올라오는 것을 나도 몇 번 본 적이 있어. 그때는 그게 무엇인지를 알아보지 못했었구나……"

화북댁은 눈빛이 초롱초롱해져서 말했다. 복수의 눈에 비치는 그녀는 마치 꿈을 꾸고 있는 사람 같았다. 한 가지 알 수 없는 일이 있었다. 이상하게도 그녀가 바다 밑에서 만나는 사람은 언제나 어른들뿐이었다. 그녀의 입에서 아이들의 이름이 흘러나온 적은 한 번도 없었다.

어째서 어머니 앞에 아이들은 한 번도 나타나지 않는 걸까. 복수는 그것이 늘 궁금했다. 누구보다도 동생 길생에 대한 얘기를 듣고 싶었다. 길생은 어떤 모습을 하고 있을까. 혹시 그때처럼 무섭고 끔찍스런 모습은 아닐까. 아아, 가엾은 아이. 집 앞 공터에서 총에 맞아 죽은 다섯 살짜리 내 동생. 왜 어머니는 그애를 물속에서 좀더 열심히 찾아보지 않는 것일까……

물론 복수는 잘 알고 있었다. 그 질문만은 절대로 해서는 안 된다는 것을. 이제부터 네 동생의 이름은 잊어버려야 한다. 누구보다 네 어미 앞에선 절대로 입 밖에 내서는 안 돼. 아니 생각조차 하지 말아야 해. 알았지. 그건 할머니와 복수 두 사람만의 내밀한 약속이기도 했다. 그 약속이 깨뜨려지는 순간 어쩌면 어머니가 죽게 될지도 모른다고 복수는 생각했다. 그러나 파국은 너무나 빨리 닥쳐왔다.

그날은 아침부터 비듬 같은 눈발이 희끗희끗 날렸다. 바다는 잔잔했으나 대기엔 사나운 냉기가 스며 있었다. 설거지를 마친 어머니는 선반에서 물질 옷과 테왁을 꺼내 들었다. 그 모습이 왠지 낯설게 느껴져서 복수는 책가방을 챙기다 말고 말없이 어머니를 바라보았다.

어머니의 눈빛은 놀랍도록 차분했고 입가엔 부드러운 웃음이 어려 있었다. 그렇듯 평화롭고 행복한 어머니의 얼굴을 본 적이 언제였을까. 마을이 송두리째 불에 타기 전, 그 평온하던 시절의 고향집을 복수는 떠올렸다. 아버지, 동생 길생, 막내고모 천년이…… 복수는 코끝이 시큰해왔다.

아침부터 물질할 차비를 서두르는 어머니를 보고도 할머니는 말리지 않았다. 마침 동료 해녀들과 함께 해안에서 공동작업이 있는 날이었다. 해녀들의 모임인 상조회 일이었음에도, 할머니는 허리통증이 도져서 나갈 수가 없었다.

복수는 책가방을 들고 어머니와 함께 집을 나섰다. 산비탈에 게 딱지같이 작고 허름한 집들이 올망졸망 둘러앉은 동네였다. 좁고 구불구불한 고샅을 따라 내려가는 복수의 마음은 왠지 서럽고 아렸다. 그렇듯 어머니와 나란히 걸어본 기억이 까마득한 옛일 같았다. 갈림길에서 어머니는 복수의 손목을 가만히 쥐었다.

"복수야. 나, 오늘은 우리 애기 만나러 간단다."

가슴속에서 뭔가 뚝 부러지는 소리가 났다. 복수는 걸음을 멈추었다.

"애기…… 누구?"

"누구기는? 네 동생 길생이 말이다. 어젯밤 꿈에 나를 찾아왔지 뭐냐. 봐라, 여기 그 아이 입힐 옷도 가져간단다. 윗도리도 없이 맨살로 돌아다니는 모양이여. 추워서 입술이 새파래졌드라. 이거, 네가 입던 옷인데, 동생에게 줘도 괜찮지? 어서 가거라. 학교에 늦을라."

"어, 엄마."

뭐라고 말문을 채 열기도 전에 그녀는 휙 몸을 돌려 길을 건너갔다. 선착장을 향해 잰걸음으로 사라지는 어머니의 뒷모습을 복수는 멀거니 바라보기만 했다. 테왁, 망사리, 갈고리, 물안경 따위 물질할 도구들을 잔뜩 등에 짊어진 그녀의 몸집이 유난히 작고 가냘팠다. 그것이 복수가 본 어머니 화북댁의 마지막 모습이었다.

수색작업은 이틀간 계속되었다. 수십 명의 해녀들이 동원되었으나 시신은커녕 미미한 흔적조차 찾아내지 못했다. 희한한 일도 다 있다며 여자들은 고개를 저었다. 남쪽 절벽 부근에서 모두들 작업을 하고 있었다고 했다. 여느 때처럼 화북댁은 처음부터 혼자 따로 떨어져서 물질을 했다. 늘 그래온 터여서 새삼스레 누구도 눈여겨보지 않았다. 휴식시간에 여자들은 모두 물에서 나와 장작불 주위로 모여들었다. 어째서인지 화북댁의 모습이 안 보였다. 그녀가 있던 부근의 수면에 테왁 하나만 덩그러니 떠다니고 있었다.

여자들이 테왁을 건져내어보니, 뜻밖에 망사리 안이 텅 비어 있었다. 사라진 지가 꽤 오래되었다는 증거였다. 모두 일제히 뛰어들어서 물밑을 뒤지기 시작했다. 수심이 제법 깊기는 해도 특별히 물살이 센 곳은 아니었다. 자주 작업을 했던 부근이라 여자들은 물밑 지형에 익숙했다. 그런데도 오리무중이었다. 할머니와 복수가 달려갔을 때, 여자들은 이미 수차례 물속을 샅샅이 뒤지고 난 뒤였다.

"가만, 화북댁이 오늘은 납덩이를 잔뜩 챙겨왔던 거 같은데?"

"맞아, 틀림없어. 시어머니 몫까장 죄다 가져왔더라니까."

여자들이 뒤늦게 기억해냈다. 할머니는 허겁지겁 집으로 달려갔다. 역시 납덩이가 보이지 않았다. 물질 옷으로 갈아입기 위해 갯가에 벗어둔 화북댁의 옷 보퉁이 속에도 없었다. 할머니의 낯빛이 해쓱하게 변했다. 왜 그랬을까. 그녀는 두 사람 몫이 훨씬 넘는 무거운 납덩어리를 한꺼번에 허리에 차고 물에 뛰어든 게 분명했다. 나, 오늘 우리 애기 보러 간다. 복수는 아침에 어머니의 입에서 흘러나온 말을 비로소 기억해냈다. 그 얘기를 듣자마자 할머니는 개펄 바닥에 털버덕 주저앉아버렸다.

닷새 후, 화북댁의 시신은 전혀 엉뚱한 지점에서 발견되었다. 최초 실종지점으로부터 멀리 떨어진 서쪽 해안이었다. 그 일대는 깎아지른 암벽 지형인데다가 수중암초가 많아 전부터 외지 선박의 조난사고가 잦았다.

"영락없이 살아 있는 줄로만 알았다니까. 바위틈에서 이렇게 바짝 웅크리고 엎드려 있더라고. 해초 덤불에다 얼굴을 대고 뭘 찬찬히 들여다보고 있기에, 처음엔 우리 일행인 줄 알았지."

시신을 처음 발견한 것은 젊은 해녀였다. 그날 여자들은 부근에서 막 뱃물질을 시작한 참이었다. 화북댁은 태아처럼 허리를 잔뜩 웅크린 자세로 빳빳하게 굳어 있었다. 허리와 가슴에 단단히 묶어놓은 납덩이의 무게 때문에 몸이 수면으로 떠오르지 않았던 것이다. 그녀는 한 손에 복수의 헌옷을 꼭 쥔 채였다.

시신을 실은 배가 선착장에 닿았을 때, 할머니는 복수를 한사코 집으로 돌려보냈다. 물에서 죽은 시신이니 집안으로는 아예 들일 수 없었다. 뭍에 닿자마자 곧장 공동묘지로 향했다. 장례식도 상여도 없었다. 급히 준비한 관에 넣은 다음, 부두 하역인부들이 번갈아 지게로 옮겨가서 묻었다.

저녁 무렵에야 할머니는 돌아왔다. 혼자 울다 지쳐 잠이 든 복수를 깨워서 할머니는 밥을 먹였다. 그날은 일찍 잠자리를 폈다. 한밤중이었다. 잠결에 들리는 이상한 소리 때문에 복수는 눈을 떴다. 우으으으. 신음인지 울음인지 모를 기괴한 소리. 문틈으로 내다보니, 할머니가 아궁이 앞에 주저앉아 소리 죽여 울고 있었다. 그런 어느 순간, 할머니는 검붉은 덩어리 하나를 컥 하고 목구멍에서 토해냈다. 커다란 핏덩이였다.

할머니는 시체처럼 누운 채 매일 핏덩이 하나씩을 토해놓았다. 달걀 크기에서부터 아이 주먹만한 것까지. 이웃 사람들이 들여다보러 왔다가 질린 낯빛으로 슬금슬금 되돌아갔다. 해녀들이 쌀죽을 쒀왔으나, 할머니는 수저를 들어올릴 힘조차 없었다. 누운 채 힘없이 복수를 올려다보는 할머니의 핏발 선 두 눈엔 물기가 그렁그렁 차올랐다.

어느 날 뒷개 외딴집의 무당 귀덕녀가 찾아왔다. 할머니가 여덟번째로 자두알만한 핏덩이를 토해낸 날이었다. 귀덕녀는 북어처럼 앙상해진 할머니를 보고는 손을 그러잡고 서럽게 울었다. 그녀 역시 4·3 난리 때 과부가 되어 딸 하나만 이끌고 고향을 떠나온 치지였나. 할머니가 또 숨넘어갈 듯 기침을 터뜨렸다. 고통스레 사지를 버둥거리는 할머니를 부둥켜안고 귀덕녀는 마구 소리를 질렀다.

"아지망, 뱉어버립서! 가슴속에 맺힌 응어리를 하나 남김없이 칵, 칵, 토해냅서! 그것을 몸안에 담고서는 살아갈 수도, 죽을 수도 없수다게! 뱉어버립서! 칵! 칵! 아지망!"

온몸이 땀으로 범벅이 된 귀덕녀의 품안에서 할머니는 마침내 최후의 덩어리를 울컥 토해냈다. 참외만한 크기의 그 아홉번째 핏덩어리를 끝으로, 할머니는 자리를 툭툭 털고 일어났다. 할머니의 목 한가운데에 달걀만한 혹 두 개가 불룩 돋아난 것은 바로 그즈음이었다.

24. 운명

그로부터 사십여 년의 세월이 흘렀다. 복수는 그날 새벽 제주항을 떠나는 배 위에서 할머니 혼자 되뇌던 다짐처럼, 그후 다시는 고향땅을 밟지 않았다. 이제는 영도항에서 매일 두 차례 왕복하는 대형 페리호를 타면 불과 서너 시간 거리였지만, 그에게는 이승과 저승 사이만큼이나 멀고도 두려운 뱃길이었다.

고향을 떠나온 이후, 복수는 지금껏 단 하루도 깊이 잠들어보지 못했다. 잠이 가져다주는 육신의 달콤한 휴식, 영혼의 평화와 안식을 그는 영영 빼앗겨버리고 말았다. 잊어야만 했다. 이 세상에 살아남으려면 어떻게든 지옥에서의 기억을 완벽하게 지워버려야 했다. 망각만이 유일한 구원이었다. 잊지 않으면 미쳐버리거나, 심장이 터져 죽고 말 터였다. 살아야 했다. 살고 싶었다. 잊어라. 잊어야 한다. 아무 일도 없었던 것처럼……

그것은 지난 사십여 년 동안 그가 스스로를 향해 끝없이 되뇐 주문이었다. 그는 저주받은 기억과 맞서 사투를 벌였다. 육신은 만신창이가 되고 영혼은 황폐해져갔다. 그래도 망각은 끝내 불가능했다. 그럴수록 기억은 오히려 더욱 선명해질 뿐이었다. 그는 자신이 여전히 지옥에 갇혀 있음을 깨달았다. 눈 덮인 한라산을 들쥐처럼 허둥지둥 쫓겨다니던 그때와 똑같이.

이제 지옥은 바깥이 아니라 그 자신의 내부에 존재했다. 아니 그 자신이 바로 지옥이었다. 그 사실을 깨닫는 순간 모든 것이 자명해졌다. 운명은 이미 정해져 있었다. 설사 남은 생의 모두를 바친다 해도, 자신은 결코 그 저주받은 기억들로부터 벗어날 수가 없을 터였다. 지옥에서 보낸 그 시간들은 그의 과거이자 현재 그리고 미래였다.

할머니는 어쩔 수 없이 물질을 다시 시작했다. 쉰 살이 넘은 나이에 허리까지 불편했지만 잠시라도 쉴 형편이 아니었다. 세상은 여전히 뒤숭숭했고, 굶주림을 면할 수 있는 삶이야말로 가난한 사람들의 가장 큰 소망이던 시절이었다.

할머니가 바다에 나가고 나면 복수는 늘 혼자였다. 복수는 죽은 화북댁을 조금씩 닮아가고 있었다. 학교가 끝나 집에 돌아오면 방 안에서 좀처럼 나오려 하지 않았다. 곰팡이 냄새가 밴 음습한 헛간이나 응달진 뒷마당에 혼자 몇 시간이고 앉아 있었다. 언제부턴가 복수에겐 말을 더듬는 버릇이 생겼다. 얼굴이 벌게진 채 말문을 열지 못해 쩔쩔매는 바람에 아이들의 놀림감이 되었다. 사람들의 눈에 비치는 복수는 이상하고 이해할 수 없는 아이였다. 음울한 눈빛은 마치 백 년을 산 늙은이의 그것 같았다.

복수의 눈에 혼령들의 모습이 보이기 시작한 것은 그 무렵이었다.

그날은 복수의 조부 강만득의 제삿날이었다. 할머니는 제사상을 두 개 차렸다. 한 개는 방 가운데에, 다른 하나는 구석진 자리에 놓았다. 머리를 단장하고 깨끗한 치마저고리로 갈아입은 할머니는 제물을 정성스레 상 위에 진열했다. 국, 시루떡, 생선, 사과 세 알, 유자 두 알, 고기전, 나물 두어 가지가 고작인 조촐하기 그지없는 상차림이었다.

한 가지 이상한 점이 있었다. 방 중앙의 상 위엔 제기마다 음식을 한 가지씩 담아놓은 반면, 구석진 자리의 상 위엔 큼지막한 양재기 서너 개에다가 반찬을 한꺼번에 수북이 담아놓았다. 구석에 놓인 상 위엔 수저조차 놓여 있지 않았다.

"할머니, 이쪽엔 왜 숟가락이 없어?"

"그쪽 상은 우리 집안 식구들이 죄다 모여 먹을 것이여. 사람 수가 너무 많아서, 숟가락을 일일이 놓을 수가 없구나."

할머니는 복수를 데리고 부엌으로 나갔다. 더운 김이 폭폭 솟구

치는 솥 안에는 하얀 쌀밥이 그득했다. 할머니가 큼지막한 나무주
걱으로 밥을 퍼서 커다란 대야 안에 가득가득 담았다.

"자, 할미 좀 도와다오. 이걸 방으로 옮기자꾸나."

대야는 엄청나게 무거웠다. 어른 몇십 명은 충분히 배를 채울
만한 분량이었다. 두 사람은 낑낑대며 간신히 그것을 방안으로 옮
겼다.

"자, 이제는 네가 직접 술을 따라 상에 올리고, 절을 두 번 하거
라."

복수가 차례로 절을 마쳤다. 할머니는 복수를 상 앞에 앉힌 다
음 오랫동안 꼼짝도 하지 않고 그 자리에 앉아 있었다.

"허어, 혼자 남은 어미한테서 제삿밥을 받아먹으려 들다니……
원 이런, 천하에 못되어먹은 녀석들이 있나. 내 지금까지, 앞서 간
불효막심한 자식놈들을 위해 늙은 어미가 제상을 차려준다는 소
리는 세상천지에 들어본 적이 없니라……"

할머니의 음성엔 서릿발처럼 차갑고 매서운 노기가 서렸다. 그
것은 차츰 노랫가락을 띠며 느리고도 낮은 읊조림으로 변했다.

"원통하게 죽어간 내 자식들아. 귀밑에 보송보송한 솜털을 벗기
도 전에, 한세상 미처 활짝 피어보지도 못하고 무참히 사그라진 내
어린것들아. 무덤도 형체도 없이 수중고혼으로 떠도는 내 새끼들
아. 어서들 오거라. 모두 참말로 잘 왔다. 그동안 얼마나 춥고 배가
고팠더냐. 어서들 맘껏 먹어라. 너희들을 위해 차린 상이니, 오늘

194

하루만이라도 배부르게 먹고 돌아가거라."

할머니가 부엌으로 나간 사이 복수는 방안에 홀로 남았다. 홀연 선반 위의 호롱불이 파르르 흔들렸다. 누군가 등잔 속에 입김을 불어넣고 있는 것 같았다. 노란 불꽃이 몇 번이나 까무룩 자지러졌다가 되살아났다.

그때 밥이 가득 담긴 대야 근처에서 그림자 같은 흐릿한 형체들이 어른거리기 시작했다. 그것들은 굴뚝에서 피어오르는 검은 연기이거나 수면에 비친 나뭇가지의 그림자 같았다. 혹은 길게 땋아 내린 여자의 머리채, 아니면 거대한 거미나 왕지네의 발처럼 보였다. 불에 새까맣게 탄 짐승의 뼈다귀, 떼거리로 엉킨 구렁이, 다족류 곤충의 그림자 같기도 했다.

저게 무엇일까. 무심코 앞으로 다가앉으려던 복수는 깜짝 놀랐다. 분명 사람의 손이었다. 수많은 손, 손, 손. 그 검은 손들은 다투어 허겁지겁 밥을 퍼내고 있었다. 하나같이 불에 탄 듯 검고 앙상하고 메마른 손이었다. 크고 두툼한 어른의 손. 작고 가냘픈 여자의 손. 주름진 노인의 손. 강아지풀 같은 갓난아이의 손도 있었다. 눈에 익은 그 손들을 복수는 금방 기억해냈다. 그것들은 그해 겨울, 눈 덮인 한라산 계곡을 사방팔방 허둥지둥 쫓겨다니던 사람들의 손이었다.

밥이 담긴 양재기 주위를 빠르게 들락거리는 그 수많은 손 중에서 어린아이의 조그만 손 하나가 복수의 시선을 붙잡았다. 복수는 심장이 뚝 멎는 것 같았다. 엄지 바깥쪽에 닭 볏 모양의 못생긴 손가락 한 개가 비죽이 돋아나 있는 육손이의 손. 그것은 바로 동생 길생의 것이었다. 살려줘서. 살려줍서게. 울부짖는 동생의 목소리가 귓전에 또렷하게 되살아났다. 아아, 미안해. 길생아. 복수는 얼굴이 하얗게 질린 채 웅얼거렸다.

돌연 쌀밥 한 덩이가 양재기로부터 휙 날아왔다. 그것은 정확히 복수의 이마에 철썩 들러붙었다. 억, 비명을 지르며 복수가 두 손으로 얼굴을 감쌌다. 이어 두번째, 세번째 밥덩이가 휙휙 날아오기 시작했다. 벽과 천장, 방바닥 어디에건 철썩철썩 날아가 붙었다. 문고리에 철컥 붙고, 반닫이에도, 창호지문에도, 문턱에도 철떡 철버덕 날아가 붙었다. 순식간에 온 방안은 발 디딜 틈도 없이 밥알덩어리로 하얗게 뒤덮였다.

그 밤의 일은 시작에 불과했다. 복수는 시도 때도 없이 무수한 혼령들과 마주쳤다. 낮잠을 자다가 설핏 눈을 떠보면, 머리맡에 낯선 젊은 여자가 갈옷 차림으로 오도카니 앉아서 복수의 얼굴을 내려다보고 있었다.

또 밥상을 마주하고 앉은 할머니의 바로 옆자리에 어린아이들이 오글오글 떼거리로 모여 앉아 있기도 했다. 하도 오래 굶주려서 뼈와 가죽만 남은 그 아이들의 간절한 시선 때문에 복수는 차마 밥을 먹을 수가 없었다.

학교 정문 앞 전신주엔 흰옷 입은 어른들이 전깃줄에 대롱대롱 목을 매단 채 바람이 불 때마다 널뛰듯 마구 출렁거렸다. 가슴에 네모난 번호표가 붙어 있는 남자, 눈을 뜬 채로 입을 반쯤 벌린 여자, 두 손이 밧줄로 묶인 청년, 가슴팍에서 시꺼먼 핏물을 벌컥벌컥 쏟아내는 노인도 있었다.

어느 날 아침엔 학교 가는 길에 골목에서 일가족인 듯싶은 한 무리와 마주쳤다. 전날 밤 그 집에 제사가 있었는지, 대문간 땅바닥에 볏짚을 깔고 내놓은 밥이며 나물, 시루떡을 열댓 명의 혼령들이 한데 엉겨붙어 먹고 있다가 일제히 복수를 돌아다보았다.

언젠가는 앞집 황구가 사과 궤짝으로 짠 제집 주변을 뱅글뱅글 맴돌면서 연신 낑낑거렸다. 복수가 개집 안을 들여다보니, 쪽찐 머리의 여자가 고무신을 베개 삼고서 갓난아이에게 젖을 물린 채 곤히 잠들어 있었다. 그 작은 개집 안에 그렇게 큰 몸집이 어떻게 들어갔는지 모를 일이었다. 그렇듯 유령들은 우물, 마루 밑, 골목 모퉁이, 지붕 꼭대기, 변소, 헛간, 수풀, 다리 밑 등등 어디에나 있었다. 이따금 집안 식구들이나 아는 얼굴이 끼어 있기도 했으나 대부분 낯선 혼령들이었다.

그러던 어느 여름날 오후였다. 고삐를 풀고 달아난 새끼염소를 찾으러, 복수는 채석장 뒤편 언덕을 혼자 올랐다. 연일 지독한 가뭄이 계속되고 있었다. 여러 달 동안 비 한 줄기 내리지 않아 곡식은 물론 잡초까지 희뜩희뜩 말라 죽어갔다. 염소는 공동묘지 부근 풀밭을 어슬렁거리고 있었다. 전쟁 때 이쪽저쪽 번갈아 자리바꿈을 할 때마다 무수히 죽어나간 시신들이 묻혀 있는 골짜기였다. 염소 고삐를 쥐고 내려오는데, 비가 퍼붓기 시작했다. 천둥 번개와 함께 장대비가 좍좍 쏟아지고, 온 세상이 굴속처럼 캄캄해져버렸다. 바싹 마른 대지에 빗방울이 쏟아지자 사방에서 먼지와 훈기가 매캐하니 피어올랐다.

온몸이 쫄딱 젖은 복수는 염소를 몰고 겹겹이 늘어선 무덤 사이를 지나갔다. 묘지 안은 난데없는 인파로 북적대고 있었다. 비 소식에 일제히 기어나온 혼령들이었다. 그들은 저마다 무덤 꼭대기를 차지하고 앉아서, 기쁨에 겨워 전신을 부들부들 떨어댔다. 너나없이 허공을 향해 두 팔을 활짝 벌리고 억수같이 쏟아지는 빗발을 한껏 즐기고 있었다.

집마당 안으로 들어서자마자 복수는 땅바닥에 쓰러졌다. 사흘 내내 복수는 통나무처럼 잠만 잤다. 몸이 불덩이가 되어 펄펄 끓어오르고 눈동자까지 노랗게 변한 복수가 연신 헛소리를 해대자 할머니는 급히 귀덕녀를 불렀다.

"내, 이리될 줄을 일찌감치 짐작하고 있었수다. 이 아이는 두 개의 세상을 이미 보고 말았소. 이승과 저승을 함께 보는 눈을 얻게 되었으니, 놀라는 것도 당연하지."

복수의 눈자위를 손으로 까뒤집어본 귀덕녀는 혀를 찼다.

"그건 또 무슨 소리인가?"

"이 어린것이 이승에서 차마 보아선 안 될 끔찍한 꼴을 너무 많이 봤수다. 어디 이 아이뿐이라오? 지금 이 땅엔 이렇게 병 아닌 병을 앓는 중생들이 지천으로 깔렸소. 당연하지. 이승과 저승이 한자리에 나란히 있고, 산 자와 죽은 혼백이 한데 섞여 살고 있으니!"

"이승과 저승이 한자리에 있다고?"

"천명을 다 살지 못하고 흉측하게 참살당한 억울한 혼령들이 천지에 구들구들하니, 이곳이 그 원혼들한테는 저승 아닌 이승이외다. 또 가슴에 핏덩어리를 담고도 내뱉지 못한 채 살아남은 목숨들 역시 사방에 바글바글하니, 그들에게는 실상 이 세상은 이승 아닌 저승이지."

할머니가 다급해졌다.

"이보게, 굿을 해주게나. 온 영도 바닥이 떠들썩하게 큰굿을 해주어. 우리 손자를 살려야 하네. 강씨 집안 마지막 남은 씨앗일세."

"흥, 애당초 굿을 해서 나을 병이 아닌걸."

"설마, 가망이 없다는 얘기인가?"

할머니의 낯빛이 허옇게 질렸다. 귀덕녀가 단호히 고개를 저었다.

"아니우다, 아지망. 이 아이는 쉬이 죽지 않소. 아니, 절대로 죽을 수가 없소. 억울해서, 너무나 원통해서 어찌 죽을 수 있겠소? 이것 보구려. 나도 그렇고 아지망도 실상은 절반만 살아 있을 뿐, 나머지 절반은 벌써 오래전에 죽어버린 사람들이 아니오? 그 지옥

같은 겨울, 불타버린 중산간 마을 집에다가, 눈 덮인 한라산 골짜기에다가, 우리는 그때 이미 모든 것들을 파묻어버리고 오지 않았수꽈?"

"이 아이는 아직 어린앨세. 아무것도 모르는 철부지란 말이네."

"천만의 말씀! 이 아이도 이미 모든 걸 알고 있수다. 그 지옥 속에서 이 아이도 우리와 내내 함께 있다가 구사일생으로 살아남았소. 그러하니, 이 아이 또한 우리처럼 절반은 이미 그때 죽은 셈이오."

"허어, 그럴 터이지. 어른도 차마 겪을 수 없는 일들을, 이 어린 것들마저 두 눈 뻔히 뜬 채로 온전히 보고 듣고 겪었지. 아이고오. 꽃잎같이 여린 이 영혼에 얼마나 무서운 한이 첩첩이 내려쌓였을꼬……"

"너무나 크고 깊은 한과 슬픔을 가슴에 담은 사람은, 목숨 끊어지는 날까지는 이승에서 저승의 삶을 함께 살아야 하는 법이우다. 아지망도 그렇고 내가 그러하듯이, 십중팔구 이 가엾은 아이도 평생토록 두 개의 세상을 한꺼번에 지켜보며 살아가야 할 터이오. 어쩔 수 없지. 그것이 한번 지옥에 끌려들어갔다가 나온 사람들의 운명이니까."

"이보게나. 정말로 평생을…… 끝내 그렇게 살아야 한단 말인가? 이 어린것들까지도?"

"아지망, 울지 맙서. 그 또한 이 가엾은 아이의 운명일 게요. 어쨌거나 이 끔찍한 세상에서 살아남아야 하지 않겠소? 그러기에 이 아이도 지금 이렇게 저 홀로 견디어내는 법을 배우고 있는 중이 아니우꽈?"

와이고오. 이 원통한 세상을 어찌 살아갈꼬오. 기어코 할머니의 입에서 통곡이 터져나왔다. 귀덕녀는 손가락으로 콧등을 훑어서 팽 하고 코를 풀더니, 눈물 그렁그렁한 눈을 하고 자기 집으로 돌아갔다.

25. 떠돌이 바람

귀덕녀의 예언은 적중했다.

그날 이후 복수는 두 개의 세상을 동시에 살아야만 했다. 그는 단 한시도 혼자일 수 없었다. 혼령들이 언제나 함께 있었다. 한 밥상에서 함께 밥을 먹고, 같은 이부자리 속에서 잠을 자고, 같은 시간에 나란히 눈을 떴다. 그들은 어딜 가도 한발 먼저 와서 기다리고 있었다. 뒤란 감나무 꼭대기, 학교 건물 처마밑, 부둣가 술집 앞에도 있었다. 수업시간 교실 칠판 위에 물구나무로 붙어 있기도 하고, 변소 문짝 뒤, 낡은 집의 대들보, 부엌 아궁이 속, 채석장 절벽 꼭대기, 벽장 속, 장독대, 우물 속…… 하다못해 빈 항아리나 요강 안에까지도 숨어 있었다.

하지만 그들은 한 번도 복수에게 말을 걸거나 몸을 만지려 들거나 혹은 길을 가로막거나 하지는 않았다. 그들은 다만 그림자처럼 존재했다. 항상 눈에 보이는 거리에 있으나, 만질 수도 말을 건넬 수도 없는 그림자들. 결국 복수는 하나의 몸으로 두 개의 세상을 동시에 겪어내야 하는 그 기이한 삶을 받아들일 수밖에 없었다. 귀덕녀의 말처럼 그것은 지옥의 문턱 너머로 한번 발을 내디뎠던 사람에겐 피할 수 없는 운명일 터이므로.

고등학교를 마친 복수는 K시의 국립대학 법대에 진학했다. 모교에서는 수재가 나왔다고들 기대와 칭찬이 대단했다. 그는 야심만만하게 법관을 꿈꾸었다. 오래전 물질을 그만둔 할머니는 부둣가 어물시장에서 좌판행상으로 생계를 꾸려갔다. 복수는 마침내 삼 년 만에 사법고시 일이차를 거뜬히 통과했다. 합격 사실을 확인하자마자 복수는 할머니에게 달려갔다. 할머니는 웃다가 울다가, 덩실덩실 춤을 추었다. 기쁨은 잠시뿐이었다. 최종합격자 명단에 강복수는 없었다. 연좌제 때문이었다. 그는 입산자라는 명목으로 체포되어 처형당한 아버지 그리고 내란죄로 복역한 어머니를 둔 부역자의 아들일 뿐이었다.

꿈은 한순간 산산조각나고, 복수는 감당할 수 없는 분노와 절망에 사로잡혔다. 그는 한밤중 집을 나서서 뒷개 해안 절벽 위에 홀로 올라섰다. 어머니 화북댁이 납덩이를 그러안고 스스로 가라앉은 바로 그 자리였다. 그가 캄캄한 수면을 향해 훌쩍 뛰어내리려는 찰나, 화북댁의 음성이 바다 밑에서 카랑카랑 솟아올랐다.

"당장 돌아가거라! 아직은 때가 아니다."

복수는 행려병자가 되었다. 동강난 반도의 남녘땅 곳곳을 그는 한 마리 개처럼 떠돌았다. 그에게는 삶과 죽음의 경계가 부재했다. 육신은 이승에서, 영혼과 마음은 저승에서 내내 맴돌았다.

집을 떠난 지 삼 년이 흐른 동짓달 밤이었다. 복수는 해남 대흥사 초입의 피안교彼岸橋 돌다리 위에 혼자 망연히 주저앉아 있었다. 남쪽 땅끝의 그 고찰에 이르러 그는 더이상 갈 곳이 없었다. 추운 밤이 찾아오고, 어둠은 태초의 빛깔로 천지간에 드리웠다. 그는 청량한 개울 위에 참빗 모양으로 걸려 있는 그 돌다리 바닥에 대자로 드러누웠다. 그는 스스로 얼어 죽을 작정이었다. 때마침 목화송이처럼 탐스러운 눈이 펑펑 쏟아져내리기 시작했다. 자신을 위해 하늘이 처음이자 마지막으로 베풀어주는 축복 같았다. 더없이 흡족한 마음으로 그는 긴 한숨을 내쉰 다음 두 눈을 감았다.

그러나 복수는 이번에도 죽지 못했다. 무릎까지 쌓인 눈밭에 꽁꽁 얼어붙어 있는 그를 업어다가 암자 골방에 눕히고, 밤새도록 장작불을 지펴준 한 늙은 스님 때문이었다. 얼마 후 복수는 머리를 밀었다. 일 년 동안의 행자생활을 거친 뒤 비구계를 받고 승려로서의 삶을 시작했다.

그는 젊고 총명한 스님이었다. 예불 때마다 달강달강 목탁을 울리며 낭랑한 음성으로 부처님의 말씀을 찬양하고 또 간절히 기구

했다. 생은 다만 그림자, 한낮의 햇볕 아래 실낱같이 어른대는 허망한 환영에 불과할 뿐이니, 부디 눈앞에 드리운 이 무지의 어둠을 걷어내고 마침내 부처님의 완전한 깨달음에 이를 수 있게 되기를 열망했다.

그러나 복수는 육신과 영혼을 옥죄어오는 번뇌로부터 벗어날 수가 없었다. 목탁을 두드리며 염불을 외는 순간에도 귓전엔 끊임없이 누군가의 고통스런 숨소리가 들려왔다. 이를 악물고 무릎이 내려앉도록 삼천배를 드리는 순간에도 슬픔과 절망에 찬 누군가의 흐느낌이 내내 귓가를 맴돌았다.

예불을 마치고 법당 문을 나서면 대웅전 계단 아래엔 어김없이 수많은 그림자들이 한데 웅크리고 모여 앉아 있었다. 절 마당 네 귀퉁이, 울창한 보리수나무 그늘, 화단가 풀더미 너머에도 그들은 한없이 슬프고 처량한 눈빛들을 하고 서성거렸다. 명부전 처마밑 서까래, 이끼 낀 삼층석탑, 육중한 범종 그 어디에도 그들의 어둡고 우울한 숨결이 깃들지 않은 곳이 없었다. 저승으로 들지 못한 채 칠흑 같은 중음의 어둠 속을 끝없이 떠돌고 있는 무수한 원혼들. 그들은 뼈 시리도록 혹독한 냉기에 떨면서 한 줌의 온기, 한 가닥의 위안을 구하며 정결한 산사 곁을 차마 떠나지 못한 채 안타까이 배회하고 있을 뿐이었다.

그 흐린 그림자 무리 속에서 복수는 무심코 낯익은 얼굴들을 찾아 두리번거리는 자신의 모습에 종종 소스라치곤 했다. 잠을 이루지 못하는 밤이 늘어갔다. 밤마다 대웅전으로 달려가 새벽까지 부처님 앞에 엎드렸다. 급기야 연일 삼천배를 계속하던 끝에 의식을 잃고 쓰러졌다. 얼굴과 목, 가슴팍까지 온통 발갛게 열꽃이 피어오른 복수의 모습을 잠자코 내려다보던 노스님은 말없이 혀만 끌끌 찼다.

"이 어리석은 놈아. 네놈 안에는 아직도 끔찍스런 울분과 증오가 가득차 있어. 그 응어리를 풀어내지 못하면, 장차 그것이 뿜어내는 독기에 네놈이 죽게 되고 말 것이야. 눈밭에 처박혀 있을 때부터 짐작은 했다만, 역시 애당초 중질하기엔 틀린 놈이었나보다. 그 또한 타고난 업이니 어찌하겠느냐. 네 가슴속에 팬 구덩이가 천 길만치 깊고도 큰 것을. 쯔쯔쯔."

단풍 고운 가을날, 결국 복수는 승복을 벗어 고이 개어놓고 산사를 내려왔다. 승려생활 삼 년 만이었다. 다시 정처 없이 세상의 뒷골목을 흐르기 시작했다. 공사판을 돌며 날품을 팔고, 돈이 생기면 또 훌훌 떠돌았다. 그러다가 우연히 미자를 만났다.

복수는 결혼 따위는 꿈도 꾸어보지 않았다. 그는 세상을 끝없이 저주하고 증오했다. 그러나 그 저주와 증오를 세상에 되돌려줄 적절한 방식을 그는 알지 못했다. 끝내 그는 출구 없는 완벽한 허무의 늪 속으로 뛰어들어 홀로 자맥질해 들어갔다. 그 망망한 허무의 물길 속에서 그는 서서히 스스로를 살해할 작정이었다. 엉뚱하게도 그는 그렇듯 무의미하고 비루하기 그지없는 죽음이야말로 세상과 자기 자신에 대해 베풀 수 있는 유일한 보복이라고 믿었다.

그 바닥없는 늪으로부터 그를 끌어낸 여자가 미자였다. 그리하여 지금 복수는 한 여자의 남편이자 한 아이의 아비로 변해 있었다. 기적 같은 일이었다. 더듬어보면, 미자를 만나 처음 살을 섞던 날 밤에 그 기적은 시작되었다. 증심사 계곡의 그 허름한 여관방에서 미자가 동정인 그를 온몸으로 맞아들였을 때, 그는 천길 우물 속으로 육신과 영혼이 한꺼번에 빨려드는 놀라운 환각을 체험했다. 그 캄캄한 천길 구멍은 죽음 같았다. 그러나 곧 사위가 환해지면서 칠흑 어둠은 찬란한 생명의 빛으로 가득 채워졌다. 폭발 직전의 환희와 전율이 전신에 불을 지피는 그 절정의 순간, 그는 깜박 의식의 끈을 놓았다.

"내 아들아. 넌 살아야 해. 어떻게든 살아야 해."

순간 그는 벽력같이 울리는 누군가의 음성을 들었다. 어머니였다.

26. 폭포

쏴아아아. 창밖 바람 소리가 매섭고 난폭하다. 바다를 질러온 바람이 한바탕 덮쳐올 때마다 나뭇가지가 우두둑 부러지고 이파리들이 우박처럼 우수수 쏟아져내린다. 그 온갖 소리들로 가득찬 뒤뜰은 지금 폭포 주변처럼 스산하기만 하다.

문득 긴 한숨이 복수의 입에서 흘러나온다. 몸을 뒤척이는 바람에 아이의 다리가 밖으로 빠져나왔다. 복수는 이불자락을 여미어주고는 아이의 얼굴을 조용히 내려다본다. 아이는 제 조부의 얼굴을 빼박은 듯 닮았다. 약간 처진 눈매며 섬세한 콧날과 입술, 특히 섬사람답지 않게 희고 맑은 살빛이 그렇다. 복수는 아이의 손에 볼을 가져다대고서 두 눈을 감는다.

홀연 아버지 두룡의 모습이 눈앞에 떠오른다. 마지막 헤어지던 순간, 아버지의 눈빛 속엔 천만 가지의 말들이 담겨 있었다.

"어서 가거라, 이놈! 여기가 어딘 줄 알고 남겠다는 거냐."

그를 향해 눈을 부라리며 무섭게 쏘아붙이던 아버지. 그 순간엔 어린 복수도 알고 있었다. 아버지와 함께 남는다는 것은 곧 죽음을 의미했다. 죽음은 너무나 두려웠다. 지난 몇 달 사이 수없이 많은 참혹한 죽음을 복수는 목격해온 터였다. 그러나 아버지와 헤어져야 한다는 사실이 복수에겐 더 두려웠다. 고개를 내젓는 복수를 보고 아버지는 한숨을 내쉬더니, 복수의 작은 어깨를 두 손으로 감싸 쥐며 말했다.

"자, 아버지 눈을 들여다보거라."

손등으로 눈물을 훔치며 복수는 아버지의 눈을 응시했다. 담담하고 차분하게 가라앉아 있었지만, 숨을 턱 멎게 하는 눈빛이었다.

"복수야. 넌 살아남아야 해. 이 아버지를 위해서 말이다. 네가 살아 있다면 이 아버지도 살아 있는 것이야. 네 몸과 가슴속에 함께 말이다…… 그래, 언젠가는 내 말을 이해할 날이 올 것이다.
자, 어서 가거라."

그것이 아버지의 마지막 말이었다. 아버지는 발치에서 마른 강
아지풀을 하나 툭 끊어 손에 쥐여주고는 복수의 등을 힘껏 떠밀었
다. 그 손길에 담긴 무언의 명령에 떠밀리어 복수는 그만 뒤돌아
오고 말았다.

지금 복수의 눈앞엔 거대하고 웅장한 폭포의 풍경이 홀연 되살
아난다.

1949년 2월, 서귀포 정방폭포.

잿빛 바다 위로 흐린 하늘이 담요처럼 칙칙하게 걸려 있던 그
날. 폭포 맨 꼭대기의 풀밭으로 한꺼번에 끌려나와 세워진 백여 명
의 사람들. 젊은이부터 노인까지, 남자와 여자, 그리고 열 살도 안
된 아이들까지 그들 속에 섞여 있었다. 마침내 그들을 향해 무차별
로 터져나오던 총성, 총성……

기어코 살아남거라. 너는 이 아비가 세상에 남겨놓고 가는 유일
한 미래란다.

복수는 아이의 여린 손을 가만히 감싸쥐고 그 말을 작게 되된
다. 목안이 뻐근해지며 또 눈시울이 뜨거워져왔다.

'그래, 그 말씀이 맞을지도 몰라. 지금 내가 짊어지고 있는 이
고통스러운 삶의 절반은 어쩌면 아버지가 남기고 간 몫이기도 할

터이므로. 하지만 이 아이의 앞날엔 또 어떤 운명이 기다리고 있는 것일까.'

아이의 잠든 얼굴 앞에서 복수는 새삼 회한이 솟구친다. 애당초 결혼 따위는 하지 말았어야 했을까. 이 잔혹한 세상에 아이를 태어나게 한 것부터가 무책임한 짓이 아니었을까. 그는 스스로를 향해 되물었다. 아이에게 뭔가 예사롭지 않은 일이 일어나고 있다는 불길한 예감. 지난번 그 기이한 실종사건 이후, 복수는 혹 그 자신의 운명이 아이에게도 똑같이 덧씌워지는 건 아닐까 의심스럽다. 그건 상상하기조차 두렵고 끔찍한 일이다.

"괜한 걱정인지 몰라도, 난 자꾸만 신경이 쓰이네요. 저애, 신지 말예요. 안채 할머님 방에 언제부턴가 남모르게 드나들곤 하는 모양이에요. 대체 안에서 혼자 뭘 하는가 싶어, 어제는 살그머니 뒤를 밟아 문틈으로 들여다봤어요. 컴컴한 구석에 우두커니 쪼그려 앉아 있지 뭐예요. 마치 누군가 앞에 있기라도 하듯이 그렇게 한참 동안이나요. 나도 모르게 그만 무섬증이 확 들어서……"

저녁식사를 마치고 둘만 남았을 때, 아내는 어두운 표정으로 말했다. 쓸데없는 걱정 따윈 하지 말라고 얘길 잘라버리긴 했으나, 아무래도 그 역시 찜찜하다. 할머니가 세상을 뜨고 나서는 복수 자신조차 그 방엔 좀체 발걸음을 하지 않았다. 그런데 왜…… 가만, 그리고 보니 혹시? 뭔가 불길한 예감이 뇌리를 스친다.

복수는 잠옷 위에 점퍼 하나만을 걸치고 조용히 방을 빠져나왔다.

새벽 두시 반. 복도와 응접실은 텅 비었고, 이층 객실 어느 방에선가 낮게 웃음소리가 들려온다. 현관문이 잠겼는지 확인한 다음, 복수는 복도 끝의 쪽문을 밀고 뒤란 마당으로 나갔다. 세찬 바람이 확 덮쳐온다. 건물 외벽의 전등이 숲 가장자리를 흐릿하니 비추어내고 있다. 어둠이 칙칙하게 고인 수풀 속으로 막 걸음을 내딛던 복수는 한순간 그 자리에 굳어버렸다.

눈앞 관목 덤불에서 불쑥 튀어나온 짐승 하나. 돼지다. 검은 털로 덮인 그것은 헛헛 콧김을 뿜어내며 그를 향해 다가온다. 복수는 두려움에 질려 그 자리에 뻣뻣하게 굳어버리고 만다. 저놈이 어, 어떻게…… 돼지는 그의 옆을 지나 뒤뚱대며 풀숲으로 모습을 감추었다. 이번엔 석등 뒤에서 누군가 소리없이 걸어나온다. 포대기를 그러안은 채 기모노 비슷한 소매 긴 옷을 입고 있는 어린 여자. 그리고 그 뒤편으로 예닐곱 살 정도의 계집아이 하나가 조용히 걸어나온다. 치렁한 머리의 계집아이는 머리에서 발끝까지 완전한 벌거숭이 그대로다.

"이게 어찌된 건가. 저것들이 다시 나타나다니……"

복수는 동백나무 가지를 붙잡고 겨우 몸을 지탱한다. 한동안 보이지 않던 혼령들이 왜 갑자기 눈에 비치는 것일까. 대체 저 어린 여자와 계집아이는 또 누구인가. 머리 위에서 나뭇가지들이 미친 듯 바람에 출렁거렸다.

27. 강씨 집안 4·3 수난사 1

1948년 가을부터 이듬해 봄, 그 몇 달 동안 제주도에선 대체 무슨 일들이 벌어졌던 것일까. 그해 겨울, 강씨 집안 사람들이 겪어낸 지옥의 시간들, 그 수난의 내력은 대략 이러하다.

강씨 일가가 제주도로 옮겨와 살게 된 것은 구한말 복수의 조부 강만득 대로부터다. 만득의 아비는 선대부터 전라도 해남 두륜산 뒷자락의 붉은 진흙 골짜기에 터를 잡고 평생토록 질그릇만 구워온 우직한 옹기장이였다. 어느 봄날, 여느 때처럼 돛배를 타고서 진도와 무안 일대로 옹기를 팔러 나갔다가 보름 만에 집에 돌아와보니, 그사이 젊은 아내는 어린 만득이만 남겨놓은 채 떠돌이 풍각쟁이하고 눈이 맞아 달아나버리고 없었다. 몇 달을 묵묵히 일만 하던 그는 어느 첫새벽, 곡괭이를 집어들고 손수 불가마를 산산조각 때려 부수었다. 그러고는 말없이 아들의 손목을 이끌고 포구로 내려갔다. 뱃전엔 전날 밤 그가 미리 옮겨놓은 약간의 이삿짐과 수많은 옹기들이 가득 실려 있었다.

만득의 아비는 여수를 거쳐 삼천포, 부산까지 내려갈 심산이었다. 싯누런 황포 돛을 활짝 펼쳐올린 채 옹기배가 포구를 막 벗어

나려 할 즈음, 동녘 바다 위로 아침해가 불끈 치솟아올랐다. 가마
속 잉걸불처럼 발갛게 일렁이는 해를 물기 젖은 눈으로 잠시 바라
보고 서 있던 만득의 아비는 문득 콧구멍을 크게 벌름거렸다. 어
디선가 기막히게 아름다운 향기가 바다를 거슬러 날아오고 있었
다. 향기를 따라 남쪽으로 시선을 돌리는 순간 그는 아득한 수평선
끝, 머리에 눈을 하얗게 둘러쓰고 하늘을 찌를 듯 우뚝 솟아나 있
는 아름다운 산 하나를 발견했다. 한라산이었다. 그 신비로운 향기
는 한라산 기슭에 피어난 수천수만 가지 꽃들과 수목들이 흘려보
내는 농염한 체취였던 것이다. 향기에 취해버린 만득의 아비는 돌
연 키를 남쪽으로 홱 돌리면서 외쳤다.

"가자, 만득아. 저 흰 산으로!"

모슬포에서 자리를 잡고 어부가 된 만득의 아비는 어느 해 고기
잡이를 나갔다가 태풍을 만나 배와 함께 영영 돌아오지 않았다. 혼
자 남은 만득은 동네 대목을 따라다니며 일찍부터 목수일을 배워
제법 돈을 모았다. 그리고 스물두 살 때 가슴 크고 허리 잘록한 모
슬포 처녀 설분네를 색시로 맞아들였다. 몸집은 자그마하나 튼실하
고 암팡진 엉덩이를 가진 설분네는 평생 아들 여섯 딸 넷, 모두 열
명의 자식을 낳았다. 복수의 아버지 두룡은 그중 둘째아들이었다.

그러나 강만득은 일제 말 징용으로 끌려가 북해도 탄광에서 일
하다가 폭발사고로 해방 직전에 죽었다. 작업중 대열에서 슬쩍 빠
져나가 동굴 속에서 낮잠을 자고 있었는데, 갑자기 발파작업이 개

시되는 바람에 갱도 안에 흔적도 없이 그대로 파묻히고 말았다고 했다. 바야흐로 강씨 일가의 불운은 그의 죽음으로부터 첫 단추를 풀었다.

강씨 집안의 두번째 불운은 해방 직전인 1945년 5월 7일에 찾아왔다. 전쟁 말기에 이른 일본은 제주도를 일본 본토 사수를 위한 '대미결전의 최후 보루'로 정하고 정규군 육만 명을 이동 배치, 섬 전체를 요새화했다. 그 전략의 일환으로 그들은 노년층과 어린이, 부녀자 오만여 명을 육지로 대피시킨다는 계획을 세웠다. 소개작전에 따른 첫번째 여객선의 배표는 판매가 시작되자마자 순식간에 동이 났다.

설분네의 큰아들 일룡은 읍내 미곡상 관리인이었는데, 용케 표를 구해서 우선 아내와 아이 셋을 제주 목포 간 여객선 황화환晃和丸에 태워 보냈다. 목포엔 처가가 있었다. 그러나 제주항을 떠난 배는 한낮에 추자도 부근에서 미군기의 폭격을 받아 침몰하고 말았다. 배에 불이 붙자 일부 승객은 바다로 뛰어들고, 아낙네들이 갑판에 매달려 민간 여객선임을 알리기 위해 흰 속치마를 벗어 흔들어댔지만 미군기의 공격은 멈추지 않았다. 결국 배는 침몰되었고, 대부분 부녀자와 노인, 아이들인 승객 이백팔십여 명이 고스란히 희생되었다. 일룡의 아내와 세 아이는 결국 시신조차 남기지 못했다.

몇 달 후 해방이 되었고, 이듬해 46년 6월 세번째 불운이 강씨 일가를 찾아왔다. 그즈음은 봄부터 육지에서 시작된 콜레라가 초여름 들어 제주도까지 휩쓸기 시작했고, 때마침 보리농사까지 유례없는 대흉작을 만나서 너나없이 극심한 굶주림에 시달려야 했다. 설분네의 셋째딸 춘실이 먼저 콜레라로 숨을 거두었다. 이내 다섯째아들 오룡이 그 뒤를 이었다. 유난히도 허기를 견디지 못해 껄떡거리던 열여섯 살짜리 오룡은 동네 길바닥에서 수박 껍질을 주워먹은 뒤 사흘 내내 허연 물똥만 뿜어내다가 숨을 거두었다.

보리농사는 다음해인 47년까지 흉작으로 이어졌다. 해방을 기해 해외에서 한꺼번에 구만 명이 몰려든 바람에 제주섬의 인구는 넘쳐났고, 전염병의 기승, 생필품 부족, 거기에 연이은 흉작으로 식량난까지 겹치면서 특히 농촌 살림은 말이 아니었다. 양곡은 오래전 동나서, 칡뿌리와 해산물 따위로 간신히 목숨을 연명해가는 집들이 흔했다. 강씨 집안 식구들 역시 양식을 아끼느라 틈틈이 보릿겨에 톳을 섞어 밥을 짓고, 돼지 사료로나 쓰던 고구마 껍질로 죽을 쒀 먹기도 했다.

그해 이른 봄, 제주읍에서 큰 변이 일어났다. 3·1절 기념식에 모여든 시위군중을 향해 경찰이 총을 쏘는 바람에 여러 명이 죽었다고 했다. 지금 육지에서 엄청난 규모의 경찰 응원부대가 읍내 부두로 속속 들이닥치고 있는 중이라더라. 어디 그뿐인 줄 아느냐.

경찰보다 더 무서운 것이 서북청년단인가 뭔가 하는 깡패들인데, 그놈들이 각 면과 읍까지 수십 수백 명씩 배치되어 날마다 사람들을 개 패듯 해서 잡아넣고 있다더라. 조병옥이가 이 판에 제주도 빨갱이 씨를 아예 말려버리겠다고 장담을 했다더라. 믿기 어려운 온갖 흉흉한 소문이 나돌았다. 곳곳에서 크고 작은 충돌이 이어지고, 급기야 섬 밖으로 피신하거나 한라산으로 숨어들어 산사람 패거리에 가담하는 사람들이 늘고 있다고 했다.

그러나 중산간 외딴 지역인 설분네의 마을에선 별다른 낌새를 느끼기 어려웠다. 제주 읍내는 너무 멀리 있었고, 가난한 화전민들의 삶은 소득 없이 매양 분주하고 고달팠다. 그러다가 마침내 이웃 마을에서 불길한 사건이 하나 터졌다. 하곡 공출 때문이었다.

8월 초 이웃 마을에 군청 직원 넷이 하곡 수집 독려차 찾아왔다가 마을 청년들과 시비가 붙었다. 깜깜한 방안에서 몽둥이로 뭇매를 맞던 직원들은 간신히 달아났고, 이튿날 즉각 경찰이 들이닥쳤다. 청년 셋이 붙잡혀 징역형을 받아 육지 감옥으로 끌려갔고 나머지는 뿔뿔이 흩어져 도망쳤다. 도망자들을 잡겠다고 경찰과 서북청년단 패거리가 매일같이 나타나 무지막지한 폭력을 휘둘러 마을을 뒤집어엎다시피 했다.

경찰은 엉뚱하게도 설분네 마을에까지 들이닥쳐 젊은이들을 연행해갔다. 설분네의 넷째아들 대룡도 잡혀갔다가 사흘 만에 온몸이 망가진 채 돌아왔다. 몽둥이찜질을 당한 데엔 특효라는 말을 들고 설분네는 넷째 며느리와 함께 부랴부랴 소주병에 똥물을 우려내어 연거푸 두 사발을 아들의 입에 들이부었다. 얼마 후 자리에서 일어나긴 했지만, 그후에도 대룡은 걸핏하면 불려나가 곤욕을 치러야 했다.

이래저래 세상이 잔뜩 뒤숭숭한 가운데, 마침내 운명의 해 1948년이 제주도를 찾아왔다. 장차 닥쳐올 비극을 예시하는 징조였을까. 그해 봄부터 괴이한 일들이 사방에서 꼬리를 물고 일어났다.

첫번째 징조는 올챙이였다. 섬 전역 산과 들판의 크고 작은 우물과 웅덩이마다 올챙이떼로 새까맣게 뒤덮였다. 소와 말들조차 겁을 집어먹고 가까이 다가가지 못했다. 장마철이 되자 연못물이 넘쳐나, 길바닥에 깔린 올챙이 시체를 가래로 치워낼 정도였다.

또 새벽마다 동쪽 하늘엔 빗자루 모양의 거대한 꼬리를 단 샛별이 돋아나 붉은빛으로 환히 타올랐다. 느닷없이 광견병이 돌면서, 수많은 미친개들이 떼로 몰려다니며 닥치는 대로 물어뜯었다. 물려 죽은 사람만도 여러 명이라고 했다. 설분네 마을 뒤쪽 대나무 숲엔 평생 한 번 보기 어렵다는 대꽃이 가득 피어났고, 동네 가운데 있는 큰 우물의 물빛이 달포 내내 핏빛으로 벌겋게 변했다. 개구리가 물뱀을 통째로 집어삼키고, 돼지가 스물아홉 마리 새끼를 낳았으며, 머리 둘에 다리가 여덟 개 달린 염소가 태어나기도 했다.

바닷가 마을들에서도 흉한 징조들이 잇달았다. 모슬포에선 멸

216

치잡이 그물에 고양이만한 몸집의 쥐떼가 잡히고, 서귀포 앞바다에선 느닷없이 어마어마한 멸치떼가 작은 무인도 위로 한꺼번에 뛰어올라왔다. 주민들이 멸치를 며칠째 배로 퍼 날랐으나 아직도 그대로 산더미같이 쌓인 채 썩어가는 악취 때문에 주민들은 숨쉬기조차 어려웠다. 또 난데없이 바다에서 회오리바람이 몰려와 수천 마리의 실뱀을 온 마을 지붕 위에 쏟아붓기도 하고, 서귀포 범섬에선 수십 마리의 돌고래가 일제히 암벽을 향해 돌진해 머리를 들이받고 죽어버렸다.

아니나 다를까. 4월 3일엔 기어코 큰 난리가 터졌다. 한밤중에 한라산 중허리 오름마다 봉화가 오르고, 도내 곳곳에서 산에 숨어 있던 좌익 무장대가 경찰서와 지서 등을 습격해 수십 명이 죽거나 다쳤다고 했다. 그러자 경찰 토벌대가 본격적인 공세에 들어가 도내 곳곳에서 수백 명을 사살했으며, 마을 전체가 쑥대밭이 된 경우도 한둘이 아니라고 했다. 하지만 워낙 벽지에 처박힌 이 마을에서는 그 사건들을 뒤늦게 소문으로만 들었을 뿐이다.

5월 10일엔 총선거를 치른다고 또 한바탕 시끄러웠다. 산사람들이 자주 마을로 내려와 선거를 반대해야 한다고 말했고, 주민들은 대체로 호응하는 분위기였다. 결국 경찰과 서북청년단의 경비하에 선거가 치러지긴 했으나 기권자가 적지 않았다. 일부러 집을 비우고 피해버린 가구가 많았던 것이다.

"이 동네 이거, 알고 보니 순전히 빨갱이 소굴이구만."

"좋아. 어디 얼마나 오래가는가 두고보자."

투표함을 챙겨 트럭에 싣고 떠나면서, 면지서의 순경들과 서북청년단원들은 고함을 질렀다. 이때부터 한층 살기등등해진 경찰과 서북청년단 패거리가 거의 매일같이 설분네 마을에도 들이닥쳤다. 그때마다 애꿎은 사람들이 붙잡혀갔다.

그러나 이전까지 인민위원회 일에 관여했거나 선거반대운동에 동조한 몇몇은 정작 일찌감치 어디론가 잠적하거나 산으로 올라간 뒤였다. 때문에 도피자 가족은 일단 붙잡히면 누구보다 심한 곤욕을 치러야 했다. 다른 사람들이라고 예외는 아니었다. 단지 젊거나 눈에 거슬린다는 이유만으로 무차별 연행해갔다. 이젠 동구 밖에서 경찰차 소리만 들려도 남녀노소 가릴 것 없이 숨고 달아나기에 바빴다. 아예 집을 버리고 해안 마을로 연고를 찾아 이사한 가구도 예닐곱 집이나 되었다.

가뜩이나 불안에 떨고 있는 참인데, 청천벽력 같은 소식이 전해졌다. 제주도 경비사령부에서 포고문을 발표, 해안선으로부터 오 킬로미터 바깥쪽에 위치한 모든 중산간 마을에 통행금지를 내렸다는 것이다. 즉 누구이건 예외 없이 중산간 마을을 당장 떠나야 하며, 명령을 어기고 마을에 남아 있는 자는 폭도로 간주하여 총살한다는 것이었다.

처음엔 말도 안 되는 소리라고 더러 코웃음을 치기도 했지만,

면에 다녀와 소식을 전하는 이장의 낯빛은 누렇게 떠 있었다. 설마 아무려면, 제집에서 살고 있는 주민들을 막무가내로 쫓아내기까지야 할까. 더구나 이런 겨울철에 어디로 가란 말인가. 대부분 반신반의하면서, 어쨌거나 우선은 일이 닥칠 때까지 지켜보자는 분위기였다.

28. 수난사 2

설분네의 마을은 한라산 서쪽 기슭에 자리한 전형적인 중산간 마을이었다. 개간 가능한 땅이 넉넉했지만 섬의 북서쪽을 잇는 신작로에서부터 멀리 떨어져 있는 까닭에 주민 수는 늘 그대로였다. 작은 개울 골짜기를 중심으로 대략 일 킬로미터 반경 안팎에 모여 있는 세 개의 마을은 각 위치대로 상리, 중리, 하리로 불렸고, 그중 설분네의 마을이 상리였다.

주민들은 대부분 화전민이었다. 들판이나 잡목 숲에 불을 놓아 화전을 일군 다음, 다랑이밭을 만들어 주로 고구마, 메밀, 콩, 밭벼를 심었다. 화전농사 첫해엔 불탄 자리의 흙을 대충 호미로 긁어가며 씨앗을 뿌려놓기만 해도 가을걷이가 제법 풍성했다. 불탄 재가 훌륭한 거름이 된데다 흙이 보기 드물게 곱고 기름져서, 특히 고구마와 조가 잘 자랐다. 복수의 조부 강만득이 일찍이 해안을 떠나 그곳에 터를 잡은 것도 그 때문이었다.

운명의 날, 1948년 11월 17일 새벽이 밝았다.

설분네는 여느 날보다 일찍 눈을 떴다. 꿈자리가 아주 고약했다. 거적을 둘러쓴 문둥이 떼거리가 동네 집집의 지붕마다 기어올라가 날라리춤을 추는 꿈이었다. 작은방을 쓰고 있는 며느리 화북댁은 아직 잠결인 듯했다. 간밤에 모처럼 두 아들 두룡과 대룡이 집에 돌아와 자고 있었다. 벌써 두어 달째 동네 젊은 사내들은 마을 뒤편 오름에 있는 동굴에 숨었다가 밤이 되어야 집으로 돌아오곤 했다.

설분네는 이부자리를 걷은 뒤 부엌으로 나갔다. 보리쌀을 됫박에 퍼담아 들고 뒤란 절구통 쪽으로 돌아서는 순간 그녀는 기겁을 했다. 군인들이었다. 담 너머 첫새벽 어스름 사이로 내려다보이는 마을 앞길을 무장한 수십 명이 재빠르게 올라오고 있었다. 그녀는 바가지를 내던진 채 달려가 방문을 두들겼다. 두룡과 대룡이 벼락처럼 튀어나와 뒷담으로 내뺐다. 열일곱 살짜리 길룡도 뒤따랐다.

이내 타앙 타앙 총성이 두 방 울리더니, 한 사람도 빠짐없이 공터로 모이라는 고함소리가 고샅을 샅샅이 누비며 돌아다녔다. 설분네는 어린 손자 복수와 길생의 손을 잡고 나섰다. 며느리와 막내딸 천년이도 종종걸음으로 따라나왔다. 금세 공터에 온 동네 사람들이 집결했다. 전체 주민 수의 절반가량인 칠십여 명. 대부분 여자와 노인, 아이들이었다.

군인들이 총을 쥐고 그들을 앞뒤로 에워쌌다. 철모에 하얀 광목 띠를 두른 병사들의 얼굴은 통나무처럼 검고 무표정했다. 육지 군인들이 마을에 직접 출현한 것은 이때가 처음이었다. 그들은 이제껏 보아온 경찰이나 서북청년단과는 또다른 엄청난 공포와 위압감을 안겨주었다.

"하, 이것 봐라. 이게 전부라! 젊은 놈들은 몽땅 어디다 숨겼어?"

지휘관 사내가 주위를 휘둘러보더니 말했다. 앞쪽엔 노인들, 그 뒤로 여자와 아이들뿐이었다. 대답해봐. 젊은 놈들은 모조리 산으로 올라간 폭도들이지? 이거 완전히 빨갱이 동네로구만. 사내가 목청을 높여 다그쳤다. 마을 이장은 벌써 몸을 피했는지 보이지 않았다. 노인들 몇이 한 발 앞으로 나서서 저마다 한마디씩 변명했다.

"이 새끼들, 거짓말하지 마. 네놈들 전부 빨갱이들하고 한통속인 걸 알고 있어. 야, 나이 많은 놈들부터 끌어내!"

명령이 떨어지자마자 앞줄에서 십여 명이 끌려나갔다. 사십대 셋 포함 대부분 육칠십대 노인들이었다. 공터 옆 빈 밭 안에 그들은 두 줄로 나란히 세워졌다.

"아이고, 나는 죄가 없수다. 우리 아들이 순경인데, 내가 어째 빨갱이란 말이오."

노인 하나가 울먹이며 억울하다고 외쳤다. 순경이고 뭐고 필요 없어. 이 새끼들은 전부 빨갱이야. 사내가 노인의 옆구리를 걸어찼다. 병사들이 총을 들고 마주서더니, 곧 무차별 사격을 가했다. 눈 깜짝할 새에 벌어진 일이었다. 겹겹이 나자빠진 시신들에게서 벌컥벌컥 쏟아져나오는 핏물을 여자와 아이들은 사색이 된 채 지켜보았다.

잠시 후 군인들은 트럭을 타고 옆 마을 쪽으로 재빠르게 사라졌다. 참았던 통곡이 일제히 터져나왔다. 어디어디서 주민 몇십 명이 떼죽음을 당했다더라. 어린아이를 나무에 매달아놓고 고문을 했다더라. 그동안 떠돌던 온갖 끔찍한 말들이 헛소문이 아니었음을 사람들은 비로소 깨달았다. 그것이 그들이 직접 겪은 최초의 학살이었다.

영문도 없이 죽임을 당한 시신들은 거적에 둘둘 말려 급한 대로 아무 땅에나 묻혔다. 가족들은 울음도 나오지 않았다. 죽음이 코앞에 다가와 있었고, 산 사람은 어떻게든 살아남아야 했다. 당장 어찌할 것인가. 의견은 분분해도 뾰족한 수는 보이지 않았다. 마을에 남아 있어서는 안 된다는 것만은 명백했다. 그러나 어디로 간다는 말인가. 옮겨갈 데를 정해주지도 않은 채 지서에서는 당장 마을에서 떠나라, 남아 있다간 가차없이 사살될 것이라고 닦달질을 했다.

때는 11월 중순, 겨울 문턱에 성큼 들어선 즈음이었다. 이 멀쩡한 집을 놔두고 어찌 거지처럼 남의 동네를 떠돈단 말인가. 노인들과 어린아이들까지 이끌고 양식도 없이 추위는 또 어찌 견딜 것인

222

가. 모두들 한숨만 내쉬었다. 무엇보다 들판에 남겨둔 곡식이 덜미를 잡았다. 때마침 수확기에 접어들어, 밭엔 아직 거두어들이지 못한 메밀, 밭벼, 콩, 조 따위가 고스란히 남아 있었다. 일단 추수라도 마쳐야지. 양식도 없이 나섰다간 굶어 죽을 게 뻔하지 않은가. 마을 사람들은 그렇게 결론을 내렸다.

설분네 식구들도 추수를 서둘렀다. 며칠 동안 새벽부터 저녁 어둠이 짙을 때까지 온 식구가 정신없이 매달렸다. 낮에는 동구 밖 언덕에 한 사람씩 나가서 긴 장대를 들고 망을 보았다. 장대가 눕혀지면 경찰이나 군인들이 온다는 신호였다. 사람들은 밭일을 하면서도 끊임없이 장대 쪽을 살폈다. 신호가 오면 콩 튀듯 달아나 뒤편 오름 골짜기나 잡목 숲으로 몸을 숨기곤 했다. 밤이면 젊은 남자들은 뒤편 오름에 있는 동굴 속에 남고, 여자들과 아이들만 집으로 돌아와 밤을 지냈다.

며칠 후였다. 그사이 두 집이 짐을 꾸려 마을을 떠났을 뿐, 대부분 남아서 가을걷이에 쫓기고 있었다. 먼 곳의 마을들이 불에 탔다는 소문이 나돌기도 하고, 머잖아 사태가 진정될 거라는 예측도 있었다. 그날 점심나절, 면에 갔던 이장이 허둥지둥 밭으로 올라오더니 모두 당장 내려오라고 고함을 질렀다.

"지서로부터 오늘 당장 전원 소개하라는 명령이 떨어졌수다. 군인들이 지금 당장 들이닥칠지도 모르오."

온 마을이 발칵 뒤집혔다. 다투어 집으로 뛰어가 짐을 꾸리기 시작했다. 이불과 옷 보따리를 싸고, 지고 갈 식량을 자루에 퍼담 았다. 족보며 제기, 놋그릇 따위는 돌 틈에 숨기고, 훗날을 대비해 일단 흙구덩이를 파고는 보리, 조, 고구마 자루를 묻어놓았다. 설 분네 식구들도 숨가쁘게 서둘렀다. 갑자기 어디선가 다급한 고함 소리가 터져나왔다.

"불이다아! 하리가 타고 있다아."

아랫마을 쪽에서 화염과 함께 검은 연기가 무섭게 치솟고 있었 다. 탕탕, 어지러운 총성도 들려왔다. 이내 한 무리의 아랫마을 사 람들이 동구 밖 비탈길을 타고 이쪽을 향해 도망쳐오는 게 보였 다. 군인들이 온다. 이쪽으로 몰려오고 있다아. 그들은 마을 공터 를 질러 뒤편 오름을 향해 도망치면서 소리쳤다. 공포에 질린 비명 과 울음소리가 사방에서 터져나왔다. 머뭇거릴 때가 아니었다. 설 분네 식구들은 손에 잡히는 대로 허둥지둥 들쳐메고 내달렸다. 오 름 중턱의 풀덤불에 몸을 숨기고 겨우 숨을 고르던 화북댁이 돌연 비명을 질렀다.

"아이고, 우리 복수가 없네!"

"뭐야, 이런!"

두룡은 되돌아서 혼자 밭둑길로 내달았다. 벌써 군인들이 마을 입구로 쏟아져들어오고 있었다. 아이는 집에 없었다. 엊그제 태어 난 강아지를 보러 갔을 것이다. 두룡은 몇 집 건너 동생 대룡의 집 으로 달려갔다. 과연 복수가 개집 곁에 앉았다가 아비를 보고 달려나왔다. 뜻밖에 대룡 내외는 그때까지 마루에서 정신없이 곡식 가마니를 챙기고 있었다. 평소 누구보다 부지런한 동생 내외는 농사 욕심이 많았다.

"지금 뭘 하는 거냐. 군인들이 왔어. 빨리 도망쳐!"

"다 됐수다. 금방 뒤따라갈 테니 형님 먼저 가요."

더이상 어쩔 수가 없었다. 두룡이 복수를 업고 허리 높이의 뒷담을 막 넘어서는데, 안에서 군인들의 고함소리가 들렸다. 여기 한놈 있다! 이 새끼가! 타타탕.

두룡은 복수를 업고 숨이 끊어져라 뛰었다. 텃밭을 질러 간신히 대숲으로 숨어들어 마을 뒤쪽으로 빠져나왔다. 순간 등 뒤쪽에서 확 하는 소리와 함께 불길이 허공으로 치솟았다.

마을이 불타고 있었다. 군인들은 낟가리로 쌓아놓은 건초를 한아름씩 안고 집집마다 돌아다녔다. 건초 다발에 불을 붙여 던져올리면 초가지붕은 순식간에 화염과 함께 훅 하고 타올랐다. 삽시간에 온 마을이 불덩이로 변했다. 검은 연기와 시뻘건 화염이 거대한 불과 연기의 기둥을 이루며 물컥물컥 하늘로 솟구쳐올랐다. 이웃한 두 마을에서도 불길이 치솟았다. 동쪽 오름 너머에서도 검은 구름기둥이 보였다. 그쪽 산자락엔 화전민 마을들이 흩어져 있었다. 결국 근방의 모든 마을들이 거의 같은 시각에 일제히 불타고 있었다. 중산간 마을들을 하나 남김없이 잿더미로 만들 모양이었다.

사람들은 숲 그늘에 몸을 숨긴 채 불길에 휩싸인 동네를 내려다보았다. 화염이 자신의 집에 옮겨붙을 때마다 오열과 탄식이 흘러나왔다. 그 거대한 불기둥 속에서 저마다의 소중한 집이 잿더미로 변하고 있었다. 삼백 년 넘게 조상들이 대를 이어온 마을. 산비탈 양지 쪽에 조개껍질처럼 옹기종기 모여 앉은 정든 자신들의 마을이 송두리째 사라지고 있었다. 목울음을 꺽꺽 삼키고 주먹으로 눈물을 닦으면서도, 그들은 어째서 자신들이 이런 기막힌 일을 당해야 하는 것인지 도무지 알 수가 없었다.

그사이 몸을 피했던 남자들과 젊은이들이 산을 내려와 식구들과 합류했다. 서로 안부를 확인하면서 부둥켜안고 울고 혹은 안도하며 가슴을 쓸어내렸다. 그렇지만 마을 가까이에서 오래 머뭇거릴 때가 아니었다. 군인들이 언제 추격해올지 모른다. 그들은 노인과 아이들을 이끌고 다시 더 멀리, 오름의 위쪽으로 허겁지겁 기어올랐다.

오름 앞뒤 편으로는 크고 작은 동굴이 여럿 있었다. 거기엔 이미 먼저 온 옆 마을 중리와 하리 주민들 백오십여 명이 숨을 죽인 채 옹송그리고 있었다. 많은 수가 들어갈 만한 동굴을 찾아서 일단 두 패로 나누어 숨어 있기로 했다. 설분네의 상리 마을 사람들은 중리 주민 일부와 함께 오름 뒤쪽의 검은뱀 굴로 옮겨갔다. 굴속에 들어가서야 사람들은 식구들의 생사여부를 제대로 확인할 수 있었다. 대룡 내외의 죽음을 알고 설분네는 통곡했다. 그들처럼 마을에 뒤처져 있다가 변을 당한 집이 여럿이었다.

불길은 저녁나절에야 거의 가라앉았다. 마을은 거기 더이상 존재하지 않았다. 거대한 불구덩이의 흔적뿐, 온전한 집은 한 채도 없었다. 오름 위에서 그들은 형체도 없이 사라진 마을을 내려다보았다. 눈앞이 아득했다. 지상에 남은 유일한 거처와 전 재산이 흔적도 없이 사라져버린 거였다. 코앞에 닥친 겨울을 어떻게 견디어내야 하나. 아니, 당장 오늘밤부터가 문제였다. 옷과 이불, 갓 추수해들인 양식까지 연기 속으로 고스란히 사라진 것이다.

"아이고오, 우리는 인제야말로 다 죽었수다아!"

아낙 하나가 땅바닥에 털버덕 주저앉아 울음을 터뜨렸다. 동굴 안 사람들의 입에서도 일제히 오열이 터져나왔다. 한 사내가 벌떡 일어나 다급하게 고함을 질렀다.

"안 돼! 소리가 새나가면 당장 떼죽음을 당한다니까!"

순간 울음이 뚝 그쳤다.

넷째아들 내외를 잃은 설분네는 눈물만 연신 흘렸다. 픽도 인정 많고 부지런한 아들 내외였다. 하지만 지금은 울고 있을 때가 아니었다. 필시 아직도 땅바닥에 버려져 있을 아들 내외의 시신을 속히 거두어주어야만 했다. 무엇보다 죽은 며느리의 등에 업혀 있었다는, 두 살도 채 안 된 아이의 생사가 걱정되어 조바심이 났다. 두룡은 아이 역시 총에 맞아 죽는 걸 제 눈으로 확실히 보았다고 말했지만 그녀는 차마 믿을 수가 없었다. 같은 처지의 이웃들도 발을 동동 굴렀다. 식구를 집에 남겨둔 채 빠져나온 집들이 적지 않았다. 남겨진 사람들은 대개 거동 불편한 노인이나 어린애들이었다.

이제 군인들의 모습은 보이지 않았다. 트럭이 멀리 사라지는 것을 보긴 했지만 그래도 마음이 놓이지 않았다. 해가 진 뒤에야 청년 몇이 내려가 살펴보고는 안전하다는 신호를 보내왔다. 그제야 사람들은 오름을 내려오기 시작했다.

설분네는 두룡 내외 그리고 길룡과 함께 내려갔다. 아들의 집 마당 안은 처참했다. 갈옷 차림으로 나자빠진 대룡은 총알을 대여섯 발이나 맞았다. 아이를 업은 채 쓰러진 며느리의 하반신은 불탄 서까래 더미에 묻혀 있었다.

"내 자식들아. 이렇게 눈도 감지 못하고 저세상으로 갔구나아."

설분네는 아들의 눈을 연신 쓸어내리며 구슬피 울었다. 그들은 시신들을 헌 거적에 둘둘 만 다음, 뒤란 텃밭 가장자리에 구덩이를 파서 묻었다. 설분네 식구들은 이번엔 자신들의 집을 찾아갔다. 안채는 완전히 탔으나 용케 행랑채와 헛간은 절반쯤 남아 있었다. 행랑채에선 반쯤 탄 반닫이와 옷가지들을 찾아냈고, 무너진 지붕 더미 속에서는 솥단지와 그릇들을 끄집어냈다. 뒷마당에 묻어놓은 곡식 자루는 천만다행으로 고스란히 남아 있었다. 우선 먹을 양식만 꺼낸 다음 나머지는 일단 그 자리에 도로 묻어놓았다.

여기저기 불탄 집들마다 울음소리가 들렸다. 남아 있던 사람들 중 십여 명이 죽었다. 노환으로 방에 누워 있던 일흔 살 노인부터

여섯 살, 세 살짜리 아이도 있었다. 모두 집안에서 사살되거나 불에 타 죽었다. 집집마다 사람들이 엉겨붙어 부지런히 움직이고 있었다. 행여 뭔가 남았을까 잿더미를 헤치는 사람, 용케 덜 탄 세간을 끌어내는 사람…… 덩달아 허기진 돼지들까지 울을 빠져나와 어슬렁거렸다.

날이 성큼 어두워지고 기온이 뚝 떨어졌다. 사람들은 서둘러 짐들을 이고 지고서 마을을 벗어나 다시 산을 올랐다. 바야흐로 그들 모두에게 목숨을 건 고난의 시간이 시작되었다.

29. 수난사 3

동굴 속에서 맞이한 첫날밤은 극도로 불안하고 초조했다. 호롱불 하나 없이 캄캄한 굴속에서 백여 명이 함께 밤을 보냈다. 대부분 바닥에 거적이나 마른 풀더미를 깔고 식구들끼리 바짝 몸을 붙여 최대한 체온을 나누며 드러누웠다. 천만다행으로 굴속 공기는 훈훈했다. 전부터 그 부근의 동굴들은 한여름에도 거짓말처럼 서늘하고 겨울철은 안방처럼 따뜻하다는 소문이 나 있었다.

설분네 식구들이 숨어든 '검은뱀 굴'은 오름의 위쪽에 위치해 있었다. 무성한 잡목 숲과 덤불로 입구가 교묘하게 가려져 있어서 은신하기엔 안성맞춤이었다. 굴 내부는 무척 험하고 복잡한 구조였다. 입구는 겨우 한 사람씩 앉은뱅이걸음으로 들어갈 수 있게 좁지만 조금 더 들어가면 제법 널찍한 공간들이 군데군데 나타났다. 옆 마을 주민들이 숨어든 '흰뱀 굴'은 그보다 규모가 더 큰 대신 내부구조가 단순한 편이었다.

우선 주민들끼리 동굴생활에 필요한 공동규칙을 나름대로 정했다. 젊은 남자들은 밤낮으로 번갈아 굴 밖에 나가서 토벌대가 오는지 망을 보았고, 밤을 틈타 오름을 내려가 물과 식량을 운반해오기도 했다. 밥을 할 때는 연기가 나지 않게 극히 조심해야 했다. 사나흘에 한 번씩 근처의 다른 동굴에 가서 한꺼번에 밥을 지어와, 대나무 소쿠리에 보관해놓고 조금씩 나눠 먹었다. 물은 밤중에 남자들이 오름 아래쪽 소먹이 샘에서 항아리에 길어왔다. 용변은 반드시 굴 안에서 해결해야 했으므로, 안쪽의 작은 굴 한 개를 변소로 정해 사용했다. 군인들이 언제 들이닥칠지 몰라 불안에 떨면서도 사람들은 거의 불평 없이 규칙에 따랐다. 그들은 피차 똑같이 죽음의 벼랑 끝에 내몰린 처지였다.

그사이에도 인근 여러 마을로부터 적잖은 수가 몸을 피하기 위해 속속 동굴로 올라왔다. 그쪽 역시 아직까지 마을을 떠나지 못하고 타다 만 집이나 마을 근처에 남아 있는 주민들이 적지 않은 모양이었다. 그러나 간신히 목숨을 구해 도망쳐나온 사람들의 입에서 흘러나오는 말들은 너무나 끔찍했다.

토벌대는 매일같이 마을을 뒤지고 다니면서, 닥치는 대로 사살하거나 면 소재지의 수용소로 연행해가고 있었다. 어린아이 둘을 데리고 올라온 한 아낙은 집 부근 숯 굽는 가마에 숨었다가 발각되어 남편까지 일가족 다섯 명이 한꺼번에 총살되었다며 울부짖었다.

그런 예는 수없이 많았다. 이웃 마을에선 일가족 일곱 명이 밭에서 총살되었다. 집안 남자들이 모두 몸을 피하고 여자와 아이들만 남게 되자, 해방 직전에 밭 가운데 돌무더기 밑에 파놓았던 방공호에 숨었다가 한꺼번에 변을 당했다. 소개된 마을에 남아 있던 칠십대 노부부, 풀을 베러 나오라는 말에 멋모르고 나왔던 남자들 역시 영문도 모르고 사살되었다. 젊은이들은 무조건 표적이 되었다. 제 발로 걸어나와 눈앞에 나타나도 죽고, 숨어 있다가 발각되어도 죽임을 당했다.

특히 이미 좌익 무장대를 찾아서 산으로 올라간 아들 혹은 남편, 아버지를 가진 소위 도피자 가족의 경우가 가장 피해가 많았다. 남녀노소 구분 없이 현장에서 총살되거나, 지서로 끌려갔다가 결국 총살되는 경우가 대부분이었다.

그에 대한 보복으로 좌익 무장대 쪽에서도 밤중에 산을 내려와 지서나 경찰을 습격하는 사건들이 끊이지 않고 이어졌다. 해안 마을로 잠입해 군경 가족이나 우익인사들을 살해하거나, 면 소재지를 급습해서 수용중인 도피자 가족 수십 명을 빼내어 함께 산으로 데리고 올라가는 사건도 벌어졌다. 무장대의 습격사건이 있고 난 다음날이면 즉각 어김없이 군인과 경찰의 보복이 되풀이되었다.

그때마다 이도 저도 아닌 애꿎은 양민들만 피해를 당했다.

사태가 악화되면서 산으로 피신해 올라오는 사람들도 눈에 띄게 늘어나고 있었다. 입산자 가족뿐만 아니라 중산간 주민은 토벌대에 잡히기만 하면 무조건 죽임을 당한다는 소문이 퍼져 있었다. 때문에 좌익 무장대에 가담한 사람들이 제 가족뿐만 아니라 이웃 주민들까지 함께 이끌고 산으로 들어가는 일도 적지 않았다. 보통 이를 둘러멘 채 올망졸망 어린아이들까지 매달고 동굴로 올라오는 사람들은 하나같이 제정신들이 아니었다.

설분네는 동굴 속에서 자식들 걱정으로 전전긍긍했다. 제주 읍내에서 살고 있는 큰아들 일룡, 또 남편이 순경인 큰딸 춘금하고는 연락이 끊어지긴 했지만, 둘 다 중산간 지역을 벗어나 있는 까닭에 큰 걱정은 되지 않았다. 문제는 셋째아들 삼룡이네와 둘째딸 춘단이네였다. 이웃 마을 하리에 사는 삼룡은 얼마 전 산으로 피신해버린 이른바 입산자였다. 두룡과 쌍둥이 형제인 삼룡은 좌우가 무엇인지도 모르는 순박한 산골 무지렁이일 뿐이었다. 그러나 서당 다닐 때 글씨를 잘 썼다는 이유 하나만으로 해방 직후 한동안 인민위원회에 불려나가 일을 도와준 적이 있었는데, 결국 그 경력 때문에 턱없이 좌익분자로 몰려 쫓겨다녀야 했던 것이다.

한 달 전 삼룡이 산으로 몸을 피한 이후 그 집엔 며느리와 아이들만 남아 있었다. 토벌대의 손에 잡히기만 하면 맨 먼저 입산자

가족부터 즉결 처형한다는 소문을 들었으므로 설분네는 애간장이 탔다. 그쪽 마을 사람들 말로는, 며느리는 만삭의 몸으로 어린 두 아이와 함께 마을 근처에 아직 남아 있다고 했다.

아니나 다를까, 며느리와 두 아이들 모두 토벌대에게 사살당했다는 끔찍한 소식이 들려왔다. 몸이 무거운 며느리가 숨은 곳은 바로 집 뒤편의 무밭이었다. 월동용 무를 저장하려고 파놓은 구덩이 입구를 솔가지와 마른풀로 가리고, 바닥엔 짚 가마니를 깔고 셋이서 숨어 지냈다. 그날 우연히 군인 몇이 무를 뽑아 먹으려고 밭에 들어갔다가 구덩이 속의 그들을 발견했다. 남편이 입산자라는 사실을 안 토벌대는 만삭의 며느리와 다섯 살, 두 살 난 아이들까지 셋을 한꺼번에 구덩이에 밀어넣은 채 그대로 방아쇠를 당겼다. 그 사실은 마침 무밭 옆 대숲에 숨어 있던 소년의 입을 통해 전해졌다.

설분네는 실신해버렸다. 입산한 아들 삼룡은 그런 내막도 알지 못한 채 여태까지 감감무소식이었다. 며느리와 두 아이를 포함, 이날 마을에 남아 있다가 토벌대에게 죽은 사람은 모두 열아홉 명이었다. 대부분 노인과 아녀자인 시신들은 아직 마을 중앙의 공터에 그대로 버려져 있었다. 동굴 속의 가족들은 밤이 되기를 기다렸다가 시신들을 수습하러 마을로 내려가기로 입을 모았다.

설분네 집 식구들 중 두룡과 길룡이 나서려 하자 이웃 사람들이 펄쩍 뛰었다. 무슨 소리냐. 젊은 사람은 절대 안 된다. 토벌대가 길목을 막고 기다리고 있을지도 모른다. 차라리 노인과 부녀자들만

가는 게 더 안전할 것이다······ 설왕설래 끝에 결국 새벽녘이 되
길 기다렸다가 노인과 부녀자들이 어린아이들을 데리고 내려가기
로 결정했다. 추위와 굶주림을 피해 내려오는 참이라고 애원하면
설마 노약자와 아이들인데 당장 죽이기야 하겠는가 싶은 생각에
서였다.

새벽이 되자 시신을 수습할 사람들은 동굴 밖으로 나섰다. 둥글
게 부푼 달이 서편으로 훌쩍 기울었다. 그 부푼 달 모습을 보자 죽
은 만삭의 며느리가 생각나 설분네는 슬피 울었다. 화북댁과 천년
이가 제각기 어린 복수와 길생의 손을 이끌고 일어섰다. 설분네는
하필 그 전날 발목을 다치는 바람에 나갈 수가 없었다.

시신을 거두러 가는 일행 열다섯 명 중 절반은 어린아이였고 나
머지는 노인과 부녀자였다. 두룡과 다른 남자들 서넛이 그들을 이
끌고 오름 아래까지 데려다주었다. 남자들은 숲 언저리에서 기다
릴 참이었다.

남자들과 헤어진 그들은 어스름 달빛을 받으며 아이들을 업고
걸었다. 첫새벽 기온은 차갑고 바람은 매서웠다. 그러나 긴장한 탓
인지 등에 업힌 아이들조차 숨을 죽이고 잠잠했다. 반 시간쯤 걸어
마을 어귀에 닿았다. 밤인데다가 남의 동네라 길눈이 어두운 화북
댁은 막내 시누이 천년과 함께 맨 뒤에 처져서 걸었다.

이틀 전 사람들이 집단학살을 당한 공터는 마을 한가운데 있었
다. 그들은 연자방아 옆 늙은 팽나무가 아름드리 가지를 펼치고 선

공터 한쪽에서 한꺼번에 널브러져 있는 시신들을 찾아냈다. 참혹한 몰골의 시신을 하나씩 뒤집어가며 저마다 식구들의 얼굴을 확인해나갔다. 흐린 달빛에 혈육의 얼굴이 드러날 때마다 그들은 끅끅 목울음을 토해냈다.

삼룡의 집은 공터 바로 위쪽이었다. 화북댁은 시누이를 데리고 공터를 빠져나와 집 뒤편 텃밭으로 갔다. 달빛이 무밭 안쪽 구덩이 안을 환하게 비추었다. 한 덩이로 뒤엉킨 세 모자의 몸뚱이는 피투성이였다. 끔찍한 광경을 보지 못하도록 어린 복수와 길생을 저만치 떼어놓은 채 두 여자는 가져온 괭이와 호미로 얼어붙은 흙을 힘겹게 파내리기 시작했다. 한참 만에야 대충이나마 시신을 흙으로 덮은 다음 뒷마당으로 막 내려설 순간이었다. 돌연 공터 쪽에서 아악, 고함소리와 비명소리가 터져나왔다.

"꼼짝 마! 이 폭도새끼들."

화북댁이 담 너머로 살펴보니, 한 무리의 군인과 서북청년단원들이 공터를 에워싸고 있었다. 군인들은 총을, 서북청년단원들은 대를 깎아 만든 죽창을 하나씩 꼬나쥐고 있었다. 그들은 밤사이 누군가 시신을 수습하러 산에서 내려올 것을 예상하고 미리 잠복중이었던 것이다. 으아아아. 사로잡힌 사람들의 입에서 통곡과 신음이 터져나왔다. 도망칠 엄두도 내지 못한 채 그들은 한데 몰려서 서로 몸뚱이를 부둥켜안았다. 군인 하나가 야전용 손전등으로 주위를 휘휘 비춰댔다. 문득 전등 불빛이 화북댁이 숨어 있는 담벼락

쪽에서 딱 멈추었다.

"야, 저기 가서 불붙일 것 좀 가져와!"

명령이 떨어지기 무섭게 청년 대여섯이 이쪽으로 우루루 뛰어왔다. 아이구머, 이를 어째. 바로 옆에 돼지우리가 있었다. 화북댁은 복수의 손을 잡고 정신없이 돼지우리로 철버덕 뛰어들었다. 지독한 악취와 똥오줌으로 범벅된 바닥에 몸을 웅크린 채 바짝 엎드렸다. 한발 늦게 시누이 천년이가 우리 안으로 북북 기어들어왔고, 거의 동시에 사내들이 마당으로 뛰어들었다. 사내들은 타다 만 헛간에서 짚단을 찾아내어 분주히 밖으로 져 날랐다. 그리고 다시 돼지우리의 지붕까지도 걷어냈다. 머리 위로 흙덩이가 우수수 쏟아져내렸다. 화북댁은 똥오줌에 얼굴을 박은 채 숨도 쉬지 못했다.

사내들은 마을 사람들을 한곳에 모아 앉혀놓고, 그 주위를 빙둘러서 짚더미와 멍석, 나뭇가지 따위를 쌓아올렸다. 아아아, 살려줍서. 우리는 아무 죄도 없수다. 그저 날이 너무 추워서 몸 좀 녹이려고 내려온 참이우다. 살려줍서. 제발…… 애원하는 다급한 목소리가 터져나왔다. 겁에 질린 여자들과 아이들이 한꺼번에 울부짖기 시작했다.

"가만, 길생이, 우리 길생이는?"

"아이고, 이걸 어째! 아까 공터로 먼저 나간 것 같던데!"

"아니, 아이가 지금 저 바깥에 있단 말여?"

화북댁은 눈앞이 캄캄했다. 천년이와 함께 있는 줄 알았는데 언

236

제 공터로 나갔단 말인가. 그때 확 하고 불꽃이 일어나며 사방이 환해졌다. 매캐한 연기와 볏짚 타는 냄새가 뭉클뭉클 피어올랐다. 사내들이 짚더미에 불을 붙인 것이다. 아으읏. 하느님. 목청을 찢는 듯한 비명과 울음, 고함소리가 터져나왔다.

우리 애기! 길생아아. 화북댁이 벌떡 일어나 돼지우리 밖으로 막 기어나가려는 찰나였다. 사내들이 또 우르르 마당 안으로 뛰어들었다. 그들은 헛간에서 마른 짚단과 가마니 따위를 연신 바깥으로 내갔다. 누군가 화북댁의 발목을 와락 그러안고 아래로 끌어당겼다. 막내 시누이 천년이었다. 화북댁은 질펀한 오물 더미에 얼굴을 처박고 피눈물을 쏟았다.

"살려줍서. 살려줍서. 아저씨이."

"아이들이 무슨 죄가 있소. 제발 이 어린것들만이라도 살려줍서……"

바깥에선 여자들의 비명, 아이들의 새된 울음소리가 생생히 들려왔다. 어멍. 어멍. 살려줍서. 그 속에서 화북댁은 아들 길생의 목소리를 금방 가려냈다. 화북댁이 발딱 고개를 쳐들고 또 일어서려는 순간 군홧발 하나가 널빤지 사이로 쑥 들어왔다. 사내들이 돼지우리 지붕을 마저 걷어내고 있었다. 흙더미와 함께 육중한 지붕 버팀목이 그녀의 등허리 위로 우두둑 무너져내렸다. 그녀는 억, 비명을 삼켰다.

바깥 공터에선 자욱한 연기를 뿜어내며 불길이 허공으로 활활 치솟고, 비명과 울음소리는 고막을 찢었다. 뭐라 지껄이는 사내들의 외침과 웃음소리. 으으. 엄마. 복수가 고통스런 신음을 토해냈다. 화북댁은 와들와들 떨고 있는 복수의 입을 엉겁결에 손바닥으로 틀어막았다. 요란한 총성이 터져나왔다. 똥더미 속에서 그녀는 한순간 까무룩 의식을 잃어버렸다.

한참 후에야 화북댁은 의식이 돌아왔다. 아침이 희끄무레하게 밝아오고 있었다. 그녀들을 돼지우리에서 꺼낸 사람은 남편 두룡이었다. 공터에선 뒤늦게 내려온 주민들이 불에 탄 시신들을 수습하고 있었다. 그녀는 숯덩이처럼 그을린 다섯 살 난 아이의 시신을 끌어안았다.

"아으으아아……"

그녀의 울부짖는 소리가 한라산 기슭을 타고 치달리다가 회오리바람처럼 하늘로 솟구쳤다. 순간 머리 위에서 수백 년 묵은 거대한 팽나무가 와지끈 소리와 함께 두 쪽으로 갈라지며 땅바닥으로 쿠웅 쓰러졌다. 이내 하늘이 갑자기 먹지처럼 캄캄해지더니 주먹만한 눈이 펑펑 쏟아져내리기 시작했다. 삽시간에 천지가 하얗게 폭설로 뒤덮였다. 폭포같이 퍼붓는 눈 속에서 두룡 부부는 아이를 꽁꽁 언 땅속에 묻어놓고 다시 오름으로 기어올랐다. 그것이 그 겨울에 강씨 일가가 맞이한 일곱번째 죽음이었다.

30. 수난사 4

동굴 안 사람들은 벌써 눈앞을 어른거리는 죽음의 그림자에 사로잡혀 있었다. 이래 죽으나 저래 죽으나 마찬가지라며 서둘러 짐을 꾸려 내려가는 사람들이 하나둘 늘어났다. 해안가 마을로 내려가 일가 피붙이의 도움을 청할 요량들이었다. 하지만 그쪽에 마땅한 연고가 없는 사람들이나 입산자 가족은 갈 곳이 없어 그냥 주저앉아 있었다.

눈은 사나흘 간격으로 하염없이 쏟아지고 살을 깎는 혹독한 추위는 동굴 안까지 스며들었다. 두룡은 차라리 식구들을 이끌고 시집간 여동생이 살고 있는 해안 마을로 그만 내려갈까 했다가 곧 단념했다. 때마침 날아든 놀라운 소식 때문이었다. 소개명령을 받고 얼마 전 한꺼번에 인근 안덕면 지서로 내려간 이웃 마을 주민 중 수십 명이 며칠 전 지서 인근 밭에서 집단총살당했다는 것이었다.

때마침 해안가 마을로 몸을 피해 식솔들을 이끌고 내려갔던 몇 가족이 다시금 동굴로 되돌아왔다. 해안 마을 주민들은 중산간 마을 사람들을 끝내 받아들여주지 않았던 것이다. 토벌대 병력이 주둔하고 있는 해안 마을 주민들 역시 죽음의 공포에 떨고 있었다. 절대로 안 된다. 중산간 마을은 죄다 산사람들하고 내통한 빨갱이들이라는데, 당신들을 받아주었다간 우리들까지 함께 죽는다. 토벌대에게 발각되기 전에 어서 떠나라. 친인척들의 집을 찾아간 그들을 해안 마을 주민들은 매몰차게 내쫓았다.

이제 동굴 안 사람들은 완전히 발이 묶여버린 셈이었다. 마을은 불타버렸고, 더이상 몸을 피해 찾아갈 데도 없어져버렸다. 해안 마을의 혈육이나 친인척들을 탓할 수도 없었다. 그들 역시 당장 자신들의 목숨 부지하기도 힘든 판이었다. 결국 그들 중산간 마을 주민들만 고립무원의 처지로 버려지고 말았다. 애초엔 잠시만 몸을 피해 있으면 이 난리가 곧 끝나게 되리라고 믿었으나, 이젠 완전히 도망자들로 낙인찍히고 만 처지였다. 그들은 무엇이 사는 길인지, 어떻게 해야 살 수 있는지 알지 못했다. 달리 선택의 여지가 없었다. 불안에 떨며 동굴 속에 그대로 주저앉아 있었다.

그사이 무장대라고 불리는 산사람들은 사흘 걸러 동굴을 드나들었다. 무장대 중에도 동굴에 가족을 둔 사람이 적지 않아서, 그들을 통해 바깥세상의 갖가지 소문을 전해 들었다. 산사람들은 무기조차 변변치 않았다. 총을 든 사람은 거의 구경할 수 없었고, 대개가 쇠꼬챙이를 묶어 만든 쇠창 혹은 어설프기 그지없는 죽창을 들고 다녔다. 미국놈들이 만든 자본주의는 배부른 놈들만을 위한 세상이다. 남로당은 우리 같은 인민이 주인 되는 세상을 이룩할 것이다. 있는 놈 없는 놈 따로 없는 평등세상에서 누구나 쌀밥 배부르게 먹으면서 살게 될 것이다. 토벌대에게 쫓겨다니느라 제대로 먹지도 입지도 못한 험상한 몰골을 한 채로 그들은 입버릇처럼 말했다.

그런 어느 날 밤, 감감무소식이던 삼룡이 뒤늦게 동굴을 찾아 산에서 내려왔다. 다리에 총상을 입어 줄곧 아지트에 누워 있었다고 했다. 식구들의 죽음을 이미 전해 들어 알고 있다면서, 삼룡은 벌게진 두 눈을 잠자코 껌벅거리기만 했다. 얼굴이 반쪽이 된 삼룡은 무척 지치고 힘겨운 기색이었다. 집을 나설 때 신고 있던 고무신 대신 검정 운동화에다가 걸레뭉치 같은 버선을 신고 있었다. 그 운동화는 죽은 동료의 발에서 벗겨낸 거였다.

이날은 무장대의 지휘관이라는 이가 사람들을 모아놓고 일장연설을 했다.

"여러분. 조금만 참으면 해방이 됩니다. 딱 한 달만 견디면 이 땅에서 미국놈들은 물러가고, 우리 남로당이 승리할 것입니다······"

국방경비대 탈영병이라는 그는 계급장도 없는 추레한 군복 차림이었다. 턱없이 목청껏 떠들어대는 사내의 목소리가 음습한 동굴 안을 우렁우렁 울렸다. 하지만 이젠 누구도 그런 말을 믿지 않았다.

동굴생활 한 달째, 어느 사이 12월이었다. 굴 바깥에선 며칠째 쉼없이 눈발이 쏟아지고 바람은 칼날처럼 싸늘하고 매서웠다. 유례없는 폭설과 혹한으로 섬 전체가 얼음장처럼 꽁꽁 얼어붙은 듯했다. 시일이 흐를수록 추위와 굶주림 때문에 피난생활은 점점 견디기 어려워졌다. 무엇보다 먹을 것이 문제였다. 가져온 식량이 동나자 밤을 틈타서 불탄 마을로 내려가, 흙구덩이에 묻어두었던 메밀이나 조, 고구마 따위를 파오기도 했다. 그나마도 없어서 밤중에 멀리 해안 마을까지 나갔다가 토벌대에 발각되어 사살되기도 했다.

다수의 중산간 주민들이 산속에 숨어버리자, 토벌대는 작전을 바꾼 모양이었다. '단 하루라도 산에 올랐거나 협조한 사람은 자수하라. 그러면 모든 걸 용서한다.' 사방에 벽보가 나붙고 전단이 살포되었다. 이어 자수한 사람들 중 다수가 서귀포경찰서에서 조사를 받고 풀려났다는 소문도 들렸다. 추위와 굶주림으로 막바지에 몰린 동굴 속 주민들은 그 소문에 반신반의하면서 쉽게 결단을 내리지 못했다.

"두룡아. 우리도 내려가자꾸나. 어차피 어디 있어도 죽는다. 죽든 살든 마을로 내려가자."

설분네의 말에 두룡은 고개를 완강히 흔들었다.

"우리는 더더구나 입산자 가족 아닙니까, 어머니. 제 발로 사지에 걸어들어갈 수는 없수다. 조금만 더 지켜보기로 하지요."

그것은 설분네의 경우만은 아니었다. 입산자 가족들은 겁에 질려 차마 내려갈 엄두를 내지 못했다. 또 토벌대의 약속을 곧이곧대로 믿기도 어려웠다. 그간 상상도 할 수 없는 온갖 일들을 겪어오지 않았는가. 게다가 산사람들은 그들에게 절대로 내려가지 말라고 당부했다. 마흔 살 이하의 젊은 사람은 무조건 총살당한다는 거였다. 인근 다른 동굴에선 피신중인 주민들을 무장대들이 한꺼번에 이끌고 한라산으로 올라갔다고 했다. 두룡 일가가 숨은 검은뱀 굴에서도 무장대원들이 가족을 데리고 직접 산으로 들어가는 바람에 수가 제법 줄었다.

그런 어느 날 새벽, 이웃한 오름에 있는 뒷빌레 동굴이 토벌대의 습격을 받았다. 마을에 내려갔다가 잡힌 한 노인이 위협에 못 이겨 군인들을 그곳으로 안내했던 것이다. 토벌대는 굴을 포위, 숨어 있던 주민 열한 명을 현장에서 처형했다. 대부분 부녀자들이었고, 어린아이도 있었다.

변을 당한 뒷빌레 굴에서 검게 피어오르는 연기를 검은뱀 동굴 주민들은 똑똑히 보았다. 죽음이 코앞에 닥쳐와 있었다. 그들은 허겁지겁 짐을 꾸려서, 그 밤으로 당장 한라산 기슭의 또다른 동굴로 거처를 옮겼다.

한라산 전역엔 크고 작은 동굴들이 수없이 많았다. 하지만 마땅히 지낼 만한 곳은 막상 적었다. 물을 얻기 어렵거나 주위에 은폐물이 없는 곳은 피해야 했다. 그나마 어렵사리 찾아든 굴이 이내 토벌대의 표적이 되기 일쑤였으므로, 그들은 몇 차례나 옮겨다녀야 했다. 추격을 피하기 위해, 눈 위에 난 발자국을 나뭇가지로 쓸어내며 이동했다. 산사람들이 가르쳐준 요령이었다.

폭설이 쏟아지는 산 위에서의 피난생활은 말 그대로 생사를 건 처절한 싸움이었다. 옷가지 하나 변변히 챙겨 입은 이가 드물었다. 홑겹 갈옷만 걸치고 나온 이들부터 담요 자락이건 거적이건 눈에 띄는 대로 몸에 뒤집어써서 흡사 걸레뭉치 꼴을 한 이들까지 각양각색이었다. 대부분 제대로 된 신발이 없어서 동상으로 발이 퉁퉁 부어올랐다. 짚신이나 나막신은 고사하고, 아예 맨발에 마른풀을 뭉쳐 끈으로 묶고 다니기도 했다.

그사이 상리 마을 주민의 대열은 십여 가구 정도로 줄어들었다. 병들거나 지쳐서 한집 두집 뒤처져 낙오하기도 하고, 더러는 차라리 죽는 게 낫다며 곧장 산을 내려가기도 했다. 추위도 끔찍했지만 굶주림이 더 무서웠다. 이미 먹을 것은 오래전 떨어졌고, 너나없이 움직일 기력조차 없어 굴 바닥에 시신처럼 엎드려 있었다.

어느 날, 두룡의 바로 곁에서 이웃집 노인이 굶어 죽었다. 그 직전에 노인의 아들이 어디선가 좁쌀을 구해왔다. 급히 죽을 쒀서 입에 흘려넣었으나 노인은 숨을 쉬지 않았다. 반쯤 벌린 입 가장자리와 수염 끝에 묻은 흰 밥알을 그 집 어린 손자가 손바닥으로 훑어 게걸스레 핥아먹는 모습을 보다 말고 두룡은 눈물을 쏟았다. 그건 남의 일이 아니었다. 복수와 화북댁의 눈도 누렇게 황달기를 보이고 있었다.

또 한 달이 지났다. 산 아래 마을들에선 토벌대에 의해 연일 수많은 사람들이 죽어나가고 있었다. 산에서 잡힌 사람들뿐만 아니라 마을 주민들 역시 무차별로 희생을 당했다. 토벌대는 완전히 광기에 사로잡혀 있는 것 같았다. 남녀노소 가리지 않고 제멋대로 주민들을 즉결 처형하는 판국이었다. 특히 서귀포 지역 토벌대는 사람의 목을 잘라 주민들 앞에 전시하는 일까지 있다고 했다. 반면 무장대 쪽에서도 간간이 마을을 습격하여 보복을 가하고, 더러는 밤중에 식량을 약탈하면서 주민들을 무차별 학살하기도 했다. 말 그대로 살육과 보복의 악순환이었다.

날이 갈수록 토벌대의 포위망은 점차 좁혀져오고, 피난민들은 점점 더 산 위쪽으로 달아나야 했다. 산 위쪽엔 좌익 무장대의 본 거지가 흩어져 있었다. 두룡의 마을 사람들은 동굴을 버리고 눈 덮인 산등성이와 골짜기를 허겁지겁 쫓겨다녔다. 폭설이 뜸해지면서 포위망은 바짝 조여오고, 무릎까지 푹푹 빠지는 눈밭에 남겨진 피난민의 발자국은 또렷하게 드러났다. 포위망을 빠져나가려다 발각되면 즉각 총탄이 쏟아졌다. 피난민들은 이제 영락없이 독 안에 든 쥐였다.

두룡 일행은 마침내 영실계곡 볼레오름의 울창한 숲에 도착했다. 남은 일행은 겨우 스무 명 남짓 정도였다. 그곳까지 오는 동안 그들은 다른 수많은 피난민들과 마주쳤다. 솔가지를 엮어 만든 어설픈 움막 혹은 풀덤불 속에 간신히 몸을 의지한 채, 그들 역시 눈 덮인 혹한의 산에서 갈팡질팡 도망쳐다니고 있었다.

절벽 그늘 아래 겨우 몸을 내려놓고 있으려니, 한 무리의 낯선 피난민들이 도착했다. 반송장 꼴로 찾아든 그들 속에서 설분네는 서귀포 뒤편 산간 마을로 시집보낸 둘째딸 춘단을 발견했다. 한바탕 울음보따리를 풀어낸 후에 춘단은 입을 열었다. 남편은 토벌대한테 사살되었고, 다섯 살과 세 살인 두 아이도 병과 굶주림으로 피난길 산속에서 숨졌다. 이제는 유일하게 돌 지난 막내 하나만 어미의 등에 고드름처럼 꽁꽁 언 채 겨우 숨이 붙어 있었다.

춘단은 큰언니 춘금의 소식도 전해주었다. 얼마 전 좌익 무장대가 밤중에 집을 습격, 춘금의 시부모를 끌고 나갔다. 순경인 사위는 그 원수를 갚겠다고 앞장섰다가 관음사 부근 전투중 전사했고, 춘금은 남은 세 아이와 함께 제주읍으로 피신했다고 했다. 큰아들 일룡은 오래전부터 행방을 알 수 없는데, 미곡상 주인과 함께 경찰에게 붙들려간 모양이라고 했다.

31. 수난사 5

춥고 긴 겨울이었다. 눈은 밤낮없이 퍼붓고, 뼈를 깎는 바람은 한라산 골짜기를 한시도 떠나지 않았다. 바위틈이나 나무둥치에 의지한 채 밤을 새우고 난 아침이면 온몸이 통나무처럼 꽁꽁 얼어붙었다. 굶주림과 추위에 몽롱해진 정신으로 간신히 눈을 떠 주위를 둘러보면 사람들은 머리부터 발끝까지 허옇게 눈을 뒤집어쓴 채 시체처럼 널브러져 있었다.

토벌대의 추격은 이제 막다른 골목까지 죄어들고 있었다. 실로 엄청난 병력이 동시에 펼치는 일사불란한 토끼몰이 작전이었다. 한라산 전체를 포위한 채 점점 압박해 올라오는 그들의 총성과 박격포 소리가 또렷하게 들렸다. 걸핏하면 비행기가 나타나 머리 위로 총알을 퍼붓는 바람에 피난민들은 한낮에도 숲 그늘에 몸을 가려야 했다. 포위망에 갇힌 채 은신처를 찾아 허겁지겁 도망쳐다니다가 사로잡히거나 사살되는 피난민들이 점점 늘어났다. 토벌작전은 권역별로 나뉘어 전개되고 있어서, 붙잡힌 피난민들은 토벌대의 권역에 따라 각 면의 지서나 수용소로 끌려내려갔다.

추격대를 피해 쫓기던 설분네와 두룡 일행은 결국 영실 남쪽 절벽 밑으로 되돌아왔다. 며칠 전까지 머물렀던 바로 그 자리였다. 이젠 더이상 피할 곳이 없었다. 절벽 아래 너덜겅에 도착한 숫자는 고작 스물댓 명에 불과했다. 아슬아슬한 순간을 몇 차례나 넘기면서 쫓겨다니는 동안 병약자와 노인들부터 하나둘 뒤처지고 흩어졌다. 그들은 대부분 동사했거나 토벌대의 손에 잡혔을 터이다. 남은 사람들 역시 크게 다를 게 없었다. 허리까지 푹푹 빠지는 눈밭에서 이젠 더이상 한 발짝도 옮길 기력이 남아 있지 않았다. 그들은 며칠을 완전히 굶은 상태였다.

두룡은 이제 최후의 순간이 다가왔음을 직감했다. 남은 것은 붙잡혀 죽거나 굶어서 얼어 죽거나 둘 중 하나였다. 이틀 전 먹을 것을 구하러 산을 내려간 동생 길룡과 다른 세 청년은 아무도 돌아오지 않았다. 설분네는 다친 발목이 퉁퉁 부어올라 거의 걷지 못했고, 어린 복수는 허기에 지쳐 아예 울지도 못했다. 두룡 역시 기진맥진해서 눈밭에 쓰러져 누워 있었다. 그런 어느 순간 두룡은 벌떡 몸을 일으켰다. 저만치 골짜기 아래 숲속에서 한 오라기 연기가 흐릿하게 피어오르고 있었다.

"아, 저 연기는…… 누군가 저녁밥을 짓고 있는 게 틀림없어."

두룡은 홀린 사람처럼 말했다. 눈 덮인 그 골짜기 언저리에 민가가 있을 것이다. 언젠가 고사리를 따러 아내와 함께 그 부근을 지나친 기억이 났다. 그래, 죽든지 살든지 가보자. 이렇게 앉아서 온 식구를 고스란히 굶겨 죽일 수는 없잖은가. 두룡이 식구들을 일으켜세워 앞장을 서자 다른 사람들도 모두 비칠대는 걸음으로 기어내려왔다.

비탈진 눈밭을 온몸으로 굴러내리다시피 하여 찾아가보니, 과연 불탄 초가집 서너 채가 나타났다. 인적 끊긴 집들은 괴괴했다. 연기는 타다 만 헛간 지붕 한쪽에서 나고 있었다.

"저거 봐! 돼지가 있다."

누군가의 목소리에 몰려간 그들은 뒷마당을 어슬렁대는 커다란 돼지 한 마리를 발견했다. 배가 고파 우리를 뛰쳐나온 듯, 돼지는 주둥이를 땅바닥에 처박고 뭔가를 우적우적 뜯어먹고 있었다. 뜻밖에도 그건 사람의 희멀건 허벅지였다. 그제야 텃밭의 얕은 흙구덩이에 한데 포개져 있는 서너 구의 시신이 눈에 띄었다. 부부와 어린아이 둘. 그들은 며칠 전 변을 당한 일가족 같았다. 저 도야지 새끼를 그냥! 돌을 집어던지려는 누군가의 팔을 뒤에서 다른 사람이 움켜잡았다. 어느 틈인가 남자들 서넛이 몽둥이를 움켜쥐고 돼지를 향해 달려들고 있었다.

모든 것은 그 빈집의 부엌 안에서 순식간에 해치워졌다. 그사이 밤이 찾아왔다. 그 집엔 칼, 가마솥, 함지박 그리고 소금까지 남아 있었다. 연기가 안 나게 최대한 조심하느라 마른 솔잎만으로 아주 조금씩 불을 피웠다. 고기가 채 익기도 전에 그들은 너나없이 달려들어 미친듯이 살점을 뜯어먹었다.

"그래그래. 많이들 먹어둬라. 내일이면 모든 게 끝장이 나고 말지도 모르는데……"

어두운 부엌 안에서 누군가 입안에 가득 고기를 문 채로 말했다. 어린 복수는 아까 돼지가 우적우적 뜯어먹던 시신의 허연 살덩이가 언뜻 눈앞에 떠올랐지만, 고깃점을 손에 쥐는 순간 까맣게 잊어버렸다. 배가 잔뜩 부르자 이불을 뒤집어쓰고 하나둘 잠에 곯아떨어지기 시작했다. 어린 복수는 아버지의 무릎에서 몸을 웅크린 채 금세 잠이 들었다. 몇 달 만에 처음 배불리 먹고 나서 누려보는 꿀맛 같은 잠이었다.

이튿날 그들은 아침이 훤히 밝았을 때까지 깊은 잠에 취해 있었다. 별안간 바깥에서 총소리가 고막을 찢었다. 모두들 부엌과 방안에 웅크려앉아 덜덜 떨고 있는데, 우당탕 문짝을 걷어차고 뛰어든 군인들이 대뜸 총부리를 들이댔다.

"이 폭도새끼들 봐. 돼지까지 잡아먹고 늘어지게 자고 있어?"

"허, 죽을라고 간땡이가 부었군!"

권총을 든 장교가 어이없는 듯 허허허 웃었다. 자수하라는 방송 못 들었나? 왜 어린애들까지 끌고 다니면서 이 고생을 해. 자, 겁먹지 말고 함께 아래로 내려가는 거야. 뜻밖에 장교는 복수를 내려다보며 부드러운 어투로 말했다. 하도 반갑고 고마워서 복수는 눈물이 핑 돌았다. 갑자기 담 바깥에서 비명소리가 들렸다.

"야, 당장 거기 서! 쏜다!"

"저년이 왜 저래? 미친 거 아냐?"

군인들이 와자하니 떠들어댔다. 저만치 비탈진 밭둑을 거슬러 계집아이가 혼자 허겁지겁 달아나고 있었다. 천년이었다.

"아니야! 아니야! 아니야아!"

천년이는 미친 듯 소리치며 달렸다. 병사 하나가 탕탕, 공포를 쏘며 뒤를 쫓아가고, 그걸 보고 뒤에서 그들이 낄낄거렸다. 계집아이는 어느 틈에 절벽을 기어오르기 시작했다. 분명 제정신이 아니었다. 원숭이처럼 능숙한 몸놀림으로 기어오르던 천년이가 깎아지른 절벽 중간에서 우뚝 멈추었을 때, 누군가 다급하게 외쳤다. 안 돼. 그만 내려와. 죽이지 않는다. 하지만 천년은 두 팔을 마구 허우적거리며 계속 울부짖기만 했다.

"아니야! 아니야! 아니야아!"

뒤쫓아간 병사가 절벽을 막 기어오르려는 참이었다. 막내고모 천년의 작은 몸뚱이가 절벽 아래로 빗자루처럼 곤두박질치며 떨어져내리는 것을 복수는 똑똑히 지켜보았다. 아이고, 천년아아. 설분네가 땅바닥에 풀썩 주저앉았다.

"미친년. 목이 부러졌지 뭐여. 그러게 도망치긴 왜 도망쳐."

뒤쫓아갔던 병사가 절벽 아래까지 가서 확인한 뒤 다시 올라오면서 칵 하고 침을 뱉었다. 사로잡힌 사람들은 대충 짐을 꾸려 들고 군인들을 따라 내려갔다. 두룡은 발을 다친 어머니 설분네를 등에 업었다. 화북댁은 탈진한 시누이 춘단에게서 갓난아이를 받아 대신 안고, 복수를 앞세운 채 힘겹게 걸었다. 반나절 남짓 걸어 중문리에 도착한 그들은 지서 뒤편 창고에 갇혔다. 그날 밤, 남자 여자 가릴 것 없이 어른들은 서너 명씩 차례로 불려나갔는데, 한참 후 하나같이 피투성이가 된 채 네 발로 기다시피 해서 돌아왔다. 두룡은 개머리판으로 머리를 맞아 줄곧 피를 흘렸다.

32. 수난사 6

다음날 오전, 그들은 다시 서귀포로 이송되었다. 바닷가 정방폭포 바로 위쪽에 위치한 어느 공장 건물이었다. 거기서는 남자들과 여자들을 분리 수용했다. 복수는 아버지와 함께 지하실로, 할머니 설분네와 어머니 그리고 춘단이 고모는 건물 뒤편 창고로 끌려갔다.

지하실에 들어가자마자 서북청년단 패거리들이 몽둥이를 꼬나쥔 채 대기중이었다. 어른들에겐 또 한바탕 무서운 구타가 퍼부어졌다. 복수는 두 눈을 감은 채 손바닥으로 양쪽 귀를 틀어막았다. 그래도 온몸이 와들와들 떨렸다. 피투성이가 된 채 의식을 잃고 쓰러지면 두 다리를 잡아 질질 끌고 밖으로 내가곤 했다. 환자들만 따로 모아놓은 창고방으로 옮겼노라고 서북청년단원은 대답했지만, 그 말을 믿는 사람은 아무도 없었다.

지하실 안은 어둡고 음습했다. 거기엔 하리와 중리 주민들도 이미 잡혀와 있었다. 교실 반 칸 정도의 공간에 백 명이 훨씬 넘는 인원이 꽉 들어찬 까닭에 등을 맞댄 채 앉아 있어야 했다. 복도 저편에선 비명과 울음소리가 끝없이 이어졌다. 먹을 것이라곤 하루 두 차례, 소금 뿌린 보리밥 한 덩이가 전부였다. 산속에서 오래 굶주렸던 탓에, 그걸 먹고는 배를 움켜쥐고 고통스레 끙끙대는 사람도 많았다. 한밤의 추위와 지독한 악취, 비명과 신음소리 속에서 그렇게 하루가 가고 이틀이 지났다.

이틀째 밤, 어째서인지 그날 저녁엔 아무도 밖으로 불려나가지 않았다. 전등도 없는 캄캄한 지하실 안은 극도의 불안과 공포에 사로잡혀 있었다. 내일 아침 모두 정방폭포 위에서 처형당하게 되리라는 얘기가 나돌았다. 이미 여러 차례에 걸친 집단처형으로 폭포 아래 웅덩이 주변엔 현재 수백 구의 시신들이 쌓여 있으나, 그쪽으로는 누구도 일절 얼씬 못한다는 거였다. 아버지의 옆구리에 얼굴을 묻은 채 복수는 눈을 감았다. 아버지의 몸에선 땀과 때에 전 퀴퀴한 냄새가 났다.

"내 아들…… 어서 자거라. 아침까지, 아버지 곁에서……"

아버지가 손바닥으로 등을 쓸어주며 낮게 말했을 때, 복수는 핑그르르 눈물이 솟구쳤다.

마침내 그 운명의 날이 밝았다. 이른 아침, 철커덩 하고 철문을 따는 소리와 함께 지하실 문이 활짝 열렸다. 군인들이 나타나 한 명씩 이름을 불러, 절반 정도를 먼저 데리고 나갔다. 복수와 함께 뒤에 남겨진 사람들도 잠시 후 병사들에게 쫓겨 부랴부랴 바깥으로 나갔다. 다른 창고에 갇혀 있던 여자들 역시 곧 밖으로 나와 합류했다. 복수는 갓난아이를 업고 절뚝이며 걸어나오는 고모 춘단의 모습을 발견했다. 그러나 할머니와 어머니의 모습은 웬일인지 그들 속에 없었다.

공장 앞마당 땅바닥에 한덩어리로 쪼그려앉은 백여 명의 사람들. 그중엔 노인들과 열 살도 채 되지 않은 어린아이들도 상당수였다. 군인들이 총을 겨눈 채 그들을 빙 둘러쌌다. 장교 하나가 앞으로 나서더니, 굳은 표정으로 그들을 잠시 둘러보았다.

"잘 들으시오. 여기서 어린 자식들을 살리고 싶은 사람은 지금 손을 들어보시오."

장교의 말이 떨어지자마자 여기저기서 다급한 울음소리가 터져나왔다. 병사들이 고함을 치자 곧 잠잠해졌다. 아무도 얼른 손을 들지 않았다. 마지막 기회요. 아이들을 살리고 싶은 사람! 장교가 목청을 높였다. 그때 두룡이 손을 번쩍 들며 말했다.

"여기 있소. 내 아들을 살려주시오."

그러자 십여 명의 손이 한꺼번에 따라 올라갔다. 전체 아이들 중 절반 정도의 숫자였다. 순간 복수는 왁 울음을 쏟으며 아버지의 어깨를 그러안았다. 안 된다 이놈! 네까짓 게 뭘 안다고! 두룡은 한껏 부라린 눈으로 아이를 노려보더니, 이내 슬픔으로 가득한 눈빛으로 변했다. 그는 발밑에서 마른 강아지풀을 하나 툭 뽑아내어 복수의 손에 쥐여주었다.

"복수야. 아버지 눈을 들여다보거라…… 이제부터 아버지가 하는 말, 절대로 잊지 말아야 한다. 넌 반드시 살아남아야 해. 이 아버지를 위해서, 그리고 억울하게 죽은 우리 식구들과 다른 수많은 사람들을 위해서 말이다…… 울지 마라. 아버지는 영영 죽어서 없어지는 것이 아니다. 네가 살아 있다면 이 아버지도 너랑 함께 살아 있는 것이야. 자, 어서 가거라. 당장!"

그것이 복수가 기억하는 아버지의 마지막 말이었다.

공장 앞마당에 끌려나온 백여 명의 사람들 가운데는 고모 춘단도 있었다. 춘단의 가슴에는 갓 돌 지난 아이가 잠든 채 안겨 있었다. 아이를 살리고 싶은 사람은 손을 들라는 장교의 말에도 그녀는 무서운 눈으로 잠자코 앞만 노려보고 있었다. 두룡이 한 손으로 복수의 손을 움켜쥔 채 앉은걸음으로 여동생에게 다가갔다.

"춘단아. 아이는 살려야 할 것 아니냐. 왜 이러고 있는 거냐."

그녀는 완강히 고개를 흔들었다.

"오빠. 살리다니, 대체 누가 어떻게 살린단 말요. 이제 우리 집 안에 살아남은 사람이 누가 있기에 이 아일 맡아 키워준단 말요."

"그러면 일부러 모자가 다 함께 죽겠단 말이냐. 그건 아니 될 말이다."

"오빠. 이미 난 작정했소. 차라리 내 아이와 함께 죽을 테요. 이 무지막지한 세상, 사람의 목숨이 벌레만도 못한 이 끔찍스런 세상에 더는 한순간도 남아 있고 싶은 생각이 없소. 더더구나 죄 없는 내 아이를 왜 여기다 혼자 남겨둔단 말이오."

그녀는 피를 토해내듯, 어금니를 악문 채 말했다. 핏발 선 두 눈이 숯불처럼 타올랐다. 그녀는 복수의 손을 아프도록 그러쥐었다.

"오냐, 복수야. 이제 너 혼자 남았구나. 그래도 너는 기어코 살아남거라. 절대로 죄 없이 죽지는 말거라. 알았지?"

대열 앞으로 걸어나온 아이들은 열대여섯 명이었다. 서너 살짜리 조무래기부터 열 살 전후의 아이들까지 골고루 섞여 있었다. 마지막까지 대열 속에 부모와 함께 남겨진 아이들의 숫자 역시 그와 비슷했다. 그 아이들의 부모는 끝까지 손을 들지 않았다. 남겨진다한들 의지할 곳 없어 십중팔구 굶어 죽을 터이니, 차라리 다 같이 함께 죽겠노라고 작정한 사람들이었다.

복수는 연신 아버지 쪽을 돌아보며 대열을 벗어나왔다. 병사 하나가 아이들을 이끌고 공장 건물 뒤편으로 데리고 가더니, 양동이에서 주먹밥을 한 덩이씩 나눠주었다. 보리를 뭉쳐 찐 주먹밥은 아직 따뜻했다. 다른 아이들은 허겁지겁 먹기 시작했지만, 복수는 겨우 한입 베어먹다가 말았다. 입안에 모래가 가득찬 것만 같았다. 아까부터 곁에서 힐금거리던 키 작은 계집아이가 복수의 손에서 밥덩이를 획 낚아채갔다. 눈 깜짝할 새에 그것은 계집아이의 입속으로 사라졌다.

이윽고 병사는 다시 아이들을 맞은편 초등학교 운동장으로 데려갔다. 거기서는 폭포 위쪽이 정면으로 마주 건너다보였다. 정작 폭포 물줄기는 보이지 않았지만, 바다로 떨어지는 물기둥의 거대한 굉음이 끊임없이 들려왔다. 운동장 바로 앞엔 폭포로 흘러드는 개천이 있고, 그 너머 우묵하게 파인 밭 자리에 수십 명의 사람들이 모여 앉아 있었다. 모두 산에서 잡힌 피난민들이었다. 복수는 그들 속에서 아버지와 고모의 모습을 찾아냈다. 대략 백여 미터 정도의 거리였다.

"헤, 요것들 봐라. 그러니까 이 자식들은 운좋게 목숨을 건졌다 이거구먼."

서북청년단원 몇이 담배를 피우며 다가왔다. 머리엔 방한모를 뒤집어쓰고, 솜을 넣어 누빈 꾀죄죄한 바지저고리 차림의 그들에게선 역한 술냄새가 풍겼다. 아이들은 겁을 집어먹고 슬금슬금 눈길을 돌려버렸다. 그들은 총 든 군인들보다 훨씬 무서운 자들이었다.

맞은편 폭포 위의 대열이 갑자기 움직이기 시작했다. 군인들이 총을 겨눈 채 사람들을 폭포 바로 위쪽 언저리까지 거칠게 내몰았다. 사람들이 우르르 그쪽으로 몰려가 섰다. 이제 그들의 바로 몇 걸음 뒤쪽은 까마득한 폭포와 낭떠러지였다. 사람들의 얼굴은 잘 보이지 않았다. 아이를 등에 업은 이, 식구들끼리 꼭 부둥켜안고 서 있는 이, 겁에 질려 부모의 옆구리에 바짝 붙어선 아이들도 보였다. 곧 병사 한 무리가 그들을 향해 한 줄로 늘어섰다. 철커덕, 철컥. 총알이 장전되는 소리가 들렸다.

"자, 똑똑히 보라우. 이거이 부모 얼굴을 마지막으로 볼 수 있는 기회니까."

뚱뚱한 몸집의 서북청년단 사내가 복수를 돌아다보며 킬킬거렸다. 복수의 곁에서 키 작은 계집아이가 울음을 터뜨렸다. 복수는 두 눈을 크게 뜨려고 안간힘을 썼다.

총성이 그쳤다. 짙은 화약 냄새와 함께 비릿한 피냄새가 코끝으로 훅 밀려드는 것만 같았다. 주위는 완벽한 정적 속에 묻혀 있었다. 폭포의 굉음마저 뚝 그쳐버렸다. 복수는 볏단처럼 한데 뒤엉킨 채 쓰러져 있는 사람들에게서 눈길을 뗄 수가 없었다.

"으아아아아―아."

순간 복수의 입에서 엄청난 울음이 폭포처럼 솟구쳐나오기 시작했다. 그것은 절규도, 신음도, 고통에 찬 비명도 아닌 참으로 기이하고 특별한 울림을 가진 노랫소리였다. 그 놀라운 소리는 회오리바람처럼 허공을 까마득히 솟구쳐올라, 단숨에 한라산 등성이를 타고 백록담까지 치달았다. 그러다가 다시 홱 방향을 되돌려 서귀포 앞바다까지 순식간에 달려내려와 한바탕 엄청난 소용돌이를 그리며 허공을 휩쓸고 다니기 시작했다. 그러자 하늘에서 난데없는 눈이 쏟아져내리기 시작했다. 그 누구도 본 적이 없는 놀랍고도 신비스런 눈이었다. 눈은 병아리 깃털처럼 환한 연노랑색이었다. 그 샛노란 빛깔의 주먹만한 눈송이들은 순식간에 운동장을 덮고, 개천과 폭포를 덮고, 시체들을 덮고, 군인들과 아이들을 덮어버렸다. 세상이 온통 노란색이었다. 한라산도 노랗고, 공장 건물도 노랗고, 섶섬도 노랗고, 범섬도 노랗고, 아예 서귀포 앞바다 전체가 병아리들의 바다, 유채꽃의 바다로 변해버렸다.

'울지 마. 울어서는 안 돼. 절대로!'

복수의 가슴속에서 누군가 소리를 질렀다. 아버지의 음성이었다. 복수는 두 눈을 감고 어금니를 힘껏 악물었다. 눈물 몇 방울이 솟아나오긴 했지만, 용케 울음을 참아냈다. 마침내 복수가 두 눈을 뜨는 순간, 억수같이 퍼붓던 눈발이 어느 틈인가 감쪽같이 뚝 그쳐버렸다.

"자, 이제부터 너희들은 집으로 돌아가. 여기서 얼쩡대면 또 잡아넣을 거야. 어서!"

화단 앞에서 병사는 갑자기 획 돌아서더니 고함을 쳤다. 모두들 놀라서 흩어졌다. 이윽고 아이들은 눈물로 더러워진 얼굴들을 하고 하나둘 교문을 나섰다. 어린 동생의 손목을 잡고 걷는 아이도 있었다. 집으로 돌아가라고 군인은 고함을 질렀지만, 그들에겐 이젠 돌아갈 집이 없었다.

복수는 맨 나중에 교문을 나섰다. 놀랍게도 할머니가 돌담 모퉁이에서 기다리고 있었다. 복수는 할머니의 치마폭에 뛰어들어 한참을 울었다. 할머니가 그 사지에서 살아난 것은 기적 같은 일이었다. 다친 다리 때문에 창고에 드러누워 있을 때, 할머니의 사촌동생인 면지서의 서장이 그곳에 들렀다가 우연히 그녀를 알아보았다. 필시 그 서장 덕택으로 할머니는 살아남았고, 어머니 화북댁은 읍내로 옮겨져 재판을 받게 되었을 터였다.

교문으로 이어진 길 양쪽에는 노란 유채꽃이 피어 있었다. 한쪽 다리를 심하게 저는 할머니와 함께 복수는 그 길을 천천히 걸어나왔다.

훗날 설분네는 그간 행방을 알 수 없었던 나머지 자식들에 대한 소식을 듣게 되었다. 제주 읍내 미곡상에서 주인과 함께 경찰에게 붙잡혀 갔던 큰아들 일룡은 끝내 행방을 알 수 없었다. 소문엔 사라봉 기슭에서 집단처형되어, 시신은 바다에 버려졌을 거라고 했다. 셋째아들 삼룡은 그해 봄, 성판악에서 동료들과 함께 사살되었다. 먹을 것을 구하러 마을에 내려갔다가 행방이 묘연하던 길룡은 국방경비대 9연대 군인들에게 붙잡혀 수용소로 끌려갔다. 그리고 며칠 후 모슬봉 동쪽 골짜기에서 다른 수십 명과 함께 처형되었다. 그 세 아들의 시신은 끝내 찾지 못했다.

두룡 그리고 춘단 모자의 시신 역시 마찬가지였다. 정방폭포 부근은 출입금지 구역이어서, 꽤 오랫동안 그 누구도 시신들을 거둘 수가 없었다. 반년도 훨씬 더 지난 다음에야 설분네는 어린 복수를 데리고 폭포로 찾아갔다. 폭포 위쪽 구덩이 안엔 무수한 뼈와 해골들이 뒤엉켜서 도저히 가려낼 수가 없었다. 폭포 아래 웅덩이에도 무수한 시신들이 더미를 이루어 쌓여 있다고 했다. 결국 설분네 역시 다른 사람들처럼 빈손으로 돌아올 수밖에 없었다. 그 대신, 살아남은 가족들은 죽은 이들을 위해 동네 앞에 한꺼번에 가묘를 만들어놓기로 했다. 이리하여 1945년 봄 조부 강만득의 죽음으로부터 시작, 1949년 3월 모슬봉 골짜기에서 변을 당한 막내아들 길룡에 이르기까지, 모두 스물다섯 번의 죽음으로 강씨 집안 수난의 연대기는 마무리되었다.

제4부

해후

33. 푸른 안개

눈을 뜨는 순간 당신은 밤사이 뭔가 이상한 일이 일어났다는 사실을 감지했다. 처음엔 그것이 무엇인지 얼른 알아차리지 못했다. 베개에 얼굴을 묻은 채 한동안 가만히 누워 있었다. 바깥이 아주 조용했다. 세상이 온통 물속에 잠겨 있는 듯했다. 밤사이 요동치던 바람 소리도, 방파제를 두들기던 파도의 굉음도 뚝 그쳐 있었다. 창밖은 희뿌연 차단막을 씌운 듯 몹시 어둡고 칙칙했다. 시계를 확인하니 분명 오전 아홉시였다. 비가 오고 있는 것인가. 당신은 창가로 다가가 유리에 이마를 붙였다.

당신은 꿈을 꾸고 있는 기분이었다. 창 저쪽은 막막한 안개의 바다였다. 난생처음 보는 기이한 안개였다. 엷은 녹색을 띤 그것은 칙칙한 솜뭉치 혹은 미세한 가루비누 거품의 입자들 같았다. 창문을 조금 열고 당신은 손바닥을 밖으로 내밀었다. 초겨울인데도 후텁지근한 기운이 얼굴로 느껴졌다. 마치 소나기 쏟아지기 직전의 장마철 대기 같은 눅눅하고 끈적끈적한 열기.

창문 아래 뒤뜰이 열탕 같은 안개에 묻혀 있었다. 문득 당신은 간밤에 우연히 보았던 여관 주인 사내의 모습을 떠올렸다. 비바람 몰아치는 한밤중에 사내는 몽유병자처럼 잠옷 차림으로 혼자 뜰을 질러 숲속으로 사라졌던 것이다. 숲 가장자리 관목 그늘에서 언뜻 돼지 비슷한 어떤 짐승의 형체가 스쳐지나간 것도 같았다. 호기심에 찬 당신은 창가에서 사내의 모습이 다시 나타나기를 기다리다가, 새벽 두시쯤 잠자리에 들었다. 모처럼 깊은 잠이었다.

약간의 허기를 느끼며 당신은 욕실로 들어가 간단히 샤워를 했다. 물은 미적지근했고, 낡은 수도관에선 녹냄새가 났다. 옷을 갈아입고 복도로 나온 당신은 12호실의 문을 한번 두드려볼까 하다가 그냥 지나쳤다. 어제저녁, 당신은 식당에서 우연히 다시 마주친 그 재미교포 사내와 비로소 첫인사를 나누었고, 식사 후에 맥주 몇 잔을 함께 마셨던 것이다.

현관 계단에서 당신은 여관 주인 복수와 마주쳤다. 그는 화단에서 바람에 쓰러진 어린 종려나무를 돌보고 있었다. 그 곁에서 문태가 한쪽 손에 새끼줄을 쥔 채 찌푸린 얼굴로 힐긋 돌아보았다. 당신이 목례를 보내자 복수는 허리를 펴며 웃어 보였다.

"바람 때문에 잠자리가 적이 불편하셨을 터인데, 방은 차지 않으셨소?"

"아닙니다. 아주 따뜻하게 잘 잤습니다. 아, 이건 분명 안개지요?"

"허허, 육지 사람들은 하나같이 꽤나 놀라워들 합디다. 여긴 종종 이렇게 푸른 안개가 몰려들곤 한다오. 한번 들이닥치면 사나흘씩 꼼짝도 않고 고여 있지요."

"이 계절에 안개라니! 참 이상하군요. 거미줄처럼 끈적끈적하게 엉겨붙네요."

"해수 온도가 하룻밤 사이에 급작스레 상승한 탓이오. 작년에도 이런 안개가 낀 적이 있긴 한데, 이번 것은 특별히 유난스럽구려."

복수는 부드러운 웃음을 지었다. 간밤의 그 수상쩍은 기억을 떠올리며 당신은 그를 새삼 쳐다보았다. 그의 천연스런 얼굴을 대하자 간밤 일이 거짓말처럼 느껴졌다. 당신은 자욱한 안개의 막을 헤집으며 걸음을 옮겼다. 불과 몇 미터 앞을 분간키 힘들었다. 연한 초록빛을 띤 안개 속에서 모든 사물과 풍경은 하나같이 기괴하고 몽환적으로 보였다.

골목을 빠져나와 한길에 이르렀을 때, 당신은 바로 앞에서 느릿느릿 걷고 있는 누군가와 맞닥뜨렸다. 구부정한 등에 작달막한 키의 노파는 머리에 비녀를 지른 채였다. 유난히도 느린 노파의 걸음을 잠시 뒤따르던 당신은 노파의 한쪽 손에 들린 작은 칼을 보고 놀랐다. 한눈에도 형편없이 녹슬고 무딘 부엌칼이었다. 노파는 발을 질질 끌면서 풍뎅이처럼 앞만 바라보며 느릿느릿 나아가고 있었다. 마치 꿈을 꾸면서 걸음을 옮기고 있는 듯이.

호기심에 이끌려 당신은 뒤따라 걸었다. 한길가 어느 허름한 가게 앞에서 노파가 멈춰 섰다. '방앗간'이라는 글자가 적힌 유리문은 바깥쪽에서 잠겨 있고, 대신 그 옆에 조그만 쪽문이 달려 있다. 노파는 그 쪽문을 노려보며 잠시 우두커니 서 있었다.

"이노옴…… 황동삼이…… 나오거라…… 당장."

문득 노파의 입에서 목쉰 소리가 흘러나왔다. 작고 몹시 숨찬 목소리였다. 당신은 쪽문 위에 붙은 문패에서 '황동삼'이란 글자를 읽었다. 잠깐 숨을 고른 다음 노파가 또 소리쳤다.

"이노옴, 내 남편을 살려내라아. 이, 이 원수 같은…… 노옴."

그것은 너무 작고 희미해서, 혼자 목안에서 씨부렁대는 소리 같았다. 하지만 노파는 지금 전신의 기력을 모아 고함을 치고 있는 게 분명했다. 턱을 약간 쳐들고 소리를 지를 때마다 칼을 쥔 손이 후들후들 떨렸다. 안개 속에 홀로 버티고 선 노파의 모습에선 묘한 비장감마저 느껴졌다. 이노옴. 황동삼, 이 원수노옴. 당장 나와 보란 말이다아. 우리 남편을 살려내. 죄 없는 사람을, 무슨 원수가 졌기에 네놈이…… 뜻 모를 주문처럼 노파는 연신 되풀이했다. 안에선 전혀 기척이 없었다. 당신 뒤편에서 여자들의 웃음소리가 들렸다.

"금주야, 얼른 가봐라. 느이 어매가 또 저기 칼 들고 나오셨다야."

"그 황씨 노인, 서울 아들 집으로 옮겨간 지가 언제인데 혼자 빈집 앞에서 저러실까."

이웃한 점포에서 기웃 고개를 내민 여자들이 장난스레 키득거렸다. 뒤늦게 뒤를 쫓아온 웬 젊은 여자가 노파의 손에서 대뜸 칼을 빼앗았다. 당신이 어제 여관에서 언뜻 본 적이 있는 얼굴이었다.

"엄니도 참, 찬장 뒤에 숨겨놓은 칼을 어떻게 찾았나 몰라. 자, 들어갑시다. 오십 년이 다 된 지금에 와서 어떻게 원수를 갚는다고 그래요? 안 그래도 그 황씨 아저씨, 폐암인가 뭔가로 서울 병원에서 목숨이 오늘내일한답디다."

여자는 어린아이 달래듯 하며 노파를 이끌고 여관 골목 모퉁이로 멀어져갔다. 구경하던 여자들 역시 키득대며 가게 안으로 사라졌다. 당신은 동백식당 안으로 들어섰다.

"두 분이 함께 오시지 않고. 좀 늦으셨네요."

머리에 갈색 물을 들인 주인 여자가 알은체를 했다. 함께라는 말에 어리둥절해서 돌아보니, 안쪽 식탁에 혼자 앉은 요안이 숟가락질을 하다 말고 멋쩍게 웃고 있었다. 그녀는 당신과 요안을 일행으로 여긴 모양이었다. 당신은 요안의 맞은편 자리에 앉았다.

"좀 전에 유리창 너머로 부르려고 했는데, 그냥 지나가시더군요."

"아, 그랬군요. 공연한 호기심이 동해서 말이죠."

"칼을 들고 있던 그 할머니 말씀이군요. 무슨 일이 있었습니까."

"글쎄요. 아마 정신이 좀 온전치 못한 노인 같던데……"

주인 여자가 큼직한 알루미늄 쟁반에 찌개와 반찬접시들을 담아 가져왔다. 당신은 조금 전 그 노파에 대해 물었다.

"사연이 왜 없겠어요. 저런 요상한 버릇이 생긴 지가 한 칠팔 년 되었나. 노인네가 정신이 멀쩡하다가도, 안개 끼거나 비 오는 날만 되면 느닷없이 칼을 들고 저 방앗간집을 찾아온답니다. 노인이 노망해서 그런다고, 속 모르는 이들은 웃고 맙디다마는, 알고 보면 딱한 일이지요. 오죽이나 평생 한이 되었으면, 지금까지 그때 일을 못 잊고 저러시겠어요?"

"남편이 억울하게 죽임을 당한 듯싶던데. 황동삼인가 하는, 그 집 주인하고 무슨 관계가 있습니까."

"정작 물어보면 노인이 입을 꽉 봉해버리고 말아요. 전쟁 때 황씨가 읍내 경찰관으로 있었는데, 어찌나 악독했던지 그 이름만 대도 사람들이 벌벌 떨었다고 합디다. 내 손으로 쥑인 빨갱이가 스무 명도 넘는다고, 황씨 자기 입으로 떠들고 다닐 정도였으니까. 노인의 남편도 그때 죽었다지요. 황씨 영감은 남편을 죽인 건 자기가 아니라고 펄펄 뜁디다. 해도, 노인네가 한사코 저러시는 걸 보면 필시 뭔가 내막이 있는 모양이지요."

주인 여자는 묻지도 않은 얘기까지 늘어놓았다. 함흥댁 노파와 금주는 백년여관 안채에서 셋방살이를 하고 있는데, 사실은 친모녀간이 아니다. 오갈 데 없이 버려진 어린 계집아이를 데려다가 친딸처럼 키워왔다. 노파의 고향은 함흥인데, 선원인 남편을 따라 전쟁이 나기 몇 해 전 이곳까지 내려왔다. 화물선 기관사인 남편 역시 이북 출신으로, 단지 좀더 보수가 나은 일자리를 찾아 여기까지 내려왔던 것이다. 그러다가 전쟁이 터졌고, 경찰부대가 영도로 후퇴해 왔을 때 다른 사람들과 함께 붙들려가서 죽임을 당했다. 소문엔 단지 이북 사투리를 쓴다는 이유 때문이었다는데, 그를 직접 끌어낸 사람이 바로 황씨였다고들 한다. 함흥댁도 끌려가 모진 꼴을 당하는 바람에 뱃속에 든 아이를 잃었고, 그후 과부 몸으로 혼자 지내오다가 우연히 금주를 길에서 주워와 키우게 되었다. 노파는 올해 여든다섯 살인데, 몇 년 전 치매기가 생기면서부터 이따금 저렇게 작은 소란을 일으키곤 한다는 것이다.

"그게 혹시, 보도연맹사건 때의 일이 아닙니까."

"으마, 손님이 어떻게 그 사건을 아세요? 하도 오래전인데다가, 대개들 쉬쉬해온 일이라서 타지역 사람들은 잘 모르실 터인디."

사실은 이전에 바로 그 사건을 소재로 소설을 쓴 적이 있고, 그때 이런저런 자료를 모으고 사람들을 만나보면서 비교적 그에 대해 소상히 알게 되었다고 당신은 말했다. 잠자코 듣고 있던 요안이 입을 열었다.

"소설을 쓰셨다고요? 아, 이제 보니 작가분이시군요."

당신은 무심코 내뱉은 말을 금세 후회했다. 요안이 불쑥 의자를 당겨 앞으로 다가앉았다.

"저어, 그 사건에 관해 좀더 자세히 얘기해주시겠습니까?"

갑자기 눈을 빛내며 다가드는 그의 얼굴을 당신은 새삼스레 뜯어보았다. 글쎄요. 고향일 수도 있고, 아닐 수도 있겠지요. 오래전 헤어진 사람을 찾고 있는데, 혹시 여기 오면 뭔가 실마리라도 발견할 수 있을까 해서요. 어젯밤 바로 그 자리에서 맥주잔을 앞에 놓고 앉았을 때, 요안은 그렇듯 알쏭달쏭한 대답을 했었다. 그런 그가 왜 하필 그 사건에 특별한 관심을 보이는 것일까. 어쩌면 그가 찾는다는 사람과 관계가 있을지도 모른다고 당신은 추측했다. 당신은 문제의 그 사건에 대해 대략 설명해주었다.

34. 첫새벽의 드라마

사건의 무대는 영도 읍내 일원. 일시는 1950년 8월 1일부터 3일까지 약 사흘 동안, 즉 전쟁 발발 후 한 달쯤 지나서다. 전남 지역에 인민군이 처음 출현한 것은 7월 3일. 광주시는 같은 날 정오에 그들의 수중에 넘어간다. 인민군의 공세에 밀린 도내 경찰병력은 후퇴를 거듭, 8월 1일 그중 절반인 여덟 개 군 지역 병력이 영도까지 밀려내려온다. 영도에 진입한 병력은 다시 8월 3일 서남쪽에 위치한 또다른 섬으로 철수하게 되고, 영도는 같은 날 인민군에게 점령된다. 따라서 문제의 사건은 바로 그 이틀 사이에 벌어진 것으로 추정된다.

경찰병력이 영도에 도착하기 직전, 즉 7월 말일을 전후하여 읍내 경찰서 및 부속건물엔 이미 수백 명의 보도연맹원들이 수용중인 상태다. 그들은 모두 영도를 비롯, 군내의 여러 섬에서 호출되어 온 이들이다.

보도연맹이라는 단체에 관해서는 설명이 좀 필요하다. 그것은 정부 수립 직후 정부가 국가보안법을 제정, 정치적 반대세력에 대한 전면통제를 시작하면서 그 효과적인 통제의 일환으로 고안해 낸 제도다. 즉 1949년 6월부터 이듬해 3월 사이, 이른바 '사상전향자'를 '대한민국 국민'으로 받아들인다는 시도로 결성된 전국적 조직을 일컫는다. 속출하는 전향자들에게 '멸사봉공의 길을 열어줄 포섭기관'이 절실히 필요하다는 취지하에 설립된 이 제도는, 외견상 선도 내지는 구제를 위한 제도라는 명분을 띠었을 뿐, 실제로는 강제적인 통제수단이었다. 이에 전국적으로 수많은 사상전향자는 물론, 정부 수립 이전 단순히 좌익성향 단체에 가입한 전력을 지닌 평범한 농민들과 시민들까지도 가입시켰다. 그러나 당시 경찰에 의한 가입자 선별과정엔 문제가 많았다. 좌익 전력이 뚜렷한 인물뿐만 아니라 이런저런 연유로 평소 경찰에게 찍혀 있던 평범한 인물들까지 포함되었다.

영도 지역의 경우만 해도, 각 지역 말단 지서별로 최소한 몇 명씩 가입대상자 인원을 확보해야만 했다. 물론 그 인원수는 상부로부터 일방적으로 할당되었다. 이에 각 말단 지서에서는, 뚜렷한 사상전향자를 제외한 나머지 수를 채우기 위해, 관할 구역 내의 전체 주민 명단을 놓고 자체조사를 거쳐 갑, 을, 병으로 구분 선별했다. 그 자체조사라는 게 실상은 허술하기 짝이 없어서, 제대로 된 개인별 근거자료 같은 것도 없이 단지 마을 여론, 혹은 유지들과 담당 경찰관의 개인적인 판단을 토대로 대충 임의 분류하여 명단을 작성하는 경우가 허다했다.

그 결과 당연히 부정확한 부분이 많아 불만과 원성이 생길 수밖에 없었다. 이전에 담당 경찰관에게 곱지 않게 보였거나 평소 술버릇이 고약해 자주 말썽을 일으킨 사람, 이장이나 구장과 사이가 좋지 않은 사람, 심지어 마을에서 이런저런 일로 구설수에 올라 있는 사람들도 있었다. 물론 그 당시에는 연맹에 가입된 당사자뿐만 아니라 그들을 가입시킨 경찰관 쪽에서도, 피차간에 훗날 그것이 생과 사를 가르는 살생부가 되리라는 사실은 미처 몰랐을 터이다.

마침내 7월 말일경, 영도 일원의 모든 섬 지역 연맹원들에게 돌연 긴급호출명령이 시달된다. 육지에선 이미 전쟁이 발발해 엄청난 난리가 벌어지고 있는 판국인데도, 최남단에 고립된 영도 지역에서는 아직 미미한 포성조차 들려오지 않고 있는 상황이다. 각 면 지서에 모인 연맹원들은 거기서 미리 대기중인 여객선에 태워져 일제히 영도 읍내로 이송된다. 당연히 그들도 뭔가 불길한 예감이 들긴 했으나 달리 피할 도리도 전혀 없고, 또 이전에도 무슨 사상 강연회니 교육이니 하는 집회가 잦았던 터이기도 했다. 그렇게 각 섬에서 영도 읍내로 이송된 연맹원 수백 명은 경찰서와 그 부속건물에 수용되어 조사를 받게 된다. 조사라고 해봐야 그저 형식적인 구실일 뿐, 경찰은 임박한 철수작전을 앞두고 내심 처형 대상자를 선별할 목적이었을 것이다. 당시 영도 읍내에 잔류한 병력은 총 육백삼십여 명, 나머지는 이미 영도 남쪽의 더 먼 섬으로 다시 철수한 상태다.

경찰로서는 상황이 다급할 수밖에 없다. 좁은 만을 사이에 두고 적은 이미 지척에 도달해 있다. 더 늦기 전에 자신들은 앞서 떠난 본대를 뒤쫓아 남쪽 섬으로 철수해야 한다. 그러나 그전에 보도연맹원에 대한 처리를 반드시 마무리해야 한다. 인민군의 진입이 코앞에 닥쳤는데, 그들을 남겨둔 채 떠날 수는 없다. 그자들은 수박과 같다. 겉만 푸른색일 뿐 껍질을 한 꺼풀만 벗겨보면 속은 완전히 빨간 물이 든 빨갱이란 얘기다. 일단 아군 병력이 철수하고 나면 그자들이야말로 기다렸다는 듯이 인민군을 환영하기 위해 달려나올 게 뻔하다고 경찰은 판단한다. 그들의 내부봉기를 막기 위해서는 사전에 그들을 제거하는 수밖에 없다. 그건 당시 영도뿐만 아니라 전국의 다른 대부분 지역에서도 마찬가지 상황이었다.

그런데 철수가 코앞에 닥친 시점에서 돌연 뜻밖의 상황이 벌어진다. 8월 1일 혹은 2일 저녁. 경찰이 전체 수용자 가운데 자체조사를 통해 혐의가 뚜렷한 일부를 제외하고, 나머지 전원을 갑자기 석방시킨 것이다. 한 가지, 내일부터 추가 조사가 개시될 것이므로 일단 읍내 지역 안에서 대기하라는 단서가 붙는다. 설사 도망을 치려 해도 이미 밤이 깊은 시각이고, 여객선 운항시간은 벌써 끝났다. 일단 뱃길이 막히면 섬은 오갈 데 없는 완전한 감옥으로 변하는 법이다. 그동안 내내 불안에 떨던 수백 명의 연맹원들은 불시에 석방되자 놀라움과 안도감에 와자하니 떠들며 읍내 시가지로 일제히 풀려나온다. 읍내 사람은 당연히 제집으로 가고, 다른 섬에서 온 이들은 무리지어 여관이나 친인척 집을 찾아가 하룻밤 신세를 진다.

밤이 깊었다. 유난히도 무더운 날씨. 인민군이 섬 저편 육지 끝, 지척 거리에 와 있단다. 경찰도 곧 철수할 거라고 하더라. 뒤숭숭한 소문, 불안과 초조함 그리고 불길한 예감. 그래도 밤은 깊어가고, 석방된 이들은 지친 몸을 눕히자마자 곤한 잠에 곯아떨어진다.

그리고 첫새벽, 마침내 한 편의 경이로운 드라마가 막을 올린다. 어둠과 정적 속에 깊게 가라앉은 거리에서 돌연 엄청난 소음이 벽력처럼 터져나오기 시작한다. 수백 명의 사내들이 목청껏 외쳐대는 구호와 함성, 한꺼번에 터져나오는 박수와 환호성과 군가 소리……

"아이고, 이것이 무슨 소리다냐! 인민군이라여. 인민군이 들어왔어!"

주민들은 벼락을 맞은 듯 잠자리에서 튕겨일어난다. 꿈인지 현실인지, 갈피를 못 잡고 허둥댄다. 세상에! 이렇게 급작스레 들이닥치다니! 엄청난 충격과 경악, 눈앞이 캄캄하다. 그 짧은 순간, 누구보다 보도연맹원들은 부지런히 머리를 굴린다. 성급한 자들은 벌써 만세를 부르며 거리로 튀어나갔다. 좀더 침착한 이들은 다급함 속에서도 망설인다. 어찌할 것인가. 인민군 세상이 되었다 해도, 자신들의 처지야말로 애매하다. 사상전향자. 남측 눈으로 보자면 겉은 푸르되 속은 붉은 수박이고, 북측 눈으로 보자면 공산주의를 버리고 남측에 전향해버린 배신자요 변절자가 아닌가. 어쨌거나 문제는 목숨을 부지하는 것. 살아야 한다. 일단 나가자. 그들은 충성심을 증명키 위해 뒤늦게 튀어나간다. 만세, 인민해방군 만세. 두 팔을 번쩍번쩍 치켜들며 만세를 외치고, 박수를 치고, 거리를 누비기 시작한다.

한편, 대부분 주민들은 캄캄한 방안에서 방문을 닫아건 채 눈알을 굴리며 오들오들 떨고만 있다. 아침밥을 일찍 먹고 중학교로 모이시오. 중학교에서 해방군 환영식이 열립니다. 한 사람도 빠짐없이 나오시오. 숨어 있는 사람은 반동으로 간주하겠소. 경찰서와 소방서 스피커를 통해 방송이 쩌렁쩌렁 울려퍼진다.

아침 여덟시. 읍내 중심지에 위치한 중학교 교정으로 주민들이 삼삼오오 집결한다. 무대 위에 동원된 소도구는 엉성하기 그지없다. 게양대에 걸린 커다란 적색 깃발. 총을 든 병사들이 철모와 어깨에 동여맨 붉은 천. 그것만으로도 대부분 주민들은 그들을 북에서 내려온 점령군이라 믿어버린다. 그중엔 눈치 빠른 이도 없지 않아서, 병사들의 어설픈 복장, 경찰 마크가 새겨진 허리띠 따위를 용케 알아보고는 어리둥절해진다. 혹은 우연히 그자들의 남쪽 억양 섞인 대화를 엿듣고서 뭔가 엉뚱한 계략이 숨어 있음을 눈치채기도 한다. 하지만 입을 벙긋했다간 목숨을 부지할 수 없는 판이다.

총을 겨눈 병사들이 주민들을 운동장 중앙에 집결시킨다. 눈앞엔 새끼줄로 구분된 두 개의 널찍한 공간이 기다리고 있다. 우두머리인 붉은 완장이 앞으로 나서서 외친다. 자아, 지금부터 악질 반동분자들을 색출해내겠소. 대부분 보도연맹원인 사내들은 어느 틈에 적색 완장을 얻어 차고서, 병사들의 명령에 따라 사람들을 통제하고 있다. 맨 먼저 지역 유지들, 경찰 가족, 공무원 가족부터 끌려나온다. 비명을 지르고 발버둥을 치며 그들은 새끼줄 한쪽 칸으로 끌려간다. 주민들 중엔 자진해서 이웃 사람을 지목하고 나서는 진풍경도 벌어진다. 이웃이 이웃을 고발한다. 고발하는 이는 그것으로 충성심을 증명했다고 믿는다. 그렇게 한두 시간이 흘러간다. 처단받아야 할 반동분자들은 새끼줄 안에 분리된 채 사색이 되어 꿇어앉았고, 그 숫자는 수백 명이다.

선별이 대충 끝났다. 우두머리는 나머지 주민들의 대열 앞으로 다가와 소리친다.

"자, 이 가운데서 우리 인민공화국에 충성을 바칠 사람들은 저쪽에 줄을 지어 정렬하시오."

명령이 떨어지자마자 눈치 빠른 이들 상당수가 일어나 그쪽으로 합류한다. 일부는 멋모르고 부화뇌동해서 따라나선 듯하다. 또 없소? 뒤늦게 후회하지 말고, 앞으로 나오시오. 다그치듯 외치는 소리에 또 몇몇이 나와서 합류한다.

맨 마지막으로 우두머리는 완장을 두른 보도연맹원들을 불러내어 맨 앞줄에 따로 집결시킨다. 대략 이백여 명 정도. 문득 우두머리는 손목시계를 들여다본다. 막을 내릴 시간이 된 듯하다. 그는 땅바닥에 주저앉혀진 연맹원들 앞으로 뚜벅뚜벅 걸어나가더니, 맨 앞에 꽤나 의기양양한 얼굴로 앉아 있는 청년 하나를 일으켜세운 다음 묻는다.

"어때. 진짜로 우리 해방군을 위해 목숨을 바치겠다고 맹세할 수 있나?"

사내가 목이 터져라 대답한다.

"네엣. 맹세합니다앗."

"정말이야?"

"네엣. 정말입니다앗."

사내가 재차 대답한다. 순간 우두머리가 허리에서 재빨리 권총을 뽑아들자마자 사내의 이마에 대고 타앙, 쏜다. 그리고 제 한쪽 팔에 감긴 완장을 우두둑 뜯어내어 팽개치며 악을 쓴다.

"이 새끼들아, 우린 경찰이다! 어때, 이래도 인민군한테 충성할 테냐? 이 빨갱이 놈들아."

자, 이 드라마의 충격적인 반전은 그렇게 완성된다. 그것은 뒤이어 이 섬에 불어닥치는 무서운 광기와 폭력의 첫 단추가 되는 셈이다.

8월 3일, 경찰 잔류병력은 남쪽 또다른 섬으로 서둘러 철수를 완료한다. 그리고 바로 그날부터 영도를 점령했던 인민군은 연합군의 인천상륙작전 직후에 황급히 육지로 퇴각하고, 그간 남쪽 섬에 주둔중이던 경찰이 재차 영도를 탈환한다. 엎치락뒤치락하는 그 두어 달 동안 그 섬 일대엔 피와 화약과 부패한 인육의 냄새가 거대한 구름덩어리를 이루어 동서남북 몰려다녔다. 앞바다에서는 새까맣게 몰려든 온갖 물고기와 어패류와 갑각류 생물들이 별안간 엄청나게 늘어난 인육들을 한껏 포식했다.

당신은 이야기를 멈추었다. 요안의 낯빛이 창백하게 일그러져 있었다.

"어디 편찮으십니까. 안색이 좋지 않으신데……"

"아, 아닙니다. 괜찮아요."

애써 입가에 웃음을 띠며 고개를 젓는 그를 보며 당신은 불안해졌다. 저러다 또 발작을 일으키는 건 아닌가. 역 대합실에서의 비참한 모습을 떠올리며 당신은 왠지 미안한 마음이 들었다. 물론 그는 아직 그 사실을 모르고 있을 터이다.

"새끼줄이라고 그랬습니까. 운동장 가운데 새끼줄을 쳐놓았다고요?"

"그렇습니다. 말하자면 그건 생사를 가르는 경계선이었지요. 그것이 연극이었음이 밝혀지는 순간, 줄 양쪽의 운명이 완전히 역전되고 말았으니까요."

요안의 입술이 바르르 떨었다. 그는 뭔가를 기억해내려 애쓰는 것 같았다.

"그 사람들, 보도연맹원 말입니다. 어, 어떻게 되었습니까?"

"배 위에서 사살된 다음, 먼바다로 나가서 버려진 걸로 추정됩니다."

몇 해 전, 그 사건을 소재로 소설을 쓰기 위해 취재여행을 나섰던 당신은 인근 섬에서 우연히 한 노인을 만났다. 뜻밖에도 노인은 전쟁 당시 순경의 신분으로 바로 그 현장에 실제로 존재했었던 인물이었다. 그야말로 생존해 있는 증인을 기적처럼 찾아냈던 것이다. 당신은 사건의 발단부터 결말까지, 그 노인의 입을 통해 생생히 확인할 수 있었다.

……다 죽었지. 한 사람도 살아남지 못했을 것이구먼. 그날 오후에 내가 직접 그 명령을 하달받았었제. 구금중인 연맹원 이백오십 명을 앞바다에서 해병 함정한테 인계해주고 돌아오라는 명령이었어. 저녁참에 우리 지서 동료들과 함께 그 사람들을 인솔해서

선착장으로 나갔제. 저쪽 섬 모퉁이에 벌써 함정이 와 있등만. 아주 크고 펑퍼짐하게 생긴 상륙정이었어. 우리가 그 사람들을 인계해주고 나서 뱃머리를 돌려 부두를 향해 막 돌아오려는 참인디, 느닷없이 등뒤에서 엄청난 기관총 소리가 터져나왔어. 돌아보니, 그 함정 고물 쪽에다가 그 사람들을 한데 모아 세워놓고는 그냥 난사를 해대는 것이여. 총알이 사방으로 튀고 불꽃이 팍팍 날아다니더라고…… 총성이 그치자마자 함정은 저쪽 섬 어귀를 돌아 큰 바다 쪽으로 빠져나갔어. 아마 시신들은 도중에 깊은 바다에다가 내버렸을 것이여……

"맞아요. 함흥댁 노인의 남편도 바로 그때 죽었답디다. 한밤중에 수백 명을 배에 태워가지고, 저기 제주도 가는 쪽, 깊은 바다까지 나가 모조리 수장을 해버렸대요. 그때 행방불명된 사람들 가운데 누구도 시신을 찾지 못했다고 합디다."

주인 여자가 숭늉을 주발에 담아와 당신에게 건네며 말했다. 요안의 입에서 낮은 신음이 흘러나왔다. 그가 몸을 일으키려다가 휘청하는 바람에 탁자 위의 물그릇이 바닥으로 굴러떨어졌다.

"미, 미안합니다. 어지러워서……"

"아무래도 좀 쉬셔야 할 것 같은데요. 안색이 몹시 창백해 보입니다만."

"아, 예. 머, 먼저 가겠습니다. 그럼."

요안은 불안한 걸음으로 식당 문을 열고 황황히 사라졌다. 여관 골목 모퉁이로 사라지는 그의 뒷모습이 창 너머로 보였다.

35. 빨간 딸기

"저분, 말투가 어째 좀 특이하다 했더니, 미국 교포라면서요?
예전 예배당 있던 자리가 어디냐고 묻는 걸 보니, 이곳이 초행은
아닌 모양이지요."

주인 여자가 식탁을 치우면서 말했다. 맞은편 벽 쪽에 텔레비전
이 켜져 있었다. 아침 뉴스 시간이었다. 햇빛 환한 서울 도심의 풍
경이 잠깐 비치더니, 이번엔 이틀 후에 있을 개기월식에 대한 보도
가 이어졌다. 당일 맑은 날씨가 될 확률이 반반이라고 했다. 천 년
만에 한 번 있을까 말까 한 경이로운 월식의 신비를 놓치지 않겠다
고 전국적으로 수많은 관측행사들이 열릴 예정이란다.

"얼씨구. 그러면 그렇지. 오늘 아침엔 저 위인이 어째 안 보인다
싶더라. 모처럼 우리 동네 명물이란 명물은 총출동하시는구먼."

주방에서 나오던 주인 여자가 창밖을 내다보며 실소를 터뜨렸
다. 무심코 고개를 돌리던 당신은 깜짝 놀랐다. 당신의 바로 옆, 유
리창 밖에서 웬 젊은 여자가 얼굴을 바싹 들이댄 채 당신을 뚫어져
라 살피고 있었다. 석고같이 허옇게 분칠한 얼굴. 심하게 과장된
붉은 입술과 검은 눈썹 때문에 그것은 탈바가지처럼 보였다.

"아주머니, 지금 이 아가씨가 왜 이러는 거죠?"

당황해하는 당신을 보고 주인 여자가 웃음을 터뜨렸다.

"겁내실 거 없어요, 손님. 저 아이는 은희라고, 장터 지물포집 외동딸이지요. 정신이 좀 온전치 못하달 뿐, 남한테 해로운 짓은 절대 못하는 애랍니다. 저렇게 되기 전까지만 해도, 예쁘장한 얼굴에 성격도 참 싹싹하고 붙임성 좋은 아이였는데⋯⋯"

그녀는 안쓰러운 듯 혀를 찼다. 창밖의 그 이상한 여자는 코끝이 닿도록 얼굴을 붙인 채 두 손으로 유리면을 짚고 여전히 거기서 있었다. 양 손바닥을 활짝 편 여자의 모습은 물속을 유영하는 개구리의 자세와 흡사했다. 알고 보니, 여자의 시선은 당신이 아니라 창유리에 붙은 작은 스티커에 고정되어 있었다. 아이들이 붙여놓았음직한, 탁구공 크기의 그 빨간 딸기 그림 아래쪽엔 과자회사의 로고가 찍혀 있었다.

비로소 당신은 여자의 모습을 눈여겨보았다. 비교적 큰 키에 짧은 커트머리, 가늘고 긴 목선을 가진 그녀는 전체적으로 메마르고 섬세한 체형이었다. 삼십대 후반이나 될까. 끝단이 정강이까지 내려온 큼지막한 연보라색 코트를 걸쳤는데, 속옷을 잔뜩 껴입은 탓에 상체가 우스꽝스레 부풀어 있어 보였다. 제멋대로 화장한 얼굴은 그야말로 엉망이었다. 입술과 눈썹 선이 진하다못해 떡칠을 해놓은 꼴인데, 그럼에도 이목구비는 꽤 또렷하고 고왔다. 이제 그녀는 손톱으로 유리창을 꼼꼼히 긁어대기 시작했다.

"딸기를 떼어내고 싶은 모양이군요."

"저애는 만날 저래요. 빨간색으로 된 것이라면 무엇이나 저렇게 탐을 낸답니다. 가게에서건 동네 빨랫줄에서건, 붉은색 물건을 보기만 하면 어느새 번개같이 집어다가 자기 방안에 꼭꼭 숨겨놓는 버릇이 있어요. 희한한 일이지 뭐겠어요."

주인 여자가 말했다. 묘한 일이었다. 빨간색을 탐한다는데도, 그 젊은 여자의 차림새 어디에도 빨간색은 눈에 띄지 않았다.

"왜 유독 빨간색에만 그럴까요?"

"글쎄 말입니다. 온전치 않은 사람의 속이니 누군들 알겠어요. 그래도 사람들이 물어보면, 그것이 사람의 피라고 대답하곤 합니다. 옷에 피가 묻었으니까 얼른 물로 깨끗이 세탁해야 한다고요. 어떤 때는 하얀 천을 머리에 뒤집어쓰고 나와서는, 헌혈을 하러 빨리 도청으로 가자고 사람들을 붙잡고 애걸을 하고 그래요. 간호보조원이 되겠다고 광주로 올라가 학원에 다니던 참인데, 그 난리가 터져서 결국 저 꼴이 되고 만 것이지요. 쯔쯔."

당신은 급히 담배를 꺼내 물었다. 라이터를 쥔 손끝이 바르르 떨리고 있었다. 좀더 일찍 자리를 뜨지 못한 걸 당신은 후회했다. 듣지 않았더라면 백번 좋았을 얘기였다.

"죄받을 소리 같지마는, 총알에 맞았다거나 몽둥이로 두들겨맞아서 저리되었다면 차라리 더 나았을지도 모르지요. 그랬으면 부상자로 판정을 받아 국가에서 내주는 보상금이라도 받았을 테니까는. 쯧, 지난번 부상자 신고를 받을 때 그애 아버지가 두 차례나 신청을 했었는데, 증거가 충분치 않다고 불가 판정을 내렸답디다. 처녀 몸을 그 지경으로 만든 놈들이 군인이라는 확실한 근거가 없지 않느냐, 최소한 목격자라도 있어야 한다면서 말이지요. 허긴 그 사람들 얘기도 아주 틀린 말은 아니잖아요. 결국 난리통에 봉변을 당하고 저 지경이 되어버린 은희 저년만 불쌍하게 됐지. 아이구, 진짜 불쌍한 건 그 집 부모들이지요. 외동딸 때문에 온 집안이 폭삭 망해버리다시피 했지 뭡니까."

당신은 창밖의 여자를 더는 마주 바라볼 수가 없었다. 애써 외면하고 앉아 두 눈을 감아버렸다. 잊고 싶었다. 제발 아무것도 생각하고 싶지 않았다.

'그래. 그랬었구나. 그날, 그 열흘 동안, 저 여자와 나는 그 도시에 함께 있었구나. 그 엄청난 총성과 폭음과 울음 속에서 함께 갇혀 있었구나. 그때, 그 버림받은 도시에서 저 여자와 나는 한 번쯤 마주치지는 않았을까. 용광로처럼 들끓는 거리 한복판, 개처럼 미친 듯 쫓겨다니던 금남로 모퉁이 혹은 막다른 좁은 골목 어디에선가 우리는 땀에 젖은 몸뚱이를 언뜻 서로 부딪치면서 숨이 넘어가도록 도망치기도 했었을까……'

당신은 담배 연기를 거푸 들이마셨다. 심장의 박동이 거칠게 울려왔다. 대관절 주인 여자는 왜 이 가엾은 여자의 기이한 행동을 그냥 구경하고만 있는 것일까. 제발 여자가 어서 사라져주기를 당신은 간절히 바랐다. 결국 당신은 고개를 돌려 창밖 여자의 얼굴을 주시했다. 그리고 알 수 없는 분노에 사로잡힌 채 당신은 그 실성한 여자를 노려보았다.

'그 늦은 봄날 이후, 십수 년이라는 세월이 어느 틈에 우리 곁을 훌쩍 뛰어넘어가버렸지. 그리고 바로 오늘, 그 여자는 내 눈앞, 팔을 뻗으면 닿을 거리 저편, 투명한 창유리 저편에 서 있다. 헐겁게 벌어진 입술 사이로 말간 침을 질질 흘리면서, 집게손가락으로 빨간 딸기 스티커를 집요하게 긁어대고 있는 저 여자가 바로 그 여자라고 한다. 나와 함께, 수십만 명의 시민들과 함께, 그 운명의 도시에서, 그 열흘 낮과 밤을 함께 견디어냈을 이 여자…… 아아, 이 여자는 내게 누구인가. 나는 이 여자에게 또 누구인가. 누가 이 여자를 이렇게 만들었는가. 이 불행한 여자에 대해 나는 아무 책임이 없는 것인가……'

당신은 스스로를 향해 그렇게 되물었다. 가슴 밑바닥에 간신히 묻어두었던 울분과 회한의 앙금이 또다시 부옇게 수면으로 떠오르면서 눈시울이 뜨거워졌다. 당신은 컵에 든 물을 거칠게 들이켰다. 여자는 천진스러운 표정을 하고 아직도 딸기를 문지르며 서 있었다.

그때 창밖으로 또다른 여자의 모습이 나타났다. 어깨를 덮은 긴 머리에 검은 스웨터를 입은 삼십대 후반의 여자. 맞은편에서 큰길을 건너 다가오는 그 여자의 독특한 걸음걸이가 문득 당신의 시선을 끌었다. 한쪽 발이 약간씩 끌리면서 상체가 불안하게 흔들리는 그 모습이 분명 눈에 익었다.

긴 머리의 여자는 유리창에 붙어 있는 그 여자의 어깨를 가볍게 감싸안았다.

"그만 돌아가자, 은희야. 나랑 같이 집으로 가."

당신은 고개를 숙인 채 긴 머리 여자의 음성을 들었다. 주인 여자가 창으로 얼굴을 내밀고 말했다.

"순옥아. 은희 엄마는 집에 계시던?"

"아줌만 어제 아저씨 모시고 광주에 가셨는데요. 아무래도 큰 병원으로 가봐야겠다면서, 은희를 좀 봐달라고 하셨어요."

긴 머리 여자의 입가에 묻은 팥알만한 점을 당신은 벌써 알아보았다.

"참, 은희 아버지가 많이 아프다고 했지. 진즉 종합병원을 찾아가라고 했더니마는."

"그러게 말예요. 얼른 좋아지셔야 할 텐데……"

"쯔쯧. 좋아지긴 이미 틀린 거 같더라. 배에 물이 찼다고 하지 않던?"

긴 머리가 은희의 어깨를 잡고 돌아섰다. 나란히 한길을 건너가는 두 여자의 뒷모습을 지켜보던 당신은 서둘러 자리에서 일어났다. 식당을 나선 당신은 그녀들의 뒤를 밟았다. 그사이 안개는 눈에 띄게 묽어져 있었다. 자동차들이 길바닥에 고인 물을 튀겨내며 지나갔다.

두 여자는 우체국과 몇 개의 점포를 지나쳐 어느 허름한 이층 건물 앞에서 멈춰 섰다. 꽤나 낡아 뵈는 그 건물 아래층엔 '민들레 베이커리'라는 작은 간판이 걸려 있었다. 긴 머리 여자가 가게 안으로 들어가더니 이내 작은 비닐봉지를 쥐고 다시 나왔다. 봉지를 받자마자 은희는 빵을 꺼내어 물고 까르르 웃었다. 가게 바로 옆집 대문 안으로 은희가 사라진 다음, 여자는 빵집 안으로 모습을 감추었다. 당신은 건너편 길가에 서서 담배를 피워 물었다. 거기서부터 선착장이 시작되고 있었다. 콘크리트 제방 아래 바닷물은 연한 잿빛이었다. 폭풍우가 그친 아침의 바다는 거짓말처럼 잔잔했다. 당신은 몸을 돌려 빵집을 향해 똑바로 걸어갔다.

36. 순옥이

"어서 오세요."

유리문을 밀자 딸랑 하고 방울이 울렸다. 탁자를 정리하다가 무심코 돌아보는 그녀의 시선이 멈칫했다.

"혹시…… 양순옥?"

"어머, 선생님! 이진우 선생님, 맞죠?"

순옥은 입을 딱 벌리며 손에 쥔 걸레를 발치에 툭 떨어뜨렸다. 세상에, 이게 어찌된 일이에요. 여기서 유명한 작가 선생님을 만나다니! 첨엔 누구신가 했지 뭐예요. 나도 그랬어. 조금 전 식당에서 우연히 옆모습을 보고 혹시나 했더니, 역시 순옥이었군. 아아, 얼굴이 하나도 변하지 않았는데. 야학 다닐 때 순옥이 모습 그대로야. 어머, 말도 안 돼요. 그때가 언젠데, 선생님도 참…… 한동안 당신과 그녀는 들뜬 인사를 주고받았다.

당신은 창가의 테이블에 앉았다. 열 평 정도의 소박한 가게였다. 밖에서 보기와는 달리 실내는 아담했다. 원목으로 짠 몇 개의 탁자, 벽에 걸린 사진 액자들도 나름대로 깔끔해 보였다. 메뉴판을 보니, 제과점보다 커피숍 간판이 더 어울릴 성싶었다.

"이젠 선생님도 중년 티가 나시네요. 그땐 소년 같은 얼굴이셨는데."

순옥이 커피 두 잔을 들고 와 맞은편에 앉았다. 구수한 커피향이 실내에 퍼졌다.

"당연하지. 그게 벌써 몇 해 전 일인데."

"정말 그러네요. 그 시민아파트 골방, 기억나세요? 케이 강학님하고 이선생님이 자취하시던 그 삼층 끝 방이 눈에 선해요."

"맞아. 그때 순옥이 덕분에 김치랑 찌개를 얻어먹곤 했지. 누구더라. 순옥이랑 함께 방을 썼던 두 친구 말야."

"아아, 윤덕이하고…… 은숙이 말이군요."

문득 순옥이 흐려진 시선을 내리깔았다. 당신은 아차 하고 후회했다. 그녀의 친구 은숙은 그때 헌혈차를 타고 화순으로 향하다가 집중사격을 받아 현장에서 사망했던 것이다.

순옥이 일어나 카운터 쪽으로 가더니, 시디플레이어에 음반을 걸어놓고 돌아왔다. 70년대의 통기타 가요곡이었다. 들길 따라서 나 홀로 걷고 싶어. 작은 가슴에 고운 꿈 새기며…… 당신과 순옥은 창밖에 시선을 던져둔 채 한동안 말없이 노랫소리에 귀를 기울이고 있었다. 뭔가 알 수 없는 눅눅한 습기가 당신의 몸속으로 조금씩 젖어들어왔다. 실이 끊겨져 까마득한 허공으로 빠르게 곤두박질치는 꼬리연. 당신은 마치 그런 기분이었다. 그대 없는 세상 난 누굴 위해 사나. 사랑이 깊으면 외로움도 깊어라……

창 너머 바다를 바라보고 있는 순옥의 옆모습은 많이 쓸쓸해 보였다. 덧니를 내보이며 수줍게 웃곤 하던 열일곱 살짜리 단발머리 여자아이. 소아마비 앓은 다리를 힘겹게 끌면서 가방공장에 나가던 그 앳된 소녀의 흔적은 이젠 거의 남아 있지 않았다.

당신은 오랜 기억들을 떠올리고 있었다. 그날 당신은 케이를 따라 처음 야학 교사에 갔었다. 케이는 이전부터 거기서 국어와 국사를 가르치고 있었다. 재래시장 한가운데에 자리한 천주교회의 낡은 창고 건물을 빌려 열었던 야학. 어둡고 좁은 교실. 흐린 형광등 불빛 아래 졸음과 싸우며 밤늦도록 수업을 받던 어린 남녀 공원들. 수업 도중 이따금 고개를 돌려, 뒷자리에 앉은 당신에게 장난기 어린 웃음을 보내던 그 해맑은 얼굴들 속엔 아마 순옥이도 섞여 있었을 것이다.

"선생님 근황은 신문에서 가끔 읽었어요. 지난번 그 장편소설이 나왔을 땐 굉장했었잖아요. 십 년 동안 한 작품에만 몰두하셨다니, 그 집념에 저도 놀랐어요. 정말 혼자서 오랫동안 무척 힘드셨겠어요."

"그런 얘긴 그만하지. 부끄러워지거든."

"어머, 진심으로 드린 말씀이에요. 하긴 아직 그 책을 읽어보지도 않았으니, 저야말로 부끄럽네요. 몇 번이나 책을 사려다가 그만뒀거든요. 도저히 읽을 용기가 나지 않았어요. 너무 고통스러울 거 같아서……"

쓸쓸하게 웃는 순옥 앞에서 당신은 불현듯 죄스럽고 부끄러워진다. 그런 한편으로 새삼 울분과 허전함이 울컥 고개를 쳐든다. 그 다섯 권짜리 소설을 탈고했을 때, 당신은 반쯤 제정신이 아니었다. 십 년 넘게 혼자 편집증 환자처럼 매달려왔던 소설이었다. 그해 이후 당신은 세상을 용서할 수 없다고 생각했다. 절대로 용서해서는 안 된다고 입술을 악물었다. 아직도 그 얘기냐. 주변의 가장 가까운 친구들조차 한심하다는 눈길을 보냈다. 당신은 그럴수록 더 그악스레 매달렸다. 증오와 분노. 그것이 십 년 내내 당신을 버티게 만든 힘이었는지 모른다. 순진하게도, 당신은 소설이야말로 당신이 취할 수 있는 유일한 무기라고 믿었다. 그 도시에 대한 세상의 무지와 편견 그리고 범죄자들의 거짓과 뻔뻔함에 맞서 싸울 강력한 무기라고. 그건 실로 굉장한 자기도취였고 환상이었다.

책이 출간되고 난 얼마 후 당신은 사당동 빈대떡집 구석자리에 혼자 앉아 있었다. 뉴스 화면에선 학살의 주범들이 개선장군처럼 파안대소하며 교도소 문을 걸어나왔다. 이젠 모든 걸 과거로 묻어 둡시다. 훗날 역사의 심판에 맡기도록 합시다. 불과 얼마 전 선거에서 기적적으로 승리한 칠순의 대통령 당선자가 마이크 앞에서 말했다. 그는 그해 5월 직후 군사재판에서 내란의 수괴로 몰려 사형을 선고받았던 장본인이었다. 당신은 화장실 변기에 얼굴을 처박고 뱃속의 것을 모조리 쏟아냈다. 세상은 그해 봄을 그렇게 간단히 뭉뚱그려 치워내고 있었다.

당신은 창 너머로 다시 시선을 던진다. 푸른 안개는 아까보다 훨씬 엷어져 있다. 부두 맞은편 불섬의 등성이가 안개 속에 흐릿하게 드러났다. 때마침 한 여자가 길을 건너 바다 쪽으로 달려가고 있다. 은희다. 선착장으로 올라선 은희는 무릎 높이의 난간에 걸터앉아 두 다리를 대롱거리기 시작한다. 잔교를 따라 정박해 있는 크고 작은 배 위에서 어부들이 부지런히 움직이고 있다. 은희의 뒷모습에 눈길을 준 채로 순옥이 나직하게 입을 열었다.

"5월 24일이었어요. 아침부터 부상자가 계속 들이닥쳐서 정신이 없었지요. 나는 윤덕이, 은숙이와 함께 이틀 전부터 도청에서 시체 수습하는 일을 돕고 있었는데, 그날 점심 무렵 은희가 교복 차림으로 다시 찾아왔어요. 처음엔 그렇게 넷이서 시체 수습 일을 함께 했었는데, 전날 은희는 몇 번이나 구토를 하고 나서는 도저히 못하겠다고 혼자 집으로 돌아갔거든요. 그 무렵 간호보조원 양성

소를 다니던 은희는 우리 아파트 근처에서 자취를 하고 있었지요. 내가 윤덕이랑 둘이서 입관할 시신들을 수건으로 씻어내고 있는데, 은희가 나타나더니 갑자기 엉엉 울음을 터뜨렸어요. 그 끔찍한 시신들이 즐비하니 누워 있는 광경에 넋이 반쯤 나갔더군요. 무섭다고, 무서워서 죽을 것만 같다면서 나더러 함께 고향집으로 내려가자는 거예요. 안 된다고 했더니, 은희는 당장 저 혼자 영도로 내려가겠다고 하더군요. 그때 어떻게든 말렸어야 했는데⋯⋯"

순옥은 유리잔의 물을 한 모금 마셨다. 당신은 선착장 난간에 앉은 그 불행한 젊은 여자의 뒷모습을 바라보고 있었다.

"난 쟤가 설마 영도까지 혼자 내려갈 수 있겠나 싶었거든요. 우리 둘은 꼬맹이 때부터 단짝이었어요. 한동네에 살면서 줄곧 같은 학교에 다녔지요. 그때 내가 기어코 붙잡았어야 했어요. 그랬으면 쟤가 저렇게 되지 않았을 텐데⋯⋯ 몇 달 후에야 은희 소식을 들었어요. 그때 일로 저도 한동안은 숨어 지내야 했으니까요. 식구들이 은희를 발견한 건 그날 우리와 헤어지고 나서 보름 뒤였다는군요. 경찰에서 영도에 있는 부모에게 연락을 해왔는데, 나주역 철길 부근에서 혼자 맨발로 떠돌아다니는 걸 붙잡아뒀대요. 추측해보건대, 그날 은희는 도청에서 시민군 버스를 타고 시 외곽에서 내렸나봐요. 포위망을 넘어서 저녁 무렵 남평 쪽으로 빠져나가려던 일행 중 몇은 죽고, 저애 혼자 군인들한테 잡혀 끌려가는 것을 마침 부근의 농부 한 사람이 목격했대요. 그런데 며칠 만에 갑자기 저

지경이 되어 나타난 거예요. 옷이 온통 엉망으로 찢어지고 피투성이가 된 채…… 얼마나 끔찍한 짓을 당했는지, 그때 이후 영영 저렇게 되고 말았어요."

당신과 순옥은 나란히 창밖에 시선을 둔 채 한동안 침묵한다. 여가수의 노래는 이어진다. 하얀 목련이 필 때면 다시 생각나는 사람. 봄비 내린 거리마다 문득 그대 뒷모습……

"순옥이의 고향이 여기였군. 언젠가 언뜻 그런 얘길 들은 것도 같은데."

"태어난 곳은 제주도예요. 두 살 때 부모님이 이쪽으로 건너오신 거죠. 담에 크면 꼭 육지에서 살겠다고 어려서부터 꿈을 꿨는데, 아직 섬을 못 떠나고 있네요."

순옥은 진압군이 도시를 점령한 이후 일 년 만에 자수를 했고, 얼마 후 집행유예로 풀려났다. 전에 다니던 가방공장에선 겁을 집어먹고 받아주려 하지 않았는데, 마침 주위의 도움으로 충장로에서 몇 년 동안 큰 빵집의 점원일을 했다. 아버지가 병으로 세상을 떠났을 때 그녀는 그간에 배운 빵 제조기술과 저금했던 돈을 쥐고 영도로 돌아왔다.

"장사랄 것도 없죠 뭐. 근처에 중학교가 있어서 세를 얻었는데, 보시다시피 늘 이래요."

"참, 결혼은?"

"못했어요. 이젠 너무 늦어서, 아마 영영 못할 거 같네요."

"무슨 소리야. 아직 젊은데."

순옥은 대답 대신 고개를 갸웃하고 쓸쓸하게 웃는다. 서른이 훌쩍 넘은 나이가 되도록 그녀는 연애 한번 해보지 못했다. 가난하고 불구인 여자에게 연애는 가혹한 환상이었다. 자기 손으로 벌어서 여동생 둘을 고등학교까지 졸업시켰고, 지난봄 막내를 시집보내고 나자 비로소 할 일을 마친 기분이었다. 그러면서도 정작 순옥이 자신은 결혼할 꿈조차 꾸어본 적이 없었다.

꼭 한 번, 그런 순옥을 뜨겁게 포옹해준 남자가 있긴 했다. 그해 봄, 도청 앞마당 은행나무 아래에서였다. 수, 순옥아이. 기억해둬라이. 고, 동, 춘이가 내 이름이여. 복부에 총상을 입은 동료를 들쳐업고 처음 그녀에게 왔던 서른다섯 살 난 말더듬이 노총각 고씨 아저씨. 순옥에게 그가 남긴 마지막 말은 그거였다. 금남로 사우나탕에서 구두를 닦고 있다가 눈에 열불이 나서 도청으로 뛰어와 총을 잡았다는 그는 고향 비금도의 백사장에 핀 해당화를 순옥에게 꼭 보여주고 싶다고 말했다.

마지막날 밤, 진압군이 들어오기 직전 순옥은 다른 여자들과 함께 도청을 빠져나왔다. 그녀들을 앞마당까지 데려다준 고동춘씨는 은행나무 아래서 별안간 순옥을 와락 그러안으며 울먹였다. 수, 순옥아. 우리 꼬, 꼭 다시 만나야 헌다이. 너는 꼭 어려서 죽은 내 도, 도, 동생 같어야. 역한 술냄새 땀냄새를 얼굴에 확확 뿜어대던 그 말더듬이 고동춘씨는 끝내 순옥의 가슴에다 눈물을 묻히고 말았다. 그리고 그는 바로 그날 새벽에 도청에서 사살되었다.

"참 알 수 없는 일이에요, 선생님. 저는 사실 그때 아무것도 한 일이 없거든요. 야학 다닐 때 강학님들께 많이 듣긴 했어도, 운동이니 투쟁이니 하는 따윈 별 관심도 없었고 이해할 수도 없었죠. 야학 친구들 따라 얼결에 도청에 갔다가, 죽은 사람들이 너무 불쌍하고 슬퍼서 거기 남았을 뿐이에요. 피투성이가 된 시신들의 몸을 씻어내고 살점을 추려주면서도 더럽거나 무서운 느낌은 별로 들지 않았어요. 지금 생각해도 어디서 그런 용기가 났는지 모르겠어요…… 그 며칠 동안의 일을 겪고 나니까, 마치 한꺼번에 수십년을 살아버린 듯한 기분이 들더군요. 이상하지요. 그뒤부터는 아무리 해도 예전처럼 웃어지지가 않아요. 아름답고 빛나는 것을 봐도, 눈앞에 어두운 그림자 같은 게 함께 보여요…… 그날 이후, 세상과 내 삶의 모든 것들이 별안간 전혀 다른 모습으로 변해버리고만 것 같아요."

순옥은 소리없이 웃는다. 쓸쓸하면서도 차분한 눈빛이 그녀를 훨씬 나이들어 보이게 만들었다.

37. 혈흔

순옥과 마주앉은 당신은 어쩔 수 없이 또 케이의 쓸쓸한 눈빛을 떠올린다.

그해 이후 당신과 그는 그리 자주 만나지 못했다. 당신은 서울로 거처를 옮겼고, 케이는 그 도시에 남아 극단을 조직해서 꽤나 열정적으로 뛰어다니느라 피차 여유가 없기도 했다. 하지만, 그보다는 언제부턴가 둘 사이에 이물질처럼 끼어든, 뭔가 설명하기 어려운 그 거리감이 당신들의 만남을 점차 서먹하게 만든 건 아니었을까. 물론 그건 케이의 탓이 아니었다. 나야. 오로지 나 때문이었어. 당신의 내면에서 또다른 당신이 그렇게 아프게 되뇌었다.

"케이 선생님 생각이 많이 나시죠? 두 분은 단짝이셨잖아요."

순옥의 입에서 기어코 그 이름이 흘러나왔다. 당신이 방금 전 케이를 떠올리고 있었음을 훤히 읽어내기라도 한 것 같다. 당신은 잠자코 담배만 피웠다.

"우연히 지역 뉴스를 보다가 케이 선생님 장례식을 보았어요. 가게문을 닫아걸고 밤새도록 혼자 술을 마셨지요. 미치도록 억울하고 분통이 터지더군요. 왜 저분들만 죽어가야 하나. 언제 무슨 일이 있었느냐는 듯 세상은 모두 까맣게 망각한 채 이리도 흥청망청 돌아가는데, 왜 저들만 홀로 고통을 떠안은 채 저렇듯 하나둘 쓸쓸하게 죽어가야만 하나. 분하고 억울해서 미칠 것만 같더라구요."

유난히도 무덥던 그 초가을 날, 병원 영안실의 풍경을 당신은 기억한다. 급작스런 부음에 황급히 몰려든 사람들. 대부분 낯익은 사람들이었다. 십몇 년 만에 대하는 얼굴도 있었다. 그들은 모두 그해 5월로 인하여 한때 투옥되었거나 수배된 사람들, 부상을 당했거나 갖가지 고통을 당해온 공동운명체들이었다. 한꺼번에 나타난 그 낯익은 얼굴들 속에서 당신은 당혹스러웠다. 타임머신을 타고 십수 년 세월을 거슬러 느닷없이 그때 그 공간 속으로 되던져진 것만 같았다.

저마다 침통하게 술잔을 기울이며, 다음엔 동료들 중 누구 차례가 될 것인지를 그들은 점쳤다. 누군가 외국의 어떤 연구결과를 예로 들었다. 전쟁, 내란, 지진과 같은 대참사 혹은 격심한 재난을 겪고 살아남은 사람들은 대부분 육체적 정신적 내·외상으로 인한 심각한 후유증을 앓게 되는데, 그들은 묘하게도 사건 후 십 년 내지 십오 년 정도 지나면서부터 돌연 급격한 사망률의 증가를 보인다는 것이다.

아, 그러고 보니 우리도 딱 그 정도 시간이 지났는걸. 맞아. 재작년부터 부쩍 부상자 동지회원들의 사망자가 늘어나기 시작했거든. 참, 그래. 가만 듣고 보니, 맞는 얘기 같은데.

그즈음 줄줄이 이어지는 초상에 그들은 너나없이 낯빛이 질려 있었다. 최근 두 달 사이만 해도 부상 후유증으로 인한 병사자, 가망 없는 투병생활 끝에 자살한 부상자, 그리고 케이가 그 세번째 죽음이었다. 게다가 정신병원을 전전하다가 끝내 사경을 헤매고 있는 선배 하나가 바로 다음 순서로 대기중이라고 했다.

반지하인 영안실 내부는 향 연기와 사람들의 체온으로 후텁지
근했다. 희부연 형광등 불빛 아래 모여 앉은 낯익은 얼굴들을 당신
은 새삼 하나하나 둘러보았다. 그들은 아직도 그 도시에 남아, 그
봄날 열흘간의 혈흔을 간직한 채 각기 힘겹게 살아가고 있었다. 저
마다의 모습엔 세월의 흔적이 완연했다. 생기와 혈기 넘치던 기억
속 얼굴들은 홀연 저편으로 비켜나고, 대신 머리 희끗희끗한 사오
십대들이 슬픔과 비통함으로 핏발 선 눈빛들을 하고 그림자처럼
묵묵히 앉아 있었다.

　"이, 이놈의 더러운 세상. 원통하고 개같은 놈의 세상. 어째서
의롭고 선하게 살겠다는 인간들만 젊은 나이에 이리 힘들게 죽어
가야만 하는 거냐고. 어흐으…… 변한 것은 하나도 없는데, 이 몹
쓸 놈의 세상. 케이아아. 불쌍해서 어쩔거나. 어째야 쓸거나……"

　돌연 영정 앞에서 울음소리가 터져나왔다. 만취한 선배 하나가
손바닥으로 마룻바닥을 두드리다가 모로 고꾸라졌다. 오랜 수배
생활과 옥살이로 건강을 심하게 해친 그 선배는 벌써 몇 년째 병원
을 집 드나들듯 한다고 했다.

　변한 것은 하나도 없다고…… 당신은 그의 넋두리를 되씹어보
았다. 세상은 어느덧 그날, 그 도시, 그 기다림의 기억을 말끔히 지
워버리고 말았다. 그것들은 한낱 과거의 이름, 지나간 역사의 불유
쾌한 흉터일 뿐이었다. 잊자. 잊어라. 더 나은 미래를 위해서 잊어
버리자. 너나없이 입을 모아 외치며, 세상 사람들은 일제히 앞만

보며 내달리고 있었다.

그렇다면, 이들은 대체 누구인가. 당신은 문득 스스로에게 되물었다. 지금 내 눈앞에 그림자처럼 모여 앉은 이 사람들은 누구란 말인가. 조화에 파묻혀 관 속에 말없이 누워 있는 케이는 또 누구인가? 죽어 묘지에 묻혀 있는 사람들과 마찬가지로, 이들도 이젠 '역사' 속에 박제될 존재들인가? 이들 역시 그대들이 이젠 그만 잊기로 하자던 '과거' 속의 존재인가? 그대들은 최소한 이들의 훼손된 청춘에 대해, 삭제된 무수한 시간들에 대해 참으로 아무런 책임이 없는가? 그들의 남아 있는, 이미 훼손되어버린 미래에 대해서도?

영안실의 그 낯익은 문상객들 앞에서 당신은 흉흉한 백일몽을 꾸고 있는 것만 같았다. 반지하 벽면 한쪽에 뚫린 쪽창으로 손수건만큼의 바깥세상이 내다보였다. 거기 한낮의 햇살은 눈부시게 쟁쟁 쏟아지고, 새로 들어선 흰색 고층 아파트가 날아갈 듯 허공에 날렵하게 솟아 있었다. 질주하는 자동차의 소음과 함께 부근 전자상가에서는 숨가쁜 랩 음악이 부카부카 터져나왔다.

한순간 당신 눈앞의 모든 것이 일시에 뚝 정지해버렸다. 영안실 안의 시간이 정지하고, 그 안의 모든 시계가 동시에 멎어버렸다. 관 안에 안치된 케이의 호흡도 멎고, 실내에 모인 사람들도 벽화처럼 정지했다. 사람도 사물도 모두 유령들처럼 거기, 반지하의 공간에서 저마다 죽어버린 시간을 등에 업은 채 묵묵히 앉아 있었다.

그러나 바로 그들 머리 위 쪽창 바깥, 지상의 시간은 내내 미친 듯 현란한 속도로 내달리고 있었다.

지금 바깥세상과 영안실 안은 각기 전혀 다른 시간대에 속해 있었다. 세상은 영안실 안의 그들을 벌써 오래전 망각해버렸다. 누군가 그들 모두를 어두운 지하 영안실 안에, 1980년이라는 묵은 과거의 시간 속에다 한꺼번에 유폐시키려 음모하고 있었다. 이제 그들은 미라처럼 소리없이 잊혀져가는 존재였다. 전혀 다른 미지의 혹성에 내던져진 버림받은 인간들이었다. 분명 그건 또하나의 배반이었다. 십수 년 전, 그 열흘 낮과 밤 동안 그러했듯이, 또 한번의 무서운 배신이 그들에게 되풀이되고 있는 것만 같았다.

바로 그 순간, 당신은 비로소 깨달았다. 그날, 그 최후의 총성이 멎은 바로 그 순간부터 케이의 시간도 영영 멈추어버리고 말았으리라는 사실을. 바로 그 때문에 케이는 지난 십수 년 동안 맨손으로 직접 극단을 조직하여, 그렇듯 미친 사람처럼 그악스럽도록 연극에 매달렸을 것이다. 그것도 처음부터 끝까지, 오로지 5월항쟁을 소재로 한 작품들만을 말이다. 그는 세상과 싸우려 했었다. 부끄러움도 죄의식도 없는 이 비정한 세상의 망각증에 맞서서, 그는 죽는 날까지 싸우고 싶었을 것이다.

케이는 죽기 직전까지 작품을 준비했다. 진압작전 종료 후 상무대 집단수용소의 실상을 담은 비디오 영상물. 경험도 제작비도 턱없이 부족했지만, 지금까지 이어온 5월극의 형식에 뭔가 획기적 변화를 가져와야 한다는 절박한 요구에 사로잡힌 그는 영상 제작에 초인적 노력을 쏟아부었다. 결국 누적된 과로와 무리가 그를 죽음으로 내몰았던 셈이다.

극심한 피로감 때문에 혼자 병원을 찾아갔을 때, 암세포는 이미 막바지 상태였다. 의사는 입원조차 불가능하다는 판정과 함께 남은 시간이 기껏해야 반년 정도임을 알렸다. 케이 부부는 그래도 마지막 희망을 걸고 서울의 모 대학병원을 찾아갔다.

"입원 신청 후 며칠이 지나도록 병원 업무과에선 뚜렷한 이유도 없이 마냥 대기하라는 말뿐이었어요. 그러다가 누군가의 귀띔으로 뒤늦게 눈치를 챘지요. 알고 보니, 우리가 처음에 '5·18 피해자 의료보호증'을 보이고 접수했던 게 문제였어요. 병원에선 치료비 지불 능력을 의심했던 거지요. 난 당장 쫓아가서 미친 여자처럼 울며불며 악을 썼지요. 우리가 거지인 줄 아느냐고, 이건 5·18 피해자들을 위해 국가가 지급한 증서라고. 그런데 혜택은커녕 왜 따돌림을 받아야 하느냐고…… 정말이지 너무너무 분하고 서러워서 피눈물이 솟구쳤어요. 그래, 이 사회가 우리에게 베푸는 대접이 바로 이런 거로구나, 그때나 지금이나 세상은 여전히 그대로구나 싶으니까, 정말이지 이 추악한 땅에서 함께 숨쉬며 살고 있다는 게 저주스럽기까지 했어요. 그렇게 직원들과 한바탕 난리를 피웠더니, 그제야 입원을 받아주더군요. 세상에 어쩌면! 그것이 이 땅을

떠나는 마지막 순간까지, 이 사회가 그이를 위해 베풀어준 대접이
었어요."

　케이가 땅에 묻힌 지 일 년이 되는 날, 묘지를 찾아간 당신에게
그의 아내는 새삼스레 눈물을 글썽이며 말했다.

　"아아, 머리가 아파. 차라리 내 머리를 깨부숴버려. 제발⋯⋯"
　바늘에 찔린 듯 당신은 움찔 경련을 일으킨다. 케이의 목소리
다. 고통에 겨워 내지르는 케이의 울부짖음이 당신의 고막을 또다
시 쟁쟁 울리고 있다.

　극심한 통증 때문에 투여한 다량의 진통제 탓이었을까. 막바지
순간까지 케이가 그토록 고통스러워했노라고 그의 아내는 말했
다. 그러다가 임종이 닥쳐왔을 때 그는 거짓말처럼 고요해진 얼굴
로 중얼거렸다.

　"여보. 나 이제는 갈게. 나를 좀 바닥으로 내려줘."
　그녀가 몸을 부둥켜안아 간이침대에 내려주자 그는 다시 뇌까
렸다.

　"아래로, 조금 더 아래로⋯⋯"
　그것이 케이가 지상에 남긴 마지막 말이었다.

　중학생 아이들에게 빵봉지를 안겨준 다음 순옥이 자리로 되돌
아왔다. 창밖으로 봉고차 하나가 지붕에 확성기를 매단 채 막 가게
앞을 지나간다. 군청의 관용 차량이었다. '국제항 승격 축하 불꽃

잔치'라고 적힌 플래카드가 몸체에 붙어 펄럭인다. 꽁무니엔 '도약하는 새 영도군'까지 함께 붙었다.

"국제항이라니?"

"이름은 제법 거창하죠? 공식적으로 내년부터는 중국까지 직접 화물선이 오갈 수 있게 된 모양이에요. 이틀 전 최종 확정되었다는데, 한겨울에 웬 불꽃놀이를 한다고 저 야단들인지 모르겠어요. 그것도 하필 개기월식이 끝나는 순간을 기다렸다가 일제히 시작한다네요. 참."

안개는 이제 완전히 걷힌 듯싶다. 난간 위에 앉았던 은희의 모습은 그새 어디로 갔는지 보이지 않는다. 당신은 줄곧 망설이던 그 물음을 순옥에게 던졌다.

"혹시, 그 친구가 여기 오지 않았어? 세상 떠나기 바로 조금 전에."

"케이 선생님이, 이곳으로요?"

그래. 행적을 알 수 없는 그 보름 동안 그 친구가 왠지 이곳을 찾아왔을 거라는 예감이 들어. 그냥, 혹시나 해서 물어보는 거야. 당신은 더듬거렸다. 순옥은 문득 정색을 한 채, 뭔가 확인하려는 사람처럼, 당신의 표정을 잠시 유심히 살피는 기색이었다.

"아뇨. 전 모르는 일이에요."

그랬었군. 당신은 말없이 바다 쪽으로 눈길을 돌렸다. 순옥이 낮게 한숨을 내쉬었다.

38. 요안, 두려움을 이겨내다

처음엔 바람 소리인 줄 알았다. 당신은 종잡을 수 없는 꿈속을 혼자 헤매던 중이었다. 그러다 설핏 눈을 떠보니, 노크 소리였다. 누구세요. 그러자 겁먹은 듯한 음성이 작게 문밖에서 들렸다.

"저어, 미안합니다만, 잠깐만……"

당신은 퍼뜩 놀라 일어나 전등을 켰다. 문을 열어보니, 맞은편 방의 사내 요안이다. 파자마 차림인 모습에 당신은 약간 놀랐다. 어째서인지 터무니없이 잔뜩 겁에 질린 표정. 눈빛은 불안하게 허둥거리고 입술까지 바들바들 떨고 있다.

"무슨 일이 생겼습니까?"

"저, 잠시만 제, 제 방으로 와주시겠습니까. 수, 술이라도 함께 마, 마시게요. 부탁합니다."

"뭐라구요?"

어안이 벙벙해진 당신은 잠시 그를 쏘아본다. 새벽 한시에 잠든 사람을 깨워내서 엉뚱하게 술을 마시자고 하다니. 이 사람이 제정신인가. 그러나 낯빛을 보니 필시 뭔가 절박한 사정이 있는 눈치다. 결국 당신은 대충 겉옷을 걸쳐입고 사내를 따라 맞은편 방으로 들어간다. 혼자 술을 마시던 참인 듯 위스키 병과 건과류 안주 봉지가 방 가운데 놓여 있다.

"미, 미안합니다. 실례인 줄 압니다만, 어쩔 수가 없었습니다.

무서워서, 도저히 혼자 겨, 견딜 수가 없을 것 같아서요. 얘기를 나눌 사람이 꼭 필요했습니다. 죄송합니다."

"대체 무슨 일로 그러시죠?"

다소 퉁명스럽게 반문하면서 당신은 요안의 표정을 재빠르게 탐색한다. 취기가 오른 기색 같지는 않고, 뭔가 무척 진지하고 절실한 눈빛이다. 반백의 머리에 깡마르고 왜소한 체구의 사내. 지독히 음울하고 병색이 도는 듯한 얼굴에서 그 눈빛만은 묘하게 강렬한 느낌을 준다. 어떤 절망적인 흡인력이 담겨 있는 눈이다. 당신은 그가 건네는 잔을 받아 마지못해 혀끝만 적신다.

"이런 얘길 하면 혹 나를 미친 사람으로 여기실지 모릅니다. 하지만 내게 뭔가 엄청난 일이 벌어질 것만 같은 예감 때문에 너무 두렵습니다. 지금껏 완전한 망각 속에 숨어 있던 그것의 정체가 대체 무엇인지, 또 그것과 어떻게 대면해야 할지 모르겠습니다. 차라리 그냥 영영 모르고 있는 편이 나을 것 같기도 하고…… 이런 기분, 이해하시겠습니까?"

요안의 음성은 떨고 있다. 하지만 당신은 여전히 얼떨떨할 뿐이다. 결국 요안은 모든 걸 털어놓기로 작정한 모양이다.

"사실 어제저녁 식당에선 선생께 거짓말을 했습니다. 이민을 가기 전까지 내가 이곳 영도에서 나고 자랐고, 또 홀로 남겨둔 여동생을 만나러 왔노라고 했던 얘기 말입니다. 아니, 어쩌면 그것이 모두 사실일 수도 있고, 전혀 아닐 수도 있지요. 사실 나로서는 그 어느 것 하나 정확히 알고 있는 게 없으니까요. 고백하자면, 나는 기억을 잃어버린 사람입니다. 기억상실의 정확한 원인이 무엇인지 의학적으로도 불명이라고 하더군요. 사십몇 년 전, 바로 이곳 영도 읍내에서 조그만 사내아이 하나가 반쯤 넋이 나간 채 헤매고 있었습니다. 그게 나입니다. 그 이전까지의 기억은 내게서 완전히 지워지고 없지요. 부모의 이름과 얼굴, 생사여부도 모르고, 살던 곳이 어딘지, 내 본래의 성과 이름이 무엇인지조차도 모릅니다. 여동생 하나가 있었던 것 같다는 불확실한 얘길 언젠가 설핏 들었으나, 그 역시 내 기억엔 전혀 남아 있지 않습니다……"

오십대 후반의 작고 병약한 체구의 사내는 떨리는 손으로 담배를 피워 문다. 그리고 해묵은 사진첩을 한 장씩 넘기듯 과거를 더듬어낸다.

영도교회 조목사는 그를 목포 시립고아원에 남겨둔 채 영도로 되돌아갔다. 그때까지도 요안은 말을 제대로 하지 못했다. 콜타르 칠한 검은 판자벽의 고아원. 지붕에서 밤새도록 바람결에 딸그락거리던 그 찢겨진 루핑 조각. 한 달 후, 격다리에 매부리코인 파란 눈의 선교사 앞에 불려나왔을 때, 요안은 겁에 질려 울음부터 나왔다. 넌 신짜로 행운아로구나. 이분이 널 미국으로 데려가주실 양아버지시다. 미국은 아름답고 살기 좋은 천국의 나라란다. 넌 아주 행복하게 살게 될 거야. 원장이 등을 다독거리며 말했다.

목포 고아원에서 서울까지, 그리고 다시 미국행 비행기를 탈 때까지도 홀리필드 목사는 입을 꾹 다문 채 말 한마디 건네지 않았다. 그 표정 없는 독일계 미국인 선교사는 죽는 날까지 요안을 그렇게 대했다. 훨씬 연상인 그의 아내는 식물처럼 무기력하고 반응 없이 지내는 여자였다. 그들 부부는 원인불명의 간질증세를 가진 노란 피부색의 전쟁고아를 특별히 학대하지도 사랑해주지도 않았다. 그나마 일찍부터 주말이면 한인교회 부설학교에 다니게 해준 덕분에 모국어를 잊지 않게 된 것만은 다행이었다. 목사가 성불구자였다는 사실을 요안은 그가 죽은 후에야 알았다.

대학 졸업 후 직장생활은 요안이 중증의 대인관계 부적응자임을 증명해주었다. 친구도 없고 이렇다 할 취미도 없는 그를 대부분 이상성격자쯤으로 여겼다. 그는 운명적으로 한 개의 섬이었다. 뿌리 없이 지상을 떠도는 식물, 그림자 없는 인간, 미지의 행성에 유기당한 외계인이 그였다. 그에겐 욕망도 미련도 꿈도 없었다. 과거가 부재하듯이, 현재도 미래도 존재하지 않았다. 살아 있음과 죽음 사이의 구분과 차별성조차도 무의미했다. 그는 죽은 사람처럼 살아왔을 뿐이다.

"그러다가 최근 들어 몇십 년 만에 돌연 발작이 찾아왔습니다. 결국 때가 온 거라고 생각하고, 두어 차례 자살을 시도했지만 묘하게도 무엇인가 나를 가로막았습니다. 그런데 이번엔 그 기이한 환청이 들리기 시작한 것입니다."

"가만, 환청이라고요?"

"그래요, 환청입니다. 전혀 알 수 없는 누군가의 목소리가……"

"무슨 말이었습니까, 그게?"

"도, 돌아와. 때가 되었다……"

"돌아와. 때가……"

그의 말을 무심코 되뇌던 당신의 낯빛이 불현듯 굳어버렸다. 시간이 없다. 시간이 없어. 당신의 귓전으로 예의 그 메마른 음성이 또렷하게 되살아난다. 설마, 그럴 리가. 환청이라니…… 어찌된 영문인가. 사실 따지고 보면 난 그 이상한 목소리 때문에 결국 이렇게 영도까지 쫓아내려온 셈이다. 그런데 이 사내도 지금 그 환청을 따라 결국 이곳까지 찾아온 셈이라고 말하고 있다. 그것도 미국에서 여기까지. 허무맹랑한 얘기라고 웃어넘기기엔 너무 기이한 우연의 일치였다. 당신의 머릿속이 돌연 엉망으로 헝클어진다.

"지금까지 난 그 환청을 단지 신경과민 탓이라고만 여겼습니다. 그런데 아까 선생에게서 새끼줄이라는 말을 듣는 순간 마치 번개처럼, 그래요, 정말 벼락을 맞은 것처럼 내 머릿속에서 뭔가가 쨍하고 튀어나왔던 겁니다……"

그 순간의 충격을 되새김질하듯 요안은 숨을 몰아쉰다. 식당에서 당신이 전쟁 때 벌어진 그 희한한 사건을 화제로 꺼냈을 때 그는 처음엔 무심히 들었다. 인민군으로 위장한 경찰이 운동장에 새끼줄로 경계선을 만들어놓고 주민들을 선별했다는 대목에서 요안은 호흡이 뚝 멎는 것만 같았다. 한순간 환등기 사진처럼 눈앞에 장면 하나가 불쑥 떠올랐다가 사라졌다.

　햇볕을 되받아 하얗게 탈색되어 눈앞에 비치는 몇 가닥의 새끼
줄. 기다랗게 허공에 매달린 그 새끼줄 너머 무엇인가 한덩어리로
마구 구물거리고 있다. 사람들…… 여자와 남자, 노인들, 아이들.
얼핏 누군가 바로 곁에서 벌떡 일어나더니, 다급하게 외마디소리를
외치며 끌려나간다. 아, 아니야. 그게 아니야아. 공포에 질린 남자
의 외침…… 거기까지였다. 화면은 별안간 뚝 암전되고, 요안은 뒤
통수를 얻어맞은 듯 한동안 숨을 쉬기가 어려웠다. 누구일까, 그 사
람은? 그곳은 어디이며, 그때 나는 거기서 뭘 하고 있었던 것일까.

　여관으로 되돌아온 요안은 머리끝까지 이불을 뒤집어썼다. 온
몸에서 식은땀이 물처럼 줄줄 흘러나왔다. 그는 그 돌연한 환영이
무엇을 의미하는지 본능적으로 직감했다. 수면 아래 칠흑의 밑바
닥을 뚫고 기억의 최초 한 컷이 마침내 돌출한 것이다. 찰나에 언
뜻 스친 그 화면과 목소리의 정체는 알 수 없었다.

　요안은 땀에 젖은 채 방바닥에 배를 대고 북북 기어다녔다. 전
신을 엄습해오는 까닭 모를 공포. 그 공포는 이내 육체의 엄청난
고통으로 변했다. 가슴과 머리가 빠개질 듯 아파왔다. 순간 요안은
그 공포와 고통의 느낌을 생생하게 기억할 수 있었다. 그것을 기억
해낸 것은 의식이 아니라, 놀랍게도 그의 육신이었다.

　그 짧은 한 컷의 화면에 숨겨진 끔찍한 공포와 고통의 체험을
그의 육신이 의식보다 한발 먼저 선명하게 기억해낸 것이었다. 아

아, 요안은 새우처럼 웅크려 누운 채 고통스런 신음을 토해냈다. 이젠 제발 아무것도 알고 싶지 않았다. 영영 기억해내고 싶지 않았다. 차라리 도망치고 싶었다. 망각 저편의 비밀과 다시는 마주치지 않기를 바랐다. 그 비밀의 문이 열리는 순간 자신을 덮쳐올 공포와 고통이 얼마나 무서운 것일지를 요안은 본능적으로 직감했기 때문이다.

그러자 망각의 벽을 뚫고 갑자기 수많은 기억의 파편들이 눈앞에서 어지러이 요동치기 시작했다. 그것들은 그 정체불명의 몽타주 같은 환영들이었다. 분화구 모양의 깊고 검은 구멍. 청록색의 바다 한가운데에 동그랗게 떠 있는 붉은 꽃무더기, 그리고 검정 코고무신 한 켤레. 마지막으로 막대기 혹은 사람의 손 같기도 한 수많은 연초록색의 물체들……

그러자 문득 요안은 최근까지 자신에게 일어났던 간헐적인 발작증세가 그 정체불명의 환영들하고 관계가 있다는 생각이 들었다. 리치먼드 해안공원에서의 최초의 발작은 푸른 바다 위로 드리워진 저녁노을을 바라보던 참에 찾아왔다. 두번째는 창 너머 잔디밭에 앉아 있는 빨간색 스웨터 차림의 계집아이를 바라볼 때였다. 그리고 바로 어제는 역 대합실 벽에 걸린 대형 광고판 때문이었다. 시간은 당신을 기억해주지 않습니다, 어쩌고 하는 문구와 함께 전면에 깔린 그 컬러사진 속엔 두 어린아이가 냇물 위에 빨간 연등 하나를 띄워보내고 있었다.

돌이켜보니, 묘하게도 매번 그가 어떤 풍경 혹은 대상을 무심코 응시하던 중 발작은 찾아왔다. 바다와 노을, 풀밭과 스웨터, 냇물과 연등 따위. 그것들의 공통점은 색깔에 있었다. 파란색이나 초록색 바탕에 빨간색이 강렬한 대비를 이루고 있는…… 그것들은 필시 잃어버린 시간 속으로 자신을 안내해줄 일련의 표식들임에 틀림없다고 요안은 확신했다.

"이상한 일은, 이곳에 도착한 이후엔 그 환청이 갑자기 뚝 그쳐 버렸다는 점입니다. 하루에도 몇 번씩 되풀이되던 그 정체불명의 목소리가 전혀 들리지 않는 겁니다."

요안의 말에 당신도 뒤늦게 퍼뜩 놀란다. 그러고 보니 당신 역시 그 이상한 증세가 뜸해졌다. 정확히 당신이 버스를 타고 다리를 건너 이 섬에 들어온 다음부터였다.

요안의 긴 이야기가 끝났다. 자신의 고단하고 쓸쓸한 생의 내력을 더듬어가는 요안의 표정은 시종 회한에 차 있었다. 이따금 목이 잠기고 눈자위에 엷은 물기가 돌았다.

"정말 별일이군요. 내가 왜 선생께 이런 너저분한 얘기까지 주절주절 늘어놓게 되었는지 모르겠습니다. 하지만 이 한 가지는 지금 이 순간에야 알았습니다. 내 평생 이렇게 모든 걸 남김없이 털어놓고 얘기해본 적이 단 한 번도 없었다는 사실을 말입니다. 아아, 이렇게 후련한 것을…… 흡."

끝내 요안은 격정을 이기지 못해 울컥 눈물을 쏟고 만다. 당신은 내내 묵묵히 듣고만 있었다. 그 남자에게 필요한 건 단지 귀를 기울여주는 사람이었다.

그 남자의 한없이 황량한 삶에 당신도 어쩔 수 없이 연민을 느낀다. 맨 처음 보았을 때 그의 얼굴에서 읽어냈던 그 음산한 그림자의 정체가 무엇인지 이제는 대충 알 듯도 싶다. 그는 평생 사면의 벽에 스스로를 감금한 채 혼자 살아왔다. 그런데 단 한 번도 열지 않았던 마음의 녹슨 빗장이 마침내 영도에 와서 조금씩 풀리기 시작하고 있는 것이다.

"작가 선생. 이제 더는 도망치지도 외면하지도 않겠습니다. 그 옛날 내게 무슨 일이 있었는지, 모든 비밀들을 알아야겠습니다. 내 잃어버린 시간들을 반드시 찾아낼 것입니다. 내게 힘이 되어주셨으면 합니다."

"하지만 제가 무슨 도움이 되겠습니까."

"아닙니다. 다만 저와 동행해주시기만 하면 충분합니다. 부끄럽게도, 아직 두렵습니다. 혼자서 감당해낼 자신이 없기 때문이겠지요. 당장 내일, 아니 오늘부터 몇 군데 장소를 찾아가볼 생각입니다. 운이 좋다면 내 여동생을 기억하고 있는 사람을 만나게 될 수도 있지 않겠습니까."

요안이 더없이 간곡한 표정으로 당신을 쳐다보았다.

39. 회귀

새벽 세시가 넘어서야 당신은 방으로 돌아와 눈을 붙였다. 잠에서 깨어난 것은 아홉시가 조금 넘어서였다. 꼭 어제 아침처럼 방 안은 어둡고 침침했다. 커튼을 걷고 창 너머로 시선을 던지는 순간 당신은 깜짝 놀랐다. 창에 색유리를 바꿔 끼운 게 아닌가, 한순간 의심했다. 창밖 시야가 온통 연분홍빛으로 물들어 있었다.

당신은 창유리 가까이 얼굴을 가져갔다. 이럴 수가! 뒷마당의 거대한 고목들이 하나같이 연한 핑크빛이었다. 자잘한 가지들부터 아름드리 몸통까지 마치 딸기우유를 통째로 끼얹어놓은 것처럼 한껏 화사한 연분홍색 자태를 하고 늘어서 있었다. 온 마당의 나무들이 일제히 흐드러지게 벚꽃을 피워낸 것만 같았다.

마당뿐만 아니었다. 그 너머 낡은 왜식 목조건물 지붕도, 바닷가 언덕의 낮은 주택 지붕들과 전신주와 석축들까지 딸기우유를 흠뻑 뒤집어쓰고 있었다. 그때 여관 뒷마당 관목 숲에서 언뜻 크고 뭉툭한 몸집의 짐승 하나가 뛰어나오더니, 순식간에 나무둥치 사이로 사라졌다. 간밤에 본 그 돼지 같은데, 확실하지는 않았다.

"아, 눈이었구나. 분홍색 눈발이 내리고 있어."

비로소 당신은 눈앞에서 분분히 흩날리고 있는 자잘한 눈송이들을 분간해냈다. 봄날 관악산 등산로를 따라 늘어선 벚나무들이 바람결에 한 무더기씩 뭉텅뭉텅 머리 위로 쏟아붓곤 하던 그 꽃잎

들 같은 눈발이다. 간밤 요안과의 약속을 기억해낸 당신은 부랴부
랴 바지를 꿰어입기 시작했다.

여관 현관을 나서니, 어제와 똑같이 화단가에서 여관 주인인 복
수가 문태와 함께 일을 하고 있었다. 오늘은 말라 죽은 동백나무를
파내려는 눈치였다.

"아저씨, 그런데 이게 진짜 눈이 맞습니까? 이런 이상한 색깔을
띤 눈은 난생처음인데요."

"이 섬에선 본디 특별한 일들이 심심찮게 벌어진답니다. 물론
이런 경우는 흔치가 않은데, 손님이 운이 좋으신 모양이외다. 허
허."

당신은 호르르 떨어져내리는 눈송이를 손바닥에 받았다. 낱개로
들여다보니 붉은 기가 아주 엷게 비칠 듯 말 듯 할 뿐인데, 쌓인 눈
은 완연한 분홍색을 띠었다. 하늘을 보니 눈은 곧 그칠 성싶었다.

분홍 카펫 위를 걸어가듯 골목을 빠져나온 당신은 동백식당으
로 들어섰다. 요안이 겸연쩍은 웃음으로 맞았다. 대답은 아니라고
했지만 아까부터 기다린 눈치다. 식사를 마친 뒤 당신은 요안과 함
께 민들레 베이커리를 찾아갔다. 커피를 마시는 동안 당신은 순옥
에게 간단히 요안의 사정을 얘기했다. 순옥은 두말없이 안으로 들
어가더니 금방 감색 트렌치코트를 걸쳐입고 나섰다.

"괜찮아요, 이선생님. 어차피 요즘은 방학 때라 손님이 많지 않
거든요. 마침 바람도 쏘일 겸 제가 안내해드릴게요."

314

가게문을 잠가놓고 순옥은 총총걸음으로 앞장을 섰다.

"영도 예배당이라고 하셨죠? 교회 건물은 오래전 화재가 난 뒤부터는 공터로 남아 있어요. 어렸을 때 자주 거기 올라가서 놀곤 했지요."

세 사람은 비탈진 골목을 지나 산 쪽을 향했다. 초등학교 앞을 지나 밭 사이로 난 언덕길을 십여 분쯤 오르니 채석장 터가 나왔다. 깎아낸 돌무더기가 흉물스레 널린 공터를 질러 왼쪽에 붙은 널찍한 밭 앞에서 순옥이 멈춰 섰다.

"여, 여기가 정말 그 교회 터입니까."

"한쪽 모서리가 잘려나가긴 했지만, 보세요. 여긴 계단이 있던 흔적이군요."

"그, 그런 것 같군요. 이쪽에 종루가 있었을 테고, 건물은……"

요안은 바삐 이쪽저쪽 오가며 기억을 되살리려 애썼다. 하오의 햇살을 받아 하얗게 빛나던 첨탑의 함석지붕, 붉은 칸나꽃, 나무로 엮은 종루, 낡은 그네…… 이곳에서 요안은 얼마쯤이나 지냈던 것일까. 나무 그늘이나 마당 구석진 데서 혼자 자주 웅크려앉아 있었던 것 같기도 하다.

"가만, 저 골짜기는……"

밭둑 위에 잠시 우두커니 서 있던 요안이 문득 맞은편 산기슭을 손으로 가리켰다. 채석장과 작은 개울을 사이에 둔 그쪽 언덕배기 언저리는 대밭이 있고, 그 아래쪽으로 황무지가 보인다. 오목하게 들어간 그 대밭 쪽에 꽂힌 요안의 시선이 돌연 굳었다.

"저 골짜긴 원래 공동묘지 터였어요. 그보다 훨씬 전엔 초분을 모셨던 자리라고 하더군요. 전쟁 때 수많은 시체들을 가매장했던 자리여서, 어른들은 지금도 가장골이라고 불러요. 그 부근엔 우물이 하나 있지요."

"잠깐만, 우물이라고요?"

갑자기 요안이 큰 소리로 되물었다.

세 사람은 맞은편 골짜기로 향했다. 그사이 눈발은 완전히 그치고, 땅바닥의 눈도 거의 녹아 없어졌다. 앞장서서 지나치게 서두르는 요안의 뒤를 쫓느라 두 사람은 덩달아 잰걸음을 쳤다. 돌밭과 몇 개의 다랑논을 지나 골짜기에 이르렀을 때, 요안은 벌써 대나무 숲 안으로 서둘러 모습을 감추었다.

대밭은 버려둔 지가 꽤 오래된 모양이었다. 손목 굵기의 줄기들이 무성한 칡넝쿨이며 가시풀 덤불 속에서 드문드문 자라고 있었다. 선입견 탓인가. 주변은 유난히 음습하고 어두운 그림자 같은 막이 칙칙하게 드리워져 있었다. 어딘가 고기 썩는 냄새 같은, 퀴퀴하면서도 시큼한 냄새가 짙게 배어 있는 듯했다. 여긴 항상 무섭고 꺼림칙하게만 여겨져요. 실은 저도 이렇게 가까이 와본 건 처음이에요. 귀신이 들끓는다고 어른들도 아예 발걸음을 하지 않았거든요. 순옥이 미간을 찡그렸다.

당신은 밭 가장자리에 순옥을 남겨둔 채 대밭 안으로 한 걸음

내디뎠다. 거미줄이 얼굴이며 가슴에 칙칙 감겼다. 아직 분홍빛 눈이 대숲 바닥엔 얇게 깔려 있었다. 피 묻은 곡괭이며 삽, 몽둥이가 발밑에 밟힐 것만 같았다. 여기서 죽어간 사람들이 부지기수라고 했다. 다른 장소에서 죽임을 당한 시신들까지 이 부근에 옮겨 묻었다는 얘기도 들었다. 오래전 한꺼번에 다른 곳으로 이장을 했다지만, 읍내 사람들은 원혼들이 아직 이곳을 떠돌고 있다는 소문을 믿고 있었다.

"여기 계셨군요. 한참을 찾았는데……"

대밭 속 바위 옆에 우두커니 서 있는 요안에게 당신은 다가갔다. 웬일인지 요안의 낯빛이 창백했다. 대꾸도 없이 몸을 홱 돌이킨 요안은 이번엔 우물로 가보자며 혼자서 서둘러 대밭을 빠져나갔다. 순옥을 따라 골짜기를 내려가니 잡초로 뒤덮인 황무지 움푹 꺼진 자리에서 우물이 기다리고 있었다.

"저거예요."

"아, 그렇군요. 저기서…… 그래, 맞아!"

핏기 없는 얼굴로 요안은 언덕 아래를 한동안 내려다보고 있더니, 갑자기 우물을 향해 허겁지겁 달려내려갔다. 놀란 두 사람은 그가 하는 양을 뒤에서 망연히 지켜보았다.

마른 풀덤불을 헤치며 달려간 요안은 우물 안을 들여다보았다. 태양 광선이 닿지 않는 구멍 속은 완전한 암흑이었다. 지열과 지하수의 냉기가 뒤섞인 공기가 훅 솟구쳐올랐다. 시큼하고도 매캐한 냄새가 코를 찌르는 순간 요안은 어찔한 현기증을 일으켰다. 우물 벽 모서리에 몸을 의지한 채 요안은 허리를 깊이 꺾고, 우물 밑에 갱엿처럼 고인 어둠을 응시했다. 그때 그 캄캄한 구멍 속에서 불길처럼 훅 솟구쳐오르는 소리. 으으—아아아아.

"어, 어머니!"

비명을 터뜨리며 요안이 땅바닥으로 풀썩 허물어졌다. 당신과 순옥이 놀라 달려왔다. 안색이 허옇게 질린 채 숨을 가쁘게 헐떡이는 요안을 당신이 부축해 앉혔다. 순옥이 손수건으로 요안의 이마와 콧등의 땀을 찍어냈다.

"김선생님, 괜찮으십니까?"

"놔, 놔두시오. 어머니, 어머니가…… 아아."

요안은 온몸으로 치솟는 격정을 이기지 못해 두 팔을 마구 허우적댄다. 그러더니 별안간 벌떡 일어나 미친 사람처럼 허둥지둥 언덕길을 뛰어내려가기 시작했다. 말릴 겨를도 없이 순식간에 일어난 일이었다.

"저분, 대체 왜 저러죠?"

"뭔가 기억을 찾아낸 모양이야. 저러다 무슨 일을 낼 것 같은데, 따라가봐야겠어."

두 사람은 그의 뒤를 쫓아 언덕길을 다급하게 뛰어내려갔다. 동네 어귀에 이르렀을 때 요안은 벌써 학교 앞을 지나 방파제 쪽으로 사라진 뒤였다. 상가를 지나 어판장 창고 너머로 요안의 모습이 언뜻 비친 것도 같았다. 당신은 뛰다시피 방파제로 향했다. 의외로 요안은 방파제로 접어들지 않고, 개펄이 길게 뻗어나간 해안을 따라 곧장 나아가고 있는 참이다.

개펄이 끝나고 절벽이 시작되는 어귀에서 요안은 잠시 멈추는 듯했다. 그러나 이번엔 다시 절벽 뒤편으로 난 험한 산길을 기어오르기 시작했다. 절벽에서 뛰어내릴 생각인지도 모른다. 당신은 마음이 조급해졌다. 이윽고 절벽 위에 올라선 요안은 우뚝 서서 사방을 둘러보더니, 갑자기 무릎을 털썩 꺾고 풀섶에 엎어진 채 움직이지 않았다. 숨을 몰아쉬며 절벽을 기어오른 당신은 요안을 발견했다. 요안은 격렬한 울음 끝에 거의 탈진 상태에 빠져 있었다.

"정신이 좀 드세요?"

당신이 안아 일으키자 요안의 두 눈이 힘없이 열렸다. 어머니. 어머니. 그러나 초점 잃은 시선으로 요안은 연신 열에 들뜬 사람처럼 어머니만 되뇔 뿐이었다.

이 순간 요안의 온몸에선 시간이 일시에 와르르 허물어지고 있다. 그의 의식의 내부에 자리한 감옥, 그 사면의 벽과 철문이 우지끈 무너져내린다. 수십 년을 갇혀 있던 무의식의 어둠, 그 피투성이 기억들이 폭포처럼 벌컥벌컥 쏟아져나온다. 굉음과 함께 통곡과 단말마의 신음과 비명이 한꺼번에 솟구쳐나오고 있다.

요안은 지금 눈앞의 거대한 구멍을 보고 있다. 지구의 눈알 같

은 그 깊고 깜깜한 암흑의 구멍이 그에게 엄청난 흡인력으로 다가
온다. 어머니가 보인다. 사내들이 어머니의 사지를 들어올려 대숲
으로 끌고 들어간다. 어머니는 풀더미 위에 나뒹굴고, 사내들이 차
례로 가냘픈 알몸을 짓뭉개기 시작한다. 아으으, 어머니의 찢어지
는 듯한 비명을 들으면서 아이는 대밭 바위 뒤에 엎드린 채 그 광
경을 지켜보았다. 아이를 놓쳐버렸다고 여겼는지, 사내들은 더이
상 요안을 찾지 않았다. 이봐, 이년을 어떻게 할 거여. 어떻게 허기
는. 사내 하나가 퉤엣 침을 뱉고는 쇠스랑을 번쩍 치켜들었다. 아
이는 입안에 주먹을 힘껏 틀어막았다. 대밭을 나선 사내들이 우물
앞에서 멈추었다. 양쪽에서 어머니의 몸뚱이를 번쩍 들어올렸다
가 동시에 손을 놓았다. 아주 짧은 순간 어머니의 몸이 허공에 언
뜻 머물렀다가 사라졌다. 어머니의 하얀 몸은 꽃송이 같았다. 푸른
하늘에 피어난 붉은 연꽃 한 송이. 어디선가 첨벙 소리가 들린 듯
했다. 사내들이 사라지고 나자 아이는 무릎으로 북북 기어가 허리
를 굽히고 우물 밑을 들여다보았다. 어머니. 어머니. 구멍이 우렁
우렁 울렸다. 땅의 거대한 아가리가 어머니를 삼켜버렸다. 아이는
우물 주위를 뱅뱅 돌았다. 다시 허둥지둥 대밭으로 기어올라간 아
이는 어머니의 검정 코고무신 한 짝을 찾아냈다. 신짝 안에 진득한
핏물이 가득 고여 있었다. 풀밭 한가운데도 홍건히 젖었다. 선연한
연초록 풀잎에 피어난 새빨간 핏덩이가 맨드라미처럼 고왔다. 고
무신 한 짝을 와락 그러안고 아이는 그것에 코를 마구 비벼대며 울

부짖었다. 어머니. 우리 어머니……

아이는 고무신을 쥔 채 달리기 시작했다. 대밭을 빠져나와 수풀 속으로 미친 듯 달리고 또 달렸다. 골짜기를 건너고 교회당을 지나고, 바위 골짜기와 가파른 언덕을 질러서 바닷가 모래밭으로 내려섰다. 모래밭 속에서 사람의 손이 불쑥불쑥 기어나와 발목을 잡아채고 끌어당겼다. 수없이 고꾸라지고 나뒹굴며 아이는 깎아지른 절벽 꼭대기까지 기어올랐다. 발밑에 초록빛 거대한 바다가 찰랑찰랑 고갯짓을 하며 아이를 부르고 있었다. 아스라한 수면 아래로 어머니가 보였다. 새끼줄 너머로 끌려가던 아버지가 뒤를 돌아보며 소리쳤다. 재동아. 재동아. 걱정하지 마라. 아버지는 금방 돌아올 테니까…… 아이는 두 팔을 허공으로 천천히 펼쳐올렸다. 그리고 절벽 끝에서 새처럼 훌쩍 뛰어내렸다……

"으으―아아아아아……"

요안의 목구멍에서 무서운 괴성이 솟구쳐나왔다. 그의 몸뚱이가 땅에 찰싹 들러붙어 하나가 되고, 그의 목구멍이 대지의 숨구멍으로 변해 지금 그 무시무시한 소리를 토해내고 있는 것 같았다. 영원히 멎지 않을 듯한 그 기괴하고 끔찍한 비명에 당신과 순옥은 두려움에 휩싸였다. 지상의 모든 고통과 슬픔이 한덩어리로 뒤엉켜 있는 듯한 그 비명소리. 문득 당신은 그것을 외로움이라고 이름 지었다. 한 인간이 쌓아온 백 년의 외로움. 천만 년 인류의 외로

움……

요안이 전신을 격렬히 뒤틀기 시작하고 있었다. 두 눈의 흰자위를 드러낸 채 뒤틀린 입술 사이로 투명한 거품을 조용히 뿜어내는 동안 순옥은 등 돌리고 주저앉아 흐느꼈다.

"아, 이 사람은 어디서 왔을까요. 지금껏 어디에서 떠돌다가 이렇게 흘러들어온 걸까요."

순옥이 중얼거렸다. 바다 쪽에서 바람이 불어왔다. 그러나 당신은 사내를 외면하지 않았다. 그 신비롭고도 고요한 의식을 홀로 치러내고 있는 사내를 당신은 끝까지 묵묵히 지켜보기로 했다. 왠지 그래야 한다고, 그것이 사내에 대한 최소한의 의리일 것이라는 생각이 들었다. 문득 순옥이 탁 하고 손바닥을 치면서 당신의 어깨를 잡았다.

"맞아! 이분인지도 몰라. 그 사람 말이야. 왜 여태 그 생각을 못했을까."

"그 사람이라니?"

"언젠가 꼭 돌아올 거라고, 우리 이모가 기다리던 바로 그 사람 말예요."

순옥이 절벽 아래 모래톱을 손으로 가리켰다. 저만치 바닷가 산기슭에 외딴집 한 채가 서 있었다.

40. 외딴집

마을 서쪽 외딴 바닷가. 겨울 해가 지고 어느새 저녁 어스름이
사위에 짙게 깔리기 시작했다. 험준한 바위절벽을 등에 지고 해안
가에 혼자 납작하게 엎디어 있는 낡고 작은 흙벽집 한 채. 그 녹슨
함석지붕 아래 방안에서 한 줌 연시빛 여린 불빛이 흘러나온다. 방
안에 들어 있는 사람은 모두 네 명. 천장에 매달린 살구알만한 백
열등이 흐릿하니 방안의 풍경을 비춰내고 있다. 아랫목엔 요안이
담요를 덮고 누웠다. 그의 머리맡에 흰 치마저고리 차림으로 그림
자처럼 앉아 있는 조천댁, 그리고 윗목 쪽엔 당신과 순옥이 마주앉
았다.

요안의 숨소리가 아까보다 훨씬 차분하게 가라앉은 걸 보니, 이
젠 잠에 혼곤히 빠져든 듯하다. 절벽 위에서 발작증상이 멎었을 때
그는 완전히 탈진 상태였다. 당신과 순옥은 몸을 제대로 가누지도
못하는 그를 부축해 간신히 그 집으로 데려왔다. 조천댁은 거의 의
식을 놓아버린 상태인 요안을 안방에 눕히게 한 다음 군불을 뜨겁
게 지펴주었다.

"쯔쯧, 참으로 가엾고 불쌍한 인생이로구나. 평생토록 이 너른
세상을 홀로 가랑잎처럼 떠돌아다니던 새 한 마리, 황혼녘이 되어
서야 옛 둥지로 다시 찾아들었어. 날개는 지치고 어둠은 이미 발치
에 드리웠다만, 늦게나마 옛 둥지에 깃들었으니 이제 남은 밤들엔

더는 춥지 않게 잠들 수 있을 터이지."

문득 조천댁이 잠든 요안의 얼굴을 내려다보며 혼자 뇌까린다. 당신은 곁에서 새삼 그녀의 옆모습을 유심히 살펴본다. 깡마르고 단단한 체구, 창백한 낯빛에 오뚝한 코와 날카로운 눈매, 그리고 말갈기처럼 노란빛이 도는 단발머리. 기이한 광채가 담긴 그 늙은 무녀의 눈은 지금 엷은 물기에 젖어 있다.

"이모, 정말 이분이에요? 꼭 다시 돌아올 거라고, 이모가 늘 얘기하시던……"

"그래. 바로 그 사람이다. 언젠가 이곳을 찾아올 줄을 나는 알고 있었느니라. 어차피 그럴 수밖에 없어. 그것이 이 사람의 운명이야. 구름이 비가 되어 강에 내리고, 강물이 바다로 가서 다시 구름으로 오르듯이, 이 사람에겐 이 자리야말로 자신의 모든 것이 비롯된 둥지이자 우물이니까."

"이분은 기억상실증을 앓고 있대요. 여길 찾아온 것도, 죽기 전에 자신의 과거에 얽힌 비밀을 알고 싶어서래요. 대관절 이분에게 그때 무슨 일이 있었나요, 이모."

순옥이 물었다. 그 무녀와 순옥의 죽은 어미는 다 같은 제주도 출신으로 절친한 사이였다. 그 인연으로 순옥은 그녀를 이모라고 불러왔다.

"이 사람과 우리 모녀하고의 만남도 참 기구한 인연인 셈이지. 그래. 어디서부터 그 이야기를 시작해야 할거나……"

조천댁은 잠시 장지문에 시선을 던진 채 기억을 더듬는다. 전쟁 나던 해, 그녀의 나이 열여덟이었다. 그날은 보름달이 유난히 컸다. 그녀는 어릴 적부터 까닭 모르게 밤만 되면 몸이 항상 신열로 펄펄 끓었다. 한겨울 밤에도 바닷물에 몸을 담그지 않으면 죽을 것 같았다. 어미는 곧잘 이렇게 말했다.

"이년아, 네 육신 안엔 천생 신기가 끓어서 그래. 넌 한라산 영실 할망의 신딸이여."

그 밤에도 그녀는 잠든 어미 몰래 집 앞 갯가로 나갔다. 알몸으로 물속을 한참 휘젓고 났을 때, 난생처음 보는 거대한 달이 눈앞에 우뚝 버티고 있었다. 그때 그녀는 달빛 가득한 수면 위에 초록색으로 빛나는 수많은 발광체들이 자신을 둥글게 에워싸고 있음을 알았다. 그것들은 분명 사람 손의 형상이었다. 공포에 질려 정신없이 물 밖으로 도망쳐나오던 그녀의 얼굴에 무엇인가 물컹한 덩어리가 부딪쳤다. 물에 떠 있는 사내아이의 몸뚱이였다. 때마침 어머니가 달려나와 그녀를 물속에서 끌어내주었다. 영실 할망이 현몽해서 "손님이 집 앞에 당도했다"라고 하시기에 잠에서 깨어났더니만, 바로 이 아이였구나. 아직 숨이 붙은 아이를 어미와 둘이서 집안으로 옮겼다.

모녀는 아이의 얼굴을 알아보고는 놀랐다. 사흘 전 집 근처 절벽 위에서 새처럼 떨어져내리는 것을 목격하고 달려갔으나, 어찌 된 영문인지 끝내 시신을 찾을 수 없었던 바로 그 아이였다. 그녀의 어미 귀덕녀는 며칠 전 낯선 일가족을 읍내에서 만나 집으로 이끌고 왔었는데, 아이는 그 젊은 부부의 남매 중 큰애였다. 고향은 황해도라고 했고, 일 년 전 월남해 서울에서 살던 중 전쟁이 터지자 피난을 내려온 일가였다. 경찰부대가 적으로 위장하고 나타났던 그날 새벽까지 일가족은 귀덕녀의 집 작은방에서 기거하던 참이었다. 그러나 그날 중학교 운동장에서의 사건으로 남자는 죽임을 당했고, 여자에 대해서는 어떻게 된 셈인지 아무도 행방을 알지 못했다.

아이는 내내 의식불명이다가 자그마치 사흘 만에야 눈을 떴다. 바다에서 어떻게 살아났는지, 그동안 무슨 일이 있었는지 물어도 애초에 말을 하지 못했다. 이름도 나이도 모르고, 부모와 행방불명된 여동생에 대해서도 전혀 기억하지 못했다. 허깨비에 씐 양 온종일 넋을 빼고 혼자 구석진 곳에 웅크리고만 있었다.

사내아이는 종종 어디론가 사라졌다 돌아오곤 했다. 뒤늦게야 모녀는 아이가 가장골 대숲 골짜기와 붉은 샘 주변을 헤매다 돌아온다는 사실을 알았다. 그곳엔 반쯤 흙에 묻힌 채 부패해가는 시신들이 아직도 즐비했다. 온몸에 피와 흙 범벅이 뇌어 끔찍한 냄새를 풍기며 돌아온 날이면 아이는 온종일 죽은 듯 잠을 잤다.

"아마 그렇게 우리집에서 달포쯤 지냈을 것이야. 여전히 말도 못하고, 밤마다 흉한 꿈에 시달리는지 자다가 일어나 큰 소리로 울음을 터뜨리곤 했어. 그때마다 내가 안아주면, 가슴에 얼굴을 묻고

서는 신통하게도 금방 잠이 들곤 했지."

그 무렵 마침 해남읍에서 씻김굿 주문이 들어왔다. 전쟁통에 떼죽음을 당한 집안이었다. 굿을 거들어줄 일손을 구할 수 없어서 부득이 귀덕녀는 딸을 데리고 집을 나서면서, 동네 해녀들에게 혼자 집에 남겨진 사내아이를 돌봐달라고 부탁했다. 그러나 이틀 후 집에 돌아와보니, 아이는 보이지 않았다. 언덕 위의 교회당 목사가 그 아이를 보호하고 있음을 알았을 때, 귀덕녀는 딸에게 말했다. 그냥 놔둬라. 어차피 우리가 언제까지 맡아 키울 수도 없는 일이고, 그 예수쟁이가 미국인가 어디 양코배기 나라로 보낼 것이라고들 하니, 그 아이로서도 훨씬 잘된 일이 아니냐.

"그, 그래…… 그랬었군요."

문득 등뒤에서 요안의 목소리가 힘없이 흘러나왔다. 세 사람은 놀라서 일제히 돌아다본다. 요안은 조용히 드러누운 채 천장을 응시하고 있다.

"그랬었군요…… 절벽에서 뛰어내릴 때, 난 정신을 잃었습니다. 눈을 떠보니, 보름달이 바로 코앞에 떠 있었지요. 내 몸은 물위에 둥둥 떠 있고, 무엇인가 까끌까끌하고도 말랑말랑한 것들이 나를 떠받치고 있었습니다. 고개를 돌려보니, 분명히 손이었어요. 얼굴은 보이지 않고 푸르스름하게, 환히 빛나는 여러 개의 손들이었습니다. 잠들지 마라. 잠이 들면 안 돼. 넌 아직 강을 건너오면

안 돼. 돌아가. 어서…… 이상한 휘파람 소리를 내면서, 그들이 내 귀에 대고 그렇게 속삭이는 소리가 줄곧 들려왔습니다. 그러고는 또 의식을 잃었지요. 어쩌면 내가 꿈을 꾸었던 것인지도 모르겠어요. 참으로 신비하고도 생생했는데……"

"천만에. 꿈을 꾼 게 아니야. 바로 그들이 자네의 목숨을 구해주었던 것이네."

조천댁이 단호한 어조로 말했다.

"꿈이 아니라고요? 그 이상한 녹색의 손들은 대체 무엇이었을까요."

"혼령들이지. 가슴속에 피맺힌 한을 품고서는 차마 그대로 이서러운 세상을 훌훌 떠날 수가 없어서, 그림자처럼 하염없이 이승의 바다 밑을 떠돌고 있는 수천수만 외로운 수중고혼들이지. 자네는 바로 그들을 만났던 것이야. 그 혼령들이 그날 절벽 아래로 떨어져내린 한 가엾은 어린아이의 목숨을 건져주었던 것이지. 어쩌면 그들 중엔 자네의 아비와 어미의 혼도 있었는지 모르지."

"내 아버지와 어머니……"

요안이 누운 채 꿈을 꾸듯 뇌까린다. 조천댁은 잠자코 담배 한 대를 입에 물고 연기 몇 모금을 천천히 토해낸다. 그녀의 그림자가 벽면에 돋을새김으로 소리없이 일렁였다. 당신과 순옥은 그런 조천댁의 모습을 숨을 죽인 채 지켜보았다.

"이 세상은 살아 있는 사람들만의 몫이 아니야. 이 세상엔 산 자들과 죽은 자들이 함께 머무르고 있어. 억울하게 죽음을 당한 넋들이 이승과 저승의 캄캄한 틈새에 영영 갇혀버렸기 때문이지. 오직 이승의 인간들만이 그 사실을 모르고 있을 뿐이야. 혼령들은 언제 어디서나, 무엇을 하건 그들의 사랑하는 사람들과 항상 함께 존재하고 있어. 하루 세 끼마다 밥상 맞은편에 앉아 함께 식사를 하고, 사랑하는 이들의 머리맡에 웅크리고 앉아서 함께 잠을 자지. 길을 걸어갈 때, 자동차를 탈 때, 담배를 피울 때, 변소간에 쪼그려앉았을 때도 그들은 산 자들과 함께 있어. 이발을 할 때도, 머리를 빗을 때도, 사진을 찍을 때도 산 자의 바로 뒤쪽에 나란히 서 있지. 그렇지만 혼령들은 절대로 산 자들의 눈앞에는 나타나지 않는 법이야. 가끔씩 잠들어 있을 때 찾아가 모습을 비쳐주기도 하지만, 산 자는 그것이 단지 허망한 꿈인 줄로만 여기고 말 뿐이지……"

조천댁은 문득 말을 멈추고 잠시 창밖으로 귀를 기울이는 눈치다. 한동안 잊고 있었던 파도 소리가 일제히 되살아난다. 바닷물이 바로 마루 밑에서 찰랑거리고 있는 양 가깝게 들린다. 집 뒤편 절벽에서 지빗지빗 희미한 새 울음소리가 들려온다.

"이 불행한 나라의 땅엔 정처 없이 떠도는 혼령들이 어디나 가득차 있어. 지천으로 깔린 풀포기보다도, 여름 밤하늘의 별보다도 더 많은 억울한 넋들이 산과 들, 바다와 강 어디에건 발 디딜 자리도 없이 서성거리며 구슬피 울부짖고 있어. 전쟁통에 죽은 넋, 난리통에 죽은 넋들이 이 서러운 조선 땅 방방곡곡을 헤매며 신음하고 있어…… 자, 귀를 기울여 잘 들어봐. 지금 내 귀엔 혼령들의 숨소리가 똑똑히 들려와. 저 칠흑 같은 바다 밑 심연에서 비통하게 흐느끼는 그들의 목소리가 들려오고 있어. 시간이 없다, 시간이 없어. 그렇게 소리치고 있어. 어서 돌아와. 늦기 전에 돌아와. 그렇게 외치는 간절한 목소리도 들려."

"시, 시간이 없다고요? 그게 대체 무슨 뜻입니까?"

당신은 조급하게 되묻는다. 그 정체불명의 환청이 다시금 들려오는 것만 같다.

"이제 마침내 때가 왔다는 뜻이야. 바닷속을 떠도는 무수한 원혼들이 이제야말로 저 영겁의 어둠 속을 뚫고서, 다시는 돌아오지 않을 먼길을 떠날 때가 다가왔음을 알리는 것이야. 해방의 날. 백년에 딱 한 번 찾아오는 바로 그날이 지금 눈앞에 당도한 것이야. 해가 달을 완전히 집어삼키는 날. 양기의 정수가 천지에 깔린 음기를 다소곳이 잠재워, 하늘에서 달을 사라지게 만드는 그 짧은 순간에만 그들은 자유를 얻을 수 있어. 둥근 보름달이 핏빛으로 붉게 타오르는 그 밤이라야만 수중고혼들은 비로소 이승으로부터 훌훌 떠나갈 수가 있는 것이야. 그 순간을 혼령들은 백 년 동안이나 기다려왔지. 바로 그날이 내일 밤이야. 그렇지만, 그것이 반드시 쉬운 일만은 아니지. 혼령들의 발목을 그러잡고 한사코 떠나지 못하게 만드는 것들이 있어."

"그게 뭐예요, 이모?"

이번엔 순옥이 묻는다. 반신반의하면서도 순옥의 눈빛엔 두려움이 서려 있다.

"산 자들이지. 다름아닌 바로 여기 있는 재동이와 같은 사람들. 육신은 살아 있으나 영혼은 이미 죽음보다 더한 고통 속에 갇혀 있는 사람들 말이야."

"재동이? 내 이름이 재동이었습니까?"

"그래, 자네의 이름일세. 이재동. 자네의 부모님이 그렇게 자넬 부르셨어."

아아, 내 이름이…… 요안의 입에서 낮게 흐느낌이 새어나왔다.

"억울한 죽음은 억울한 원혼을 만들지만, 또한 살아남은 자에겐 원통한 기억을 만드는 법이야. 원통한 기억은 산 자의 가슴속에 핏덩이 같은 한을 만들고, 그래서 평생을 고통과 슬픔에 짓눌려 살아가도록 만들지. 죽은 자나 산 자나 똑같이 어둠 속에 갇혀버리고 마는 것이야. 죽은 넋들은 바다 밑 캄캄한 심연에 갇혀 있고, 산 자들 역시 끔찍한 분노와 상실의 기억 속에 붙잡혀 헤어나질 못하는 것이야…… 그런 까닭에 혼령들은 차마 이승을 떠나지 못한 채 이리저리 헤매어다니는 것이야. 아직도 어둠의 기억에 갇혀 피 흘리고 있는 혈육과 사랑하는 이들을 남겨두고서는 차마 떠날 수 없기 때문이지. 산 자의 슬픔과 고통이 혼령들의 발목을 붙잡고 놓아주지를 않아. 그리하여 천지에 가득한 고통의 윤회, 슬픔의 쳇바퀴는 영원히 멈추지를 않아."

드러누운 요안의 양볼을 타고 눈물이 주르르 흘러내린다. 자신의 지난 삶은 차라리 죽음이었다. 과거를 잃어버린 그는 시작도 근원도 없는 토막난 존재에 지나지 않았다. 그런데 이제 마침내 그는 삭제된 기억을 찾아냈다. 잃어버린 시간들을 비로소 온전하게 복원해낸 것이다.

그러나 이 순간 그는 엄청난 공포에 짓눌려 필사적으로 버둥거리고 있다. 그 무서운 영상들 하나하나에 묻어 있는 흥건한 피와 고통과 절망이 그의 목을 조르고 심장을 짓밟고 있다. 차라리 돌아가고 싶다. 기억을 잃어버린 상태의 자신으로 도망치고 싶다. 도저히 자신이 없다. 저 무서운 어둠의 기억들과 함께 앞으로 남은 삶을 또 어떻게 버텨낸단 말인가. 죽음과도 같은 망각의 강을 천신만고 끝에 건너왔더니, 이젠 오히려 그보다 더 무서운 절망의 시간들이 앞에 남겨져 있을 뿐이라니……

돌연 요안의 입에서 와악, 커다란 비명이 터져나온다. 그건 비명이 아니라 차라리 핏덩이 같다. 평생의 고독과 절망이 응고된, 석탄보다 더 검은 어둠의 덩어리가 지금 그의 온몸으로부터 꾸역꾸역 토해져나오고 있다. 두 눈의 흰자위를 드러낸 채 요안의 사지가 격렬한 발작을 일으키기 시작한다.

"안 돼! 재동아. 눈을 떠라! 눈을 뜨고 나를 봐, 어서!"

조천댁이 요안의 상체를 그러안고 악을 쓰듯 외친다. 그리고 갑자기 저고리 옷고름을 홀홀 풀어내더니, 한 손으로 왼쪽 젖을 움켜

332

쥐고 불쑥 꺼내어 요안의 얼굴에 갖다대고 문지르기 시작한다. 삼십대 여인의 그것처럼 놀랍도록 탄력 있고 눈부시게 뽀얀 그녀의 젖가슴. 여문 오디처럼 탱탱하게 돋아난 유두를 중심으로 자줏빛 꽃잎 같은 둥근 점이 환하게 도드라져 있다. 접시꽃을 닮은 그 점을 가리키며 조천댁은 소리쳤다.

"울지 마. 울어선 안 돼. 기어코 살아남아야만 해. 어떻게든 이 캄캄한 한 세월을 버텨내야지. 넌 이제 혼자가 아니야. 네겐 여동생이 남아 있어. 이름이 재숙이라고 했지. 오래전, 웬 젊은 여자가 찾아와서 내게 오빠의 소식을 물었어. 식구들을 잃고 혼자 울고 있는 계집아이를 누군가 데려다가 제주섬으로 함께 피난을 떠났던 모양이야. 그 여자는 뒤늦게야 기억을 더듬어 여길 찾아왔던 거야. 삼 년 전에도 또 한번 날 찾아왔는데, 아직 제주도에 산다고 했어. 오빠가 언젠가는 꼭 여길 찾아올 것이라고 말했지."

격렬하게 경련을 일으키던 요안의 몸이 어느 사이 조금씩 가라앉기 시작한다. 조천댁의 뽀얀 가슴에 얼굴을 묻은 채 요안은 차츰 고른 숨소리를 낸다.

요안은 또렷하게 기억할 수 있다. 이 따뜻한 체온. 접시꽃 모양의 둥근 점. 부드럽고 향기로운 체취. 뺨으로 전해져오는 뜨겁고 힘찬 심장의 박동 소리…… 그 어린 날 언제였던가. 감당할 수 없는 분노와 절망으로 미친 듯 산과 들판을 휘젓고 다니다 돌아와 누웠을 때, 밤마다 어린 자신을 따뜻하게 감싸안아주던 그 바닷가 외딴집 어린 처녀의 가슴. 천지에 가득한 슬픔과 고통과 절망을 오붓이 한데 감싸안고서 고요히 잠재워주던 그 한없이 부드럽고 풍요로운 모성의 젖가슴. 그 가슴이 지금 바로 자신의 눈앞에 있는 것이다.

요안은 운다. 맑은 눈물이 그치지 않고 철철 흘러내린다. 눈물은 그의 볼을 적시고, 다시 조천댁의 희디흰 젖가슴을 흥건하게 적시며 흐른다. 울음은 영영 그치지 않을 것만 같다. 두 사람은 그 자리에서 한덩어리로 굳은 채 오래오래 움직이지 않는다. 모래 기슭을 핥는 바다의 잔물결은 갈수록 숨결이 잦아들고, 집 뒤편 절벽 틈새에 둥지를 튼 새들도 어느덧 잠잠하다.

당신은 조용히 일어나 문을 열고 나왔다. 순옥 역시 두 사람을 방안에 남겨둔 채 말없이 따라나섰다. 하늘엔 별들이 가득하다. 별들은 저마다 유리알처럼 투명하게 반짝이며 당신을 내려다본다. 마당가에 서서 당신과 순옥은 한동안 별들하고 눈을 맞추었다. 사립문도 없는 그 외딴집의 마당을 나서면 곧장 모래밭으로 이어진다. 뒤편에 절벽을 병풍처럼 두르고 참빗 모양의 아담한 모래밭이 펼쳐진 곳. 집 앞 도톰하니 솟은 모래언덕에 이르러 당신과 순옥은 나란히 앉았다. 바로 머리 위쪽으로 크고 둥그런 달이 둥실 솟았다.

41. 고해

바다는 잔잔하고, 해풍도 사납지가 않다. 한겨울 밤답지 않게 제법 푸근한 날씨다. 밀물 때를 만난 파도는 고양이처럼 부드럽게 등을 부풀어올리며 날렵하게 기슭을 향해 기어올랐다 도망치곤 한다.

"부럽군…… 김요안씨 말이야."

엷은 구름막을 막 벗어나는 달을 올려다보며, 당신은 나직이 한숨을 내쉰다. 순옥이 말없이 당신의 옆얼굴을 바라본다.

"언제부턴가 그는 줄곧 환청에 시달려왔다고 하더군. 그 소리가 뭔가 계시처럼 여겨져서 여기까지 찾아왔다고 했어. 이젠 잃었던 기억을 되찾았고 거기에 여동생 소식까지도 알게 되었으니…… 그런데, 그가 들었다는 그 이상한 환청은 정말 혼령들의 것이었을 까."

당신은 무릎 사이로 얼굴을 파묻는다. 만약 그게 사실이라면, 나를 이곳 영도까지 불러낸 것은 또 누구일까. 내겐 잃어버린 것도 없고 찾아야 할 대상도 없는데, 누가 왜 나를 그토록 집요하게 부르고 있는 것인가. 당신은 밑도 끝도 없이 그런 의문을 던져본다.

그래, 나는 왜 여기까지 허겁지겁 달려온 것인가. 누구를 찾아서, 뭘 어찌하겠노라고? 그렇게 되묻다 말고, 당신은 갑자기 두 눈에 눈물이 핑글 솟구치고 만다. 목안으로 금세 뻑뻑하게 차오르기

시작하는 까닭 모를 슬픔과 분노를 되삼키느라 당신은 안간힘을
쓴다. 순간 당신의 가슴속 굳게 닫힌 철문에 위태위태하게 걸려 있
던 빗장 하나가 툭 소리를 내며 끊어져내린다. 끝내 당신은 작게
울먹이고 만다.

"아직도 상처가…… 채 아물지 못하신 거군요."

순옥의 작고 따뜻한 손이 당신의 어깨에 조심스레 와닿는다.

"실은 선생님의 그 장편소설 다섯 권을 다 읽었어요. 읽지 않았
다고 거짓말을 한 건, 그날의 기억들을 다시 떠올리기가 두려워서
였지요. 소설을 읽으면서, 너무나 고통스러워 몇 번이나 책을 덮어
버리곤 했죠. 그래도 결국은 포기하지 않고 끝까지 읽어낼 수 있었
던 건 바로 그걸 쓴 선생님 때문이었어요. 이분은 왜 지금까지도
그날을 한사코 잊지 못하는 것일까. 세상은 벌써 까마득한 과거 속
에다 매장해버리고 만 일인데, 그는 어째서 이렇듯 혼자 안간힘을
쓰는 것일까. 그는 끝끝내 무엇을 말하고 싶은 것일까. 그런데, 다
읽고 나서야 그 대답을 어렴풋하게나마 알 수 있을 것 같더군요."

순옥은 잠시 말을 멈추었다. 달이 다시 구름 속으로 사라졌다.

"선생님을 그토록 집요하게 사로잡고 있는 것은 바로 엄청난 분
노와 슬픔과 증오였어요. 그 무서운 분노와 슬픔과 증오의 무게에
짓눌려, 그걸 읽는 제 가슴도 터져버릴 것 같더군요. 선생님은 끝
끝내 이 현실을 용서할 수 없었던 거예요. 저는 몇 번이나 책 위에
엎드려 펑펑 울었어요. 차마 두려운 그 상처들을 기어코 헤집어 되

살려내려는 선생님이 더없이 원망스러웠어요. 지금껏 가슴속에 불덩이처럼 삼킨 채 간신히, 정말이지 필사적으로 견뎌내고 있는, 이 비정한 세상을 향한 분노와 슬픔을 대체 이제 와서 또 어쩌라는 건가 하고요…… 그러면서도 한편으로는 선생님에게 달려가 따뜻하게 안아드리고 싶었어요. 그 분노와 슬픔이 무엇인지, 그 고통의 무게가 어떤 것인가를 저 역시 조금은 알고 있으니까요."

"그래. 난 세상을, 이 놀라운 망각과 배반을 용서할 수가 없어. 하지만, 사실은 꼭 그것뿐만은 아니야. 동시에 난, 난…… 나 자신을 결코 용서할 수가 없었어, 순옥아."

"공연한 자학, 선생님답지 않아요."

"자학이 아냐. 난 케이에게 용서를 빌어야 할 일이 있었어. 이 세상에서 단 한 번 그 누구에게도 입 밖에 내본 적이 없는 그 말을, 케이에게만은 꼭 고백했어야만 했어. 그런데, 녀석은 갑자기 사라져버렸어. 내게 마지막 단 한 번의 기회마저 주지 않고, 저 혼자 홀쩍 떠나버리고 만 거야……"

당신은 두 주먹 가득히 모래를 움켜쥔다. 손바닥 안에서 모래알들이 주르르 흘러내린다. 어디서부터 이 고백을 시작해야 할까. 당신은 천천히 심호흡을 하고 나서 입을 열기 시작한다. 순옥은 달빛 쏟아지는 바다에 시선을 던져둔 채 말이 없다.

"계엄령과 휴교령이 내려진 5월 18일 오전에도 우린 Y회관에 연극 연습을 위해 약속대로 모였어. 하지만 전날 밤 전국적인 예비

검속으로 다수가 연행되었다는 소식에, 연습도 못하고 곧 헤어졌지. 우리 극단은 이미 불온단체로 찍혀온 터여서, 각자 피신해서 사태를 지켜보기로 했던 거야……"

당신에게 5월은 그렇게 시작되었다. 그때부터 사나흘 동안 당신이 그 도시에서 한 일이라고는 시위대에 섞여 몇 개의 돌멩이를 던지거나, 거리를 허둥지둥 쫓겨다닌 정도였다. 시민들의 격렬한 저항에 밀린 군은 21일 오후 집단발포 직후 도청을 버리고 시 외곽으로 철수했다. 그로부터 27일 새벽 전까지 도시는 시민들의 세상이었다. 무장 시민군이 등장했고, 앞서 잠적했던 재야인사들과 청년 학생 운동권 일부가 되돌아왔다.

케이를 비롯한 극단 단원 중 절반가량은 벌써 그 불길 한가운데로 뛰어들고 있었다. 그들은 회보를 제작하거나 궐기대회 준비와 행사 진행을 주로 담당했다. 그 일을 앞장서 주도했던 케이는 도청 지도부의 홍보 총책임자 임무까지 맡게 되었다. 그러나 집을 놔두고 변두리의 친척집 이층 다락방에 은신해 있던 당신은 그때 그 사실을 전혀 모르고 있었다. 22일, 집을 찾아 들어간 당신은 그날 밤에야 처음 케이의 전화를 받았다.

"지금 뭘 하고 있는 거냐. 해야 할 일이 많아. 내일 당장 나와."

"아아, 그랬었구나. 난 연락이 없어서 몰랐지 뭐냐."

당신은 허둥대며 변명했다.

이튿날 오전 약속장소인 녹두서점을 향해 식구들 몰래 집을 빠져나왔다. 거리마다 무장 시위대를 태운 군용 트럭과 장갑차들이 어지러이 질주하고 있었다. 당신은 두려움과 불안에 내심 떨고 있었다. 그 사나흘 동안 목격했던 끔찍한 참상의 기억들은 극심한 분노와 공포를 동시에 불러일으켰다. 케이와의 만남은 곧 그 불길 한복판으로 투신함을 의미했다. 당연히 그래야 한다는 사실을 알고 있었으나 걸음은 더없이 무겁고 힘겨웠다. 하지만 서점 앞에 도착하자 이상하게도 마음이 갑자기 편안해졌다. 이젠 죽음이라 해도 운명으로 받아들일 수 있을 것 같았다.

　서점에서 두 시간 가까이 기다려도 그는 나타나지 않았다. 서점 안주인의 말이, 케이는 회보를 배포하러 급히 나갔다고 했다. 잠시 밖으로 나와 서점 앞에서 서성이던 참인데, 우연히 지나가던 학과 선배가 당신의 팔을 붙잡았다. 섣불리 행동할 때가 아냐 임마. 당장 날 따라와. 대학강사인 그는 단호하게 당신을 이끌고 자신의 신혼집으로 데려갔다. 거기서 점심을 얻어먹었고, 오후에야 당신은 집으로 되돌아갔다. 그때 당신은 다시 서점을 찾아갈 수도 있었지만, 마음 한쪽에서 또다른 당신이 변명했다. 나로서는 그래도 약속을 지킨 셈이잖아. 어차피 녀석에게서 또 연락이 올 테니까……

　다음날 저녁, 다시 케이의 전화를 받았다. 어떻게 된 거냐 묻기도 전에 그는 말했다.

　"미안하다. 정신없이 돌아다니다보니, 약속을 깜박했어. 오래

기다리다 갔다고 서점 형수가 그러더라. 내일 오후 두시에 만나
자. 한 사람의 도움이라도 절실하게 필요하거든."

다음날인 25일, 당신은 다시 집을 나섰다. 한사코 나가지 못하
도록 막는 부모님의 감시를 겨우 따돌리고 대문을 빠져나오는 순
간, 당신은 집을 향해 돌아서서 마음속으로 식구들에게 작별인사
를 했다. 어쩌면 그것이 마지막이 될지도 모른다고 생각했다.

이날만은 발걸음이 그리 무겁지 않았다. 전날 밤새 마음을 결정
했기 때문이었다. 당신은 놀랍도록 담담하게 약속장소까지 걸어
갔다. Y회관 앞은 혼란스러웠다. 항쟁지도부는 대학생 병력을 무
장시켜 시민군을 재편성할 계획으로 학생들을 그곳으로 불러모으
는 참이었다. 상당수의 학생과 청년들이 끊임없이 현관을 들락거
렸다. 방금 총을 지급받고 나오는 어린 고교생들도 더러 보였다.
그들이 총을 제대로 다룰 수 있을까 걱정스러웠다.

당신은 정문 앞 계단 위에 주저앉아 케이를 계속 기다렸다. 한
시간이 넘도록 그는 보이지 않았고, 당신은 점차 초조함과 혼란에
휩싸이기 시작했다. 죽음이 두려워서만은 아니었다. 막상 총을 보
는 순간, 돌연 예기치 못한 당혹감이 찾아왔다. 그것은 '적'이라는
의미와 실체에 대한 극심한 혼돈 때문이었다.

'자, 이제 난 총을 들게 될지도 모른다. 그 순간 이후, 난 누군가
를 향해 방아쇠를 당겨야 하고, 그것은 적을, 혹은 누군가를 죽여
야 함을 의미한다. 그렇다면, 내가 죽여야 할 '적'은 누구인가? 계

엄군? 아니, 잠깐만. 저들이 과연 진짜 우리의 '적'이 맞는 건가? 자기 의사와 무관하게 징집되어 지금 저 포위망 바깥에서 총을 겨누고 있는 저 군복 차림의 청년들이? 나 또한 불과 일 년 반 전까지 그들과 똑같은 군인이었다. 내 작은형은 현재 하필이면 이 도시의 예비사단에서 현역 의무장교로 복무중이 아닌가. 또 저들 중엔 재학중 입대한 내 친구나 후배가 있을지도 모른다. 그럼 내 형 역시 내가 죽여야 할 적인가. 내 친구와 후배들 역시? 만약 그들이 적이 아니라면, 대체 누가 진짜 '적'인가? 내가 총구를 향하고 방아쇠를 당겨야 할 진정한 '적'은 어디에 있는 것인가?'

끊임없이 들락대는 사람들로 몹시 어수선한 Y회관 정문 계단 위에 주저앉은 당신은 어느 사이 극심한 혼돈에 빠진 채 또다른 두려움에 떨고 있었다.

"순옥아. 그 예기치 않은 혼돈에 사로잡힌 순간, 나는 이미 배신을 준비하고 있었는지도 몰라. 그와 동시에 나는 내심 이렇게 확신하고 있었기 때문이지. 이 싸움에서 우리는 결코 이길 수 없으리라. 고작 몇백 명의 오합지졸, 폐품과 다름없는 카빈총 따위로 저 막강한 수만 명의 정예부대에 어떻게 맞선단 말인가. 패배는 자명하다. 그걸 알면서도 뛰어들어 개죽음을 당하는 것이 옳은 일인가. 그것이야말로 무의미한 만용이 아닌가…… 난 그렇듯 혼자 수없는 질문과 대답을 반복하고 있었던 거야."

약속시각이 두 시간 가까이 지났을 때, 군용 지프 한 대가 건물 앞 광장에 나타났다. 앞좌석엔 연한 밤색 점퍼 차림의 케이가, 뒷 자리엔 총을 쥔 청년 둘이 앉아 있었다. 운집한 인파 때문에 지프 는 더이상 전진하지 못하고 정지했다. 케이는 엉거주춤 일어나 지 프 위에서 한동안 주위를 두리번거리며 당신을 찾고 있었다. 당신 과의 거리는 불과 몇십 미터. 그런데도 당신은 그의 이름을 부르지 못했다. 팔을 쳐들어 보이기만 했어도 케이는 당신을 발견했을 터 이지만, 당신은 어째서인지 그 자리에 꼼짝없이 앉아 그를 지켜보 고만 있었던 것이다. 그사이, 끝내 찾기를 단념한 듯 케이는 자리 에 앉았고 지프는 방향을 돌려서, 오던 길로 사라져버렸다.

어째서일까. 일이 분? 아니 어쩌면 불과 삼사십 초 정도의 그 짧 은 순간에 무슨 생각을 하고 있었는지, 당신은 지금까지도 전혀 기 억하지 못한다. 그가 당신을 발견하고 다가올 때까지를, 당신은 차 라리 기다렸던 것일까? 아니, 사실은 그 반대가 아니었을까?

다음날인 5월 26일 밤. 계엄군의 최후 진압작전 개시 직전인 밤 열시 반쯤, 케이에게서 세번째이자 마지막 전화가 왔다. 이제는 당 신에겐 어떤 변명도 거짓말도 더는 필요하지 않았다.

"임마. 어쩌면 마지막이 될지 몰라서, 너한테 목소리나마 전하 려고 전화했다. 나, 별로 후회하지 않는다. 요 며칠 동안, 난생처음 아주 열심히 살았던 것 같은 생각이 들어. 그뿐이야."

놀랍도록 차분하게 가라앉은 그 음성. 그때 뭐라 대꾸했는지, 당신은 역시 기억하지 못한다. 무슨 소리냐. 놈들이 설마 그리 쉽게 쳐들어오겠냐. 내일 아침에 내가 도청으로 직접 찾아가마. 그렇게 허둥거리며 대답했으리라. 수화기를 쥔 손이 후들후들 떨리고, 목소리가 자꾸만 안으로 기어들었을 것이다. 케이는 말했다. 잘 있어라. 살아남는다면 만날 수도 있겠지. 그렇게 전화는 끊겼다.

그리고 정확히 세 시간 후, 마침내 진압작전은 개시되었다. 칠흑 어둠 속에서 폭포처럼 쏟아지던 총성과 폭음…… 가두방송 차량 위에서 살려달라고 외치던 여학생들의 절규. 그 악몽의 시간은 새벽 다섯시까지 이어지고, 당신은 방구석에 숨어 엎드려 통곡했다. 아아, 케이야. 네가 죽어가는구나. 내 동료들과 선배와 후배들이 지금 저곳에서 죽어가고 있구나. 가장 외롭고 용기 있는 사람들만 저리 외롭게 쓰러지는구나. 그런데도 난 이리 비겁하게 목숨이 아까워 숨어서 떨고 있구나. 케이야……

"그 악몽 같은 몇 시간을 난 죽는 날까지 잊지 못할 거야. 그건 저주의 낙인처럼 내 뇌리에 지금도 또렷하게 박혀 있어. 난 그렇게…… 녀석을 배신했던 거야."

당신의 음성이 무섭게 떨리고 있다. 순옥은 내내 말이 없다. 입술을 깨문 채 달빛에 젖은 바다 저편을 뚫어져라 쏘아보고 있을 뿐이다. 어느새 당신은 격정에 휩싸여 전신을 덜덜 떨어댄다. 필사적으로 움켜쥐는 두 손아귀에서 모래가 줄줄 흘러내린다.

군의 무력진압작전 직후, 당신은 혼자 지레 겁을 먹고 그 도시를 빠져나갔다. 긴급 뉴스로 내보내는 사망자 명단 안에는 가까운 선배와 낯익은 사람들이 들어 있었다. 케이는 없었다. 남해안의 낙도에서 보낸 그 몇 달 내내 당신은 반쯤 넋이 나가 있었다. 말을 잊어버렸고, 혼자 밤낮으로 산과 갯가를 미친 듯 헤매고 다녔다.

폐허와도 같은 그 도시로 다시 돌아왔을 때, 거리마다 지명수배자 포스터가 무수히 나붙어 있었다. 어디를 가거나 당신은 어김없이 포스터 속의 케이와 동료들의 얼굴과 마주쳐야 했다. 행방불명자 중 상당수는 그날 새벽 학살되어 어딘가에 암매장되었을 거라는 소문이 끊임없이 나돌았다. 당신은 매일 아침 죽음과도 같은 하루를 맞았다. 아무 일도 못한 채 비겁하게 혼자 살아남아 있다는 죄책감 그리고 부끄러움과 자기혐오의 수렁에 빠져 당신은 허우적거렸다.

바야흐로 역사상 미증유의 폭력과 거짓으로 점철된 야만의 시대가 문을 열었다. 학살자는 절대권력의 통치자로 등장했고, 정의와 진실은 완벽히 조작되었다. 대다수 사람들은 그 도시의 진실을 외면하거나 오히려 냉소했다. 진실과 거짓, 정의와 불의가 전도된 현실은 차라리 지옥이었다. 미칠 것만 같은 분노와 증오에 사로잡힌 당신은 어느 한밤중 자리에서 벌떡 일어나 앉았다. 무엇에 홀린 듯, 입에서 이런 기도가 튀어나왔다. "하느님. 제가 그날을 소설로 쓰겠습니다. 목숨을 바치라면 기꺼이 바치겠습니다. 저를 도와주십시오." 열에 들떠 반쯤 넋이 나간 상태에서 당신은 그렇듯 거창

하고 비장한 약속을 했고, 그 약속을 신이 받아들여주었노라고 스스로 확신했다. 절망과 분노의 극한점에서 당신의 무의식은 필사적으로 그런 믿음을 만들고 또 그에 매달리려 했던 것이리라.

케이는 일 년 반 만에 홀연 기적처럼 당신 앞에 나타났다. 놀랍도록 비대해진 몸집, 짙은 구레나룻에 작업모 차림으로 변장한 케이는 완전히 지쳐 있었다. 그사이 서울에서 자그마치 수십 번 은신처를 옮겨다니던 끝에, 이젠 더이상 피할 곳이 없어 차라리 고향으로 되돌아왔노라고 했다.

당신의 집에서 함께 일주일을 묵은 뒤, 주변에서 은밀히 마련한 변두리 소형 아파트로 케이는 옮겨갔다. 한동안 당신은 그곳을 몰래 드나들며 생필품 따위를 조달했다. 거기서 또 한번 거처를 옮긴 케이는 결국 체포되어 중형을 언도받았으나, 반년 만에 특별사면으로 풀려나왔다.

얼마 후 당신은 대학원 진학 때문에 서울로 거처를 옮기게 되었고, 케이는 그 도시에 남아 힘겨운 생활을 견뎌내야만 했다. 어렵게 학원강사 생활을 하면서도 케이는 다시 연극을 시작했고, 그때부터 십수 년 동안 그는 죽는 날까지 혼신의 힘으로 오로지 5월항쟁을 다룬 작품들만 고집스레 무대에 올려왔던 것이다.

"내가 서울로 올라온 다음부터 우린 그리 자주 만나지 못했어. 피차 바쁘기도 했지만, 만나도 왠지 모든 게 예전 같지가 않았지. 아마 내 탓이었을 거야. 난 녀석을 대할 때마다 마음이 무거웠어.

그때 내가 널 속였노라고, 끝내 너를 부르지 않고 숨어 지켜보고만 있었노라고, 모든 걸 털어놓고 싶었어. 그래서 이제라도 녀석에게서 용서받고 싶었어. 굳게 결심을 하고 몇 번이나 마주앉았지만, 그때마다 차마 입이 열리지가 않았지. 촉망받는 신인작가를 친구로 가진 게 더없이 기쁘다고, 틀림없이 넌 좋은 소설을 쓸 수 있을 거라며 녀석은 내 어깨를 두드려주곤 했어……"

하지만 토해내지 못한 그 고백은 항상 당신의 목구멍에 가시처럼 박혀 있었다. 당신은 언젠가의 그 운명적인 기도를 새삼 기억해냈다. 그래, 그날을 소설 안에 온전히 다 담아내자. 그것은 나 자신과의 약속이자 죽어간 원혼들과의 약속이니, 그 약속을 지켜낸다면 나도 조금은 떳떳해질 수 있겠지. 그리하여 소설이 완성되는 날 케이를 찾아가 그 비밀을 털어놓고 용서를 빌리라, 당신은 결심했다.

그 순간부터 당신은 완전히 편집광처럼 소설에만 매달리기 시작했다. 처음부터 끝까지 피와 죽음, 절망과 통곡으로 점철된 열흘 밤낮, 그 악몽의 시간을 거꾸로 한사코 기억해내고 재생해내는 작업은 참으로 고통스러웠다. 당신은 절반은 미치고 절반은 뭔가에 홀려 있었다. 그리고 마침내 십 년 만에야 당신은 그 다섯 권짜리 장편소설을 완성해냈던 것이다.

"책이 출간된 직후에 녀석에게서 전화가 왔어. 큰일을 해낸 걸 축하한다며 껄껄 웃더구나…… 녀석의 웃음소리를 들으니, 처음으로 나는 마음이 조금 편안해지는 것도 같았어. 아아, 그때라도 난 곧장 달려내려가서 녀석을 만났어야 했어. 늦기 전에, 더 늦기 전에 말이야……"

그러나 당신은 케이를 당장 만날 수가 없었다. 책이 나온 뒤 당신은 한동안 그야말로 눈코 뜰 사이 없이 분주했다. 결국 두 달이 훌쩍 지난 후에야 당신은 마침내 케이를 만나기 위해 광주로 내려 갔다. 이제야말로 당신은 너무도 오래 미루어온 그 고해를 치르고, 그에게 용서를 구할 결심이었다. 그러고 나면 지금껏 바윗덩이 처럼 당신을 짓누르고 있던 그 오랜 죄책감으로부터 비로소 자유로워질 수 있을 것이었다. 그러나 바로 그 순간, 잔인한 운명이 한 발 앞서서 당신을 기다리고 있었다.

"어, 너로구나. 때마침 잘 왔다. 안 그래도 만나고 싶었는데…… 나, 아무래도 오래 살지 못할 거 같다."

역 앞 공중전화 수화기를 들자마자 흘러나온 케이의 힘없는 음성에 당신은 가슴이 철렁 내려앉았다. 짜식, 뭔데 그래. 엄살떨지 마라. 당장 갈게. 대수롭잖게 받아넘겼지만 당신은 그의 아파트로 향하는 택시 안에서 내내 불안하고 두려웠다. 가게에서 산 수박 한 통을 들고 초인종을 누르려는데, 까닭 모르게 손끝이 바르르 떨렸 다. 역시, 불길한 예감 그대로였다. 몇 달 새에 환갑 넘은 노인의 몰골로 변해버린 케이는 병석에서 당신을 맞았다. 체중이 무려 십 킬로그램이나 줄었다면서, 그의 아내는 넋을 놓고 있었다.

"암이라니, 믿어지지가 않았어. 녀석은 보름 동안 혼자 어디론가 사라졌다가 불과 이틀 전 돌아와서야 식구들한테 그 사실을 알렸다더군. 이미 암세포가 퍼져서 손을 쓸 수가 없다고 했어. 기가 막혀 말도 나오지 않았지. 세상에, 하필이면 바로 그 순간에, 그런 엉터리 연극 같은 일이 어떻게……"

물론 당신은 아무 말도 할 수 없었다. 둔기로 머리를 얻어맞은 듯 멍멍하기만 할 뿐, 눈앞에 벌어진 일들이 도무지 현실 같지가 않았다. 며칠 후 케이는 말기 암환자를 위한 획기적인 치료법을 새로 개발했다는 서울 모 대학병원에 서둘러 입원했다. 그러나 치료 불가능이라는 판정에 그는 다시 고향으로 내려가야 했다. 퇴원하기 직전, 병상에서 케이는 당신의 손을 잡고 나직하게 말했다.

"진우야. 난 말이다. 너 같은 좋은 친구를 만났으니, 행복하다."

손끝에 전해오는 그의 체온은 따뜻했으나 이미 생기를 잃어가고 있었다. 당신은 그의 눈을 차마 쳐다보지 못하고 어설픈 웃음만 지어 보였다. 그것이 케이가 남긴 마지막 말이 될 줄은 상상도 못했다.

한 달이 채 되기 전에 케이가 위독하다는 연락이 왔다. 그날 당신은 비행기 아니면 열차를 탔어야 했다. 도로 체증으로 고속버스는 연착했고, 당신이 병원에 도착하기 직전 케이는 벌써 숨을 거두고 말았다. 뒤늦게 지하층으로 달려내려간 당신의 눈앞에서, 직원은 때마침 시신을 냉동 보관소 안에 막 밀어넣고는, 탁 소리와 함께 냉동고 문을 닫아버렸다. 당신은 또다시 한발 늦었고, 이번에야

말로 케이는 영원히 떠났다.

"눈을 감기 직전, 그분은 마지막 고해를 하면서 나한테 그러시더구나. 그해 5월 이후, 지금껏 단 한 순간도 마음 평화로운 적이 없었노라고…… 그 말을 듣는 순간 나도 그만 함께 울고 말았어."

임종의 순간을 줄곧 지켜보았던 김목사가 장례식장에서 그렇게 당신에게 전해주었다. 김목사는 당신의 군대 동기이자 친구이기도 했다.

42. 용서

케이의 장례식 이후, 지난 일 년 반 동안 당신은 말 그대로 지옥의 시간을 살았다. 지옥은 당신의 육신과 정신의 거처였고, 그 안에 갇힌 당신은 이미 유령이었다. 폭음과 절망과 슬픔으로 당신은 끝없이 스스로 황폐해져갔고, 케이는 밤마다 꿈속으로 당신을 찾아왔다.

도저히 감당할 수 없는 맹목의 분노와 증오심에 당신은 미칠 것만 같았다. 세상이 케이를 죽였다고 당신은 생각했다. 만면에 웃음을 띠고 활보하는 학살자들 못지않게, 세상 사람들의 망각과 편견과 냉소가 바로 그를 죽음으로 몰아갔다고 당신은 확신했다. 당신은 세상을 용서할 수 없었다. 당신은 또한 당신 자신마저 용서할 수 없었다.

"순옥아, 결국 난 케이에게 용서를 구할 기회를 영영 잃어버리고 만 거야. 도대체 그따위 말도 안 되는 우연이라니! 마침내 모든 걸 털어놓으려고 찾아간 하필 그 순간에, 케이는 죽음과 마주하고 있었어. 아아, 그 녀석이 불쌍해서, 너무나 분하고 억울해서 난 견딜 수가 없구나. 순옥아……"

당신은 기어코 오열한다. 한번 터지고 나자, 오래 억눌러왔던 울음은 발작처럼 한꺼번에 솟구쳐나온다. 모래밭에 엎드린 당신을 순옥은 말없이 지켜본다. 이윽고 울음이 잦아지고, 파도 소리가 조용히 되살아나기 시작했다.

"세상에, 어쩌면…… 그런 일로 하여 아직까지도 그처럼 고통스러워하고 계시는 줄은 상상도 못했어요. 용서라니요. 선생님은 그렇게까지 피 흘리면서 용서받아야 할 죄를 결코 저지른 적 없어요. 그땐 아마 누구라도 그럴 수밖에 없었을 거예요."

"그렇지 않아. 나는 더없이 비겁했어. 친구와의 약속을 배신했고, 그들이 포위망에 갇혀 죽어가는 순간에 방안에서 공포에 질려 떨고만 있었어."

"그래요, 선생님은 분명 조금은 비겁했었는지도 몰라요. 살아남은 우리 모두 또한 그러했겠지요. 하지만, 그렇다고 해서 선생님이 케이 선생님을 아니, 다른 그 누구를 배신한 것은 결코 아니에요."

"아니야, 그건……"

"잠깐만요, 선생님. 제 애길 잘 들으셔야 해요. 그때 선생님은 단지 눈앞의 군인들을 적이라 확신할 수 없었고, 때문에 내 손으로 총을 쏘아 그들을 죽일 수는 없다고 판단했을 뿐예요. 패배가 자명한 싸움에서 헛되게 목숨을 잃는다는 건 어리석은 일이라고 믿었던 거예요. 그 때문에, 배신이 아니라, 선생님 자신의 판단에 따라 둘 중 한쪽을 선택했을 뿐이라구요. 자, 선생님. 이젠 아시겠어요?"

순옥은 돌연 절규하듯 목청을 높여 사납게 소리쳤다.

"정말, 이건 말도 안 돼요. 도대체 언제까지 이래야 하죠? 우린 언제쯤 이 끔찍스런 고통으로부터 완전히 놓여날까요. 세상 사람들에겐 케케묵은 과거의 사건일 뿐인데, 시효가 지나도 한참 지난 지겨운 넋두리에 지나지 않을 뿐인데, 왜 어떤 이들에겐 그것이 평생토록 벗겨지지 않는 족쇄여야 하는 거죠? 정말이지 이런 얘기, 이젠 진저리가 쳐져요. 저는 다 잊어버렸어요. 남들처럼 고개 바짝 쳐들고, 앞만 보면서 달려갈 거라구요."

불현듯 순옥은 목안이 꽉 잠겨오고 만다.

정말 그러한가. 세상의 저 현란하고 숨가쁜 강물 위에 함께 떠서, 절대로 뒤돌아보지 않고, 앞만 바라보고 미친 듯 내달리면서, 그 모든 아픈 기억들을 깨끗이, 아주 말끔하게 도려낼 수 있겠는가. 수, 순옥아. 내 이름, 기억해둬라이. 비금도 모래밭에 핀 해당화를 꼭 보여주고 싶다던 노총각 고씨. 온몸이 총알 구멍으로 덮인 채 누더기 꼴로 실려온 은숙이. 또 이름도 고향도 나이도 알 수 없

는, 그 참혹한 수많은 시신들. 자신의 손으로 일일이 핏물을 씻어
내고 살점을 간추려 관 속에 담아주었던 그 가엾은 사람들을? 아
니, 아니야. 순옥은 고개를 젓는다. 그녀는 이미 알고 있다. 앞에
남겨진 생의 모든 날들 동안, 자신은 결코 다시는 평화로울 수 없
으리라는 것을. 그녀 자신도 달리 어쩔 수 없게, 앞으로도 내내 그
기억들과 함께 살아가게 되리라는 사실을.

"저는 말예요. 이렇게 나약한 모습의 선생님이 갑자기 못나 보
이고 싫어지네요. 선생님께서 그처럼 힘드셨다면, 다른 수많은 분
들은 정녕 어떠했을까요? 그날 이후 혈육을 빼앗긴 사람들이나 앞
으로도 평생을 불구로 살아가야 하는 이들의 고통과 슬픔에 비하
면 선생님은 그래도 훨씬 나은 처지가 아닌가요…… 죄송해요, 선
생님."

당신은 한없이 부끄럽고 또 참담했다.

"알고 계세요? 케이 선생님도, 사실은, 죄책감으로 몹시 괴로워
하셨어요. 어쩌면 이선생님보다도 몇 배나 더 고통스럽게요."

"뭐라고. 그게……"

"삼 년 전이던가, 소식도 없이 불쑥 영도를 찾아오셨지요. 겨울
바다 생각이 나서 혼자 무작정 나섰다고 하셨어요. 알고 보니, 망
월동에서 선배분의 장례식이 있었던 날이더군요. 저녁 늦도록 술
을 마시며 둘이서 많은 얘길 나눴지요. 놀랍게도 케이 선생님은 그
마지막날 새벽, 선배들과 동료들을 도청에 남겨둔 채 자신만 빠져

나왔다는 것 때문에 내내 엄청나게 괴로워하고 계셨어요. 그분들에 대한 죄책감을 영영 벗지 못할 거라면서……"

그날 새벽까지 Y회관에 남아 있던 케이는 군의 최후작전 개시 직후, 십여 명의 어린 여학생들을 이끌고 아슬아슬하게 건물을 빠져나왔다. 그 여학생들 중에는 순옥과 윤덕이도 끼어 있었던 것이다. 어둠 속에서 당신의 두 눈이 커다랗게 벌어진다. 순옥의 입을 통해 당신은 지금 비로소 그 사실을 처음 알게 된 셈이다. 마지막 기도를 바칠 때, 그분이 그러시더구나. 그날 이후 단 한 순간도 마음이 평화로운 적이 없었노라고…… 불현듯 김목사의 말이 떠오른다. 당신은 모래밭에 얼굴을 처박으며 허깨비처럼 고꾸라졌다.

'아아, 그랬었구나. 도대체 네가, 네가 왜 터무니없는 죄책감을 가져야 한단 말이냐. 모두들 저리도 당당하게 등돌리고 멀어져가는데, 정작 위로를 받아야 할 고귀한 정신들이 어째서, 거꾸로, 우리들 대신에, 죽는 순간까지 고통을 떠맡아야 한다는 것이냐……'

목안 깊은 곳으로부터 울음이 솟구쳐오른다. 모래밭에 얼굴을 묻은 채 오래도록 흐느끼는 당신의 어깨를 순옥의 두 팔이 말없이 감싸안았다. 달빛이 바다 위로 가득히 쏟아져내렸다.

43. 해후

눈이 온다. 오늘은 햇병아리 솜털 같은 연노랑색 눈이 하염없이 푸슬푸슬 떨어져내린다. 새벽부터 시름시름 내리기 시작하더니 어느 사이 천지가 온통 노란색으로 덮였다. 현관 앞 계단과 화단, 여관으로 이르는 골목길까지 모두 노랗다. 길 건너 상가 지붕들, 그 너머 가장골 골짜기와 산등성이 역시 노랗다. 지금쯤 읍내 거리는 온통 눈부신 개나리꽃밭 같을 것이다. 아니다. 영도 섬 전체가 그야말로 흐드러지게 만개한 유채밭으로 변했을 터이다.

오전 열시.

베트남 참전용사 허문태는 백년여관 일층 응접실 소파에 비스듬히 걸터앉아 망연히 창밖을 내다본다. 전신주 꼭대기에 올라앉은 한 무리 참새들이 노란색 눈을 흠뻑 맞고 있다. 왼쪽으로 고개를 한껏 비틀어봐도 오늘은 바다조차 잘 보이지 않는다. 눈발 때문이다. 무수한 노랑나비떼가 하늘과 바다를 뒤덮은 채 팔랑대고 있는 것만 같다.

문태는 손바닥으로 눈을 비비며 돌아앉는다. 어제도 밤새 눈 한 번 붙이지 못했다. 벌써 몇 년째 그는 극심한 불면증에 시달리고 있다. 덕분에 야간 근무는 늘 고스란히 자신의 몫이지만, 오히려 그는 그것이 다행스럽다. 그의 수면시간은 기껏해야 하루 두어 시간, 그것도 매번 동틀 무렵에야 잠깐 선잠이 들 뿐이다. 그런데 오늘은 웬일인지 아침나절부터 잠이 마구 쏟아진다. 약에 취한 듯 정신이 몽롱하고 눈꺼풀이 자꾸 내리감기곤 한다.

여관 안은 쥐죽은듯 조용하다. 이층 객실은 두 개 말고는 다 비었다. 투숙한 두 남자는 외출했거나 늦잠을 잘 것이다. 조금 전 미자와 금주는 바구니를 들고 장터로 나갔다. 조천댁이 뒷개 모래밭에서 굿판을 연다는 날이 바로 오늘 저녁이다.

"조천댁이 말한 그 굿 말이오. 아무래도 우리가 준비를 도맡아야 할 것 같소. 간밤 꿈에 할머님을 뵈었소. 자세한 얘긴 담에 하기로 하고, 당장 서둘러 준비해주구려. 나는 이 길로 조천댁을 만나보러 가야겠소."

전날까지 아무 말 없던 복수가 아까 아침식사 때 불쑥 그 얘기를 꺼냈다. 의외로 미자도 순순히 그리하겠노라고 대답했다. 그녀 역시 간밤 꿈에 시할머니 설분네를 만났다고 말했다.

허문태는 몸을 일으켜 주방으로 들어간다. 그리고 미자가 찬장 구석에 감춰둔 소주병을 찾아들고 응접실로 되돌아온다. 병 주둥이에 입을 대고 한 모금 맛나게 털어넣는다. 술이 목구멍 안으로 넘어가자마자 금방 엉덩이와 허벅지 쪽으로부터 신호가 온다. 그 끔찍스런 가려움증이 또 되살아나기 시작한 것이다.

그는 무심코 바지 속으로 집어넣으려던 손을 움츠린다. 간밤 내내 다섯 손가락으로 후벼판 탓에 엉덩이와 허벅지는 이미 엉망진창이다. 피와 진물이 터져 흐르도록 아무리 긁고 후벼파도 가려움증은 멈추지 않았다. 때로 가려움증은 머리로 옮겨와서, 두피 속을 피가 나도록 긁어대기도 했다. 그 증상이 생긴 것은 십여 년 전, 처음엔 단순히 피부병인 줄만 알았다. 병원과 약국을 수없이 다녔으나 모두 허사였다. 결국은 너덜너덜해져서 피고름 범벅이 된 엉덩이를 소금물에 담그고 있는 편이 차라리 더 나았다.

앉은 채 몸을 뒤틀며 엉덩이를 소파 바닥에 문지르다 말고, 허문태는 술을 벌컥벌컥 들이켠다. 재작년 그는 고엽제 피해 신청을 낸 뒤 보훈병원에서 두 차례 신체검사를 받았다. 피부 조직검사까지 했으나 아무 이상을 발견할 수 없다고 했다.

"웃기는 새끼들이지 뭐야. 그까짓 것들이 무슨 의사랍시고……"

한쪽 팔을 잃긴 했어도 자신은 그나마 나은 편이라고 그는 고쳐 생각한다. 신체부위가 썩어들고 사지가 오그라들며, 흉한 기형아까지 낳은 고엽제 환자 전우들이 얼마나 많다고 하던가. 씨발, 이 개같은…… 그는 술병 주둥이를 입에 질러넣고 독한 술을 목구멍 안으로 콸콸 털어넣는다.

쿵작 쿵작 쿵자작.

별안간 큰길 쪽에서 확성기 소리가 커다랗게 울려나왔다. "주민 여러분. 금일 저녁 읍내 신부두 부지에서는 국제항 승격 기념축제가 화려하게 막을 올립니다. 국내 유명 가수들과 톱 탤런트들을 특별초청하여……" 고개를 길게 빼고 유리창 너머로 살펴보니, 한껏 볼륨을 키운 확성기 소리와 함께 군청 홍보 차량이 네거리를 막 지나고 있는 참이다. 채색유리를 끼워놓은 듯 창 바깥 풍경이 온통 노랗다.

"어이, 추워. 왜 이렇게 춥지."

허문태는 어깨를 웅크리며 소형 전기난로를 앞으로 끌어다 놓는다. 거참, 이상하다. 몸살이 오려고 이러나. 왜 이렇지. 참을 수 없도록 한꺼번에 졸음이 몰려온다. 눈꺼풀이 저절로 스르르 내리감긴다.

눈앞에서 노랑나비떼가 펄렁펄렁 날고 있다. 허공 가득히 흩날리며 안개처럼 내려오는 무수한 입자들…… 미군 비행기들은 작전지역과 부대 주변에 수시로 항공 살포를 실시했다. 살충제를 뿌릴 때도 많았다. 고엽제에 무지한 병사들은 모기약을 뿌리는 줄만 알고 옷을 입은 채 얼굴부터 발끝까지 고스란히 그것을 맞았다. 옷통을 훌렁 벗고 맨몸으로 샤워하듯 흠뻑 젖은 채로 낄낄대기도 했다. 야간작전 때엔 앙상해진 숲에서 낙엽을 덮고 쉬고, 개울물이나 웅덩이 물로 목을 축였다. 냇물로 목욕을 하고, 밀림 속에서 바나나며 파파야 열매를 따먹었다. 그때는 그것들 속에 숨은 무서운 악마의 정체를 아무도 몰랐다. 다이옥신. 불과 일 그램으로 이만 명을 죽일 수 있다는 치명적인 독극물…… 아아, 니기미. 씨벌 개새끼들.

문득 인기척 소리에 문태는 힘겹게 고개를 든다. 눈꺼풀이 천근만근 무겁다. 신지가 내실 복도 쪽에서 걸어나오고 있다. 여태껏 방안에 혼자 남아 있었던 모양이다. 신지는 문태에겐 눈길도 주지 않고 이내 쪽문을 열고 뒤뜰로 나간다.

"얘, 어딜 가는 거냐. 밖에 눈이 오고 있단 말이야."

하지만 무슨 까닭인지 그 말은 목안에 잠긴 채 소리가 되어 나오지 않는다. 온몸이 연체동물처럼 흐물흐물 녹아내리는 것만 같다. 어, 오늘 아침은 진짜 이상한데. 두 눈꺼풀이 풀칠을 한 듯 자꾸만 내리감긴다.

쿵작 쿵작 쿵자작…… 한길 쪽에서 날아드는 요란한 브라스밴드의 연주곡. 문태의 눈이 다시 스르르 감긴다. 부산항 부두. 귀청이 터질 듯한 함성과 노래와 확성기 소리. 이기고 돌아오라. 자랑스러운 대한의 용사. 태극기를 손에 쥐고 흔드는 수천 명의 환송객. 함정 위에서 눈처럼 뿌려대는 오색종이들의 현란한 윤무. 끝내 어머니와 여동생은 울음을 터뜨리고…… 그리하여 마침내 멀미와 무더위에 시달리다 도착한 베트남 땅. 병사들은 일제히 함성을 터뜨리며 갑판 위로 몰려나갔다. 첫눈에 본 나트랑 부두와 해변의 평화로운 풍경. 그 눈부시게 밝고 싱그러운 녹음 속 어디에도 전쟁의 흔적은 없었다.

일주일 후 여단본부에서 자대 배치를 받자마자 트럭 두 대에 분승하여 출발했다. 1번 도로를 벗어나 밀림 사이로 난 작전도로로 막 접어드는 순간 콰쾅, 폭음과 함께 바로 눈앞에서 달리던 트럭이 화염 덩어리로 나뒹굴었다. 매복중이던 베트콩의 로켓 포탄에 탑승자 중 폭사 여덟 명, 부상 세 명. 그들 대부분은 문태와 함께 갓

부대배치를 받은 동료들이었다. 씨발, 월남에서 맞은 첫 전투부터 그랬어. 재수에 옴붙은 거지. 니기미. 문태는 반쯤 눈을 뜬 채로 거칠게 술병을 입에 가져간다.

그때 기척도 없이 현관문이 스르르 열렸다.

이내 한 무리의 사람들이 홀연 그림자처럼 현관 안으로 하나둘 들어서기 시작했다. 아이들 셋을 거느린 삼십대 초반의 부부. 하나같이 불에 탄 것처럼 검게 그을린 얼굴들이 문태에겐 낯설기만 하다. 그들은 일가족으로 보이는데, 차림새가 퍽도 희한하다. 남자는 후줄근한 점퍼에 물들인 군복바지, 여자는 비녀를 꽂은 머리와 몸빼 그리고 후줄근한 홑겹의 갈옷을 걸쳤다. 아이는 모두 셋인데, 갓난아이는 어미의 등에, 다른 두 사내아이는 아비의 양 옆구리에 매미처럼 엉거주춤 붙어 서 있다. 온 가족의 낯빛은 오래 굶은 사람들처럼 영양결핍 증세가 완연하다.

"누, 누구십니까."

그러나 문태의 목소리는 목구멍 안쪽에서 스러져버린다. 웬 사람들인가. 소파에 비스듬히 기대어 앉은 그는 눈꺼풀을 치켜올리려 안간힘을 써본다. 그 수상한 일가족은 곁눈질조차 없이 묵묵히 문태 앞을 지나 이층으로 천천히 걸어오르기 시작한다. 여보세요. 잠깐만. 여전히 목소리는 나오지 않고, 그들의 모습은 계단 위로 지워져버렸다. 내가 모르는, 간밤에 늦게 들어온 숙박객인가. 문태는 다시 소파에 등을 기댄 채 술 한 모금을 털어넣는다.

야, 신병. 너 총 들고 따라와.

최병장이 말했다. 얼결에 총을 쥐고 일어서는 그를 보고 고참들이 히죽히죽 웃었다. 얌마, 허일병. 신고식 잘해. 야전 막사 뒤쪽 공터에서 최병장이 한 소년을 땅바닥에 주저앉혀놓고 기다리고 있었다. 오전 작전중 인근 촌락에서 잡아온 베트콩 용의자. 열대여섯 살 정도 되어 보이는 소년의 바지엔 이미 핏물이 흥건했다. 집 마당 구덩이 속에 함께 숨었던 식구들은 현장에서 모두 사살되었다.

이봐, 신병. 소총 자물쇠 풀고 대기하고 있어. 알았지.

목소리를 낮춰 그에게 말한 뒤, 최병장은 소년의 손에 묶인 노끈을 대검으로 잘라낸 다음 소리쳤다.

가! 집으로 가란 말이다!

턱을 부들부들 떨며 어리둥절 쳐다보는 소년의 눈망울이 유난히 검고 맑았다. 가라니까, 새꺄. 최병장이 엉덩이를 걷어차자 소년이 마을 쪽으로 허둥지둥 뛰기 시작했다.

쏴! 지금이야! 쏘라니까!

문태는 엉겁결에 방아쇠를 당겼다. 탕탕탕. 논둑 위로 소년의 몸뚱이가 푹 고꾸라졌다. 따라와. 아직 뒤처리가 남았어. 그래야 후환이 없거든. 잘 기억해둬. 배를 움켜쥔 채 도랑물에 모로 처박힌 소년은 아직 숨을 헐떡였다. 당겨, 임마. 문태는 눈을 질끈 감고 방아쇠를 당겼다. 탕탕. 뭔가 철버덕 얼굴로 튀어올랐다.

자알했어. 이제야 넌 진짜 군인이 된 거다.

가자. 최병장이 그의 어깨를 툭툭 치고는 앞장을 섰다. 막사 앞에서 쉬고 있던 고참들이 문태를 보고 일제히 웃음을 터뜨렸다. 야야 졸병, 잠깐만. 누군가 튀어나와 카메라 셔터를 눌러댔다. 거울을 들여다보니, 얼굴이 온통 피범벅이었다. 그것이 첫번째 경험이었다. 사람을 직접 죽여본.

거머리처럼 들러붙는 졸음을 털어내려고 문태는 탁자 위의 소형 라디오를 켜본다. 피아노의 경쾌한 선율이 튀어나온다. 그가 이따금씩 듣는 음악방송이다.

"그래, 가끔은 좋은 기억도 있었지. 응웬 마이, 내 사랑⋯⋯"

문태는 눈을 감은 채 홀린 사람처럼 혼자 뇌까린다. 오래전 어디선가 잃어버리고 만, 나트랑 해변의 모래밭을 배경으로 하고 둘이서 나란히 찍은 사진 한 장. 하지만 문태의 기억 속에 그것은 아직도 선명하게 찍혀 있다. 눈부시게 하얀 아오자이를 입고 가지런한 치아를 드러낸 채 환히 웃고 있는 스무 살의 우체국 여직원 응웬 마이. 문태가 태어나서 사랑을 바쳐본 단 한 여인.

"거짓말 아니야. 난 마이를 데리고 꼭 한국으로 돌아갈 거다. 우린 거기서 결혼하는 거야. 어머니와 여동생도 다 좋아하실 거야."

문태는 나트랑의 프랑스식 성당 건물 뒤편에서 나눈 그 약속을 지금도 또렷이 기억하고 있다. 결국 그 약속은 지켜지지 못했다. 부상을 당해 팔 한쪽을 잘라낸 몸으로 귀국할 때까지, 문태는 끝내 마이에겐 한 통의 전화도 걸지 않았다. 마이는 무얼 하고 있을까.

나트랑의 담 시장 근처에 있는 그 조그마한 우체국. 마이는 지금도
창구를 지키고 앉아 있을까…… 문태는 술 한 모금을 들이켠다.
식도를 타고 흘러내리는 술의 감촉은 차갑고도 뜨겁다.

'가만, 이 사람들은 또 어디서 나타난 거야.'
문태는 술병을 내려놓고 두리번거린다.
이번엔 또다른 한 무리의 사람들이 현관 안으로 밀려들어오고
있다. 이건 또 뭐지. 문태는 입을 딱 벌린다. 둘, 다섯, 열, 열셋, 열
아홉…… 얼추 스무 명이 넘는다. 그들은 그림자처럼 한 줄로 늘
어서서 소리없이 지나가고 있다. 기이하게도, 누구 하나 이쪽으로
눈길 한 번 주지 않는다. 남자들, 늙은이, 아낙네들, 아이들……
차림새가 하나같이 희한하다. 저마다 무명 바지저고리나 치마, 갈
옷, 검은 학생복 따위를 입었다. 구두, 고무신, 운동화, 전투화, 짚
신 그리고 맨발도 있다.
이봐요. 잠깐만. 당신들은 누구요. 어디서 나타난 거요.
그러나 역시 소리는 문태의 입속에서 맴돌다 스러질 뿐이다. 그
들은 어느 틈엔가 이층으로 흔적도 없이 사라져버렸다. 아 참, 신
부두 공터에서 무슨 축제공연인가 뭔가를 연다고 했지. 서울에서
내려온 악극단 패거리들인지도 모르겠군. 아무리 그래도 그렇지.
어째……
그 순간 누군가 그의 눈앞으로 소리없이 불쑥 들어섰다. 깜짝

놀라 고개를 들어보니, 눈앞에 예닐곱 살짜리 여자아이 하나가 불에 탄 말뚝처럼 가만히 서 있다. 단발머리에 몸집이 깡마른 계집아이는 고개를 한쪽으로 갸웃한 채 문태를 빤히 올려다본다. 공포에 질린 눈망울, 반쯤 벌어진 입술. 그 표정이 어딘가 무척 낯익다.

"가만, 너, 너는……"

순간 문태의 온몸이 빳빳하게 굳어버렸다.

투투투—타타타……

땅거죽을 가르는 굉음. 박격포가 터지고 기관총이 불을 뿜는다. 총성과 폭음, 비명소리. 문태는 손에 수류탄을 쥔 채 커다란 구덩이 앞에 서 있다. 포탄에 맞아 움푹 파인 구덩이 안엔 스물댓 명이 한데 엉켜 울부짖고 있다. 노인과 여자, 아이들뿐. 젊은 남자는 없다. 방금 전 그들의 마을 쪽에서 날아온 총탄에 소대원 셋이 쓰러졌다. 병사들은 악에 받쳐 있다. 물어볼 것도 없어. 저놈들은 베트콩 가족이거나 한패거리야. "야, 핀 뽑아, 던져!" 고참병이 외쳤고, 문태는 동시에 수류탄을 던졌다. 콰쾅. 흙먼지 자욱한 구덩이 안을 누군가 재차 자동화기로 한참을 드르륵 내갈겼다. 잠시 후 구덩이 안에서 희미한 울음소리와 함께 뭔가 움직였다. 작고 앙상한 여자아이 하나가 엉거주춤 일어서고 있었다. 아이와 시선이 마주쳤다. 순간 저도 모르게 문태는 총을 집어들었다. 그리고……

그때 왜 자신이 그랬었는지, 문태는 지금까지도 알 수가 없다. 미쳐 있었을 것이다. 이유라면 단지 그뿐이다. 총알은 정확히 아이의 정수리 한가운데를 뚫었다. 그런데, 그 아이가 지금, 왜 여기에……?

"맞아. 그애다! 틀림없어."

아이는 순식간에 사라지고 없다. 술병이 우당탕 굴러떨어지고, 문태는 벌떡 일어나 이층으로 허둥지둥 올라간다. 객실 문을 하나하나 차례로 열어본다. 아무도 없다. 손님이 든 방 두 개를 제외하고는, 방은 모조리 텅텅 비어 있다. 건물 전체가 그야말로 쥐죽은 듯 고요하다. 어찌된 일인가. 그들은 다 어디로 갔는가. 식은땀을 흘리며 문태는 아래층으로 뛰어내려온다. 거실과 부엌 역시 비어 있다. 이번엔 다시 복도를 질러서 쪽문을 열고 뒷마당으로 나선다.

뒤뜰엔 온통 연노란색의 눈이 가득히 쌓였다. 만개한 유채꽃밭 속에 파묻혀버린 듯, 그 선연함에 눈이 부시다. 눈발은 여전히 시름시름 내리고 있다. 눈밭 위에 어지럽게 찍힌 한 무리의 발자국. 그는 그것을 뒤쫓아가기 시작한다. 숲속 아름드리나무들도 눈부신 연노랑 외투를 흠뻑 뒤집어썼다. 막 피어난 동백꽃이 노란 눈속에서 불꽃처럼 빨갛다.

발자국들은 연못을 지나고 숲을 질러 안채 뒷마당으로 이어지더니, 툇마루 바로 앞에서 뚝 그쳐버렸다. 문태는 숨을 헐떡이며 한동안 망설인다. 설분네 노파가 반평생을 살았던 바로 그 방이다.

그는 툇마루 위로 기어올라, 해묵은 장지문의 구멍으로 방안을 들여다본다.

어슴푸레한 방안. 놀랍게도 거기 수십 명의 사람들이 빼곡하게 들어차 있다. 어른들은 방바닥에 서로 몸을 붙이고 앉았고, 아이들은 낡아빠진 이불장이며 옷장, 고리짝과 반닫이, 심지어 재봉틀 위에까지 올망졸망 매달리거나 올라앉아 있다.

문태는 방 한가운데 오도카니 앉은 설분네 노파의 모습을 금세 알아본다. 호호 백발에 주름투성이 얼굴, 목에 불거져나온 두 개의 큼직한 혹. 그러나 눈부시게 하얀 치마저고리로 차려입은 할멈의 얼굴엔 웃음이 가득하다. 그토록 환한 웃음을 문태는 노파의 생시에는 한 번도 본 기억이 없다. 노파의 곁에는 비쩍 마른 체구의 늙은이가 함께 앉아 있다. 그 영감도 한껏 흡족한 웃음을 짓고 있다. 다른 사람들 역시 다 같이 환하게 웃고 있다. 그들의 웃음 때문에 온 방안이 환한 빛으로 가득차 있는 것만 같다.

문태는 제 눈을 믿을 수가 없다. 그러고 보니, 어딘가 낯익다 싶은 그 얼굴들의 정체를 알 것도 같다. 언젠가 노파의 방에서 본 적이 있는 해묵은 가족사진 한 장. 그들은 바로 그 사진 속의 얼굴들이 틀림없다. 그렇다면, 설분네 노파 옆에 앉은 영감은 필시 그녀의 남편일 것이다. 징용에 끌려갔다가, 무너진 갱 안에서 사고로 죽었다는 그 사람. 문태는 구멍에 붙인 한쪽 눈을 한껏 크게 뜨고, 구멍 저편 방안에 둘러앉은 강씨 일가의 숫자를 세어본다. 하나, 둘, 아홉, 열다섯…… 얼추 스무 명이 훨씬 넘는다. 그리고 맨 마지막으로 한 사람, 설분네 할머니의 무릎에 기댄 채 곤히 잠들어 있는 어린 신지의 모습을 문태는 비로소 발견했다.

문득 등뒤에서 들리는 인기척 소리. 무심코 돌아보던 문태의 온몸이 감전이라도 된 듯 돌연 빳빳하게 굳었다. 이내 두 눈이 점점 커다랗게 벌어졌다. 저만치, 누군가 서 있다. 무화과나무 아래, 연노랑 눈으로 덮인 수풀을 등진 채 서로 손을 잡고 나란히 서 있는 두 여자. 눈부시게 흰 아오자이 차림에 탐스런 검은 머리를 치렁하게 늘어뜨린 처녀. 그리고 아까 홀연 나타났다 사라져버린 그 여자아이. 문태가 놀라서 마루 아래로 우당탕 굴러떨어졌다. 둘은 문태를 향해 함께 까르르 웃음을 터뜨리더니, 휙 돌아서서 은행나무 뒤로 재빨리 달아난다.

"아아, 마이! 응웬 마이!"

문태가 허둥지둥 뒤를 쫓아갔다. 햇병아리 솜털 같은 노란 눈발이 그의 얼굴 위로 푸슬푸슬 쏟아져내렸다.

44. 대단원

정오가 되자 눈발은 뚝 그쳤다. 맑게 갠 하늘에 해가 모습을 드러내자 지상에 쌓인 눈은 순식간에 녹기 시작했다. 누군가 노란색 커튼을 휙 잡아채어 벗겨내기라도 하듯, 세상은 금세 저마다의 빛깔을 되찾아갔다.

백년여관 식구들은 오후 내내 분주했다. 굿이 열리기 전까지 상차림에 필요한 제물들을 마련해야 했다. 시간이 너무 촉박한지라, 제물이라고 해봐야 제대로 구색을 갖추기는 어려웠다. 조천댁이 말했다.

"여러 가지 차릴 거 없어. 혼령들 숫자가 많아서 어차피 다 감당할 수는 없어. 그저 양을 많이 준비해서, 큰 그릇에다가 듬뿍듬뿍 담아내기만 하면 돼."

두어 말이나 되는 쌀로 밥을 짓는다, 시루에 떡을 안친다, 부엌에선 허연 김이 푹푹 솟아올랐다. 다른 한쪽에선 야채며 푸성귀를 다듬어 나물을 무치고 전을 부치느라 정신없이 바빴다. 여관집 식구가 총동원되고, 느닷없이 굿 채비를 한다는 소문에 이웃집 여자들 네댓 명도 한참 번갈아 들락거렸다. 그러는 동안 여관 앞 큰길로는 사람과 차량들이 와자지껄 뛰뛰빵빵 쉴새없이 지나다녔다.

한편, 온 읍내는 그야말로 야단법석이 났다. 영도 역사상 처음 열리는 사흘간의 대규모 축제가 오늘 저녁 막을 올리는 판이었다. 유명 가수, 코미디언, 탤런트의 얼굴을 보기 위해 인근 여러 섬 지역 주민들까지 배를 내어 수백 명씩 줄줄이 몰려들었다. 신부두 공터엔 호화로운 가설무대와 먹거리 장터가 들어서고, 하늘엔 거대한 애드벌룬 두 개가 둥실 떠올랐다. 거기에 각지에서 별의별 장사꾼까지 몰려들어 북새통을 이루었다.

오후 다섯시.

사위가 어두워질 무렵에야 백년여관 식구들은 가까스로 모든 채비를 끝냈다. 짐은 대부분 복수가 용달차에 싣고 직접 뒷개 해안으로 옮겨놓았다. 식구들은 간단한 저녁식사를 마친 후, 옷을 단단히 챙겨입고 여관을 나섰다. 당신과 요안 그리고 순옥이도 함께 따라나섰다.

거리는 쥐죽은듯 조용했다. 점포들은 남김없이 문을 닫아걸었다. 주택들 역시 썰물 뒤의 개펄처럼 텅텅 비었다. 온 읍내 주민이 축제 행사장인 반대쪽 신부두로 모조리 몰려나간 탓이다. 제물 준비를 거들던 이웃 여자들 역시 벌써 한참 전에 공연장으로 달아나버렸다.

"그 여편네도 참, 해필이면 이런 날 무슨 굿을 한다고 그래."

"그러게 말여. 송대관이랑 태진아도 나오고 고두심이에다 최불암이까장 다 나온다는디. 그거 안 보고 누가 그까짓 굿 구경을 가겠능가?"

여자들은 손사래를 치며 뒤도 돌아보지 않았다.

사위는 이제 완전한 어둠에 덮였다. 폐허처럼 텅 빈 거리를 지나서 그들은 바닷가로 들어섰다. 방파제 입구에서 마침 은희가 그들과 합류했다. 어디서 났는지, 시들어빠진 국화 한 다발을 가슴에 안고 은희는 헤실헤실 웃으며 순옥의 팔짱을 꼈다.

굿이 열리는 자리는 뒷개 외딴집 부근 모래밭이었다. 한발 먼저 온 복수와 문태가 장작을 쌓아 벌써 화톳불을 실하게 지펴놓았다. 여자들은 돗자리를 깔고 상을 편 다음 간단한 제사상을 차렸다. 음식들이 그득그득 담긴 큼지막한 양푼과 대야 몇 개가 상 주위에 조르르 놓였다. 마지막으로 제상 위에 촛불 여러 개를 켜놓고 보니, 의외로 제법 그럴싸하니 보기 좋았다. 조화도 무구도 없는 상차림은 마치 회갑연이나 혼인 잔칫상처럼 보였다.

"자아, 모두들 이쪽으로 와서 자리하고 앉으시오들."

눈부시게 흰 치마저고리를 차려입은 조천댁이 징과 채를 들고 나타났다.

모인 사람들이라고는 백년여관집 식구들인 복수와 미자, 문태, 신지, 금주, 함흥댁, 그리고 요안, 순옥, 은희, 조천댁, 마지막으로 당신까지 합해서 딱 열한 사람이었다. 모두들 제사상 앞으로 말없이 모여 앉았다. 주위는 어둡고 쓸쓸했다. 밤이 되면서 기온이 뚝 떨어져 냉기가 돌았다. 복수가 장작을 더 가져와 불기운을 돋우었다.

쿵작 쿵작 쿵자자…… 멀리 왼편 방파제 너머 신부두 쪽에서는 끊임없이 소음이 울려왔다. 레이저 조명등에다가 수백 개의 온갖 불빛들 때문에 그쪽 하늘 한쪽은 대낮처럼 환했다.

"자아, 이제 손님들 맞을 채비를 해야지. 세상천지 그림자로 헤매는 외로운 손님들, 천길 물길 따라 끝도 없이 떠도는 가엾고 서러운 영혼들, 햇빛 한 줌 안 드는 캄캄한 바다 밑바닥에 가라앉아 목놓아 울부짖는 억울한 혼령들이 지금 우리를 찾아오고 있어. 그들은 이 순간을 백 년 동안 기다려왔어. 시간이 없어. 이제 한번 떠나면 다시는 영영 돌아오지 않아."

조천댁이 자리를 잡고 앉아 징채를 잡았다. 지잉, 지잉, 지잉…… 가락도 높낮이도 없이 낮고 무겁게 울리는 징소리. 심장의 박동처럼, 숨소리처럼 혹은 누군가를 호명하듯이 그 소리는 어두운 바다 저편으로 끝도 없이 퍼져나갔다.

마침내 달이 서서히 모습을 드러내기 시작했다.

맞은편 섬의 등성이 위로 한껏 부풀어오른 만월이 두둥실 떠올랐다. 그것은 어둠 속에 단 하나 뚫린 우주의 숨구멍 혹은 저승으로 이어진 유일한 출구처럼 보였다.

지잉—지잉—지잉.

징소리에 달빛이 비늘처럼 수면 위로 푸들푸들 떨어져내렸다. 달빛은 바다를 가로질러 칠흑 어둠 저편으로 눈부신 황금빛 길을 수면 위에 터놓았다. 조천댁은 일어나 한 마리 배추흰나비처럼 너울너울 춤추며 징을 쳤다. 화톳불이 일렁이며 불꽃을 허공으로 뿜어올렸다. 연기와 함께 불티가 회오리처럼 솟구쳤다. 당신들은 온몸으로 그 싱그러운 바닷바람을 한껏 받아들였다.

"아아, 어서들 오시구려. 불쌍하고 원통하게 죽어간 혼령들이여. 한세상 활짝 피지도 못하고 무참히 사그라진 어린 목숨들이여. 무덤도 형체도 없이 떠도는 한 맺힌 수중고혼들이여. 그동안 얼마나 춥고 허기졌더이까. 이승과 저승의 틈새에 갇혀 얼마나 외롭고 쓸쓸하더이까……"

고요하던 수면이 스산하게 마구 일렁였다. 홀연 바람이 바다로부터 불어오기 시작했다. 뜻밖에 봄날 같은 훈풍이었다. 따스한 온기가 당신들의 얼굴과 몸을 부드럽게 어루만지기 시작했다. 차츰 온몸이 뜨겁게 달아오르면서, 당신들은 바람 속에 깃들어 있는 누군가의 숨소리를 분명히 느낄 수 있었다. 수천수만의 숨결. 이 땅에서 살다 간 헤아릴 수도 없이 많은 사람들의 숨소리…… 당신들은 그 숨결의 주인들을 하나하나 헤아리고 있었다.

강복수는 달빛 가득한 바다 위에서 할머니 설분네 노파의 모습을 보았다. 어머니 화북댁과 아버지와 동생 그리고 친척들의 얼굴이 차례로 보였다. 미자는 벙어리 청년의 해맑은 이마를, 금주는 자신을 장터에 버리고 달아난 생모의 뒷모습을, 함흥댁은 먼저 간 남편을 보았다. 흰 아오자이 차림의 응웬 마이와 계집아이가 문태를 향해 나란히 손을 흔들었다. 은숙이와 노총각 고동춘, 또 야학 선생님들은 순옥을 보고 환히 웃으며 손짓을 했다. 요안은 어머니와 아버지를 보았다. 그들은 다정한 모습으로 요안을 향해 고개를 연신 끄덕여주었다.

당신만은 누구의 모습도 아직 만나지 못했다. 두 눈을 부릅뜨고 뚫어져라 바다를 응시했지만, 달빛을 등지고 선 누군가는 보일 듯 말 듯 자꾸만 흐려졌다. 케이일까. 케이가 이곳으로 날 부른 것인가. 그림자는 끝내 사라졌다. 그때, 절망적으로 고개를 푹 꺾어내리는 당신의 귓전에서 누군가 나직하게 속삭였다.

"그래. 결코 지난날들을 잊어서는 안 돼. 망각하는 자에게 미래는 존재하지 않아. 기억해. 기억해야만 해. ……하지만 친구야. 그 기억 때문에 부디 네 영혼을 피 흘리게 하지는 마."

당신은 두 주먹을 힘껏 움켜쥐었다. 순간 당신의 온몸으로 봄날 햇살 같은 온기가 물결처럼 번지기 시작했다.

마침내 월식이 시작되었다.

달은 서서히 이지러져들었다. 굶주린 어둠에게 한입 덥석 베어 먹힌 듯 왼쪽 하단부터 검게 변해갔다. 동시에 달의 오른쪽 표면은 핏빛으로 흥건히 젖어들었다. 길을 잃은 혼령들은 달이 붉게 타오르는 밤이라야만 이승으로부터 비로소 떠날 수 있다고 했나. 당신들은 일세히 숨을 죽인 채, 빠르게 어둠에 묻혀가는 우주의 바다를 지켜보았다.

이윽고 달의 절반이 어둠 속에 사라지고, 남은 반쪽은 완연한 핏빛으로 물들었다.

순간 당신들의 눈앞에 신비로운 광경이 펼쳐지기 시작했다. 불빛, 불빛, 불빛이었다. 홀연 어두운 바다 한가운데서 푸르고 환한 불빛들이 꽃등처럼 하나둘 수면 위로 떠올랐다. 처음엔 반딧불같이 드문드문 눈에 잡히던 그 푸른 발광체들은 순식간에 은어떼처럼 사방으로 빠르게 번져나갔다. 어느새 드넓은 바다는 온통 눈부신 꽃등불의 천지로 바뀌어 있었다.

조천댁이 힘차게 징을 치며 바닷물을 향해 껑충껑충 뛰어나갔다.

"오오, 사랑하는 이승의 자식들아. 이젠 그만 우리들을 놓아다오. 분노와 증오, 원한과 절망, 눈 부릅뜬 저주와 어둠의 시간들로부터 벗어나서, 아아 우리 이제는 그만 돌아가려 한다. 한과 슬픔과 미련을 모두 지워내고, 이 추악한 지상의 시간, 서럽고 아픈 과거들을 이젠 그만 너희에게 온전히 맡겨둔 채로, 저 영원한 망각의 세상에서 이제는 깊이 잠들고 싶다…… 가엾은 이승의 내 자식들아. 부디 너희의 눈물과 통곡과 슬픔을 이제는 거두어다오. 고통 속에 사로잡힌 너희를 두고서는 우리가 차마 떠날 수가 없으니…… 부디잘 있거라. 사랑하는 내 아들, 가엾은 내 딸들아……"

당신들은 일제히 호흡을 멈추었다. 그리고 저마다 가슴에 두 손을 얹은 채 그 눈부신 초록 불빛의 바다, 찬란한 광휘의 우주를 향해 한 걸음 한 걸음 나란히 나아갔다. 드넓은 바다 수면 가득히 들꽃처럼 무수히 피어난 작고 가느다란 불빛들. 그들은 바로 손이었다. 손가락과 손톱과 손목을 가진, 인간의 손. 더없이 아름다운 사람들의 손, 손들……

"쾅, 콰쾅, 콰콰쾅……"

한순간 느닷없이 엄청난 굉음이 터져나왔다. 펑, 펑, 퍼엉. 멀리 맞은편 신부두 쪽이었다. 수백수천 발의 현란한 폭죽이 하늘과 바다와 땅 위로 유독한 버짐처럼 삽시간에 번져가기 시작했다. 동시에 귀청을 터뜨리는 요란한 팡파르 소리가 발작하듯 울려퍼졌다. 본격적인 축제의 시작이었다. 빨 주 노 초 파 남 보. 밤하늘을 미친 듯 휘저어대는 휘황찬란한 폭죽의 광기가 순식간에 우주의 어둠을 완전히 삼켜버리고 말았다.

어느덧 달은 제 윤곽을 되찾았다.

월식은 끝이 났다.

바다로부터 피어나던 훈풍도 함께 멎었다.

다른 사람은 아무도 없는, 그 버려진 바닷가에 주저앉은 당신들은 오래도록 움직이지 않았다. 누구도 입을 열지 않았다. 저마다 오래도록 막혀 있던 눈물이 뺨 위로 흘러넘쳤다. 어느 사이 당신들의 메마른 가슴으로 따스한 물기가 소리없이 흘러들기 시작했다.

에필로그

도시로 가는 첫차는 아침 여섯시 정각에 있었다.

당신은 출발시각에 맞추기 위해 일찌감치 혼자 여관을 나섰다. 모든 방은 불이 꺼져 있었다. 주인집 식구들 역시 잠들어 있는 모양이었다. 텅 빈 응접실 복도를 지나, 잠긴 현관문을 열고 조용히 밖으로 나왔다.

밖은 아직 캄캄한 어둠 속이었다. 새벽 바닷가의 대기는 차갑고 신선했다. 선착장엔 일찍 바다로 나가려는 어부들이 어둠 속에서 분주히 움직이고 있었다. 당신은 선착장 끝에 잠시 멈추어 서서 길게 심호흡을 했다. 이제 돌아가면 또 한동안은 매연에 찌든 도시를 좀체 벗어나기 힘들 터였다. 폐부 깊숙이 싱그러운 바다 냄새를 한껏 담아가고 싶었다.

정류장 대합실에서 당신은 집에 전화를 걸까 하다가 그만두었다. 아내와 딸이 곤히 잠들어 있을 시각이었다. 나야, 여보. 지금 막 버스를 타려는 참이야. 으응. 모든 게 잘될 것 같은 예감이 들어. 정말이야. 이제부턴 다시 새롭게 시작할 수 있을 거 같아. 고마워…… 당신은 혼자 실없이 미소를 지었다. 아내가 수화기를 들자마자 당신은 그렇게 말해줄 생각이었다.

직행버스는 정시에 출발했다. 뜻밖에 당신이 첫차의 유일한 승객이었다. 버스가 가파른 고개를 넘어갈 즈음, 당신은 고개를 돌려 창 너머 읍내의 드문드문한 불빛들을 향해 눈으로 작별인사를 보냈다. 백년여관 사람들은 대부분 아직 잠자리에 들어 있을 것이다. 조금 후면 누군가 여관 현관문이 열린 것을 발견하고는, 손님들 중 누군가 벌써 떠나간 사람이 있음을 알게 되겠지. 당신은 또 혼자 빙긋이 웃었다.

날이 밝으면 필시 김요안씨는 여관을 나와서 제주도행 카페리를 탈 것이다. 운이 따라준다면 그리 오래지 않아 여동생과 만나게 되겠지. 백년여관의 식구들. 강복수, 미자, 신지, 금주, 함흥댁 그리고 순옥이, 조천댁…… 그들의 이름을 당신은 차례로 하나하나 떠올려본다. 그들 역시 지금까지 그러했듯이, 앞으로도 큰 탈 없이 저 조용한 소읍에서 하루하루를 살아갈 터이다. 단지 그 가엾은 은희만은 어쩔 수 없이 마음에 무겁게 걸렸다.

이제 그들도, 당신이 그러하듯, 아마 알고 있을 것이다. 지금껏 가위눌림처럼 자신들을 그토록 오래 결박해왔던 것은 저 지나간 악몽의 시간들만은 아니었음을. 사실은 바로 그들 자신 또한 스스로 그것들을 완강히 움켜쥔 채 한사코 매달려왔었음을.

어쨌거나 그들 모두가 이제는 저마다의 무거운 짐들을 내려놓고, 부디 조금이나마 평화로운 시간들을 맞이할 수 있게 되기를, 당신은 진심으로 빌었다.

그들 누구에게도 당신은 작별인사를 남기지 않았다. 최소한 순옥에게만은 떠난다는 얘길 했어야 하지 않았을까. 그러나 당신은 고개를 저었다. 너무 미안해할 필요는 없었다. 어차피 당신은 이제 곧 그들 모두를 당신의 소설 속에서 다시 만나게 될 터이므로. 멀리 바다 위로 동쪽 하늘이 치잣빛으로 발갛게 달아오르기 시작했다.

버스가 섬과 육지를 잇는 다리 위로 막 진입했을 때, 당신은 조용히 눈을 감았다. 그리고 깊은 숨을 천천히 들이마셨다. 아주 깊고 오랜 잠에서 이제 막 깨어난 듯한 기분이었다. 그랬다. 마침내 당신은 섬을 벗어나고 있었다.

어쩌면 집에 도착하자마자 당신은 당장 책상 앞으로 달려가 소설을 쓰기 시작할지도 모른다. 소설은 당신의 머릿속에 거의 완벽하게 정리되어 있고, 이젠 그것을 문장으로 옮기는 작업만 남아 있을 뿐이다. 물론 서두 부분도 정해졌다. 그건 오래전부터 당신이 벽에 붙여둔, 그 창작메모의 내용이 고스란히 옮겨질 것이다. 그러므로 소설의 첫 문장은 이렇게 시작된다. 섬이 하나 있다. 그림자의 섬, 영도. 그것은 결코 환상도 허구의 이름도 아니다……

두 죽음 사이의 윤리

—임철우의 『백년여관』과 1980년대 정신의 문제성

서영채(문학평론가)

1. 80년대적인 것과 『백년여관』

2004년에 간행된 임철우의 장편소설 『백년여관』은, 80년대에 만들어진 주체 탄생의 드라마가 그 안에 내장되어 있다는 점에서 주목할 만한 작품이다. 2004년에 나온 『백년여관』에 80년대의 정신이라고 했는가? 그렇다. 그것도 그 핵심이 담겨 있다고 해야 한다. 그런 것이 바로 소설이라는 장르 자체의 특성이라는 지적도 여기에 덧붙어야 하겠다. 시가 정오의 양식이라면 소설은 황혼의 양식이다. 자기를 잉태한 정신의 뜨거움이 정점을 지나고 난 다음에야 스스로를 드러낼 수 있는 것이 장편소설이라는 양식 자체의 특성이다. 1980년 5월 광주에서 잉태되었던 마음이 그로부터 이십 년이 지나 자기 모습을 드러내는 것 정도는, 소설이라는 장르의 영토 속에서는 어렵지 않게 일어날 수 있다는 것이다. 물론 그렇다고 해서 이런 일이 누구에게나 일어날 수는 없다. 적어도 그런 마음을 오랜 시간 동안 품어 안고 있었던 사람, 이를테면 『백년여관』의 저자 임철우 정도는 되어야 가능한 일이다.

『백년여관』이 다루고 있는 주요한 소재는 20세기 후반기 한국에서 행해진 세 개의 국가폭력이다. 제주의 4·3항쟁, 한국전쟁 때 벌어진 보도연맹원 학살, 그리고 1980년 5월의 광주항쟁. 여기에 한국민이 가해자로 등장한 월남전에서의 폭력이 덧붙는다. 한국 현대사에서 벌어졌던 기념비적 국가폭력 행위들을 하나로 묶어낸 것도 인상적이지만, 그런 작업을 하고 있는 작가가 임철우라는 점, 그러니까 80년대부터 광주항쟁의 문제를 지속적으로 형상화해온 대표적인 작가라는 점도 문제적이다. 잘 알려진 것처럼 임철우는 1981년 등단한 이후 많은 중단편을 통해 광주항쟁과 국가폭력의 문제에 다가갔고, 광주항쟁을 다룬 다섯 권 분량의 장편 『봄날』(1998)을 써냄으로써 그런 발자취를 한 정점에 올려놓은 작가이다. 그런 작가가 다시 광주의 문제를 다루고 있다면, 게다가 광주항쟁과 관련하여 만들어진 자기 창작의 동력에 대한 고백이 그 안에서 이루어지고 있다면, 그것은 예사로운 것일 수가 없다.

『백년여관』이라는 소설에서만이 아니라 작가 임철우에게 광주항쟁은 비유하자면 안경과도 같다. 임철우가 지난 삼십여 년 동안 써낸 글이 그것을 보여준다. 한 사람이 절실하게 경험한 억울한 고통과 상처는 자석과도 같은 것이어서 이내 다른 아픔과 슬픔을 불러모은다. 광주항쟁의 경험은 임철우에게 1980년 5월의 광주만이 아니라 한국전쟁과 4·3항쟁 그리고 월남전을 바라보게 했고, 그런 시선은 단지 『백년여관』만의 것이 아니라 그가 지난 시간 동안 써온 작품들의 계열체를 이룬다. 그렇다면 대체 임철우는 광주에서 무슨 경험을 했던 것일까. 작가가 되기 전, 광주의 한 평범한 대학생이었던 임철우에게 무슨 일이 있었던 것인가. 무엇이 그를 작가로 만들었는가. 『백년여관』에는 이런 질문에 대한 대답이 놓여 있다. 그것도 매우 뜨거운 고백의 형태로, 너무 뜨거워서 이제는 이 이상은 쓰기 어려울 것이라는 느낌을 줄 정도로, 그것도 소설의 한복판에 놓여 있다.

이런 정도만으로도 주목할 만한 것이지만 좀더 문제적인 것은, 이런 임철우의 고백이 단지 개인적일 뿐 아니라 문학사 혹은 20세기 한국의 정신사에서 획시기적인 의미를 지닌 것이기도 하다는 점에 있다. 결론부터 당겨 말하자면, 죄의식의 빈자리를 메워줄 수 있는 매우 구체적 내용을 확보했다는 점에서 그러하다. 그것은 이광수에서 최인훈을 거쳐오는 동안, 근거 없는 죄의식 혹은 '죄 없는 책임'이라는 형태의 매우 특이한 주체 형성의 드라마가 찾아 헤맸던 것이기도 했거니와,[1] 이것이 확보되었다는 것은 20세기를

---

1) 이광수와 최인훈의 소설에 등장하는 '죄 없는 책임'에 관해서는 서영채, 「죄의식, 원한, 근대성—소세키와 이광수」, 『한국현대문학연구 35』, 2011 및 「최인훈

관통하며 한국의 근대화 과정과 함께 형성되어온 주체의 서사가 80년대에 들어서 비로소 하나의 확실한 고정점을 찾았다는 것을 의미한다. 1987년 6월항쟁으로 구체화되는 민주화라는 단어가 바로 그것이다. 그것은 사람을 주체로, 즉 생존을 위해 노동하는 노예나 작업하는 장인과 구분되는 '행위'의 주체로 규정한다.[2] 나아가 그것은 삶이 아니라 삶의 이유의 자리를, 한 공동체가 추구해야 할 대의의 자리를 만들어낸다. 그것은 사람을, 사회적 모더니티가 만들어낸 자기보존 원리의 맞은편에 놓는 것으로서, 그 자리에 자신을 위치시킴으로써만, 생존 기계가 된 털 없는 원숭이는 비로소 주체로서의 인간이 된다.

물론 노예노동에 입각한 고대 아테네 사회 같은 곳이 아닌 다음에야 공동체를 위한 어떤 '행위'도 생계를 위한 노동이나 자기목적적인 작업과 단절된 것이기는 어렵다. 근대의 시민은 생존을 위해 노동하는 노예이자 자기 영역에서의 장인이며 동시에 주체로서의 행위자이다. 이런 점에서 근대적 의미의 '행위'는 노동이나 작업의 밑자리라 하는 것이 타당할 터인데, 이와 같은 뜻에서의 행

소설의 세대론적 특성과 소실사적 위상—죄의식과 주체화」,『한국현대문학연구 37』, 2012 참조.

2) 아렌트에 따르면, 노동은 인간의 생명 유지에 필요한 활동이고, 작업은 인간의 인공적 세계 내에서 지속성을 지니는 일에 투여되는 활동, 그리고 행위는 사물이나 물질의 매개 없이 인간들 사이에서 직접적으로 수행되는 활동이다. 한나 아렌트,『인간의 조건』, 이진우·태정호 옮김, 한길사, 1996, 55~57쪽.

위에 임하는 주체의 모습을 『백년여관』 속에서 발견하게 된다. 정신사의 맥락에서 보자면 그같은 주체의 모습은 또한, 식민지 상태에서 벗어나 방황하던 죄의식이 1980년의 광주항쟁을 만나 비로소 제자리를 찾고 그럼으로써 주체의 서사가 하나의 완결점에 도달했음을 보여준다.

물론 이것은 임철우의 『백년여관』이 지닌 작품으로서의 성패와는 무관한 것이며 또한 이와 같은 주체의 서사를 완결시키는 것이 이 소설에 설정된 목표 지점이었다고 보기도 힘들다. 그런 결과는, 우연히 어떤 결정적 상황에 봉착한 한 젊은이로 하여금 자기 윤리의 바닥까지 내려가게 함으로써 결과적으로 그와 같은 맥락을 건져올리게 한 그 어떤 영혼의 순정함 때문이라 해야 합당할 것이다. 물론 그같은 우연의 외관 없이는 그 어떤 맥락도 필연도 존재할 수 없다는 점 또한 덧붙여두자.

2. 80년대에 열린 두 죽음 사이의 윤리

두 죽음 사이의 공간이란 프랑스의 정신분석학자 라캉이 구사했던 개념이다. 그에 따르면 사람은 두 번 죽는다. 몸에서 생화학적 긴장이 빠져나가는 실제 죽음이 있고, 그리고 사람들의 마음속에서 확정되는 상징적 죽음이 있다. 실제 죽음은 임종 시에 이루어지고 상징적 죽음의 절차는 장례나 제사, 추도식 등을 통해 이루어진다. 이 두 개의 죽음이 하나로 합해져 있으면 문제가 없지만 둘이 일치하지 않고 있을 때 문제가 된다. 몸은 죽었는데 사람들이 그 죽음을 인정할 수 없을 때, 혹은 몸은 아직 살아 있는데 사람들이 그 존재를 죽은 사람으로 취급하고 있을 때 등이 그러하다. 두 죽음 사이의 공간이란 이처럼 두 죽음이 아직 일치하지 않고 있을 때 생겨난 공간, 유령이나 좀비들이 거주할 법한 기이하면서 숭고한 특별한 공간이다.

80년대를 언급하는 자리에서 왜 이런 공간에 대해 이야기하는가. 라캉이 썼던 것과는 조금 다른 경우지만, 우리는 거기에서 80년대적 주체 구성의 핵심이 되는 두 죽음 사이의 공간을 발견할 수 있기 때문이다. 한 사람에게 일어나는 두 번의 죽음이 아니라, 말 그대로 두 개의 죽음, 서로 다른 시기에 일어난 두 사람의 죽음 사이에 존재하는 공간이다. 따라서 라캉의 개념과는 다를 수밖에 없지만, 그런데도 그 공간이 만들어내는 윤리와 정동의 차원에서 보자면 오히려 바로 그 공간과 정확하게 부합한다. 두 사람은 결국 한 사람이기도 하기 때문이다. 가장 먼저 언급되어야 할 사람은 윤상원(1950~1980)과 박관현(1953~1982)이다.

광주항쟁 당시 시민군 지도부의 한 사람(시민군 대변인)으로서 전남도청을 사수하던 윤상원이 1980년 5월 27일 계엄군의 총에 사망하는 순간, 5월 18일부터 시작된 신군부의 탄압을 피해 도피 생활을 해야 했던 전남대학교 학생회장 박관현은 이미 죽은 목숨이었다.[3] 1980년 광주에서 박관현은 대학생 그룹의 대중적인 리더로서, 1979년 10월 26일 박정희의 피살 이후 만들어진 민주주의의 공간을 가장 화려하게 장식했던 인물이다. 그는 당시 전남대학교의 학생회장이었을 뿐 아니라 뛰어난 웅변 실력으로 도청 앞 광장의 대중 집회를 주도하면서, '광주의 아들'로 불리며 광주 지역에서 일약 민주화 운동의 상징이 되었던 인물이다. 반면에 죽은 윤상원은 광주 지역 청년 운동권에서 매우 중요한 인물이기는 했지만 대중적인 리더에 속했던 것은 아니었다. 1980년에 그는 대학생도 아니었고 또 70년대를 지나오면서 체포나 투옥을 경험한 적도 없었다. 그러니까 1980년 5월 17일 24시를 기해 비상계엄이 전국으로 확대되고 전국 주요 대학의 학생회장단을 비롯한 학생과 정치인 재야인사 들이 영장 없이 구금될 때 그는 체포 대상이 될 이유가 없었고, 또 투옥 등의 전력으로 인해 공식적으로 주목받는 선배 그룹도 아니었으니 구속을 면하기 위해 도피해야 할 이유도 없었다. 그래서 그는 광주에 남아 있었고 광주항쟁의 한복판에 들어서게 되었으며, 마침내는 항전 최후의 날 역사의 현장을 지키다 계엄군의 총탄에 사망함으로써 그 비극을 증언하는 기념비가 되었다.

하지만, 탱크를 앞세운 중무장한 정규군이 도청을 떠나지 못한 시민들을 향해 들이닥쳤던 1980년 5월 27일 새벽, 다른 곳도 아니

---

3) 윤상원과 박관현의 삶과 이력에 관해서는, 박호재·임낙평, 『윤상원 평전』, 풀빛, 2007; 최유정, 『박관현 평전』, 사계절, 2012를 참조.

고 항쟁의 상징적 장소인 도청에서 이 비극적 사건의 기념비이자 증언자로서 누군가가 자기 자신의 목숨을 내놓아야 한다고 생각했다면, 그 사람은 윤상원이 아니라 박관현이어야 했다. 물론 이런 말은 한 사람의 목숨이 걸린 문제이므로 제삼자가 운운할 수 있는 것이 아니다. 그러니까 이런 말은 어디까지나 주관적 결단의 차원에서, 즉 사후에 단식을 통해 죽음에 이른 박관현의 관점에서 보았을 때 가능한 것이다. 오로지 그의 관점에 감정이입을 함으로써만 그럴 수 있다.

게다가 생전의 윤상원과 박관현은 특별한 사이였다. 그들은 단지 전남대학교 동문 선후배였을 뿐 아니라, 윤상원이 주도한 야학 활동을 통해 민주화 운동에 뜻을 같이하고 있던 동지 사이이기도 했다. 그들은 모두 가난한 농촌 지역 출신으로 집안에서 특별한 기대와 재정적 지원을 받았고 그래서 자기 집안을 일으키고 살림을 돌보는 데 책임감을 가져야 했던 청년들이었다. 유신체제에서 벌어지는 터무니없는 일들에 대해 분노하면서도, 윤상원은 대학 졸업 후 광주를 떠나 서울의 은행에 취직을 했고, 대학 입시에 실패했던 박관현은 군에서 제대한 후 뒤늦게 법대에 입학하여 고시 준비생의 길을 가고 있었다. 그들을 민주화 운동의 현장으로 끌어들인 것이 무엇이었는지는 자명하다. 그들의 정의감을 간단없이 소환하는 유신체제와 우스꽝스럽기까지 했던 정치 현실이 그들의 인내력을 넘어섰기 때문이라 해야 할 것이다. 윤상원은 결국 광주로 돌아와 노동운동과 야학 활동을 하게 되었고, 가난한 가족에 대한 책임과 사회적 정의 사이에서 갈등하던 박관현은 마침내, 은행원 생활을 했던 때의 윤상원의 양복을 빌려 입고 선거에 나가 전남대학교 학생회장으로 당선되었다.

이런 세목들을 덮어둔다 하더라도, 박관현에게 윤상원의 죽음이 어떤 의미를 지니는지는 이들의 위치와 입장을 감안한다면 누구라도 짐작할 수 있는 일이다. 박관현은 이 년을 채 못 채운 도피 생활 끝에 1982년 4월 5일 체포되었고 그해 10월 12일 옥중 단식 끝에 사망했다. 박관현의 이와 같은 죽음은 그가 윤상원의 죽음을 어떤 의미로 받아들였는지를 상징적으로 보여준다. 감옥에서의 그의 죽음은 이미 장부에 기입되어 있던 자신의 죽음을 현실로 옮긴 것에 다름아니다. 그러니까 그 이 년이 채 안 되는 동안, 살아 있으면서도 죽어 있던 박관현과 죽어 있으면서도 살아 있던 윤상원은 두 죽음 사이의 공간에 나란히 함께 존재하고 있었던 셈이다. 물론 그런 공간을 만든 것은 박관현의 의지와 마음이거니와, 그 두 죽음 사이의 공간은 그런 점에서, 분리된 신체와 마음이 기이한 형태로 공서하고 있는 기이하면서도 숭고한 공간이었던 셈이다.

1980년 5월 18일 이후 광주에서 사람들이 죽어갔던 것을 알게 되었을 때, 또한 1980년 5월 27일 도청에서 윤상원이 죽었음을 알게 되었을 때, 당국의 체포를 피해 잠행중이던 박관현은 스스로를 그 기이한 공간에 가두어버렸다. 박관현에게 있어서 옥중 단식을 통해 죽음에 도달하는 것은, 살해당한 윤상원의 죽음과 한덩어리가 되는 것이며 미루어둔 부채를 청산하는 것이므로 꺼릴 만한 것이 아니다(자수는 아니었지만 그는 순순히 체포되었고, 자살은 아니었지만 죽음을 향해 가는 길을 마다하지 않았다). 윤상원의 자리를 자기 자리로 느꼈던 박관현에게 그것은 당연한 일이었겠다. 그러나 그것이 박관현에게만 해당하는 일은 아니다. 민주주의를 정당한 가치로 인정하는 80년대의 한국인들에게, 윤상원으로 대표되는 1980년 광주항쟁의 희생자들은 부채감과 죄의식의 세례를 고르게 베풀었다. 광주항쟁의 진상이 상당 기간 은폐되었기 때문에, 많은 사람들이 자기에게도 이 죄의식의 세례가 베풀어졌음을 깨닫게 된 것은, 1988년 전두환이 대통령직에서 물러난 후로 재갈이 풀린 언론을 통해 그 나날의 진상이 공개된 이후의 일이었다.

그러니까 박관현의 죽음으로 두 죽음 사이의 공간이 사라지는 것은 아니라는 것이다. 두번째 죽음, 곧 박관현의 죽음으로 사라지는 공간은 오로지 박관현만의 것일 뿐이다. 죄의식의 세례를 받은 사람들은 누구나 바로 그 공간에 갇히게 되고, 그럼으로써 자기 자신에게 고유한, 아직 오지 못한 죽음의 몫을 지니게 된다. 수많은 유령들의 공간이 만들어지는 것이다. 1987년에 사망한 박종철과 이한열도 모두 자기 자신의 방식으로 박관현의 자리를 지니고 있었던 사람이었고, 그사이에 광주의 진상을 알리기 위해 목숨을 끊은 김의기와 김태훈 같은 청년들도 모두 박관현의 자리를 거쳐 윤상원의 자리에 도달하게 된 영혼들이었다.

따라서 80년대의 윤리적 영토 위에서 보자면, 이미 죽은 사람들은 두 죽음 사이의 공간이 만들어낸 자기 부채를 청산한 존재들이고, 아직 살아 있는 사람들은 자기 장부에 기입된 죽음을 유예한 존재로서, '아직 죽지 못한 박관현'과 같은 자리를 차지하고 있는 사람들이었던 셈이다. 그러니까 바로 그 자리, 윤상원 되기를 유예하고 있는 박관현의 자리, 아직 살아 있는 시체의 자리가 지니고 있는 인력이야말로 80년대 한국의 윤리적 파토스의 핵심이었던 셈이다. 그러니까 그 시대를 살아 있는 몸으로 통과한 사람은 모두 '아직도 살아 있는 윤상원'인 것이다.

3. 임철우의 고백

소설가 임철우가 주목되는 것은 바로 이런 점 때문이다. 그는 물론 시인 황지우와 더불어 광주 문제를 가장 먼저, 그리고 가장 본격적이고 집요하게 형상화했던 문인이다. 80년대에 그가 쓴 소설들도 그러했지만 무엇보다 1998년에 완간한 다섯 권짜리 장편『봄날』이 그 증거이기도 하다. 이 소설은 광주항쟁의 열흘 동안의 기록을 광주 시민과 대학생, 계엄군의 입장에서 세 가지 시선으로 잡아냈다. 그리고 그 핵심에는 스스로 죽음을 향해 나아가는 윤상원(소설에서는 윤상현으로 나온다)의 시선이 놓여 있다. 임철우가 이 소설의 마지막에서 윤상원의 죽음을 그릴 때, 그 자신은 아직 죽지 못한 목숨인 박관현의 자리에 있었다. 황지우가 시인으로서 그랬듯이 임철우도 박관현의 자리에서 소설가로서 무언가를 해야 했고, 그가 자신에게 부여한 일은 『봄날』과 같은 소설을 쓰는 것이었다. 그래서 그는 『봄날』이 끝난 직후, 계간 『문학동네』의 '자전소설'이라는 매우 특이한 형식의 지면에서 다음과 같이 고백할 수 있었다.

가) 자, 이 누추하고 너저분한 고백을 마저 요약하고 끝내야 할 것 같다. 그 열흘 동안 나는 아무 일도 하지 못했다. 내 친구들과 동료들이 불길의 한복판에 있었을 때, 나는 목숨이 아까워서 두 번씩이나 뒷걸음질을 쳤다. 최후의 새벽, 그 엄청난 총성과 도와달라는 그 여학생의 피맺힌 절규를 들으면서도, 난 방안에서 이불을 뒤집어쓴 채 울기만 했다. 그날 이후, 나는 나 자신을 끝끝내 용서할 수 없었다. 화해해줄 수도, 위로해줄 수도 없었다. 그렇다. 바로 그 죄책감이, 부끄러움이 『봄날』을 쓰게 만들었다. 나는 그걸로 보상하고 싶었던 것일까. 스스로 구원받기 위해서, 용서받기 위해서, 끊임없이 내 자신을 학대해가며 그렇듯 편집광처럼 지독스레 매달려왔던 것은 아닐까……(임철우, 「낙서, 길에 대하여」, 『문학동네』 1998년 봄호, 66쪽)

이 글은『봄날』이 완간된 직후인 1998년 봄에 발표된 단편소설의 일부이거니와, 여기에서 주목할 것은 이 단편이 실린 '자전소설'이라는 난의 특이한 형식이다. 특집의 대상이 되는 작가를 위해 마련된 이 지면은 제도화된 고백의 자리이다. 그러니까 강요된 고백의 자리가 만들어져 있는 셈인데, 그런 이상한 자리의 압력에 작가가 어떻게 솜씨 있고 개성적으로 대처하는지가 독자로서는 이 난을 바라보는 흥밋거리이다. 그런데 여기에서 임철우는 위의 인용에서 보이는 것과 같은 매우 진솔한 발성으로 그 자신의 광주 체험과 관련된 매우 뜨거운 내용을 털어놓았다. 그의 고백은 매우 치명적이고 뜨거워서 포의 표현을 빌리자면 '펜이 지나가는 자리마다 종이가 불타오를 수도 있'을 만한 내용이었다. 그리고 그 사연은 장편소설『백년여관』에서 좀더 정제된 모습으로 다시 한번 개진된다. 그 경개를 보자면 이러하다.

소설의 화자(자전소설에서는 임철우,『백년여관』에서는 이진우이다)는 자기 친구(전자에서는 P이고, 후자에서는 케이)를 두 번 배신했다고 했다. 항쟁 당시 시민들의 격렬한 저항으로 인해 계엄군은 도청에서 물러났고 광주 시내는 잠시 동안 해방구가 되었다. 시민군 활동을 열정적으로 하고 있던 케이는 이진우를 찾았다. 이진우는 번민이 많았다. 친구의 부름에 응한다는 것은 시민군으로서 총을 잡는다는 것인데, 잔인했던 계엄군에 대한 분노는 하늘을 찔렀지만 그렇다고 해서 총을 잡고 자국의 군인을 향해 총부리를 겨누는 것은 또다른 문제이기 때문이다. 그렇다고 해서 친구가 찾는데 응하지 않을 수도 없었다. 첫번째로 두 사람이 만나기로 했던 장소는 서점이었고, 마지못해 나간 그 자리에 친구는 약속시간이 한참 지났는데도 오지 않았다. 집으로 들어가라고 강권하는 선배의 손길을 받으며 그는 피신처로 돌아왔다. 친구가 오지 않은 것이 다행이라고 생각하면서. 다시 두번째 연락이 왔고 만날 약속을 했다. 이번에는 사람들이 많은 회관 앞이었다. 그는 마음을 비우고 담담하게 그 장소로 갔다. 사람들 속에 섞여 앉아 친구를 기다리는 동안 그의 마음은 또다시 갈등으로 착잡해졌다. 그런데 약속시간이 한참 넘은 시각에 마침내 친구가 들어오고 있었다. 지프차를 타고서. 두 편의 소설에서 그 장면은 다음과 같이 묘사되고 있다.

나) 나는 어느새 또 한번의 배신을 준비하고 있었다. 그렇게 수없이 많은 질문과 대답을 혼자 반복하고 있노라니, 어느덧 약속시간이 두 시간 가까이 지나고 있었다. 바로 그때 저만치서 지프 한 대가 다가오는 게 보였다. 거기 앞자리에 P의 모습이 보였다. 뒷자리엔 두 명의 청년이 총을 움켜쥔 채 앉아 있었다. 운집한 시민들 때문에 지프는 더이상 다가오지 못하고 정지해 있었다. 녀석은 아마도 나를 찾고 있는 듯, 주위를 잠시 두리번거리는 눈치였다. 그러더니, 지프는 이내 방향을 돌려 길모퉁이를 돌아 사라지고 말았다.

지프가 서 있던 자리는 나하고는 불과 이삼십 미터 정도 거리였다. 아아, 그런데도 끝내 나는 그의 이름을 부르지 않고 그 자리에 앉아 있기만 했던 것이다. 그 몇십 초의 짧은 시간 동안, 나는 무슨 생각을 하고 있었을까. 녀석이 나를 발견하고 다가오기를 난 기다렸던 것일까? 아니, 사실은 그 반대가 아니었을까? 결국 그날도 나는 혼자서 집으로 되돌아오고 말았다. 그것이 P에 대한, 그리고 나 자신에 대한 두번째 배신이었다.(「낙서, 길에 대하여」, 64~65쪽)

다) 약속시각이 두 시간 가까이 지났을 때, 군용 지프 한 대가 건물 앞 광장에 나타났다. 앞좌석엔 연한 밤색 점퍼 차림의 케이가, 뒷자리엔 총을 쥔 청년 둘이 앉아 있었다. 운집한 인파 때문에 지프는 더이상 전진하지 못하고 정지했다. 케이는 엉거주춤 일어나 지프 위에서 한동안 주위를 두리번거리며 당신을 찾고 있었다. 당신과의 거리는 불과 몇십 미터. 그런데도 당신은 그의 이름을 부르지 못했다. 팔을 쳐들어 보이기만 했어도 케이는 당신을 발견했을 터이지만, 당신은 어째서인지 그 자리에 꼼짝없이 앉아 그를 지켜보고만 있었던 것이다. 그사이, 끝내 찾기를 단념한 듯 케이는 자리에 앉았고 지프는 방향을 돌려서, 오던 길로 사라져버렸다.

어째서일까. 일이 분? 아니 어쩌면 불과 삼사십 초 정도의 그 짧은 순간에 무슨 생각을 하고 있었는지, 당신은 지금까지도 전혀 기억하지 못한다. 그가 당신을 발견하고 다가올 때까지를, 당신은 차라리 기다렸던 것일까? 아니, 사실은 그 반대가 아니었을까?(『백년

여관』, 341~342쪽)

두 소설 모두, 상황으로 보아 명백한 것은 친구가 자기를 발견하지 못하기를 바랐다는 점이다. 자기를 발견한다면 그것은 어쩔 수 없는 일이라 생각하면서. 그러니까 자전소설의 임철우 혹은 『백년여관』의 이진우는 이중으로 비겁했다. 대의에 목숨 걸지 않았으면서 또한 동시에 자신의 도덕적 알리바이까지 만들었다는 점에서. 그러니까 자전소설의 작가 임철우는 바로 그 사실을, 자기의 비겁을, 자기에게 부여한 가장 중요한 사명이었던 장편소설 『봄날』을 완성한 직후에 서둘러 털어놓고 있었던 셈이다. 그리고 그로부터 육 년 후, 똑같은 이야기를 다시 한번 반복했다. 이번에는 장편소설의 형식으로.

물론 나)와 다)의 차이는 눈에 보이는 것과 같다. 잡지의 마감시간에 맞춰 급하게 만들어진 나)보다는 다) 쪽이 세련된 표현의 형태를 지니고 있다. 그럼에도 여일한 것은 인물들의 비겁과 그것을 바라보는 시선에 서려 있는 죄의식이다. 죄의식이라는 점에서만 보자면, 이인칭 화자를 등장시킴으로써 윤리적 심문의 형태를 지니고 있는 다) 쪽이 좀더 강화되어 있다. 비겁한 행동이라는 사실은 변하지 않았지만 그것을 바라보는 시선이 좀더 엄격해져 있는 것이다. 그런데 자기 자신을 향한 심문의 가혹함이 강화되었다는 것, 이것은 반대로 그가 어떤 윤리적 탈출구를 발견했기 때문이 아닐까. 그렇다면 그것은 곧 윤리적 심문의 심연 속에서 자기 고유의 주체화 방식을 찾아냈다는 것을 뜻하는 것은 아닐까. 이 점에 대한 좀더 상세한 기술은 다음 절에서 이루어질 것이지만, 일단 이 지점에서 우리는 여기에서 묘사되고 있는 '비겁한 행동'에 대해 이렇게 반문해둘 수 있다. 그런 비겁이 어떻게 임철우만의 것이냐고.

국가폭력에 대한 의로운 항쟁의 역사를 아무 일 아니었던 것으로 돌릴 수는 없노라고, 누군가 항쟁의 기념비가 되기 위해 죽어야 한다면 내가 그 일을 맡겠노라는 각오로 계엄군의 총알받이가 되겠다고 결심하는 것—이것이 임철우의 『봄날』에 등장하는 윤상원(작중인물 윤상현)의 마지막 독백의 내용이었다—이 오히려 특별한 것이 아닌가. 단순히 죽음의 공포로 인한 것이든, 아니면 그런 죽음의 덧없음에 대한 자각 때문이든 혹은 자국 군대를 향해 방아쇠를 당겨야 한다는 이율배반적 상황에 대한 갈등 때문이건 간에, 그 살육의 대열로부터 한 발 물러나 있는 것, 도청을 공격하는 계엄군의 새벽 총소리를 들으며 자기혐오와 죄의식으로 고통스럽게 눈물을 흘리는 것이 오히려 일반적인 것이 아닌가.

물론 이런 식의 논리 역시 제삼자의 것일 뿐이다. 중요한 것은 그가 그런 자신의 행위를 비윤리적인 것으로, 비겁으로 느꼈다는 것이고, 그 비겁을 온전히 자신의 책임으로, 자기 자신의 고유한 죄의식으로 받아들였다는 것이다. 따라서 작가 임철우의 관점으로 보자면 바로 그 죄의식이야말로, 대의의 부름에 제대로 응답하지 못했다는 부끄러움이야말로 주체를 탄생시키는 모태이자 에너지가 되고 있다. 그것은 1981년의 등단작 「개도둑」에서부터 시작하여 죄의식과 부끄러움, 또한 상황과 현실에 대한 슬픔과 분노가 넘쳐흐르는 소설들의 흐름으로 나타나고 있다. 그렇게 죄의식의 공간을 떠나지 못한 채 제자리에서 맴돌았던 임철우의 작품들은 그럴 수밖에 없었던 80년대의 마음을 포착해내고 있었던 것이라 하면 어떨까. 다른 것은 모르겠으나, 두 죽음 사이의 공간에 끈질기게 붙어 있는 것에 관한 한, 누구도 임철우를 능가하기는 어려울 것이다. 그가 보여주는 윤리는 마음이 아니라 거의 몸의 차원에 존재하는 것이라 할 것이기 때문이다. 그의 작품들이 그 증거이다.

4. 죄의식을 통한 주체화: 임철우와 박효선

임철우가 자신의 죄의식을 처리하는 방식은, 20세기 후반 한국 역사의 몇 가지 상처들을 하나로 꿰어내는 『백년여관』의 독특한 구성을 통해 드러난다. 자기 자신의 죄의식에 몰두해 있는 사람에게는 자신의 상처만 있을 뿐 그 너머의 세계가 존재하지 않는다. 자기 상처를 통과하여 그 너머의 세계를 바라보게 될 때 그 시선의 주체는 일상적인 세계 속을 걸어다니는 무수한 상처들, 죄의식과 부끄러움과 허접함 들을 발견하게 된다. 그가 기꺼이 그들 중 하나가 될 때 비로소 그는 한 세계의 주체가 된다.

그것은 헤겔의 용어로 말하자면, 갈피를 잡을 수 없는 주관성의 세계 속에서 불행해하던 자기의식이 객관적 이성의 단계를 거쳐 한 공동체를 움직이는 정신의 차원으로 나아가는 것과 같다. 이 관점에서 보자면 모든 죄의식은 "터무니없는 죄책감"이지만, 바로 그 '터무니없음'이야말로 자기 자신을 움직이는 주체됨의 핵심이 된다. 죄의식의 터무니없음과 그것의 불가피성을 깨닫는 순간 주체는 세계와의 화해를 향해 나아가고, 자기 상처가 이미 치유된 것이었음을, 그러니까 상처는 자기가 바라보는 순간에만 상처인 '터무니없는' 것이었음을 자각하게 된다. 그러나 그런 깨달음은 면벽수도 같은 고독한 정관靜觀을 통해서가 아니라 한 개인의 의식 차원에 있던 죄가 책임이라는 행위의 차원으로, 곧 사회적 차원으로 옮겨감으로써 비로소 가능해진다는 점을 간과해서는 안 된다.『백년여관』이 보여주는 주체의 서사는 바로 이같은 주체의 서사에 바탕해 있다. 작중인물인 소설가 이진우의 소설쓰기가 임철우의 소설『백년여관』과 연결될 수밖에 없는 것도 그 때문이다.

『백년여관』의 서사는 세 개의 사건을 상징하는 세 인물을 중심으로 구성된다. 1948년 제주도 4·3항쟁의 희생자 가족 강복수, 1950년 8월의 보도연맹원 학살사건의 희생자 가족 김요안(그의 본명은 이재동이다), 그리고 1980년 광주항쟁의 피해자이자 소설가 이진우. 이 셋은 모두 불행했던 역사로 인해 깊은 내상을 입은 사람들이다. 4·3항쟁 희생자의 아들로서, 사법시험에 합격하고도 연좌제에 의해 법관의 길을 갈 수 없었던 강복수는 승려와도 같은 삶을 살아야 했다. 1950년 보도연맹원 학살사건 당시 어머니가 처참하게 욕을 보고 살해당하는 꼴을 목격해야 했던 김요안은 전쟁고아로 미국으로 보내졌지만 정신적 외상으로 인한 기억상실증에 더하여 신경증적 발작에 시달려왔다. 그리고 이 소설의 중심인물인 소설가 이진우는 광주항쟁 당시에 적극적으로 참여하지 못하고 친구를 배반했다는 깊은 죄의식으로 인해 괴로워했다. 이 셋에 의해 만들어진 역사적 피해의 기억이 행렬을 이룬 가운데, 월남전에서 저지른 가해의 기억과 부상 입은 몸의 후유로 인해 고통스런 삶을 살아가는 허문태의 모습이 가해자의 모습으로 추가되어 있다.

이들은 모두 1999년 12월 한반도 남해안의 영도라는 가공의 섬에 모인다. 강복수와 허문태는 처남매부 사이로 영도에서 백년여관을 운영하는 사람들이다. 그러니까 그 숙박객으로 여관을 찾아오는 사람은, 잃어버린 기억을 찾고자 하는 김요안과 속죄를 위해 친구의 발자취를 확인하고자 하는 소설가 이진우 두 사람이다. 그렇다면 김요안과 이진우를 영도의 백년여관으로 이끌어들이는 힘은 무엇인가. 평범한 삶의 세계에서라면 그냥 우연이라고 해야 할 것이다. 하지만 장편소설에서는 그럴 수 없다. 그들은 시애틀과 서울에서 똑같이 어떤 목소리를 들었다. 시간이 됐으니 돌아오라는 메시지였다. 이들이 듣는 환청과 영도를 둘러싸고 벌어지는 초자

연적인 현상들, 그리고 소설의 마지막에 위치한 무당 조천댁의 해원굿이 바로 그들을 불러들이는 힘의 자리에 존재하고 있다. 마술적 리얼리즘과 샤머니즘이 결합된 이런 요소는 물론 서사적 의장에 불과하다. 서사를 추동하는 좀더 근본적인 동력은 다른 곳에 있다. 이 소설의 프롤로그와 에필로그를 구성해낸 힘, 곧 작중 소설가 이진우의 죄의식과 그것을 벗어나는 방식으로서의 소설쓰기가 그것이다.

소설 속에서 세 명의 주요인물 중 이진우가 등장하는 대목은 이인칭 화자의 시선에 의해 개진된다. 이인칭 시점은 이진우가 지니고 있는 죄의식이라는 내용과 결합할 때 매우 강렬한 심문의 시선이 된다. 그 심문의 내용은 앞에서 언급했듯이 이진우가 지니고 있는 친구 케이에 대한 죄의식이다. 여기까지는 앞에서 언급했던 임철우의 자전소설 「낙서, 길에 대하여」와 동일하지만, 『백년여관』은 여기에서 한 발 더 나아간다.

그러니까 임철우(혹은 이진우)는 광주항쟁 때 친구에게 비겁한 짓을 했다는 누구에게도 말 못할 죄의식을 지니고 있었고, 광주항쟁에 관한 다섯 권짜리 장편을 쓴 후 마치 고해를 하듯이 조용하게 자전소설을 발표했다. 그 친구가 읽어주리라는 기대를 하면서. 그렇다면 이제 남은 것은 그 친구에게 사죄하고 용서를 구하는 일이다. 그런데 그런 속죄의 순간이 오기도 전에 그 친구가 세상을 떠나버렸다면 어떻게 되는가. 『백년여관』의 소설가 이진우가 직면한 상황이 바로 그것이다. 친구 케이는 광주항쟁 당시 전면에서 나서서 활동을 했고 살아남아 도피생활을 했고 또 체포당해 중형을 선고받았고 특사로 풀려난 이후로는 연극 활동을 통해 광주의 진실을 알리기 위해 애를 썼었다. 그런 그가, 다섯 권짜리 광주에 관한 장편이 나온 해에 암으로 세상을 떠나버렸다.

소설가 이진우가 백년여관을 찾은 것은 바로 이 친구에 관한 기억 때문이라고 설정되어 있다. 친구 케이가 세상을 떠나기 전에 들른 곳이 바로 영도의 백년여관이었다는 것이다. 물론 그곳을 찾는다 해도 케이가 이미 세상을 떠난 마당에 용서를 구할 사람이 없기는 마찬가지이다. 그것을 알면서도, 그러니까 자기를 용서해줄 사람이 없다는 것을 알면서도 그 자리를 찾아가는 것, 그것은 그의 죄의식의 진정성을 보여주는 것이고, 그 죄의식이 자기 진정성의 극점에 도달하는 순간은 이미 그 자체로 용서가 이루어지는 순간이 된다. 구원은 언제나 한밤의 도적처럼 나타나는 것이기 때문이다.

『백년여관』에서 주목되는 것은 바로 이와 같은 자기 구원의 드라마이다. 그것은 죄의식을 통한 주체화가 이루어지는 과정이기도 했다. 케이의 흔적을 따라 영도에 내려갔던 이진우는 케이의 비밀과 맞닥뜨리게 된다. 이진우는 케이의 호명에 제대로 응답하지 못했다는 사실 때문에 괴로워했다. 그런데 그와 똑같은 괴로움과 죄의식을 그의 친구 케이도 지니고 있었다는 사실을 알게 된다. 영도에서 만나게 된 순옥이라는 여성을 통해서였다. 케이는 광주항쟁 때 앞장서서 활동했지만 도청을 향해 탱크를 앞세운 진압군이 몰려들던 그날 밤, 십여 명의 어린 여학생들을 이끌고 사지를 빠져나왔다. 순옥은 이십 년 전, 케이에게 이끌려 그 현장을 빠져나온 여학생 중의 하나였고, 순옥의 입을 통해 이진우는 그 사실을 알게 된다. 친구의 흔적을 찾아 내려온 영도에서, 자기에게 죄의식을 안겨준 사람이었던 케이가 자기 자신과 다르지 않은 죄의식으로 인해 얼마나 고통스러워했는지를 알게 되는 것이다. 순옥에게 케이의 이야기를 들으면서 이진우가 내뱉는 말은 이러했다.

아아, 그랬었구나. 도대체 네가, 네가 왜 터무니없는 죄책감을 가져야 한단 말이냐. 모두들 저리도 당당하게 등돌리고 멀어져가는데, 정작 위로를 받아야 할 고귀한 정신들이 어째서, 거꾸로, 우리들 대신에, 죽는 순간까지 고통을 떠맡아야 한다는 것이냐……(353쪽)

이진우의 이런 탄식이 터져나온 시점은, 내란과 반란 혐의로 무기징역을 선고받았던 전두환 등이 특별사면을 받아 감옥에서 풀려나온 이후이다. 이런 사실을 염두에 둔다면, 이 말은 케이를 향한 것일 뿐 아니라 종국적으로는 자기 자신을 향한 것이기도 하다고 해야 한다. 이런 점에 대해 따져보자면, 이제부터는 작중인물인 소설가 이진우가 아니라 『백년여관』의 소설가 임철우의 차원에서 말해야 한다.

임철우는 이 소설의 초판 '작가 후기'에서 마지막 문장을 이렇게 썼다. "이 소설을, 앞서 간 친구 고 박효선의 영전에 바친다." 소설 안팎의 정황으로 볼 때, 박효선이란 「낙서, 길에 대하여」에서는 P로 나왔고 『백년여관』에서는 케이로 나온 인물의 실명으로 보인다. 물론 박효선이라는 이름은 광주항쟁의 기본 사료를 읽은 사람에게는 낯설지 않은 이름이다. 그는 '들불야학'과 극단 '광대'의 핵심 멤버로서 광주항쟁의 한복판에서 윤상원 등과 함께 투사회보를 만들어 활동했고, 시민군 지도부가 구성되었을 때 홍보부장을 맡았던 인물이다. 현장에서 살아남아 도피생활을 했었고, 재판을 받은 후에는 실형을 살았으며, 사면을 받아 출옥한 후에는 극단 '토박이'의 리더로서 〈금희의 오월〉〈모란꽃〉〈그대에게 보내는 편지〉 등을 통해 광주의 진실을 알리는 일에 앞장섰던 연극인이기도 했다. 그는 1998년 9월 10일 사십오 세를 일기로 세상을 떴다. 병명은 간암이었다.[4] 그가 P이자 케이였다는 점은 임철우의 소설 여기저기에서 확인할 수 있으며, 그 스스로 "1979년 가을, 그 무렵 친구 P가 활동하고 있었던 '광대'라는 마당극 단체에 합류해서 〈돼지풀이〉 공연에 단역을 맡기도 했는데, 그것을 계기로 본격적으로 문화운동에 뛰어들겠노라 작정하고 부모의 허락도 없이 혼자 휴학을 결정했던 것이다"(「낙서, 길에 대하여」, 61쪽)라고 밝히고 있는 대목

---

4) 한겨레, 1998. 9. 18, 18면; 박효선, 『금희의 오월』, 한마당, 1994.

에서 뚜렷하다.

이 지점에 이르면 우리는 다시, 대의를 위해 목숨을 걸었던 사람의 상징으로서 윤상원의 존재와 다시 한번 맞닥뜨리게 된다. 현장으로 나가지 않았던 임철우는 현장에서 그를 호출했던 박효선을 바라보고 있었지만, 현장에서 살아남은 박효선은 도청을 지키다 죽어간 윤상원을 바라보고 있었던 셈이다. 이런 점을 고려한다면 우리가 맞닥뜨린 것은, 윤상원의 죽음이 만들어놓은 두 죽음 사이의 공간과 그 공간에 스스로를 가둔 사람들의 모습, 그리고 그런 가둠을 통해 만들어지는 두 죽음 사이의 윤리라고 해야 할 것이다. 박관현도 박효선도 임철우도 모두 그들이고, 김의기와 김태훈, 박종철과 이한열도 모두 그들이다. 그들은 서로 다른 방식으로 자기 책임의 자리를 지키고자 한 박관현이었던 셈이다. 그리고 그들이 서 있는 자리는, 민주화를 원했고 그것으로 대표되는 80년대적 정신을 자기 것으로 생각했던 모든 사람들의 것이었다.

『백년여관』의 마지막은, "섬이 하나 있다. 그림자의 섬, 영도. 그것은 결코 환상도 허구의 이름도 아니다……"라는 문장으로 끝이 난다. 이 문장은 이진우가 쓸 소설의 첫 문장이며, 또한 『백년여관』의 첫 문장이기도 하다. 그러니까 이진우가 쓸 소설은 임철우가 이미 쓴 소설 『백년여관』인 셈이다. 이진우는 영도에서 그의 친구 케이가 또 한 명의 자기 자신임을 발견하게 되었지만, 그것은 이미 그자신이 만들어온 소설가로서의 이력(임철우와 유사하게, 광주에 관한 소설을 끝없이 쓰고, 왜 아직도 그런 소설을 쓰느냐는 주변의 핀잔이 뼈아프게 다가오는 것에 대해 분노하면서도 여전히 쓰고 있는 자기 자신의 행적)이 있어 가능했던 것이다.

그들이 지니고 있던 죄의식은 그들로 하여금 광주에 관한 소설과 드라마를 쓰고 만들게 했다. 임철우의 『봄날』은 윤상현의 마지막 독백에서 정점에 도달했고, 박효선은 희곡과 연출 작업 이외에도 다큐멘터리 〈시민군 윤상원〉(1996, 광주문화방송)을 만들었으며 암으로 투병중일 때에도 광주항쟁의 상처를 추적한 영상물 〈붉은벽돌〉을 만들고 있는 중이었다. 꼭 윤상원에 관한 이야기가 아니더라도 광주에 관한 이야기는 무엇이건 결국은 윤상원에 관한 이야기이자, 그가 남겨놓은 바로 두 죽음 사이의 공간에 관한 것이었다.

그러므로 그들이 만들어놓은 것들은, 아렌트의 용어로 말하자면 밥벌이를 위한 '노동'이자 예술가로서의 '작업'의 산물임과 동시에 무엇보다도 그들의 죄의식이 만들어낸 윤리-정치적 주체로서의 '행위'의 산물이었다. 그런 행위 속에 있을 때 그들은 이미 죄의식의 노예가 아니라 자기 삶의 주체였다. 『백년여관』에서 이진우가 행한 것은 그가 이미 그런 주체화의 행정 속에서 주체로서 움직이고 있음에 대한 확인 행위였을 뿐이다. 외부자의 시선으로 보자면 그들이 품고 있는 죄의식은 '터무니없는' 것이지만, 그 터무니없는 것을 끌어안고 있을 때에만 그들은 주체일 수 있다. 『백년여관』은 그처럼 죄의식을 통해 주체화가 이루어지는 생생한 현장을 우리에게 보여주고 있는 것이다.

5. 죄와 책임의 일치: 80년대적 주체의 탄생

주체화의 과정에 있어 중요한 것은 죄나 죄의식이 아니라 책임이다. 책임을 지는 자리에 서고자 하는 순간 죄도 죄의식도 비로소 의미 있는 것으로 존재하게 된다. 한 사람의 마음속에서 죄란 소급적인 역행 과정을 통해 반복적으로 추인함으로써 비로소 존재하게 되는 어떤 것이다. 그러니까 죄를 만들어내는 것은 책임이라고, 스스로 자기 삶의 주체이고자 하는 의미라고 해도 좋을 것이다.

이런 관점에서 20세기 한국의 정신사를 놓고 보자면, 광주항쟁으로 표상되는 80년대적 정신은 주체화를 위한 하나의 완성점이라 해도 좋을 것이다. 그 정신은 커다란 죄의 공간을 만들어놓았고, 그로 인해 무수히 발아할 수 있는 주체와 책임의 들판이 마련되었다. 광주항쟁은 시민들이 자국의 군대를 향해 총구를 겨눈 유일한 사건이다. 그것은 현실 권력으로서의 국가state를 향한 국민nation이라는 상징 권력의 저항이었고, 조금 어렵게 표현하자면 시니피앙의 폭력을 향한 시니피에의 저항이었다. 그래서 그것은 현실적 의미에서는 반란이고 이념적 차원에서는 혁명이 된다. 어느쪽에서건 죄를 만드는 위반의 의미를 지닌다. 또한 국가폭력의 치명적 힘 앞에 자기 몸을 던진 사람들의 거룩함이 그 배면을 이루고 있다. 한 사회가 공유할 수 있는 거룩함 위에 주체의 책임의 영역이 만들어져 있다는 것은 주체화에 임하는 사람들에게 행운이 아닐 수 없다. 죄 없이 책임의 자리를 갈구했던, 지난 시대의 몇몇의 현저한 경우를 떠올린다면 광주항쟁의 이런 특성은 더욱 현저하게 부각될 수밖에 없다.

20세기의 한국소설 속에서 표현되고 있는 매우 특이한 양상은, 죄를 향한 혹은 책임을 향한 갈망이라고 지칭될 수 있는 어떤 것인데, 이는 이광수의 『유정』(1933)이나 최인훈의 『광장』(1961) 같은 장편소설에서 매우 분명한 표현 형태를 얻는다. 이 두 소설의 남성 주인공들은 모두 죽음을 향해 가며, 죽는 데 성공한다. 그런데 문제는 그 이유이다. 그들은 죽어야 할 합당한 이유가 없음에도 자기 처벌의 형식으로 자기에게 죽음을 선물한다. 자기 처벌로서의 자살은 책임 윤리의 매우 강렬한 표현이다. 그런데 문제는 그들이 책임져야 할 제대로 된 죄가 없다는 사실이다. 또한 장용학의 『원형의 전설』(1962) 같은 경우에도 죄가 될 수 있는 행위는 많지만 제대로 된 죄의식이 없어 책임의 윤리가 들어설 자리가 없다. 오히려 태연하게 죄를 향해 나아가는 신화적 힘, 혹은 위반을 향한 열망이라 할 만한 힘이 매우 폭력적인 방식으로 드러난다. 요컨대 문제는, 죄를 향한 갈망이건 책임을 향한 갈망이건 간에, 책임지는 자리에 서고자 하는 욕망이 일제시대와 전후의 한국문학에서 매우 두드러진 모습으로 등장하고 있었다는 사실이다. 이광수와 최인훈의 경우 그것은 '죄 없는 책임'이라는 매우 역설적인 모습을 지니고 있기도 했다.

그런데 『백년여관』의 경우는 어떠한가. 다른 어떤 것이 아니라, 너무나 뚜렷하여 당당해 보이기까지 하는 죄가 여봐란 듯이 버티고 있다. 그리고 그것에 합당한 책임의 자리가 뒤이어진다. 소설 속의 인물 이진우에게 그것은 광주와 자신의 죄의식에 관한 소설 쓰기였고, 극작가 박효선, 학생운동가 박관현 등의 경우도 마찬가지였다. 그들은 모두 자기 영역에서의 일로 그 책임의 몫을 감당하고자 했다. 책임지는 자리에, 그러니까 행위의 주체의 자리에 서고자 하는 사람들의 모습은 예나 이제나 다름없지만, 죄의식의 구체적인 내용과 그것에 대한 의식이 너무나 번듯한 모습으로 존재하고 있다는 점에서 이들은 그 이전과 구분된다.

물론 죄와 책임 사이에는 근본적 불일치가 존재하며 그것은 인간이라는 생물을 주체로 만드는 근본적 동력이기도 하다. 하지만 문제는 죄의 내용성이다. 그것이 제대로 확보되지 않으면 주체화의 행정은 일제 말기의 이광수에게서 보듯이 기이한 일탈의 길로 빠져버릴 수 있다. 임철우의 『백년여관』에서 적실한 표현을 얻고 있는 '두 죽음 사이의 윤리'는, 주체가 죄의식의 구체적인 내용을 만나 자신의 책임의 자리를 찾아간 대표적인 예에 해당한다. 그리고 그것은 우리가 80년대적인 것이라 부른 것, 혹은 1987년 6월항쟁을 통해 표현된 민주화를 향한 집단적인 열망과 나란히 놓여 있다. '행위'로 이행해간 윤리의 모습은 이십여 년 넘게 '두 죽음 사이의 윤리'에 매달려 있던 한 작가의 집요함에 의해 포착된 것이겠으나, 그것은 또한 동시에 임철우를 통해 구현된 한국의 80년대적 정신, 그 집단적 의지와 열망의 표현이기도 할 것이다.[5]

---

5) 이 글은 「죄의식과 1980년대적 주체의 탄생—임철우의 『백년여관』을 중심으로」, 『인문과학연구 42』, 2014 중에서 『백년여관』과 관련된 부분을 추려내어 손질한 글임을 밝혀둔다.

임철우

1954년 전남 완도에서 태어나 전남대 영문과에서 수학했다. 1981년 서울신문 신춘문예
에 단편소설「개도둑」이 당선되어 작품활동을 시작했다. 소설집『아버지의 땅』『그리운
남쪽』『달빛 밟기』『황천기담』『연대기, 괴물』, 중편소설『돌담에 속삭이는』, 장편소설
『붉은 산, 흰 새』『그 섬에 가고 싶다』『등대』『봄날』『백년여관』『이별하는 골짜기』등이
있다. 한국일보 창작문학상 이상문학상 단재상 요산문학상 대산문학상을 수상했다.

문학동네 한국문학전집 023
백년여관
ⓒ 임철우 2017

1판 1쇄 2017년 12월 20일
1판 2쇄 2022년 3월 30일

지은이 임철우

펴낸곳 (주)문학동네 | 펴낸이 김소영
출판등록 1993년 10월 22일 제2003-000045호
주소 10881 경기도 파주시 회동길 210
전자우편 editor@munhak.com | 대표전화 031) 955-8888 | 팩스 031) 955-8855
문의전화 031) 955-3579(마케팅) 031) 955-2675(편집)
문학동네카페 http://cafe.naver.com/mhdn | 트위터 @munhakdongne

ISBN 978-89-546-4889-9 04810
      978-89-546-2322-3 (세트)

www.munhak.com